Lars Kepler
Playground

Zu diesem Buch

Jasmin Pascal-Andersson, Lieutenant in der schwedischen Armee, wird bei einem Kriegseinsatz schwer verwundet. Über eine Minute lang steht ihr Herz still. Nach der Reanimation leidet sie an Halluzinationen, die Ärzte attestieren ihr ein posttraumatisches Stress-Syndrom. Eine schwierige Rekonvaleszenz steht ihr bevor, und zurück in Stockholm entscheidet sie sich, aus dem Militärdienst auszutreten, um ein ruhigeres Leben zu führen. Sie findet einen Job als Sekretärin, bringt wenig später ein Kind zur Welt. Alles scheint in bester Ordnung. Doch als Jasmin mit ihrem Sohn in einen schweren Autounfall verwickelt wird, kehren die Halluzinationen zurück ...

Lars Kepler ist das Pseudonym von Alexandra Coelho Ahndoril und Alexander Ahndoril. Ihre höchst erfolgreiche Krimiserie um Joona Linna wurde in zahlreiche Sprachen übersetzt und hat in vielen Ländern die Bestsellerlisten gestürmt. Das Ehepaar lebt mit seinen drei Töchtern in Stockholm.

Lars Kepler

PLAY GROUND

Leben oder Sterben

Roman

Aus dem Schwedischen von
Christel Hildebrandt

Mehr über unsere Autoren und Bücher:
www.piper.de

MIX
Papier aus verantwortungsvollen Quellen
FSC® C083411

Ungekürzte Taschenbuchausgabe
ISBN 978-3-492-31201-1
November 2017
© Lars Kepler 2015
Titel der schwedischen Originalausgabe:
»Playground«, Albert Bonniers Förlag, Stockholm 2015
© der deutschsprachigen Ausgabe:
Piper Verlag GmbH, München 2016,
erschienen im Verlagsprogramm Paperback
Published by Arrangement with Storytellers Literary Agency, Stockholm, Schweden
Umschlaggestaltung: FAVORITBUERO, München
Umschlagabbildung: Iakov Kalinin/shutterstock; altanaka/shutterstock
Satz: Kösel Media GmbH, Leck
Gesetzt aus der Dante
Druck und Bindung: CPI books GmbH, Leck
Printed in the EU

Niemand weiß, wohin wir gehen, wenn wir sterben, ob die Orte, die beschrieben werden, nur in unserem Inneren existieren, in dem System aufblitzender Synapsen. Die immer wiederkehrenden Bilder in den Zeugnissen fast Gestorbener werden von den Forschern mit der panikartigen Reaktion des Gehirns auf den Sauerstoffmangel erklärt, der eintritt, wenn das Herz zum Stillstand kommt.

Unsere neurobiologischen Erklärungen sind natürlich erst einige Jahrzehnte alt, während die Zeugenberichte seit Jahrtausenden gleich sind. Von den frühesten Schriftkulturen bis heute wird mit auffallender Ähnlichkeit von dem berichtet, was uns erwartet, wenn wir sterben.

In der Religion des alten Ägypten wird Osiris' Richterstuhl beschrieben, vor dem das Herz des Menschen gegen die Feder der Maat aufgewogen wird, und in Chinas klassischer Mythologie wird das Totenreich als die »Gelben Quellen« bezeichnet. Dort hausen die Toten als hungrige Geister, bis die Herrscher der Unterwelt einen Beschluss über ihr Schicksal fassen. In der griechischen, der römischen und in vielen afrikanischen Mythologien beginnt das Totenreich am Ufer eines Flusses, den man mit dem Schiff überqueren muss. Im Islam warten alle Toten auf ihr Urteil, und im Christentum gibt es ein Vorstadium zur Ewigkeit, in das Jesus hinabsteigt und aus dem Lazarus zurückkehrt. Im Judentum landen die Toten im Scheol als Schatten, ohne Gemeinschaft mit Gott, und nach dem hinduistischen sowie dem altnordischen Glauben kann man auch im Totenreich noch sterben.

Menschen, die in moderner Zeit davon berichten, was sie erlebt haben, als ihr Herz stillstand, kommen immer wieder zurück auf Tunnel, einen sie umhüllenden Lichtschein, die Begegnung mit toten

Familienmitgliedern, dunkles Wasser und Orte, die sie nie zuvor gesehen haben.

Mythologie und persönliche Zeugnisse können natürlich sowohl psychologisch als auch neurologisch erklärt werden. Sein ganzes Leben hindurch ist sich der Mensch ungefähr zehn neuer Sinneseindrücke pro Sekunde bewusst, während unsere Sinnesorgane unbewusst mehr als zehn Millionen Eindrücke pro Sekunde registrieren. Das Gehirn hat die Fähigkeit, die Informationen zu in sich schlüssigen Einheiten zusammenzufassen und zu ordnen, die wir normalerweise als Erinnerung bezeichnen. Aber wir haben nur zu einem Bruchteil all dessen Zugang, was im Langzeitgedächtnis bewahrt wird, und das meiste davon wird in diesem riesigen Reservoir jungfräulich lagern bis zum Todeszeitpunkt.

1

Vor gefährlichen Einsätzen betrachtete Leutnant Jasmin Pascal-Andersson stets für eine Weile ein Foto, das sie in ihrer Brieftasche bei sich trug. Das glänzende Papier hatte einen tiefen Knick quer durch das Motiv. Auf dem Bild war die Gefechtsgruppe aus ihrem Zug zu sehen. Fünf Kampfteams à zwei Mann und Jasmin als einzige Frau in der Mitte. Die Männer standen wie Verehrer um sie herum, in Schutzwesten und Helmen. Mark hatte seine rosa Sonnenbrille aufgesetzt und eine Zigarette im Mundwinkel. Lars hatte sich einen weißen Strich unter die Augen und auf die Nase gemalt, und Nico hatte die Augen geschlossen.

Auf dem Foto trug Jasmin ihr rotes Haar in einem stramm geflochtenen Zopf, sie lachte wie ein Geburtstagskind und hielt ihre M240 Bravo mit aufgeklappter Lafette in den Händen. Das Maschinengewehr war fast so lang wie sie, und die Muskeln ihrer sommersprossigen Arme waren angespannt. Der schwere Patronengürtel mit vollummantelter Munition ringelte sich neben ihren Kampfstiefeln auf der Erde.

Eigentlich hatte Jasmin nie Angst, aber sie wusste, wann ein Einsatz ungewöhnlich riskant war. Eine Weile betrachtete sie das Foto, um sich bewusst zu machen, dass die Männer ihr vertrauten, dass deren Sicherheit in ihrer Verantwortung lag.

Sie war eine gute Gruppenleiterin.

Mark witzelte gern, es sei gar nichts anderes denkbar gewesen, als ihr das Kommando zu übertragen, weil sie sowieso immer das letzte Wort haben müsse.

»Muss ich gar nicht«, antwortete sie jedes Mal darauf.

Jasmin schob das Foto zurück in die Brieftasche und blieb eine Weile reglos stehen.

Es war äußerst selten, dass sie schlechte Vorahnungen hatte, aber im Augenblick hatte sie das Gefühl, ihre Seele wäre in ein Schattenreich geraten, obwohl doch alles war wie immer.

Sie zögerte, dann setzte sie die Perlenohrringe ein, die sie von ihrer Mutter geschenkt bekommen hatte.

Irgendwie machte sie das ruhiger.

Jasmins Sonderkampfgruppe gehörte zur NATO-Operation Joint Forge, ihr war jedoch ein Spezialauftrag in Leposavić zugeteilt worden.

Die serbischen Streitkräfte hatten sich schon vor langer Zeit aus dem Kosovo zurückgezogen. Wie eine riesige Schlange waren die Soldaten auf dem Rückzug durch Dörfer und Städte marschiert. Es hätte jetzt vorbei sein sollen, aber im Nordkosovo gab es immer noch Enklaven, die auf eigene Faust handelten.

Jasmins Gruppe war eine von fünf, die die Berichte von Übergriffen auf die Zivilbevölkerung in Sočanica untersuchen sollten.

Sie hatten keine Truppentransporter zur Verfügung, und als der Regen zunahm, wurde es für ihre Jeeps immer schwerer voranzukommen. Die Straßen waren kaputt gefahren, die Straßenränder weggespült, und der Fluss Ibar war trüb vom Lehm.

Vom Fahrersitz aus konnte Jasmin sehen, dass Lars ganz blass im Gesicht war, er hatte seinen Helm abgenommen und hielt ihn jetzt im Schoß.

»Vielleicht wäre es schlauer, in eine Plastiktüte zu kotzen«, neckte sie ihn.

»Mir geht es fantastisch«, entgegnete Lars und hielt den Daumen in die Höhe.

»Wir haben ein bisschen Misty Green für dich aufbewahrt«, sagte Nico grinsend.

»Und Nudeln mit Rattenscheiße«, ergänzte Mark mit einem Lachen.

Die Männer hatten die Erlaubnis erhalten, am Abend zuvor zu feiern. Die Sonderkampfgruppe hatte als Ausrede das chinesische Neujahrsfest angeführt. Sie bastelten aus Popcorntüten rote Lampions und feuerten Leuchtgranaten in den Himmel, die mit ihren Fallschirmen wie verzögerte Sternschnuppen zu Boden segelten. Sie aßen Frühlingsrollen und Instantnudeln und mixten sich einen Drink aus schwedischem Wodka und grünen Teeblättern aus der Hangzhou-Provinz zurecht, den sie Misty Green nannten.

Wie üblich trank Lars zu viel, und als er sich übergab, stand Mark daneben und behauptete, er hätte Rattenkot unter die Nudeln gemischt, um so das Jahr der Ratte willkommen zu heißen.

Als Lars über der Kloschüssel hing und schrie, er werde sterben, grölte der Rest der Gruppe, es sei eine Ehre, unter Jasmins Befehl zu sterben.

Jasmin war in ihr Zelt gegangen, hatte die neuesten Satellitenbilder studiert und versucht, sich das Terrain einzuprägen, während das Fest weiterging. Sie hörte die Jungs gern lachen, tanzen und singen.

Im Laufe der Jahre hatte Jasmin mit drei der Männer der jetzigen Sonderkampfgruppe Sex gehabt, aber das war, bevor sie die Leitung übernahm. Wenn sie ehrlich war, konnte sie sich durchaus vorstellen, mit dem einen oder anderen noch einmal zu schlafen.

Was natürlich nicht passieren würde – auch wenn die Einsamkeit sich in Todesnähe deutlich bemerkbar machte.

Früher am Abend war sie Marks funkelndem Blick begegnet und hatte ihm zugenickt. Er war süß, mit Augen, die immer bereit für einen Flirt waren, und breiten, muskulösen Oberarmen, und sie hatte überlegt, ob sie in dieser Nacht nicht doch eine Ausnahme machen sollte oder lieber nur onanieren.

Der Morgen war mit einem bleifarbenen, regenschweren Himmel gekommen. Der Jeep legte sich zur Seite, braunes Wasser reichte bis über die Räder. Jasmin schaltete runter, drehte das Lenkrad nach links und fuhr langsam den steilen Hang hinauf.

Einen halben Kilometer südlich von Sočanica war die Straße vollkommen zerstört, und Jasmin beschloss, zu Fuß weiterzugehen.

Während sie die Gruppe hinunterführte, nahm sie den Geruch von Waffenfett deutlicher als je zuvor wahr. Plötzlich war das Gewicht der Waffe eine Qual. Bei jedem Schritt hüpfte das Maschinengewehr im Tragegurt, als versuchte es, seinem Schicksal zu entkommen.

Ihre düstere Vorahnung wurde immer stärker.

Mark rauchte im Regen und sang *China Girl* zusammen mit Simon. Alles erschien wie von einem dumpfen Schmerz gedrückt: der nasse Himmel, die kahlen Hügel und das spatzengraue Wasser des Flusses.

Im Funkgerät knisterte es, die Verbindung war schlecht, aber sie konnte genug hören, um zu verstehen, dass die beiden britischen Sonderkampfgruppen kurz hinter Mitrovica festsaßen.

Jasmin beschloss, den Ort zu erkunden, solange sie auf die Engländer warten mussten, und führte die fünf Kampfteams hinunter auf den farblosen Ort zu.

Ihre Ohrringe klickten im Takt ihrer Schritte gegen den Riemen des Helms.

Noch bevor sie das erste Haus erreichten, sahen sie ein kleines Mädchen davor liegen, mit dem Gesicht zum Boden, in dem nassen Gras neben seinem Dreirad. Vor dem Haus saß eine schwangere Frau gegen die Wand gelehnt. Sie war an einer Schusswunde in der Brust verblutet. Ein paar weiße Hühner pickten im Kies vor ihr, und der Regen schlug Blasen in den Wasserpfützen.

Jasmin beruhigte Nico, ließ ihn zu Gott beten und sein Kruzifix küssen, bevor sie die Männer weiter hinunter in den Ort führte.

Ein entfernter Knall, kurz wie ein Peitschenhieb, hallte zwischen den Häusern in der Talsenke wider.

Vor einer langen Treppe zwischen zwei Häusern ließ Jasmin ihre Truppe halten, schob sich vorsichtig zur Seite und schaute hinunter auf den Marktplatz mit Gemüseständen und einem alten Wohnwagen. An die dreißig Männer der serbischen Enklave hatten eine Gruppe Jungen vor sich in einer Reihe aufstellen lassen.

Ein Soldat hielt einen Regenschirm über einen Offizier mit dichtem, schwarzem Bart, der auf einem geblümten Sessel saß. Der Regen vermochte nicht das Blut auf dem Boden vor seinen Füßen wegzuspülen. Ein Junge wurde gezwungen, sich hinzuknien, der Offizier sagte etwas und richtete ihn dann mit einem Pistolenschuss ins Gesicht hin.

Sie wollten alle Jungen aus dem Ort töten.

Während der tote Körper weggeschleppt wurde, bekam Jasmin endlich wieder Funkkontakt zu den beiden britischen Sonderkampfgruppen. Sie waren inzwischen auf dem Weg. In höchstens fünfzehn Minuten würden sie ihnen Unterstützung geben können.

Jasmin konnte sehen, dass der nächste Junge knallrote Wangen hatte, als er gezwungen wurde, sich vor dem Offizier hinzuknien.

Vielleicht waren einige der Meinung, dass sie die Entscheidung aus dem Gefühl heraus getroffen hätte, aber keiner ihrer Männer zögerte, ihrem Befehl zu gehorchen. Jasmin wusste, dass sie innerhalb von nur drei Minuten ihre fünf Kampfteams auf Positionen verteilen konnte, von denen aus es möglich sein würde, ohne eigene Verluste achtzig Prozent des Feindes zu schlagen.

Gerade als ihre Männer in Position waren, sah sie durch das

Fernglas eine Kolonne von zehn lehmbeschmierten Personenwagen voll mit serbischen Soldaten auf die Hauptstraße einbiegen, die geradewegs zum Marktplatz führte.

Die Autos hatte sie schon früher auf den Satellitenbildern verfolgt, aber da waren sie auf dem Weg fort von der Stadt gewesen, bereits an Lešak vorbei. Aus irgendeinem Grund waren sie umgekehrt, und damit hatte sich das Risiko für ihre eigene Sonderkampfgruppe potenziert, wenn sie die Hinrichtungen verhindern wollten.

Dennoch gab sie Mark den Befehl, den Henker zu erschießen. Es gab einen Knall, die Kugel traf ihn direkt im Kopf, und Blut spritzte auf die Rückenlehne des Sessels.

Unter den serbischen Männern brach Chaos aus, und innerhalb von dreißig Sekunden hatte Jasmins Gruppe mehr als die Hälfte von ihnen unschädlich gemacht.

Ihr Herz hämmerte heftig, Adrenalin wurde ins Blut gepumpt und machte ihren Verstand eiskalt.

Drei Soldaten mit automatischen Karabinern versteckten sich hinter einer Ziegelsteinmauer.

Jasmins M240 kam zum Einsatz, und die Kugeln schlugen eine Reihe von Löchern in die Mauer, woraufhin eine rosa Blutwolke über der Krone aufstieg.

Gut zehn Soldaten waren im Rathaus verschwunden. Die Tür stand einen Spalt offen und bewegte sich leicht hin und her.

Die Jungs, die sich zu Boden geworfen hatten, als der Kugelhagel einsetzte, standen in der plötzlichen Stille auf. Verängstigt und verwirrt zogen sie sich in eine schmale Gasse neben dem Markt zurück. Ein magerer Junge hielt seinen weinenden kleinen Bruder an der Hand.

Jetzt wurde die Rathaustür aufgestoßen, ein Soldat der serbischen Miliz sprang heraus und lief hinter den Jungen her, wobei er den Splint einer Handgranate zog. Nicos Heckenschützengewehr knallte neben Jasmin, und der Soldat wurde im Kopf getroffen. Er fiel vornüber auf den Bauch und blieb still liegen, bis die Handgranate explodierte und der Körper in einer Staubwolke verschwand.

Die Jungen rannten die Gasse zur Talsenke hinunter, und Jasmin schoss Türen und Fensterläden des Rathauses zusammen, um ihnen Zeit zu verschaffen.

Als die Kinder verschwunden waren, guckte sie kurz nach rechts. Die Autos mit der serbischen Unterstützung hatten angehalten, zurückgesetzt und einen anderen Weg eingeschlagen. Sie bogen von der Hauptstraße ab und rasten mit hoher Geschwindigkeit einen Hügel hinauf, der sie in den Rücken von Jasmins Gruppe brachte. Ganz offensichtlich hatten sie Funkkontakt mit jemandem, der ihnen sagte, wo die Angreifer versteckt waren.

Mark und Vincent hatten leichte Schussverletzungen erlitten. Bald würde die Lage nicht mehr zu kontrollieren sein. Jasmin erteilte Lars und Nico den Befehl, an Ort und Stelle zu bleiben und den anderen Feuerschutz zu geben, während diese sich in den Schutz der alten Kirche begaben. Ihr war klar, dass die beiden Zurückbleibenden abgeschnitten sein würden, aber es gab keine Alternative. Sie selbst sprang auf, klappte die Lafette auf und legte sich auf den Bauch hinter das MG. Solange die Munition reichte, würde sie die Soldaten aus den Wagen daran hindern können, näher zu kommen.

Ihre Finger zitterten vor Adrenalin im Blut, als sie das Zielfernrohr justierte.

Jasmin konnte genau parallel zu den Häuserfassaden die Straße entlangschießen, aber sie hatte keine Möglichkeit, sich gegen Angreifer von hinten zu wehren. Doch in diesem Moment war ihre einzige Priorität, ihre Gruppe am Leben zu erhalten, bis die britische Unterstützung eintraf.

Sie sah, wie es Mark und den anderen Männern gelang, sich zur Kirche zu flüchten, während sie schoss. Ein serbischer Soldat sprang mit seinem sandfarbenen Automatikkarabiner vor, und sie traf ihn im Bauch und schoss dann ein rostiges Moped vor einer Wand in Stücke.

Jasmin hörte Rufe hinter sich, aber sie hatte keine Zeit, sich umzudrehen. Um ihre Männer zu decken, schoss sie immer weiter, die Häuserfassaden entlang. Splitter eines Fensterladens spritzten hoch, und ein vorstehender Eckstein zerbarst. Sie schoss und schoss, um den Feind zwischen den Häusern zurückzuhalten. Sie schoss und spürte den Rückschlag im Körper, die Hitze des Metalls und den Geruch von Schießpulvergasen. Schweiß lief ihr in die Augen, und der Knall der Salven hallte in ihren Ohren. Jasmin spürte, wie ihr die Finger taub wurden, und dann begann plötzlich ein sonderbarer Schmerz in ihrem Rücken zu brennen.

2

Jasmin Pascal-Andersson wachte im Országos-Orvosi-Krankenhaus in Budapest aus der Narkose auf. Am Fenster erahnte sie eine Gestalt und nahm an, es sei Mark. Sie versuchte zu reden, hatte aber noch keine Stimme. Es war schwer, Mark in den gezackten Lichtkreisen vor ihren Augen auszumachen. Er hatte einen ihrer Ohrringe dabei, setzte sich auf den Bettrand und sagte etwas, das sie nicht verstand, streichelte ihre Wange und befestigte die kleine Perle in ihrem linken Ohrläppchen. Mit einer kraftlosen Hand schob sie die feuchte Sauerstoffmaske hoch und atmete schwer.

»Der Tod funktioniert nicht«, brachte sie hustend heraus.

»Jasmin, du lebst, du bist nicht tot«, flüsterte Mark und versuchte zu lächeln.

»Die Menschen stehen im Hafen Schlange, um auf die Schiffe zu kommen«, keuchte sie. »Überall hängen rote Lampions, alle Schilder sind auf Chinesisch, ich verstehe nicht ... denn alles ist falsch, ich verstehe nicht ...«

»Das wird schon wieder«, versuchte er sie zu beruhigen.

Eine Krankenschwester kam ins Zimmer und fragte Jasmin auf Englisch, wie es ihr gehe, blickte auf ihre Sauerstoffwerte und die elektrokardiografische Herzkurve. Jasmin schaute Mark in die Augen, hatte dabei aber das Gefühl, durch ihn hindurchzusehen, direkt auf die unsortierten Bilder in ihrem eigenen Kopf.

»Gleich kommt ein Arzt«, erklärte die Schwester und ging wieder hinaus.

»Überall war die Triade«, fuhr Jasmin fort und kämpfte

gegen die Tränen an. »Ich habe gesehen, wie sie Eltern ein Kind wegnahmen.«

»Ich höre, was du sagst, aber ...«

»Es gibt keine Gerechtigkeit dort«, fuhr sie fort und strich sich über den Hals. »Ich habe alles gesehen, ich stand am Kai, ich habe Nico gesehen, wie er an Bord gegangen ist, mein Gott ...«

»Nico ist tot, Jasmin«, sagte Mark und streichelte ihre Hand.

»Das sage ich doch, ich habe ihn im Hafen gesehen.«

»Lars ist auch tot.«

»Oh Gott«, sie weinte und drehte den Kopf zur Seite.

»Anscheinend hast du ziemlich schlimme Sachen geträumt ...«

»Ich ertrage es nicht, ich ertrage es nicht«, schrie sie mit Tränen in den Augen. »Wir haben das Totenreich zerstört, es funktioniert nicht mehr, es ist nicht gerecht, wir machen alles kaputt ...«

Jasmin verstummte, atmete aber immer noch heftig, als der Arzt die Tür öffnete und das Zimmer betrat. Ihre Herzfrequenz schoss nach oben, der Sauerstoffgehalt im Blut sank, und im Schlauch für das Wundwasser war Blut zu sehen.

Der Arzt trat ans Bett und erklärte ihr, sie werde wieder gesund werden, sie habe Glück gehabt, und berichtete dann von der Schusswunde und der notwendigen Operation.

Die Kugel war durch den großen Rückenmuskel Latissimus dorsi gedrungen, durch die elfte Rippe, hatte den Dickdarm gestreift und den Körper durch den Bauch wieder verlassen. Sie hatte viel Blut verloren, aber die Operation war gut verlaufen, und sie würde keine bleibenden Schäden zurückbehalten.

»Hätte man Sie fünf Minuten später gebracht, wäre es nicht mehr möglich gewesen, Sie zu retten«, erklärte er mit ernstem Blick. »Als wir Sie ins Koma versetzt haben, standen Sie durch den Blutverlust unter Schock, und Ihr Herz stand für eine Minute und vierzig Sekunden still.«

Nach der Rückkehr nach Schweden wurde Jasmin im Krisen- und Traumazentrum in Stockholm behandelt. Sie saß auf einem hellgrünen Sofa in dem heruntergekommenen Besprechungszimmer und füllte das obligatorische Formular aus, um über sich und ihre Probleme Auskunft zu geben. Als sie zu dem Abschnitt kam, in dem sie erklären sollte, was sie erlebt hatte, streikte der Stift.

Die Bilder dessen, was auf der anderen Seite zu erwarten war, fuhren Jasmin durch den Kopf. Als sie sich an die Gewalt in dem dunklen Hafen erinnerte, die Menschen, die in der Schlange standen, und den Geruch nach Dieselöl, begannen ihre Lippen zu prickeln, und sie bekam nur noch schwer Luft.

Sie hob eine zitternde Hand vor den Mund und dachte daran, wie sie Nico gesehen hatte, der mit gesenktem Blick an Bord eines rostigen Schiffes verschwand.

Auf dem Sessel ihr gegenüber saß eine junge Frau mit dem gleichen Formular. Sie füllte es langsam aus, während ihr die Tränen über das vernarbte Gesicht liefen, sodass ihr Hidschab dunkle Flecken bekam.

Jasmin musste schwer schlucken, schaute dann wieder auf die Frage, was sie erlebt habe, wollte zunächst einfach die Zeilen leer lassen, entschied sich dann doch anders und schrieb »ich bin gestorben«.

Drei Monate lang bekam sie Neuroleptika gegen die psychotische Wahnvorstellung, das Totenreich wirklich gesehen zu haben. Mark war die ganze Zeit bei ihr und unterstützte sie. Die Medikamente wurden langsam reduziert, während sie bis November an der kognitiven Verhaltenstherapie teilnahm.

Bemüht lächelte Jasmin, als der weißhaarige Psychologe erneut wiederholte, dass die halluzinatorische Vision von den traumatischen Erlebnissen während des Gefechts in Sočanica verursacht worden sei. Ein ganz natürlicher Abwehrmechanismus. Die Erinnerungsbilder der chinesischen Hafenstadt resultierten aus der Feier des chinesischen Neujahrsfestes der Kampfgruppe, und die Schlange stehenden Menschen am Kai seien ein mentales Spiegelbild der Jungen, die darauf warteten, hingerichtet zu werden.

»Oder aber ich habe Ihnen etwas berichtet, das Sie retten kann, wenn Sie sterben«, erwiderte Jasmin.

Das Feuergefecht im nördlichen Kosovo zog eine interne Untersuchung nach sich. Laut Abschlussbericht war Jasmins Gruppenführung absolut fehlerfrei und außergewöhnlich gut gewesen. Sie hatte ein Massaker gestoppt und den größten Teil ihrer Kampfgruppe gerettet durch die schwierige Entscheidung, gemeinsam mit einigen Kampfteams an einem strategischen Punkt zu bleiben. Ihr wurde die NATO Meritorious Service Medal verliehen, doch sie weigerte sich, sie entgegenzunehmen und bei der Zeremonie anwesend zu sein.

Während der Würdigung ihres Einsatzes befand Jasmin sich im Bett eines Hotelzimmers. Sie saß rittlings auf einem Mann, den sie im Fitnessstudio getroffen hatte. Mit seinem blonden Haar ähnelte er Nico, und es war sonderbar und gleichzeitig erregend, ihn in sich zu spüren.

Jasmins rote Locken waren zerzaust, ihr Blick glasig von fehlendem Schlaf. Die Sommersprossen waren verblasst, sahen aus wie kleine Brotkrümel in dem geröteten Gesicht. Ihre linke Wange war ganz rot von den Bartstoppeln, an denen sie sich gerieben hatte.

Das große Bett war von der Wand weggerutscht, und Jasmin konnte die Staubmäuse auf der Auslegware und die Kabel der Nachttischlampen sehen.

Es kam nicht oft vor, dass sie mit irgendeinem Mann im Hotelzimmer landete, aber ab und zu erschien es ihr unbedingt nötig. Diese flüchtige Nähe und die Leere hinterher gaben ihr ein Gefühl der Wirklichkeit.

Sie wusste, sie würde diesen Mann niemals wieder treffen, da sie es nicht ertrug, mit Menschen zu verkehren, die nicht verstanden, was sie und ihre Männer an diesem milden Wintertag im nördlichen Kosovo durchgemacht hatten.

Jasmin hatte Glück gehabt, die Schusswunde war schnell verheilt, und die Narbe vom Austrittsloch der Kugel verblasste mit der Zeit, bekam einen hellrosa Ton und sah schließlich fast aus wie das Blütenblatt einer Rose.

Schnell begriff sie, dass sie als psychisch krank betrachtet werden würde, solange sie von der Hafenstadt sprach. Gewisse Wahrheiten musste man für sich behalten.

Sie zog zu Mark, versuchte bei den alltäglichen Arbeiten zu helfen, doch die meiste Zeit lief sie in seinem Haus in einem ausgebeulten Pullover herum, der ihr bis über die Hüften hing, und dazu ausgeblichene, abgetragene Jeans, deren Hosenbeine ausgefranst waren.

Sie hatten eine sexuelle Beziehung, und im Nachhinein erschien ihr die Zeit mit Mark nur wie aus aufblitzenden Fragmenten zu bestehen: das Tequilaglas, das auf den Tisch fiel, tschechisches Bier und laut dröhnender Eminem, Gäste mit Blumen aus den Beeten der Nachbarn, Angst und schmerzstillende Tabletten, der Grill wie ein Feuerball aus brennendem Fett und Sex mit Mark auf dem zerwühlten Bett im Alkoholrausch oder bäuchlings auf dem Ledersofa, auf dem Küchenboden oder in dem taufeuchten Gras am See.

Dann blieb ihre Menstruation aus. Sie dachte nicht weiter darüber nach, aber nach zwei Wochen kaufte sie sich doch einen Schwangerschaftstest.

Als Jasmin den blauen Strich auf der Skala sah, blieb ihr fast die Luft weg. Sie wusch sich das Gesicht mit eiskaltem Wasser, setzte sich auf den Deckel der Toilette und lachte leise vor sich hin.

3

Das Leben ist unbegreiflich, das Leben ist eine Ausnahme, ein kleines Aufflackern einer Kerze, umgeben von einer unendlichen Finsternis. Für Jasmin brachte die Schwangerschaft das Gefühl von Vergebung. Sie glaubte, die große Erschütterung in ihrem Leben hinter sich zu haben, aber die Beben, die sie bisher erlebt hatte, waren nur Vibrationen, die das tatsächliche Erdbeben vorbereiteten.

In vielen Nächten wachte sie auf von Albträumen, die in dem Hafen spielten, der an das Totenreich grenzte, aber diese Bilder behielt sie für sich.

Sie studierte an der Universität Internationales Krisen- und Konfliktmanagement, während Mark sich in keinerlei Hinsicht veränderte. Wenn er zwischen seinen Einsätzen daheim war, wurde gefeiert. Jasmin putzte am nächsten Morgen und saß in ihrem Zimmer über den Büchern, während die Gäste aufwachten und frühstückten.

An diesem Abend stand sie wie üblich vor dem Spiegel und betrachtete ihren Bauch. Anfangs hatte sie ihn vorgestreckt, um die kleine Kugel zu sehen, aber das war nicht mehr nötig. Sie war bereits in der siebenundzwanzigsten Woche und fand sich schön. Die Haut schimmerte, und das Haar erschien ihr roter als je zuvor. Die Sommersprossen leuchteten am ganzen Körper und verdichteten sich in einer Wolke vom Schlüsselbein über die Brüste, die Schultern und bis hinunter auf die muskulösen Arme.

Jasmin vergewisserte sich, dass die Schlafzimmertür verschlossen war, dann legte sie sich ins Bett. Sie lag mit geschlossenen Augen auf der Seite, konnte aber nicht einschlafen. Mark und seine Freunde spielten laute Musik, und eine Frau lachte und schrie, Autos fuhren auf den Hof, und Glas zerbrach.

Es war bereits vier Uhr, als Jasmin einschlief, die Hände auf den Ohren.

Sie wachte mit pochendem Herzen auf, erinnerte sich an den Traum mit den roten Papierlampions mit chinesischen Zeichen in blassem Gelb, drehte sich auf den Rücken und sah, wie Rauch ein Muster um die Deckenlampe zeichnete.

Schnell griff Jasmin nach dem Glas auf dem Nachttisch, kippte das Wasser darin auf eine Bluse, band sich den nassen Stoff über Mund und Nase und ging hinunter ins Erdgeschoss. Das Fest war vorbei, alles war still. Durch die diesige Luft sah sie Menschen in einem Chaos aus Flaschen, Chipstüten, Aluminiumfolie mit Haschstückchen und überquellenden Aschenbechern liegen und schlafen.

Sie ging weiter, in den Flur, schloss sorgfältig die Tür hinter sich, um das Feuer an weiterer Ausbreitung zu hindern, und näherte sich dem schwarzen Rauch, der unter der Küchentür hervorsickerte.

Tränen begannen ihr aus den brennenden Augen zu laufen, aber nach den vielen Übungen mit CS-Gas wusste sie, dass es nur eine Regel gab: Ertragen. Man durfte husten, weinen und sich erbrechen, aber solange man es ertrug, nicht die Augen zu reiben, konnte man seinen Auftrag erfüllen.

In der Hocke betrat sie die Küche, die voller Rauch war, und zog die Tür hinter sich zu. Das Feuer sah wie eine orangefarbene Flagge in dichtem Nebel aus.

Jasmin hielt den Atem an und spürte die Hitze im Gesicht, als sie sich dem Herd näherte. Ein Topf brannte, und die Flammen hatten sich an der Dunstabzugshaube vorbei hochgearbeitet und das Gewürzregal entzündet.

Sie streckte die Hand vor und schaltete den Herd aus, tastete sich an der Wand entlang zum Putzschrank, suchte hinter dem Staubsauger und fand den Feuerlöscher.

Während ihr die Tränen über die Wangen liefen, kehrte sie zum Herd zurück, zog den Sicherungssplint aus dem Löscher und sprühte dichten Schaum, bis das Feuer erstickt war.

Es klapperte, als sie den Feuerlöscher über den Boden zog. Mit sich verkrampfender Lunge trat sie die Küchentür zum Garten auf, gelangte in die kühle Morgenluft und riss sich die Bluse vom Gesicht. Schwer atmend ging sie zurück ins Haus und öffnete alle Fenster, um den Rauch hinauszulassen.

Auf einer Bank bei den Fliederbeerbüschen fand sie Mark. Zusammen mit einer blonden Frau saß er dort und rauchte. Eine Flasche Whisky stand zwischen seinen nackten Füßen im Gras.

»Liebling«, lächelte er betrunken, als sie sich vor ihn stellte.
»Kann ich mal dein Telefon haben?«
»Natürlich«, sagte er und zog es unbeholfen aus der Brusttasche.

Jasmin nahm es entgegen, rief die Feuerwehr an, berichtete von dem Feuer, dass sie versucht hatte, es zu löschen, aber immer noch Glutnester im Gebälk sein konnten. Der Mann in der Zentrale sagte, er werde einen Einsatzwagen schicken, Jasmin bedankte sich und beendete das Gespräch.

»Brennt es in der Küche?«, fragte Mark.

Jasmin schüttelte den Kopf, dann rief sie ihre Mutter an und fragte, ob sie zu ihr ziehen könne.

»Ich bin ein Idiot«, murmelte Mark.

Sie gab ihm sein Handy zurück, sah ihn an, sein zerfurchtes Gesicht, die traurigen Augen und die Tätowierung, einen Drachen, der sich auf dem schlaffen Oberarm nach oben schlängelte.

Sie konnte nicht anders, er tat ihr leid, dennoch ging sie wortlos zum Gartentor, um dort auf ihre Mutter zu warten.

Mark befand sich in Afghanistan, als ihr Kind geboren wurde, aber Jasmins Mutter war mit im Krankenhaus, und ihre Schwester Diana nahm sich frei und flog nach Stockholm, sowohl um den kleinen Jungen nach der Geburt zu sehen als auch um ihn zur Taufe zu tragen.

Jasmin gab ihm den Namen Dante.

Mehr als ein Jahr lang lebte sie bei ihrer Mutter. Gemeinsam wechselten sie die Windeln, sahen den Kleinen wachsen, krabbeln und sich an den Möbeln hochziehen.

Jasmin bewarb sich um eine Aushilfstätigkeit als Sekretärin im Verteidigungsministerium und begann, halbtags zu arbeiten, daneben studierte sie weiterhin Internationales Krisen- und Konfliktmanagement.

Auch wenn Mark über längere Perioden nicht daheim war, achtete Jasmin darauf, dass er seinen Sohn sah. Als Dante das erste Mal bei Mark übernachtete, wartete Jasmin im Auto bis zum nächsten Morgen vor dem Haus. Mark war immer sehr lieb zu Dante, bekam sein Leben aber nicht in den Griff. Wenn er zwischen den Einsätzen zu Hause in Schweden war, musste er weiterhin mit seiner Clique Tequila saufen, hinter dem Haus grillen und nackt im See baden.

Die Aushilfstätigkeit im Verteidigungsministerium ging über in eine feste Stelle, und mithilfe ihrer Mutter konnte sich Jasmin eine Wohnung kaufen, von der aus Arbeit und Kindergarten zu Fuß erreichbar waren.

Manchmal erfüllte sie eine heftige Sehnsucht nach einer völligen Anwesenheit im Augenblick, nach den einfachen Bedürfnissen, die sich tief im Körperinneren verbergen, in den Nerven und unter der Haut. Dann traf sie einen Mann im Café der Universität und zog ihn mit sich in die Toiletten.

Nicht, dass sie dort einen Orgasmus gehabt hätte, das wäre vielleicht möglich gewesen, wären sie ins Hotel gegangen, aber darauf war sie gar nicht aus.

Vielleicht war es die Einsamkeit danach, die sie suchte, ihn hinausschieben zu können, die Tür wieder zu verschließen und sich mit zitternden Beinen auf den Toilettendeckel zu setzen.

4

Fünf Jahre dieses neuen Lebens waren vergangen. Jasmin Pascal-Andersson stellte die schweren Einkaufstaschen auf den Flurboden, und Dante zog sich die Mütze vom Kopf und warf sie aufs Regal. Seine Wangen waren rot, und die braunen Locken klebten an der feuchten Stirn.

Jasmin ging in die Knie, half Dante, die Stiefel auszuziehen, und öffnete seinen Schneeanzug.

»Nun hilf mal mit«, sagte sie und zog an den Ärmeln.

Dante hielt sich an ihrem Kopf fest, um nicht das Gleichgewicht zu verlieren, und spielte dabei mit ihrem Ohrring.

»Eine echte Perle«, sagte er.

»Ja«, antwortete sie, bekam ein Bein aus dem Anzug heraus und zog ihm den geringelten Strumpf aus.

»Aber die andere hast du verloren«, sagte er.

»Ja«, nickte sie und dachte, dass sie dafür ihr Leben behalten hatte.

»Irgendwann kaufe ich dir einen ganz tollen Ohrring.«

Dante hatte Marks lange Wimpern geerbt und ein kleines Grübchen am Kinn. Er war ziemlich klein für sein Alter, genau wie sie es bis zur Pubertät gewesen war.

Sie setzte Dante in die Badewanne, und während sie das Essen vorbereitete, konnte sie ihn singen hören: Buchstabenlieder, voller Ernst und Inbrunst. Ihre große Schwester Diana war zu einem Ärztekongress nach Stockholm gekommen, verzichtete aber auf das Galaessen, um sie zu treffen und Dante schon im Voraus ein Geburtstagsgeschenk zu bringen.

Jasmins Leben war stabil geworden, und nichts deutete

auf die Gefahr hin, der sie sich mit großer Geschwindigkeit näherte.

Sie bereitete kleine Klößchen aus Hackfleisch, Speck, Zwiebeln und Champignons, die sie anbriet und anschließend in Rotwein, Kalbsfond und Butter kochte.

Sie spülte das Küchenmesser mit der Hand, trocknete es ab und wog es einen Moment lang in der Hand, bevor sie sich umdrehte. Mit einer nach vorne schnellenden Armbewegung warf sie das Messer quer durch die Küche. Der Schein der Deckenlampe blitzte auf der Klinge auf. Das Messer drehte sich zweimal um sich selbst, bevor es in das dicke, vernarbte Messerbrett traf, das an der gegenüberliegenden Wand hing.

Dann stellte Jasmin die Herdflamme kleiner und ging zu Dante, der sich gerade einen langen Bart und eine Mütze aus dem knisternden Schaum formte.

Sie wusch ihm die Haare, trocknete ihn ab, und er hatte gerade den Pyjama mit den blauen und roten Booten angezogen, als es an der Tür klingelte.

»Nächste Woche werde ich fünf Jahre alt«, verkündete Dante, sobald er die Tür geöffnet hatte.

»Tatsächlich?«, fragte Diana mit gespieltem Erstaunen.

»Hallo, Schwester«, begrüßte Jasmin sie mit einer Umarmung und begann dann, ihren Mantel aufzuknöpfen. »Wie war der Kongress?«

»Ziemlich interessant.«

Diana hatte das gleiche rotblonde Haar wie Jasmin. Noch verschwanden die grauen Haarsträhnen in den hellen Locken, aber das sommersprossige Gesicht war von dünnen Fältchen durchzogen.

»Was hast du in der Tüte?«, fragte Dante.

»Lass sie doch erst mal reinkommen«, sagte Jasmin und hängte Dianas Mantel auf.

Diese zog ein Paket mit glänzend blauem Geschenkband aus der Tüte.

»Darf ich das jetzt schon aufmachen?«, fragte Dante und schaute dabei Jasmin an.

»Wenn du willst.«

Dante zerriss das Papier, stellte fest, dass es ein Buch war, bedankte sich, aber schaute es kaum an, als Diana noch ein Geschenk herausholte. Auch dieses Päckchen riss er auf und schrie laut vor Begeisterung, als ein silberfarbenes Plastikschwert zum Vorschein kam.

»Ist das unpädagogisch?«, fragte Diana lachend.

»Dante, was hältst du davon, wenn Kinder mit Spielzeugwaffen spielen?«, wollte Jasmin von ihrem Sohn wissen.

»Das ist schon okay«, antwortete er altklug, und dann gingen sie in die Küche.

Diana und Jasmin bestätigten einander, dass ihre Mutter inzwischen fröhlicher wirkte, sie aber immer noch für den Vater mit deckte, wenn sie allein war. Jasmin fing Dante ein, der mit der Gardine kämpfte.

»Du darfst mit dem Schwert in deinem Zimmer spielen und … Warte mal. Vorher sammelst du das ganze Papier im Flur auf.«

Jasmin schenkte zwei Gläser Wein ein, während die Soße einkochte.

»Weiß er, welchen Beruf du vor seiner Geburt hattest?«, fragte Diana, als Dante davongehüpft war.

»Dazu ist er noch zu klein«, antwortete Jasmin und löste das Küchenmesser aus dem Messerbrett an der Wand.

Sie schnitt ein großes Stück Butter ab und ließ es in der dunklen Soße schmelzen, rührte vorsichtig und sah zu, wie ihre gelbe Spur sich in einem langsamen Wirbel in die Länge zog.

»Hast du jemanden, mit dem du reden kannst?«, fragte Diana.

»Ich habe keine Zeit zum Reden«, sagte Jasmin lachend.

»Jedenfalls nicht, wenn du immer das letzte Wort haben musst.«

»Muss ich nicht«, erwiderte sie und trank von ihrem Wein.

»Als du klein warst, hast du sogar den Leuten widersprochen, die im Fernsehen geredet haben.«

»Wenn die etwas Falsches gesagt haben, man kann denen doch nichts glauben …«

»Machst du das immer noch?«

»Nein«, wehrte Jasmin ab.

Diana lachte und schaute dann zufrieden Jasmin an, wie diese den Herd ausschaltete und den Topf hochnahm.

»Mama hat mir erzählt, dass du dich nach einem neuen Job im Verteidigungsministerium erkundigt hast«, sagte Diana leise.

»Ich werde mich nicht drum bewerben«, erklärte Jasmin und goss die Soße durch ein feinmaschiges Sieb.

»Jedenfalls klang es spannend«, fuhr Diana in leichtem Plauderton fort.

»Na, es können ja nicht alle Neurochirurgen sein«, entgegnete Jasmin und kippte die Hackfleischbällchen in eine große Glasschüssel. »Dinge passieren, und der Mensch verändert sich … Ich brauche keine weitere Aufregung mehr in meinem Leben. Das klingt vielleicht langweilig, aber es gefällt mir, nur Sekretärin zu sein, und ich mache meinen Job gut.«

»Ich meine nur, dass du machen solltest, was du wirklich willst«, erklärte Diana ernst. »Du schaffst das, du hast ein Kriegstrauma überwunden, du hast ein Kind geboren, du hast Mark verlassen, dir eine eigene Wohnung gekauft und hast einen Job.«

»Aber Lars und Nico habe ich nicht gerettet, sie könnten noch leben, wenn ich Dinge anders gemacht hätte, wenn ich …«

»Du hast alles richtig gemacht«, unterbrach Diana sie. »Die Untersuchung hat das ergeben, du hast eine Medaille gekriegt, du hast alles getan, um sie zu retten …«

»Nicht im Hafen«, sagte Jasmin.

Die Antwort überraschte sie selbst. Es war lange her, dass sie vom Hafen gesprochen hatte, auch wenn ihre Gedanken immer wieder dorthin zurückkehrten.

»Mama sagt, dir geht es gut«, bemerkte Diana leise.

»Das tut es auch«, stimmte Jasmin zu und blickte aus dem Fenster. Der Himmel über den Hausdächern war bereits dunkel, und eine Mondsichel war hinter dünnen Wolkenschwaden zu sehen.

»Hast du immer noch das Gefühl, dass es die Hafenstadt wirklich gibt?«

»Was soll ich dir darauf antworten?«, fragte Jasmin und musste gegen ihren Willen lachen.

5

Auch in Schweden kündigte sich der Sommer an, die Kirschbäume im Kungsträdgården blühten, und die Tage wurden länger. Manchmal saßen Jasmin und Dante vor der Ballettakademie und teilten sich auf dem Weg von der Vorschule nach Hause ein Stück Kuchen.

Immer noch verbrachte sie einige Nachmittage in der Königlichen Bibliothek mit religionsgeschichtlichen Texten, Büchern über Chinas Kulturgeschichte und großen Werken über frühe Grabkunst.

Und es kam vor, dass sie Albträume hatte.

Feuerwerkskörper donnerten zwischen den Häuserwänden in einem engen Hutong. Hinter den Rauchschwaden und dem zuckenden Lichterschein zerrten Leute der Triade ein bewusstloses Mädchen an den Haaren hinter sich her.

Der Kinderkörper wurde auf einen alten Kahn geworfen, dass die roten Laternen schaukelten.

Schreiende Eltern wurden vom Kai weggedrängt.

In solchen Nächten wachte Jasmin schweißgebadet auf, kam mit zitternden Beinen aus dem Bett und erbrach sich in der Toilette. Erschöpft duschte sie und putzte sich die Zähne, bevor sie ins Bett zurückging.

An diesem Morgen sperrten sich ihre Locken gegen alle Bändigungsversuche. Sie war mit nassem Haar in Dantes Bett eingeschlafen, nachdem sie ihm eine Gutenachtgeschichte vorgelesen hatte.

Als sie ihn in der Vorschule ablieferte, war sie gestresst gewesen, und während sie jetzt die Jakobsgatan entlanglief, mit trommelndem Regen auf dem Regenschirm, spürte sie eine wachsende Unruhe in sich.

Diana arbeitete als Neurochirurgin in Göteborg und musste jeden Tag Entscheidungen treffen, von denen das Leben anderer Menschen abhing, aber Jasmin wollte nie wieder in eine derartige Situation kommen. Sie zog es vor, Gutachten über Personalbedarf zu archivieren, während der wolkenverhangene Himmel vor dem Fenster des Büros sich ein wenig aufhellte.

Doch das Gefühl der Ruhe täuschte.

Denn in Wahrheit tickte die Uhr für sie immer schneller. Der Wendepunkt in ihrem Leben näherte sich.

Jede Entscheidung, jeder Schritt in ihrem Leben sollte bald eine andere Bedeutung bekommen.

Gegen elf Uhr schob Jasmin vorsichtig einen Teewagen in den Saal, in dem die Ministerkonferenz stattfand. Während sie Kaffee und Schokoladenkekse bereitstellte, sprach der Vertreter eines führenden Telekommunikationsunternehmens über eine kommende UNODA-Konferenz in Peking, bei der es um die Rolle der Telekommunikation bei Fragen der internationalen Sicherheit gehen sollte.

Um vier Uhr ging Jasmin die Regeringsgatan entlang, um Dante in der Lärkstadens-Vorschule abzuholen.

Er befand sich mit den anderen Kindern im schattigen Innenhof. Sie waren gerade von einem Ausflug zurückgekommen und trugen immer noch ihre knallgelben Sicherheitswesten.

Als Dante Jasmin entdeckte, lief er auf sie zu und warf sich in ihre Arme. Mit roten Wangen berichtete er begeistert, dass sie Umwelthelden seien. Jasmin folgte ihm, um die vier Müllsäcke zu bewundern, die die Kinder mit Unrat gefüllt hatten, dann gingen sie ins Haus, um sein Diplom zu holen.

Im Vorraum hatte ein Vater die Schuhgrenze ohne Schuhschutz überschritten, und seine Tochter schimpfte mit ihm und erklärte ihm lautstark, dass er nicht mit Schuhen hier hereindürfe. Ungeduldig antwortete er, dass sie es nicht schafften, ihr Diplom zu holen, wenn sie weiter nerve. Das Mädchen fing an zu weinen. Der Mann lockerte mit einem Finger seine Krawatte, und Jasmin sah, wie sein Gesicht weiß und schweißnass wurde.

»Ebba, wir haben es eilig«, sagte er.

Dante verkündete ihr, dass er sich Spielzeugkartoffeln aus Porzellan wünsche, und dann fiel ihm ein, dass er noch eine Zeichnung vergessen hatte, also zog er seine Schuhe wieder aus und lief zurück zu seinem Regalfach.

Feuchte Wärme strömte aus dem Trockenschrank.

Der gestresste Vater packte seine Tochter an der Jacke und zog sie mit sich zur Tür, zwischen anderen Kindern und Eltern hindurch. Plötzlich blieb er stehen und griff sich mit einer Hand an die Brust. Mit der anderen versuchte er sich an der Wand abzustützen, dann sank er zwischen Stiefeln und Regenkleidung mit dem Rücken gegen einen Kinderwagen zu Boden, schwer atmend.

»Papa!«, rief das Mädchen.

Der Mann starrte mit leerem Blick vor sich hin und antwortete nicht, als eine Frau sich über ihn beugte und fragte, was mit ihm los sei.

Er fiel weiter in sich zusammen, der weiche Flurteppich schob sich in Falten, der Karton mit dem Schuhschutz kippte um, und die hellblauen Plastikbäusche kullerten heraus.

Jasmins Herz begann zu rasen. Sie schloss für einige Sekunden die Augen und spürte, wie ihr der Schweiß aus den Achselhöhlen die Seiten hinunterlief. Mit einer Hand betastete sie das linke Ohr, wusste aber schon vorher, dass sie ihren Perlenohrring nicht drin hatte.

Jemand rief einen Krankenwagen, andere halfen dem Mann,

sich besser hinzulegen, indem sie den Kinderwagen zur Seite schoben, sodass er genug Platz hatte.

Es dröhnte in Jasmins Kopf, als sie zu ihm ging. Die Erinnerungsfragmente aus der Hafenstadt blitzten in ihrem Unterbewusstsein auf. Sie merkte nicht, dass sie Jacken von den Haken mit sich riss und ein Hockeyschläger laut klappernd zu Boden fiel.

Sie zwängte sich zwischen den Menschen zu dem Mann auf dem Boden vor und kniete sich neben ihn.

»Sie kommen gleich in eine Hafenstadt«, sagte sie. »Folgen Sie den Menschen zum Kai hinunter ...«

Sie beugte sich vor und stützte sich mit zitternden Armen auf dem schmutzigen Fußboden ab.

»Ich kann mich nicht mehr an alles erinnern«, fuhr sie fort und versuchte seinen Blick einzufangen. »Aber wenn Sie eine Metallplakette um den Hals kriegen, dann ...«

Jemand rief, dass die Sanitäter unterwegs seien. Das Herz hämmerte in Jasmins Brust, und Panik stieg in ihr auf, als die Lippen des Mannes blau wurden. Er antwortete nicht, als die Frau mit dem Telefon ihn fragte, wie es ihm gehe.

»Wenn Sie eine Metallplakette kriegen, dann müssen Sie zum Terminal gehen«, wiederholte Jasmin mit lauter Stimme.

»Sie sagen, es ist besser, wenn er halbwegs sitzt«, teilte die Frau mit, die Kontakt mit der Notrufzentrale hatte.

»Sie müssen zum Terminal gehen«, fuhr Jasmin fort. »Hören Sie, was ich sage?«

»Wovon redest du eigentlich?«, rief jemand.

Eine blonde Frau zerrte an Jasmin, doch diese schüttelte die Hand ab, worauf die Frau sie an der Jacke fasste und Jasmin sich umdrehte und ihr den rechten Ellenbogen direkt gegen das Brustbein stieß, sodass sie keine Luft mehr bekam und nach hinten fiel.

Mehrere Personen in der Garderobe schrien auf, aber Jasmin blieb auf den Knien hocken und strich mit der Hand über das verschwitzte Gesicht des Mannes. Er hatte aufgehört zu atmen. Jemand versuchte sie wegzuziehen, aber sie schlug um sich.

»Hüten Sie sich vor der Bande der Triade«, sagte sie mit lauter Stimme. »Die werden versuchen, Sie zu zwingen ...«

»Mama?«, rief Dante.

»Schafft sie weg hier!«

»Was immer passiert, geben Sie nie die Metallplakette her«, schrie Jasmin, während sie weggezogen wurde. »Bleiben Sie beim Terminal, lesen Sie die Wandzeitungen, und warten Sie ...«

Sie verlor ihre Tasche, sodass der Inhalt zu Boden fiel: Puder und Lippenstift, Kajalstift, Handy und Wohnungsschlüssel.

6

Jasmin wehrte sich, als die Polizei sie in die psychiatrische Notaufnahme des St.-Görans-Krankenhauses brachte. Sie schrie, sie müsse den Mann retten, das Zentralkomitee habe die Kontrolle über den Hafen verloren, sie müsse ihn vor der Triade warnen.

Den ersten Pfleger trat sie von sich, brach dem zweiten den Arm, wurde dann aber zu Boden gezwungen und bekam eine Spritze mit Stesolid in den Po.

»Er hat das Recht, die Wahrheit zu erfahren«, keuchte sie.

Laut Aufnahmebericht des Arztes war es der Herzstillstand eines fremden Mannes, der den psychogenen Zusammenbruch verursacht hatte. In Anbetracht ihrer Gewalttätigkeit und der Anamnese eines Kriegstraumas mit psychotischem Einschlag beschloss die Fachärztin Evita Olsson, dass Jasmin gegen ihren eigenen Willen laut dem Gesetz zwangseingewiesen werden sollte.

Am ersten Tag bekam sie intramuskulär das schnell wirkende Neuroleptikum Haldol. Nach einem Fluchtversuch und einem zerschlagenen Fenster wurde beschlossen, sie dreifach zu fixieren und das antipsychotische Medikament Cisordinol zu geben. Jasmin lag festgezurrt im Bett und schrie, dass alle sich auf das Totenreich vorbereiten sollten, bis sie keine Stimme mehr hatte.

Nach zwei Tagen zeigte Jasmin die extrapyramidalen Nebenwirkungen der Medikation; sie kroch über den Boden, zitterte und hatte heftige Krämpfe im Hals, im Kiefer und in der Zunge. Es vergingen mehrere Stunden, bis man ihr das Gegenmittel Akineton verabreichte.

In der ersten Zeit verspürte sie den heftigen Drang, dem Krankenhauspersonal ihren Standpunkt zu erklären, dass ihre Aufregung der organisierten Kriminalität geschuldet sei.

Sie versuchte zu erklären, dass sie nicht glaube, sie sei fälschlicherweise in dieser chinesischen Hafenstadt gelandet. Nein, sie war davon überzeugt, dass es das war, was die ganze Menschheit erwartete. Es konnten nicht alle Religionen zugleich recht haben. Das verstand sich von selbst. Aber nun war sie also auf der anderen Seite gewesen und wusste, dass die alten chinesischen Vorstellungen stimmten.

Nach gut einer Woche auf der psychiatrischen Abteilung war Jasmin klar geworden, dass alle sie als psychotisch ansahen.

Also biss sie die Zähne zusammen, zwang sich, den Impuls, darauf zu beharren, dass sie mehr über den Tod wusste als sonst jemand dort, zu unterdrücken, und wartete, bis sie gegangen waren, ehe sie ihnen widersprach.

»Ich weiß, was ich gesehen habe«, flüsterte sie.

Die Tage vergingen, die Panik zog sich leise zurück und wurde durch Scham ersetzt. Sie schämte sich, die Menschen in der Vorschule mit ihrer mangelnden Selbstkontrolle erschreckt zu haben.

Jasmins Mutter kümmerte sich um Dante, sie zog in Jasmins Wohnung ein und sorgte dafür, dass er jeden Morgen zur Vorschule ging.

Jasmin zwang sich, sich ruhig zu verhalten, würdevoll zu bewegen, leise und besonnen zu sprechen und zu zeigen, dass sie Reue empfand und einsah, dass sie krank war.

Sie hatte darum gebeten, dass man die Cisordinol-Dosis reduzierte, aber ihr angespanntes Gesicht war immer noch angeschwollen von den Medikamenten. Die Haut war grau, und über den Nasenrücken verlief eine tiefe Wunde.

Dreimal hatte sie um ein Gespräch gebeten, um über ihre Entlassung zu diskutieren, versucht zu erklären, dass eine offene Therapie besser für sie geeignet sei, da sie sich ja um ihren Sohn kümmern müsse.

Jetzt saß Jasmin auf der Bettkante und wartete auf die Ärztin. Ihr zerzaustes Haar hing ihr über die Wangen. Ihre Kleidung war viel zu groß, und in den weißen Turnschuhen fehlten die Schnürsenkel.

Es klopfte an der Tür, und die Fachärztin Evita Olsson kam herein. Eine strenge, gewissenhafte Frau mit kräftigem Nacken, grauem Haar in einem Knoten und ruhigen blauen Augen.

Jasmin stand auf und schüttelte ihr die Hand, machte eine Bemerkung hinsichtlich des regnerischen Wetters, bevor sie zu dem freien Stuhl zeigte und sich wieder auf die Bettkante setzte.

»Mir geht es inzwischen gut«, sagte Jasmin und strich sich die Haare aus dem Gesicht.

»Das ist schön zu hören«, lächelte Evita Olsson und setzte sich Jasmin gegenüber.

Die fühlte sich nicht wohl, ihr war klar, dass sie aussah wie alle Patienten auf der Psychiatrie; sie merkte selbst, dass sie nach Schweiß roch, und wusste, dass sie häufig die Augenlider schloss, weil die Bindehaut so trocken war. Aber sie musste sich Dante zuliebe anstrengen, musste das sagen, was sie hören wollten.

»Ich wollte Ihnen nur sagen, dass es mir gut geht ... und dass ich selbst nicht weiß, warum ich mich da so aufgeregt habe«, erklärte sie.

»Soweit ich es verstanden habe, wollten Sie etwas erklären, was Ihrer Meinung nach wichtig war für den Mann, der einen Herzinfarkt hatte.«

»Ja, ich weiß, es tut mir leid, ich hatte nach der Schussverletzung im Kosovo diesen Traum ...«

»Über das, was nach dem Tod geschieht, soweit ich verstanden habe.«

»Das war ein unglaublich intensiver Traum«, gab Jasmin zu und spürte, wie sie rot wurde.

»Natürlich«, nickte Evita Olsson und schaute auf ihre Papiere. »Sie hatten ein schreckliches Erlebnis und wurden zwölf Wochen lang wegen Wahnvorstellungen medikamentös behandelt.«

»Ja ... eine Zeit lang habe ich geglaubt, dass es mehr als nur ein Traum war«, erklärte Jasmin.

»Interessant – wenn man sich nun einmal vorstellt, dass es wirklich mehr als ein Traum gewesen sein könnte«, überlegte Evita mit ernster Miene. »Man kann es ja nicht wissen ... Wenn Sie tatsächlich etwas wüssten, was andere nicht wissen.«

»Das wird sich zeigen«, sagte Jasmin lächelnd.

»Schon möglich«, pflichtete Evita ihr bei und erhob sich.

»Darf ich bald nach Hause?«

»Ich werde mit dem Verwaltungsrat sprechen«, sagte die Ärztin und ging zur Tür.

»Danke.«

Sie blieb stehen, drehte sich wieder zu Jasmin um und dachte einen Moment lang nach, bevor sie etwas sagte.

»Aus reiner Neugier ... Wenn Sie jetzt einmal außer Acht lassen, dass ich Ärztin bin und alles hier ... Ich meine, ganz ehrlich, was glauben Sie eigentlich?«

»Ich glaube, dass ich die andere Seite wirklich gesehen habe«, antwortete Jasmin fast lautlos.

»Dann bleiben Sie lieber noch eine Weile bei uns«, stellte Evita daraufhin mit plötzlich kühler Stimme fest.

Sie blieb noch einen Moment lang auf der Stelle stehen und betrachtete Jasmins verblüfftes, erniedrigtes Gesicht, bevor sie das Zimmer verließ.

Jasmin behielt die Fassung, blieb still sitzen, während die Tür geschlossen wurde, zwang sich selbst dazu, es auszuhalten, während sie durch den Spion in der Tür beobachtet wurde. Die Tränen stiegen ihr in die Augen. Sie musste schwer schlucken, stand dann mit zittrigen Beinen auf und ging zum Waschbecken, wusch sich das Gesicht und merkte, wie ihr schwarz vor Augen wurde. Sie verlor das Gefühl für den Raum, merkte nicht einmal mehr, dass sie mit der Stirn gegen den Rand des Waschbeckens schlug, als sie zu Boden fiel.

Sie drehte sich auf den Rücken, öffnete die Augen und starrte an die Decke, an die weiße, schwimmende Oberfläche.

Sie blinzelte, aber das traumähnliche Gefühl blieb.

Was sie an eine Begebenheit während der Spezialausbildung erinnerte.

Ohne Hilfsmittel sollte Jasmin unter einem großen Schiff hindurchschwimmen und Minen am Rumpf befestigen. Sie konnte sich daran erinnern, wie sie zwei Minen befestigte, wusste, dass sie den Atem noch weitere zwei Minuten anhalten konnte, auch wenn die Milchsäure die Oberschenkel bereits schwer werden ließ. Sie tauchte auf acht Meter Tiefe hinunter, um unter dem Kiel durchzuschwimmen, als ein berauschendes Gefühl sie überwältigte, als sollte etwas ganz Schreckliches passieren.

Der Wasserdruck hatte den Sauerstoff in ihrem Blut in die sich weitende Lunge zurückgedrückt.

Sie vergaß, wo sie sich befand, begann weiter zu sinken und starrte nur in die dunkelgraue Tiefe hinunter, ohne zu verstehen, was sie sah, als sie plötzlich wieder denken konnte.

Jasmin stand vom Fußboden auf. Sie war wieder einmal reingelegt worden. Das reichte jetzt. Wenn sie die anderen besiegen wollte, durfte sie nie wieder irgendjemandem gegenüber die Hafenstadt erwähnen. Am nächsten Tag wurde die Medikamentendosis erhöht, und Jasmin ging es schlecht, sie erbrach sich und bekam etwas gegen die Nebenwirkungen. Ihre Füße schwollen so stark an, dass sie keine Schuhe mehr anziehen konnte, und die Kopfschmerzen waren kaum zu ertragen.

Sie lag zusammengekauert in dem verschwitzten Bett, drückte sich die Fingerspitzen gegen die Schläfen, biss die Zähne zusammen und flüsterte: Glaubt ihr etwa, das könnte mich brechen? Habt ihr nichts Besseres anzubieten? Das hier ist doch gar nichts.

7

Nach zwei Monaten reduzierten die Ärzte schrittweise die Dosis und gingen schließlich zu Cipramil und Zyprexa in Tablettenform über.

Die ersten Tage schluckte Jasmin die Tabletten, hörte dann aber heimlich mit allen Medikamenten auf.

Sie fing an, nachts in der Dunkelheit in ihrem Zimmer Liegestütz und Sit-ups zu machen, probierte Schlagfolgen aus und rief sich Shakespeares Sonette ins Gedächtnis, um sich ihrer Denkfähigkeit sicher zu sein.

Innerhalb von nicht einmal einer Woche stellte sich ihre sexuelle Lust wieder ein, sie dachte zum ersten Mal an Mark und fing wieder an zu onanieren.

Jasmin war klar, dass sie sich pflegen musste, um überhaupt hier herauszukommen, und sie begann ihre Haut einzucremen, sich die Zähne zu putzen, die Fingernägel zu feilen, das Haar zu waschen und zu flechten.

Die eintönigen Routinen auf der Psychose-Station 4 waren in ihrer Vorhersehbarkeit kaum zu ertragen.

Sie hatte das Gefühl, als verginge die Zeit so langsam, dass sie Gefahr lief, stehen zu bleiben.

Jasmin saß auf dem blassgrünen Sofa im Aufenthaltsraum und schaute Fernsehen. Eine Frau redete über ihre Zuckersucht. Auf dem Tisch vor Jasmin stand ein kleiner Karpfen aus angemaltem Blech. Er hatte ein offenes Maul und große gelbe Schuppen. Sie beugte sich vor, nahm ihn hoch, betrachtete ihn und drehte ihn um.

»Made in China«, las sie und schaute mit neutralem Blick den Pfleger an, der sie beobachtete.

Jasmin hatte sich geschworen, hier herauszukommen, und sie sehnte sich so sehr nach Dante, dass sie sich gar nicht mehr traute, sich vorzustellen, dass sie irgendwann wieder ganz normal würden zusammenleben können. Es tat weh, wenn die Wirklichkeit in ihr Leben zurückflutete.

Der Verwaltungsrat hatte auf Evita Olssons Rat hin Jasmins Zwangseinweisung bereits zweimal verlängert, aber im Juli traf sie einen juristischen Berater, der Widerspruch gegen den Beschluss einlegte, und sie bekam Zugang zu ihren Pflegeberichten und den Gutachten, die bei ihrer Aufnahme verfasst worden waren.

Jasmin las zum ersten Mal von dieser gewalttätigen Frau, die von der Polizei zur psychiatrischen Notaufnahme gebracht worden war.

Es war schwer, sich mit ihr zu identifizieren, zu akzeptieren, dass sie es selbst war, die dort beschrieben wurde.

Laut Einweisungsunterlagen war die psychotische Frau zwangsweise medikamentös behandelt worden, damit sie sich und anderen keinen Schaden zufügte.

Jetzt fielen ihre Tränen auf die Akte und vergrößerten sich wie graue Kreise über den klinischen Einschätzungen der Ärzte. Die Panik, die sie überfallen hatte, als der Mann einen Herzinfarkt bekam, konnte sie heute nicht mehr nachvollziehen.

Damals hatte sie eine Psychose ereilt.

In diesem Moment, mit der Akte in den Händen, schien es ihr plötzlich glasklar, dass die Hafenstadt nur ein Traum gewesen war.

Sie hatte sich geirrt, die anderen hatten recht.

Sie war nicht eingeschlossen und unter Drogen gesetzt worden, weil sie die Wahrheit berichtete, sondern weil sie tatsächlich die Wirklichkeit nicht mehr im Griff gehabt hatte.

Die ärztliche Einschätzung war richtig gewesen.

Warum hatte sie sich so fest an diesen Traum geklammert

und behauptet, er wäre real? War das ihre idiotische Sturheit? Warum musste so viel Zeit vergehen, bis sie erkannte, dass sie sich geirrt hatte? Sicher, man konnte alte Schilderungen über Wasser und Schiffe auf der anderen Seite finden, aber das war doch nichts anderes als ein Mythos.

Diese chinesische Hafenstadt war nur entstanden, weil ihr Gehirn mit Panik auf den Sauerstoffmangel reagierte.

Und wenn sie sich also des Gegenteils sicher war, bedeutete das, sie hatte Wahnvorstellungen gehabt, sie war psychisch krank.

Was nicht hätte geschehen dürfen. Für so etwas gab es keinen Platz in ihrem Leben.

Ihre Selbstkontrolle war nur eine Illusion gewesen. In ihrem tiefsten Inneren fehlte ihr immer noch die Stabilität. Die war in diesen entscheidenden Minuten im Kosovo verschwunden.

Der Traum von der Hafenstadt erschien ihr wie ein Feuer hinter einer Wand aus Papier. Jeden Moment konnte das Papier in Flammen aufgehen und wieder Teil ihrer Wirklichkeit werden.

Jasmin wischte sich die Tränen mit dem Handrücken ab und ging zu dem Teddy, der mit den Tabletten vollgestopft war, die sie ausgespuckt hatte, holte eine Zyprexa heraus, legte sie sich in den Mund und schluckte.

Ab da nahm sie ihre Medikamente, wie sie sollte, und machte bei jeder Therapie mit, die ihr angeboten wurde.

Dieser Sommer würde ihr später wie die Ruhe vor dem Sturm erscheinen, wenn die Natur vor einem gewaltigen Kraftakt noch einmal tief Luft holt.

Fast täglich kam ihre Mutter mit Dante zur Besuchszeit. Mit ihm war alles einfach. Sie aßen gemeinsam ein Brot, tranken Apfelsaft und unterhielten sich darüber, was so passiert war.

»Papa hat jetzt eine Freundin«, berichtete Dante eines Tages mit ernster Miene.

»Und wie heißt sie?«

»Mia.«

»Ist sie nett?«, fragte Jasmin.

Dante nickte und spielte dann mit seinem Spiderman aus Plastik. Seine Lippen bewegten sich lautlos, das Gesicht war ganz ernst. Er hatte ihre grünen Augen, aber nur wenige Sommersprossen auf dem Nasenrücken und den Wangen.

»Magst du mir erzählen, welche Regeln es gibt, wenn du bei Papa bist?«, fragte Jasmin.

»Ich darf nicht runter zum See gehen, und ich darf keine heißen Sachen anfassen«, antwortete er.

»Aber du darfst vor dem Fernseher einschlafen, wenn Papa sagt, das ist in Ordnung.«

»Und ich muss in meinem Zimmer bleiben, wenn die beiden streiten oder schreien.«

»Aber das tun sie doch bestimmt nicht, oder?«

»Nein.«

»Und noch eine«, sagte sie.

»Ich soll viel Spaß mit Papa haben«, lachte er.

Als sie sich das nächste Mal trafen, berichtete Dante, dass Mia ihn an den Haaren festgehalten habe, als er zu Papa hinauslaufen wollte.

»Tat das weh?«, fragte Jasmin, während ihr Herz heftig pochte.

»Nicht sehr«, antwortete er.

»Hast du Angst gekriegt?«

»Hör auf, Mama«, murmelte er.

Als sie zurück in ihrem Zimmer war, stellte sie sich ans Fenster und betrachtete das Dach über dem Eingang zur psychiatrischen Notaufnahme und die roten Ziegel im Schatten. Lange stand sie dort, blickte zu den Glastüren der Rezeption und dachte, dass sie bald durch sie hinausgehen und niemals zurückkommen würde.

Donnerstags wurde der Rasen gemäht, dann saß sie immer

am Fenster und beobachtete den Mann auf seinem kleinen Fahrzeug.

Es war die Einsicht, dass sie krank gewesen war, obwohl sie doch das Gegenteil behauptet hatte, die ihr den Boden unter den Füßen wegzog und sie unsicher machte.

Als Evita Olsson sie fragte, ob es wohl an der Zeit sei, die Medikamente langsam abzusetzen und nach Hause zu gehen, zitterte Jasmin vor Anspannung.

»Nach Hause?«

»Wollen Sie das nicht?«, fragte die Ärztin.

»Doch, aber ich weiß nicht, ob ich das schaffe.«

»Das glaube ich schon.«

An einem Montag kam ihre Mutter ohne Dante. Jasmin sah sofort, dass etwas nicht stimmte. Ihre Mutter sah älter aus, das kleine Gesicht war voller Falten, der Mund angespannt.

»Mama? Was ist passiert?«, fragte Jasmin.

Ihre Mutter konnte die Tränen nicht länger zurückhalten.

»Mark will dir Dante wegnehmen«, sagte sie weinend und reichte ihr einen Brief.

Jasmin las die Mitteilung, dass Mark den Beschluss zum Sorgerecht vor dem Familiengericht angefochten hatte. Er war der Meinung, Jasmin sei aufgrund ihrer psychischen Krankheit nicht in der Lage, das Sorgerecht auszuüben, und wollte es deshalb für sich allein beantragen.

»Du darfst nicht mehr über solche komischen Sachen reden«, sagte Mama mit warmer Stimme und nahm Jasmins Gesicht in beide Hände.

»Ich hatte eine Psychose, aber jetzt bin ich wieder gesund«, erklärte Jasmin mit fester Stimme.

»Du musst gesund werden.«

»Ich brauche keine Psychopharmaka mehr und …«

Eine Angst kam in ihr hoch, große weiße Knospen sprangen zu Blüten auf, die Blütenblätter öffneten sich kitzelnd, und sie konnte nicht anders, sie musste über die Absurdität der Situation lachen.

»Du wirst Dante verlieren, wenn ...«

»Mama, ich habe mit meiner Psychiaterin geredet«, sagte sie und versuchte sich wieder unter Kontrolle zu bekommen. »Ich werde bald entlassen, aber vorher muss ich ...«

»Du hättest nie ...«

»Hör zu«, unterbrach sie ihre Mutter. »Du fährst jetzt nach Hause und suchst einen Anwalt, der Experte ist in Familienrecht und Sorgerechtsstreit. Ich bezahle ihn, ich suche mir einen Zusatzjob, ich werde tun, was ich kann ...«

8

Es war bereits Dezember, und jetzt stürzte das Schicksal mit zunehmender Geschwindigkeit auf sie ein. Ein Schneesturm aus Russland zog über die Ostsee nach Schweden. Das schwarze Meereswasser spiegelte die wirbelnden weißen Flocken wie eine gewellte Stahlfläche. Jede Krüppelkiefer in den Gärten war auf der Seite, die nach Nordosten zeigte, von Schnee bedeckt. Dicke Flocken wurden auf die Klippen geblasen, sammelten sich auf den Booten, stürmten entlang der Häuserwände, und über Nacht war ganz Stockholm funkelnd weiß.

Jasmin war seit August gesundgeschrieben und seit drei Monaten wieder an ihrem Arbeitsplatz, aber immer noch fühlte sie eine gewisse Scheu. Ihr Zusammenbruch war ihr peinlich, sie arbeitete nur halbtags, ging in die offene psychiatrische Therapie und nahm die Medikamente, die ihr verordnet worden waren.

Tief in ihrem Herzen hatte sie geglaubt, der Traum wäre Wirklichkeit. Mehrere Jahre lang hatte sich diese Wahnvorstellung verfestigt. Sie konnte sich selbst nicht mehr vertrauen, war nicht mehr diejenige, die sie zu sein gedacht hatte.

Jasmin war voller Angst, konnte nur schwer eigene Entschlüsse fassen, fragte ihre Mutter selbst bei Kleinigkeiten und weigerte sich, Auto zu fahren.

Kurz vor Weihnachten sollte die Frage des Sorgerechts vor dem Verwaltungsgericht entschieden werden, bis dahin galt noch der alte Beschluss. Dante wohnte bei Jasmin. Er war guter Dinge und schlief wieder in seinem eigenen Bett.

Mark wusste, was Jasmin durchgemacht hatte. Er wäre nie von sich aus auf die Idee gekommen, ihr Dante wegzunehmen, nur weil er das konnte. Das passte nicht zu ihm. Mia musste diejenige sein, die das forderte. Jasmin war überzeugt davon, dass Mia eifersüchtig war und sie deshalb dafür bestrafen wollte, dass sie früher mit Mark zusammen gewesen war.

Jasmin war noch bei der Arbeit, aber später sollten sie und Dante sich mit Mark und den Anwälten in Nynäshamn treffen und über einen Vergleich sprechen. Die Lage war nicht hoffnungslos. Ihr Anwalt hatte Informationen darüber zutage gefördert, dass Mark wegen Drogen- und Waffenbesitz verurteilt worden war.

Die Schneeflocken fielen immer noch vor dem massiven Gebäude des Verteidigungsministeriums, verdeckten fast die großen Fenster und legten sich in Wehen auf die langen Fahnenstangen, die aus der Fassade in die Jakobsgatan ragten.

Den ganzen Tag über hatte Jasmin ihre Bürotür geschlossen gehalten und mit klopfendem Herzen dagesessen, während sie Beschlussvorlagen für das Präsidium schrieb.

Der elektrische Adventskerzenbogen leuchtete im Bürofenster, und dichter Schnee fiel durch die nachmittägliche Dunkelheit.

Nach der Arbeit lief sie schnell zur Östermalmshallen. Zusammengeballte Flocken füllten den Himmel. Die weiße Schicht legte sich auf den Marktplatz und deckte den Abfall von McDonald's um einen Mülleimer herum zu.

Sie trat durch die hohe Tür ein, registrierte den satten Geruch von geräuchertem Fleisch und Weihnachtsgewürzen, während sie an den Ständen der Markthalle vorbei zu Husmans Deli eilte.

Ihre Mutter und Dante saßen ganz hinten. Der Junge hatte seine Portion Frikadellen aufgegessen. Auf seinem Teller lagen nur noch eine Kartoffel und Reste der Soße und Preiselbeermarmelade.

»Krieg ich jetzt einen Nachtisch?«

»Ich weiß nicht«, erwiderte Jasmin.

»Oma hat gesagt, wir müssen dich fragen«, erklärte Dante.

»Vielleicht wird die Zeit dann zu knapp«, sagte Jasmin und schaute zögernd ihre Mutter an. »Oder was meinst du?«

»Wir haben reichlich Zeit«, antwortete diese ruhig. »Aber das musst du entscheiden.«

»Ich weiß nicht ... ich ...«

»Ist schon gut, muss ich nicht haben«, warf Dante leise ein, wischte sich den Mund mit der Papierserviette ab, stand vom Tisch auf und nahm sein Plastikschwert in die Hand.

Als sie das Restaurant verließen, schob sich seine kleine Hand in Jasmins, und die Vorahnung einer Katastrophe rührte sich in ihrem Bauch.

Auf dem Weg zum Auto schlug Dante die ganze Zeit mit seinem Plastikschwert nach den Schneeflocken. Der Himmel war über dem wirbelnden Lichterkreis der Stadt schwarz.

»Jasmin, du darfst nicht anfangen, über merkwürdige Dinge zu reden«, ermahnte ihre Mutter sie wieder einmal.

»Ich habe das im Griff«, erwiderte Jasmin, obwohl die Angst in ihrem Herzen flatterte.

Der Wagen ihrer Mutter stand in der Sturegatan. Dantes Kindersitz war wie immer auf dem Rücksitz festgeschnallt.

Jasmin legte das Schwert in den Kofferraum, nahm den Handfeger und fegte den luftigen Schnee von der Windschutz- und der Heckscheibe, bevor sie sich neben Dante setzte und nachsah, ob er sich auch richtig angeschnallt hatte.

Sie nahm ihm die Mütze ab und strich ihm wie immer durch das feuchte Haar.

Ihre Mutter summte vor sich hin, ließ den Motor an und bog auf die Fahrbahn ein. Die Räder waren auf dem weichen Schnee kaum zu hören.

Jasmin schaute hinaus, ihr kam in den Sinn, dass seit dem Kosovo bereits sechs Jahre vergangen waren, aber nichts war vorüber, nichts geheilt.

Alle Straßen und Bürgersteige in der Stadt glitzerten weiß. Kein Laut war zu hören. Die Scheibenwischer fegten den leichten Schnee zur Seite, der Innenraum des Autos wurde warm.

Jasmin sah, wie die weißen Flocken vom Wind hochgewirbelt wurden und mit dem schwarzen Wasser, das auf beiden Seiten des Parlamentsgebäudes entlangströmte, um die Wette jagten. Sie versuchte einzelne Flocken mit dem Blick einzufangen und ihnen auf ihrem Weg bis zum Boden zu folgen – nur um nicht an das bevorstehende Treffen mit Mark und den Anwälten denken zu müssen.

Dantes Wangen wurden von der Heizungswärme rot. Sein dichtes Haar lockte sich, auf der Stirn war es verschwitzt. Er murmelte etwas vor sich hin und malte einen Totenkopf auf die beschlagene Fensterscheibe.

Auch im Scheinwerferlicht des Wagens wirbelten die Flocken. Als befänden sie sich in einer Glaskugel mit künstlichem Schnee in einer geschüttelten Flüssigkeit.

»Mia hat auch ein Kind gehabt«, berichtete Dante. »Und sie ist ...«

»Vorsicht!«, schrie Jasmin.

Ein bärtiger Mann wollte über die Straße gehen. In dem dichten Schneefall um den Slussplan war er kaum zu sehen. Er trug mehrere Schichten an Kleidung und zerrte einen halb vollen Müllsack mit leeren Dosen hinter sich her. Jasmins Mutter trat auf die Bremse, der Wagen rutschte nach vorn, ein lautes Rattern des Bremssystems war zu hören und harte Stöße im Autoboden zu spüren.

Jasmin keuchte in der auftretenden Stille.

Der bärtige Mann blieb still stehen. Für einen Moment legte er seine Hand auf die Motorhaube. Sein langes Haar hing ihm bis zu den Wangen herunter. Die Augen waren gerötet, die Lippen gerissen. Der Schnee legte sich auf seine Mütze und die dicke Decke, die er sich um die Schultern gewickelt hatte. Er stand nur da und schaute Jasmins Mutter eine lange Zeit an, bevor er ruhig die Straße überquerte.

»Mein erster Flirt mit der Ewigkeit«, bemerkte diese trocken und fuhr wieder los.

Bei ihrer Fahrt durch den langen Tunnel schwiegen sie. Draußen auf dem Nynäsvägen fuhren die Autos mit hoher Geschwindigkeit. Jasmins Mutter schaltete das Radio aus und konzentrierte sich auf den Verkehr. Es war dunkel, und immer wieder tauchten plötzlich schwarze Fahrzeuge in dem Schneesturm auf.

Als sie das Fernlicht ausschaltete, verschwand die Straße in Schatten und Schnee. Weit vorn war das rote Licht eines Autos zu erkennen, das bremste.

»Wie schreibt man Dante?«, fragte Dante.

»Das solltest du aber wissen«, erwiderte Jasmin.

»Mit welchem Buchstaben fängt man an?«, fragte die Oma auf dem Fahrersitz.

»Mit einem D«, antwortete der Junge und malte ein spiegelverkehrtes D auf die Scheibe.

»Was kommt dann?«, fragte Jasmin.

»Nnn«, riet er.

»Sag mal langsam ›Dante‹.«

»Kann ich nicht«, murmelte er.

»Versuch es doch mal«, forderte sie ihn ungeduldig auf.

Es wurde wieder still im Wagen, und Jasmin konnte Dante ansehen, dass er traurig war. Aus der Dunkelheit kam ihnen ein Auto entgegen. Der Schnee peitschte aggressiv gegen die Windschutzscheibe.

»Ich bin dumm im Kopf«, sagte Dante leise.

»Das bist du nicht – sag nicht so was«, flüsterte Jasmin und drückte seine Hand.

»Alle sagen das.«

Jasmins Mutter schaltete das Fernlicht wieder ein, als ein riesiger Fernlaster auftauchte. Er schien auf der engen Fahrbahn auf sie zuzurasen. Jasmin sah, wie ihre Mutter das Lenkrad mit beiden Händen fest umklammerte. Sie versuchte, so weit wie möglich rechts zu bleiben, aber die Schneewälle zwangen den Wagen immer wieder in die Mitte.

»Wer sind alle?«, fragte Jasmin.

»Alle.«

»Meinst du in der Vorschule oder …«

Der Fernlaster donnerte vorbei, weicher Matsch schlug gegen ihre Fenster. Der ganze Wagen schaukelte von dem heftigen Windzug.

»Mein Gott«, flüsterte Jasmins Mutter.

Jasmin spürte, wie sie etwas am Hals kitzelte – sie hatte ihren Perlenohrring verloren. Er lag in der Ritze zwischen Sitz und Kindersitz, doch bevor sie ihn mit den Fingern erreichte, war er weiter nach unten gerutscht, sodass sie ihn nicht mehr sehen konnte.

»Du hast wieder deine Perle verloren«, sagte Dante.

»Ja, das habe ich auch gemerkt«, bestätigte Jasmin und tastete mit den Fingern um den Sitz herum.

»Da liegt sie, ich kann sie sehen.« Dante zeigte darauf.

Jasmin beugte sich zur Seite und streckte die Hand unter den Sitz, suchte zwischen Krümeln, Bonbonpapier und alten Parkscheinen. Der Sicherheitsgurt zog sich an ihrem Hals stramm. Gerade als sie den Ohrring zu fassen bekam und die Hand darum schloss, knallte es, und der Wagen geriet ins Schlingern. Jasmin hörte ihre Mutter und Dante schreien und schlug mit der Wange gegen die Wagentür.

Die Reifen holperten über unebenen Boden.

»Was ist passiert?«, fragte Jasmin.

»Der Seitenspiegel ist weg«, sagte ihre Mutter erschrocken und löste ihren Gurt.

»Dante – alles in Ordnung?«

»Ja. Soll ich mich abschnallen?«, fragte Dante.

»Nein, bleib sitzen«, sagte Jasmin schroff.

»Warum bist du so böse?«

Ihre Mutter öffnete die Fahrertür, als das Scheinwerferlicht eines großen Autos sie blendete. Der Zusammenstoß war heftig. Sie wurden mit unbeschreiblicher Wucht nach vorn geworfen. Jasmin konnte Blut an Dantes Mund und auffliegende Glassplitter der Wagenfenster herumspritzen sehen. Sie wurden seitwärts herumgewirbelt. Sie sah das Licht des entgegenkommenden Lastwagens, registrierte den zweiten Stoß aber nicht mehr. Die Zeit schien stillzustehen. Sie spürte nichts, nahm jedoch wahr, wie Blech verdreht und zusammengeschoben wurde und ihrer Mutter die Unterschenkel abtrennte.

Dann wurde alles schwarz und still.

Als sie zu sich kam, hing sie kopfüber wie ein Fötus vor der Geburt. Blut lief ihr in die Nasenlöcher, Glasscherben klirrten gegen Metall. Der Sicherheitsgurt knackte und schnitt ihr in den Hals. Sie konnte den Kopf nicht drehen, sah Dante nicht. Von draußen waren Stimmen zu hören, Blaulicht pulsierte, und Menschen liefen durch den tiefen Schnee.

Der Wagen war umgekippt und lag auf dem Dach im Graben. Rettungssanitäter versuchten die Tür aufzustemmen, aber Jasmin dachte, das sei sowieso zu spät, sie hatte das Gefühl, als wäre ihr Brustkorb zerbrochen, sie konnte nicht atmen, sie mochte einfach nicht mehr.

9

Als sie aufwachte, war es still. Schläfrigkeit ließ ihren Körper prickeln. Sie blieb mit geschlossenen Augen liegen und versuchte sich daran zu erinnern, was sie am Tag zuvor gemacht hatte, aber das Einzige, was sie vor ihrem inneren Auge sehen konnte, war ihr Ohrring.

Die weiße Perle, die in ihrer geballten Hand lag und aussah wie eine Blütenknospe, eine geschlossene Jasminblüte.

Aus irgendeinem Grund begann ihr Herz schneller zu schlagen.

Sie dachte an sich selbst als Kind, dachte an das, was ihre Mutter ihr erzählt hatte: dass die weißen Blüten des Jasminstrauchs sich an den Zweigen zu Trauben aus Perlen formen, dass der Duft sich in der Sommernacht verbreitet.

Jasmin öffnete die Augen, blinzelte ins Dunkel und suchte tastend nach Dantes Bett, doch das war nicht da.

Sie war nicht zu Hause.

Sie lag nackt auf einer Liege aus lackiertem Holz und konnte sich nicht daran erinnern, wie sie dorthin gelangt war.

Die eine Hand hielt sie so krampfhaft geschlossen, dass es ihr schwerfiel, die Finger zu öffnen.

In ihr lag der Perlenohrring.

Vorsichtig stellte sie die Füße auf den Boden, er war nass. Ein gefliester Boden, mit warmem Wasser bedeckt.

In dem Moment, als sie den nassen Boden spürte, überfiel sie das Gefühl, schon einmal hier gewesen zu sein. Es war, als erinnerte sie sich an etwas, das sie vor langer Zeit vergessen hatte.

Jasmin befand sich in einer kleinen Kabine, einer Art Umkleideraum ohne Tür. Sie stützte sich an der Wand ab und trat auf einen Flur hinaus. Ihre Schritte schwappten leise gegen die dunklen Wände.

Nur wenige Meter entfernt sah sie graues Licht um ein Türblatt hereinsickern.

Sie schaute auf ihren nackten Körper, sah den Bauch und die sommersprossigen Beine wie weichen Marmor schimmern.

Die Luft war angenehm warm und feucht.

Ein plätscherndes Geräusch ließ sie stehen bleiben und den Kopf wenden. Ein nackter Mann wusch sich das Gesicht in einer Kabine. Jasmin wich vorsichtig zurück und betrachtete den großen Raum, in dem sich nichts außer einem eingelassenen Becken mit grünem Boden befand. Zwei Frauen wateten durch das taillenhohe Wasser und führten eine sehr alte Frau auf einer schwimmenden Trage mit sich.

Jetzt begriff Jasmin, wo sie sich befand. Sie war zurück in der Hafenstadt. Der Traum war genauso intensiv wie damals, als sie im Kosovo verletzt worden war.

Ihr Herz begann vor Angst heftig zu schlagen. Sie konnte sich nicht mehr daran erinnern, was sie am Vortag gemacht hatte, ob sie Dante wie üblich ins Bett gebracht und anschließend noch einen Krimi geguckt hatte oder ins Bett gegangen war und mit einem Glas Wein auf dem Nachttisch gelesen hatte.

Jasmin ging zurück in die kleine Kabine, in der sie aufgewacht war, und jetzt sah sie, dass dort auf einer Bank ein Stapel Kleider lag, ein Paar Stoffschuhe und ein Stück Seife. In dem schwachen Licht schaute sie sich die Kleidung an. Es war eine schwarze Hose in ihrer Größe und eine hellere Bluse. Die Teile waren abgetragen, rochen aber sauber.

Sie überlegte, dass sie eigentlich hier warten könnte, bis der Traum zu Ende war, doch eine innere Unruhe ermahnte sie, sich anzuziehen. Von den tropfenden Füßen wurde die Hose feucht. Sie zog sich die Bluse über, nahm die Schuhe in die Hand und ging langsam wieder über die nassen Fliesen.

In dem bleichen Licht, das durch die Reihe hoher Fenster mit milchweißen Scheiben fiel, sah sie, dass der mit Wasser benetzte Boden sich in mehrere Hundert Kabinen hinein erstreckte. Entlang der Flurwände floss das Wasser in einfachen Holzrinnen und wurde in mächtige Behälter geführt, die überliefen und den Boden überschwemmten.

Es war ein riesiges Badehaus.

Rastlos ging sie weiter, durch eine Tür, hinaus auf eine Terrasse, die früher wohl einmal in warmer gelber Farbe gestrichen gewesen war.

Der Klang eines in weiter Ferne klingenden Essensgongs war zu hören, und der Himmel war dunkel, als würde gleich die Nacht hereinbrechen.

Jasmin stützte sich auf das Geländer, schnappte nach Luft und schaute auf eine riesige Stadt mit eng aneinandergeschmiegten chinesischen Häusern.

Die Treppe von der Terrasse hinunter führte direkt in eine Geschäftsstraße. Die Menschen dort strömten alle in eine Richtung. Viele trugen etwas bei sich oder schoben Fahrräder. Der Strom nahm kein Ende. Es mussten mehr als zehntausend sein, die sich in der großen Straße drängten. Eine Massenwanderung auf ein dunkles Gebäude in der Ferne zu.

Jasmin zog sich die Schuhe an und ging die knarrende Holztreppe hinunter, während sie sich die Bluse zuknöpfte und versuchte, das Haar in einem Pferdeschwanz zu bändigen.

Überall zweigten Gassen ab, mit roten Lampions, Restaurants, gelben Neonschildern mit chinesischen Schriftzeichen, nach oben geschwungenen Dächern und heruntergerissenen Plakaten an den Wänden. Es roch nach Sesamöl und getrocknetem Fisch, Petroleum und Unrat.

Als Jasmin sich umdrehte, sah sie, dass das Badehaus ein riesiges Gebäude war, mit zahllosen Balkonen, Türen, gestrichenen Fensterläden und steilen Treppen.

In fiebriger Hast verließen Menschen das Gebäude, beeilten sich, in die Stadt zu kommen, folgten dem Menschenstrom entlang der breiten Straße, vorbei an einem riesigen Plakat, das Mao Zedong zeigte.

Jasmin schloss sich den anderen an. Es lag das Gefühl einer Katastrophe über der Stadt, alle wollten offensichtlich nur weg.

Ein Mann mit Tätowierungen am ganzen Hals und einer Hockeytasche in der Hand schrie aufgeregt herum und versuchte sich vorzudrängeln.

Die Abendluft war unangenehm stickig. In der Ferne war ein Donnern zu hören.

In den dunklen Hutongs zwischen den niedrigen Häusern waren Wäscheleinen zu sehen, und in dem schwachen Lampenschein aus offenen Türen konnte man rostige Mülltonnen erahnen.

Die Glut einer Zigarette wippte vor einem schmalen Gesicht auf und ab.

Hinter Jasmin kamen immer mehr Menschen, und plötzlich war sie nur noch Teil der Menschenmenge. Sie folgte dem Strom und geriet plötzlich hinter jemanden, der einen Leiterwagen voller Bücher mit sich zog. Überall am Straßenrand lagen weggeworfene Handys. Eine alte Frau war mit der Hand vor dem Mund stehen geblieben. Ihre rot umränderten Augen schimmerten feucht. In der Ferne waren Trillerpfeifen zu hören. Ein Mann sagte mit ängstlicher Stimme etwas auf Hindi und bahnte sich mit Fäusten seinen Weg. Jasmin war gezwungen, einen Schritt zur Seite in den Müll im Rinnstein zu machen.

Mit dem Kopf stieß sie an eine rote Papiergirlande, schob sich dann zurück in die Menschenkolonne und zwängte sich vor einen Mann, der einen schweren Seesack mit sich schleppte.

Das Gedränge wurde immer dichter, aber es gelang Jasmin, ihren Platz zu halten. Einige Teile der Stadt waren mit Seilen abgesperrt. Die Gassen hinter der Absperrung lagen praktisch verlassen da. Weit in der Ferne, vor einem Industriegebäude mit kaputten Fenstern, sah sie einen Mann mit einer Schubkarre laufen. Über einem leeren Friseursalon blinkte ein Neonschild mit einem knallgelben Drachen auf.

Der Menschenstrom führte sie hinunter in ein großes Hafengelände. Hinten am Ende des Kais lagen Schiffe in Zehnerreihen. Rote Laternen schaukelten am Steven an ihren Stäben. Einige Schiffe sahen aus wie umgebaute Dschunken, andere waren verrostete Militärfahrzeuge, voll beladen mit Kisten und Säcken.

Überall liefen uniformierte Männer herum und sorgten dafür, dass die Leute in der Reihe blieben.

Der Himmel war dunkel, und das Wasser glitzerte schwarz.

Offensichtlich wurde die Stadt evakuiert. Tausende von Menschen wurden zwischen den gespannten Seilen zu den Schiffen geführt.

Auf flachen Schleppkähnen drängten sich schweigend wartende Passagiere. Kleine Kinder mit verschlossenen Gesichtern standen geduldig in der Reihe.

Vom Land her donnerte es, als näherte sich ein Unwetter.

Einfache Winden beförderten Koffer und Wasserkanister. Schnell füllten sich die Boote mit den geduldig Anstehenden. Dieselgeruch stieg von den Motoren auf. Einige der Boote hatten Segel aus kaputter Leinwand, die im Wind flatterten.

Eine Wache schob eine Frau weg, die den Menschen in der Schlange Zigaretten verkaufen wollte. Sie hatte ein paar amerikanische Dollarscheine in der einen Hand und eine schmutzige Plastiktüte in der anderen.

Jemand versuchte, spanisch mit der Wache zu sprechen, doch der Mann schüttelte nur den Kopf und zeigte nach vorn, auf den Kai und die riesige Uhr mit doppeltem Zifferblatt.

Menschen drängten von hinten nach, und Jasmin war gezwungen, ihrer Schlange hinter einen rußigen Lagerschuppen zu folgen.

Trillerpfeifen und Rufe waren zu hören, Wachleute packten in einem der Hutongs, die in die Stadt hochführten, einen jungen Mann. Er versuchte sich loszureißen, doch die Wachleute schlugen ihm mit ihren schwarzen Holzknüppeln hart auf den Rücken. Er fiel hin und versuchte wegzukriechen, während die Wachleute weiter auf ihn einprügelten. Schwere Treffer zwischen die Schulterblätter. Der junge Mann fiel auf die Seite, blieb reglos liegen und versuchte Kopf und Nacken mit den Händen zu schützen.

10

Die Menschen hinter ihr schoben sie weiter nach vorn. Es war so eng, dass schon das Atmen wehtat. Zwischen den Köpfen und Körpern konnte sie erkennen, dass ein Turnschuh des Mannes im Rinnstein liegen blieb, als die Wachleute ihn zum Kai schleppten.

Jasmins Schlange bewegte sich in Zweierreihen um ein heruntergekommenes Hafengebäude herum. Auf der anderen Seite konnte sie die große Uhr sehen, eine drei Meter hohe Konstruktion aus schwarzem Metall.

Sie sah aus wie eine Mischung aus einer altertümlichen Waage und der astronomischen Uhr von Prag.

Alle Schlangen mussten die Waage passieren. Einer nach dem anderen wurden die Wartenden die Rampe aus abgetretenem Holz hinaufgeführt und dann auf die flache Waagschale.

Auf den beiden Zifferblättern der Uhr befanden sich dreißig verschiedene Zeiger und drehbare Scheiben und Löcher in Form von Mondsicheln. Die Ränder waren voller Striche und goldener Zeichen, lang gezogener Gradeinteilungen und komplizierter Skalen.

Ein buckliger Alter bekam Hilfe, um auf die Waagschale zu gelangen. Immer wieder fragte er auf Französisch, was das hier solle.

Jasmin konnte nicht sehen, was mit ihm geschah, weil ihre Schlange in eine schmale Gasse zwischen Holzlatten geführt wurde. Die Wände waren so hoch, dass ihr jede Sicht genommen wurde, aber ihr war klar, dass sie nun auf dem Weg zur Rampe war, um gewogen zu werden.

Sie geriet hinter eine Frau, die ein Glas mit getrockneten Seepferdchen in den Händen hielt.

Eine Wache in verwaschener Uniform ließ die Leute einzeln vor. Die meisten schwiegen, nur eine ältere Frau weiter hinten weinte vor Angst.

Es lag das drückende Gefühl einer Bedrohung in der Luft.

Als Jasmin bei dem Wachmann angekommen war, fragte sie ihn, ob er englisch spreche, aber er gab ihr nur mit einem Wink zu verstehen, sie solle auf die Rampe gehen.

»I want to know what this is all about«, fuhr sie fort, obwohl ihr jemand in den Rücken boxte.

Der Wachmann zeigte ihr mit Gesten, dass sie auf die Waagschale treten sollte. Hinter ihr waren verärgerte Stimmen zu hören. Zwei sehr müde Männer standen neben der Waage. Sie aßen Sonnenblumenkerne aus einer staubigen Plastiktüte und spuckten die Schalen auf den Boden. Als sie Jasmin sahen, sagten sie etwas und zeigten auf ihr rotes Haar. Einer von ihnen lachte und strich sich selbst scherzhaft über die Wange.

Jasmin trat hinauf und merkte gar nicht, dass die Waagschale unter ihrem Gewicht sank, aber einige der Zeiger drehten sich blitzschnell, und die perforierte halbmondförmige Scheibe schob sich tickend nach oben und blieb dann stehen.

Schwere Mechanik kam im Inneren der riesigen Waage in Gang, Zahnräder drehten sich mit dumpfem Knacken, und nach ein paar Sekunden klapperte es in einer Schale.

Der ältere der beiden Männer nahm eine kleine Scheibe aus der Schale. Es war eine Metallplatte, in die etwas eingeprägt war. Sie sah aus wie eine der Identitätsmarken, die Soldaten in bestimmten Ländern tragen.

Plötzlich erschien ihr der Traum wie ein Déjà-vu.

Eine Erinnerung daran, genau das schon einmal erlebt zu haben, lief parallel mit den Ereignissen. Jasmin war sich sicher, dass sie schon einmal von dieser merkwürdigen Waage und der Plakette geträumt hatte, die klappernd in die Schale fiel.

Mit der inneren Logik des ganzen Traums war sie sich plötzlich sicher, dass sie so schnell wie möglich an einen Ort zurückgehen musste, der Kabotageterminal genannt wurde, und dass sie Hilfe brauchte, wenn sie die gefährlichsten Gassen vermeiden wollte.

Der Mann schaute auf die Metallplakette und las die Zeichen mit monotoner Stimme ab. Der andere Mann wiederholte sie für eine Frau mit dunklen Ringen unter den Augen und markierte gleichzeitig die verschiedenen Punkte auf den Zifferblättern mit einem Zeigestock.

Die Frau durchsuchte Reihen von Namen, murmelte müde etwas vor sich hin, blätterte, fragte etwas und folgte den Namensreihen mit dem Finger. Dann hielt sie inne, schaute auf und stellte mit angestrengter Stimme eine Frage. Der ältere Mann schaute erst Jasmin, dann die Plakette an.

»Stimmt was nicht?«, fragte Jasmin auf Englisch.

Der Mann mit dem Zeigestock trat einen Schritt zurück und starrte sie an.

Der ältere Mann lächelte, während er eine Kette durch die Plakette zog, sagte dann etwas auf Chinesisch, berührte ihr Haar und hängte ihr die Marke um den Hals.

Angst breitete sich wie Aquarellfarbe in einem Wasserglas in Jasmin aus, als ihr klar wurde, dass sie möglicherweise wieder die Kontrolle verloren hatte, zurück in der psychiatrischen Abteilung im St.-Görans-Krankenhaus war und in diesem Moment festgebunden in einem Krankenhausbett lag, bewusstlos aufgrund der Sedierung.

Ich darf keine merkwürdigen Dinge sagen, wenn ich aufwache, dachte sie.

Ein Wachmann mit runden Brillengläsern gab ihr zu verstehen, dass sie zur Seite treten und denen Platz machen solle, die nach ihr kamen.

»Kein Schiff«, sagte die Wache in schlechtem Englisch.

»Ich arbeite im schwedischen Verteidigungsministerium,

und ich möchte einen Dolmetscher haben und eine sichere Eskorte zum Kabotageterminal«, sagte Jasmin.

Der Mann nickte, sagte einige Worte zu dem älteren Mann an der Waage und bekam eine kurze Antwort. Er stellte einen schmutzigen Plastikhocker hin, auf den sollte sie sich setzen, dann eilte er davon.

Jasmin blieb neben dem Hocker stehen, eine Hand umschloss das gespannte Seil, während die Menschen an ihr vorbeigingen.

Eine große Informationstafel in Hunderten von verschiedenen Sprachen war auf das Seil gefallen, das zum Kai führte. An einem der Pfosten hing eine Kette mit Glühlampen. Die Menschen trampelten über die Tafel.

Ein Stück entfernt glitt ein verrostetes Schiff in die Dunkelheit. Die Passagiere drängten sich an Bord, hielten sich aneinander fest.

Wieder war ein Donnern zu hören. Es kam näher.

Der Wachmann mit der Brille kehrte mit einem chinesischen Mann in den Zwanzigern zurück. Der junge Mann trug eine Jeans und ein T-Shirt, das unter den Armen schweißnass war. Mit mürrischer Miene blieb er vor Jasmin stehen, hängte eine Windjacke über das Seil und strich sich Sägespäne aus dem Haar.

»Der Verwalter sagt, Sie brauchen einen Dolmetscher«, sagte er auf Schwedisch.

»Ich muss nur zum Kabotageterminal, und dazu brauche ich ein wenig Hilfe ...«

Aus dem Augenwinkel sah Jasmin etwas, das sie verstummen ließ. Sie drehte sich zum Kai um und schaute sich suchend um. Ohne ein Wort verließ sie den Wachmann und den jungen Chinesen und drängte sich näher an die Schiffe, um besser sehen zu können.

Jemand versuchte sie an den Kleidern zurückzuhalten, aber sie konnte sich frei machen.

Jasmin meinte, ihre Mutter gesehen zu haben.

Die Wache rief hinter ihr her, doch Jasmin zwängte sich weiter vor und ließ ihren Blick über den Kai schweifen.

Ein Stück weit wurde sie von der Menschenmenge mitgeschoben, konnte aber ihre Mutter nirgends entdecken.

Eine ältere Frau mit sehr aufrechter Haltung stand vor den Schiffen. Ihr weißes Haar hatte sie zu einem einfachen Knoten im Nacken gewickelt, genau wie ihre Mutter es immer tat.

Jasmin konnte das Gesicht der Frau nicht sehen, aber sie kam nicht näher, also versuchte sie, sich zu beruhigen, und wiederholte für sich wortlos immer wieder, dass alles hier nur ein Traum sei. Es war ein Traum, dennoch stieg Panik in ihr auf, denn etwas in ihr wagte es nicht, darauf zu vertrauen, dass diese Geschehnisse hier in Wirklichkeit gar nicht passierten.

Sie musste sich geirrt haben.

Jasmin drängte zurück an die Seite, wurde aber von einer Absperrung aufgehalten. Ein Seil drückte sich ihr schmerzhaft in den Leib, als die Menschen von hinten sie weiterschoben.

Die Frau, die ihrer Mutter ähnlich gesehen hatte, ging auf einem verrosteten Militärschiff an Bord. Auf dem Boden neben ihr lagen zwei Körper in blutigen Leichentüchern. Die roten Laternen schaukelten und spiegelten sich wie funkelndes Feuer in dem schwarzen Wasser.

Jasmin fielen zwar nur Fragmente aus ihrem früheren Traum ein, aber sie erinnerte sich daran, dass die organisierte Kriminalität außer Kontrolle geraten war, dass die Banden der Triade ganz gewöhnliche Menschen misshandelten und beraubten.

Sie konnte sich nicht mehr daran erinnern, wie der Traum zu Ende gegangen war, aber als sie ihren Blick über das heruntergekommene Hafengelände wandern ließ, die Kräne am Kai und die überfüllten Schiffe, überfiel sie ein höchst körperliches Gefühl von Gefahr, schneidend wie eine Schweißflamme.

11

Jasmin kämpfte sich zurück zu dem Dolmetscher, wobei sie den Plastikhocker umwarf, gegen das Seil gedrückt wurde und seinem abwartenden Blick begegnete.

»Entschuldigung«, sagte sie.

»Ich bin gerufen worden, weil ich Schwedisch spreche«, erklärte der Dolmetscher mit gedämpfter Stimme. »Aber ich habe einen Job, zu dem ich gern zurückgehen würde.«

»Ich dachte, ich hätte meine Mutter gesehen.«

»Soll ich das dem Verwalter sagen?«, fragte der Dolmetscher und kratzte sich am Hals.

»Sie brauchen gar nichts zu sagen – ich brauche nur eine Eskorte zum Terminal.«

Der Dolmetscher wandte sich zu dem uniformierten Mann um und sagte etwas auf Chinesisch. Jasmin sah, dass er die gleiche Plakette wie sie unter dem schmutzigen T-Shirt trug. Der Verwalter spuckte Sonnenblumenkernschalen aus und antwortete ihm ohne Hast.

»Es gibt keine Eskorte«, erklärte der Dolmetscher.

»Wer ist dann für meine Sicherheit verantwortlich?«, fragte Jasmin.

Der Dolmetscher seufzte und strich sich den Pony aus den Augen, übersetzte ihre Frage dem Hafenverwalter und bekam eine Antwort, die ihm offensichtlich nicht gefiel. Er versuchte zu protestieren, doch der Verwalter kümmerte sich gar nicht darum und gab zu verstehen, dass die Diskussion beendet war. Der Dolmetscher kratzte sich am Ohr und schaute Jasmin an.

»Ich gehe mit Ihnen zum Terminal«, sagte er müde und nahm seine Jacke in die Hand.

Die Wache hielt die beiden nicht weiter auf, sie ließen den Kai und die Schlange stehende Menschenmenge hinter sich. Jasmin ging so dicht neben dem jungen Mann, dass sie winzige Sägespäneteilchen in seinen langen Wimpern sehen konnte.

Sie gingen an einem hohen Maschendrahtzaun entlang, der um ein Firmengelände lief, kamen an Trockendocks und verschiedenen Werkstätten mit aufgestapeltem Metallschrott und an Zeltaufbauten vorbei, deren Leinwände und Abdeckplanen im Wind flatterten.

Es mochte an der Dämmerung liegen, aber alles, was Jasmin sah, erschien ihr eigentümlich farblos und heruntergekommen. Die Fassaden und die breiten, symmetrischen Dächer schienen wie mit Asche bedeckt zu sein, und die Gesichter der Menschen waren grau wie Blei.

Als befände sie sich in einer Schattenwelt.

Der Dolmetscher blieb stehen und lehnte sich gegen den klappernden Zaun, pfiff auf zwei Fingern und schaute in die Türöffnung einer Tischlerei. Schlangenförmig geringelte Hobelspäne wirbelten mit dem Wind über den Boden. Ein halb fertiger Bootsrumpf war mitten im Raum aufgebockt. Der kunstvoll geschwungene Kiel lag auf einfachen Holzböcken.

»Können wir jetzt gehen?«, fragte Jasmin.

»Immer mit der Ruhe«, erwiderte er.

Eine junge Frau kam aus einem Verschlag und näherte sich lächelnd. Sie trug eine schmutzige rosa Trainingsjacke, blieb breitbeinig ein Stück von ihnen entfernt stehen, blinzelte sie an, klemmte sich den einen Handschuh unter die Achsel, zog die Hand heraus und strich sich die Haare aus dem Gesicht.

Der Dolmetscher rief ihr etwas auf Chinesisch zu. Sie schaute Jasmin an und lachte. Er löste sich vom Zaun, kratzte sich im Nacken und ging los. Jasmin folgte ihm, während er auf ein altes Zollamt mit eingeschlagenen Fensterscheiben zusteuerte. Die Rampen und die Ladekais zum Löschen der Waren an der Längsseite des Gebäudes waren leer.

»Wissen Sie, welches Viertel sicher ist?«, fragte Jasmin.

»Kein Viertel ist mehr sicher«, antwortete der Dolmetscher und warf ihr von der Seite her einen Blick zu.

Sie gingen an überfüllten Mülltonnen vorbei und dann weiter auf die Stadt zu durch eine ziemlich schmale Straße, die nach feuchten Steinen roch.

Ein Feuerwerk explodierte am Himmel in einer grauen Kaskade, blasse Sterne fielen herab und verschwanden in dem dunklen Nebel.

Hinter einem streifigen Industriefenster konnte Jasmin kurz mindestens fünf nackte Menschen sehen, die auf einem persischen Teppich miteinander Sex hatten. Das war so überraschend, dass sie nicht sagen konnte, ob sie es wirklich gesehen hatte. Als sie durch andere Fenster des Gebäudes noch einmal hineinguckte, sah sie nur kahlen Werkstattfußboden.

In einer Einfahrt standen ein paar leere Schnapsflaschen neben einer fleckigen Steppdecke und einem Taschenbuch mit Wasserflecken.

Sie kamen an einem Restaurant vorbei, in dessen Schaufenster verstaubte Plastikmodelle der Speisen standen.

»Warten Sie«, sagte der Dolmetscher und blieb stehen.

Er schien zu lauschen, und Jasmin beobachtete ihn im Dunkel. Sein Gesicht war fahl, die Augen merkwürdig intensiv, wie kalligrafische Pinselstriche.

»Was ist?«, flüsterte sie.

»Wir gehen hier lang«, antwortete er nur, hastig.

Er zog sich zurück, und Jasmin folgte ihm in einen anderen Hutong. Ein magerer alter Mann saß zusammengekauert auf dem Boden und starrte das Foto eines Kindes an.

Schnelle Schritte hallten durch die Gasse, die sie gerade verlassen hatten. Sie kletterten über rostige Farbeimer und Gläser mit eingetrockneten Pinseln und bogen um eine Ecke.

Ohne zurückzublicken, hasteten sie auf eine größere Straße mit Geschäften und flanierenden Menschen zu, betraten sie, nachdem sie unter einem steinernen Torbogen hindurchgegangen waren, und folgten danach einer ruhigeren Querstraße. Hinter drei Fenstern saßen Menschen auf Bänken und spielten eine Art Bingo.

»Das fühlt sich so real an«, sagte Jasmin.

»Ach, wirklich?« Der Dolmetscher grinste sarkastisch.

»Wissen Sie, wo Sie sich hier befinden?«, fragte sie.

Sie blieben neben einer Schubkarre voll mit Erde und Blumentopfscherben stehen.

»Wir sind tot«, bemerkte er trocken.

»Aber das ist doch nur ein Traum«, sagte sie leise und spürte, wie ihr Herz heftig schlug.

»Von mir aus«, seufzte er und schaute hinüber zu einer Gasse, in der sich ein Straßencafé unter einem roten Neonschild mit schmutzig gelben Zeichen befand.

»Warum sollte man nach China kommen, wenn man stirbt?«, fragte Jasmin, aber es gelang ihr nicht, dabei zu lächeln.

»Man kommt nicht nach China, man kommt hierher«, antwortete der Mann und ging wieder weiter.

Sie folgte ihm in Richtung der dunklen Gasse. Rote Papierreste von abgeschossenen Feuerwerkskörpern wehten über den Boden.

»Aber ich bin nicht tot«, sagte sie leise.

Der Dolmetscher nickte, und sie schüttelte den Kopf und trat einen Schritt zurück. Ein roter Papierlampion streifte ihre Wange. Er raschelte und schaukelte an einem Draht wieder zurück.

Unterdrückte Schreie waren zu hören, und der Dolmetscher ergriff ihre Hand. Eine Tür schräg vor ihnen wurde aufgerissen und eine junge Frau hinausgestoßen. Sie machte einen Schritt auf die Straße, dann ging sie wieder zurück. Ein Mann sagte sehr schroff etwas in der Dunkelheit. Die Frau versuchte sich wieder hineinzudrängen, doch der Mann trat ihr in der Türöffnung entgegen und stieß sie weiter auf die Straße hinaus.

Der Dolmetscher flüsterte etwas und zog Jasmin mit sich zu dem Café unter dem leuchtenden Neonschild.

Sie kamen an der Frau vorbei, die laut fluchte. Sie wischte sich Tränen von den Wangen, hob den Kopf und ging davon.

»Ich muss etwas essen«, sagte der Dolmetscher und kniff sich in die Unterlippe.

»Das können Sie, wenn wir fertig sind«, erwiderte Jasmin.

Ohne sich weiter um sie zu kümmern, ging er zwischen den Plastikstühlen auf dem Bürgersteig weiter auf die Tür zu. Zögernd folgte Jasmin ihm und sah, wie er die enge Küche mit schmutzigem Kachelfußboden betrat. Eine ältere Frau briet Bambussprossen und Shiitakepilze in einem Wok über einer Petroleumflamme.

12

Sie saßen an einem Plastiktisch unter einer löchrigen Stoffmarkise. Zwei Plastikschalen mit dampfender Nudelsuppe standen vor ihnen. Ein Karpfen aus bemaltem Blech stand auf dem Tisch. Das weit aufgerissene Maul war gefüllt mit in Plastik eingeschweißten Zahnstochern.

Der Dolmetscher behauptete, sie könnten in aller Ruhe essen, da die Behörden frühestens in zwei Stunden neue Wandzeitungen aufhängen würden.

Etwas huschte durch Jasmins Erinnerung, versank dann aber wieder. Als wachte man von einem grellen Geräusch auf, lag still da und lauschte, ohne sagen zu können, ob dieses Geräusch zum Traum oder zur Wirklichkeit gehörte.

»Ich heiße Li Ting ... aber sagen Sie einfach Ting«, erklärte der Dolmetscher und pustete auf seine Suppe.

»Jasmin«, sagte sie.

Ein Mädchen mit Pausbäckchen und einer Jungsfrisur räumte den Nachbartisch ab. Ting schaute hinüber und kratzte sich am Ohr.

»Du siehst nicht tot aus«, sagte Jasmin.

»Nein«, antwortete er ruhig.

Sie sah ihm in die ernsten Augen, wandte dann den Blick ab und musste heimlich schmunzeln.

»Also ... ich glaube das einfach nicht«, sagte sie und legte die Essstäbchen auf den Tisch.

»Was?«, fragte er ungeduldig. »Was glaubst du nicht?«

»Dass das hier real ist«, antwortete sie.

»Dann ist es das eben nicht«, seufzte er. »Nur gut für uns.«

»Bitte, ich sage ja nicht, dass du …«

»Es ist mir scheißegal, was du sagst«, unterbrach der Dolmetscher sie.

»Du brauchst nicht gleich laut zu werden«, erwiderte Jasmin spitz.

»Es ist nur so, dass alle wissen, was passiert ist, wie sie hierhergelangt sind … ich habe mit unzähligen Leuten geredet«, erklärte er mit einem gereizten Lächeln.

»Aber du weißt nichts über mich«, entgegnete sie.

»Okay, vergessen wir das Gespräch«, sagte Ting und schob sich Nudeln in den Mund. »Ich bringe dich zum Kabotageterminal und übersetze, wenn du etwas übersetzt haben willst.«

Er aß mit gesenktem Blick. Die Schatten seiner langen Wimpern zitterten auf seinen Wangen. Eine Narbe lief über sein linkes Augenlid. Ein dünner, vertikaler Strich, wie bei einem Clown, bis auf die Wange.

Ihr Gehirn suchte nach unlogischen Dingen, um zu protestieren. Es musste ein Traum ein, da sie sich nicht erinnern konnte, wie sie in diese Stadt gekommen war. Alles, was sie dabeihatte, war der Ohrring, den sie von ihrer Mutter bekommen hatte.

Als sie an die weiße Perle in ihrer geschlossenen Faust dachte, erinnerte sie sich an das Auto.

Ein kräftiger Aufprall.

Hell angestrahlte Glassplitter im Auto. Ein scharfes Geräusch von Blech, das zerknautscht und zerrissen wurde.

Es war ein Autounfall gewesen.

Wir waren auf dem Weg nach Nynäshamn, um Mark und seinen Anwalt zu treffen, dachte sie.

Die Erinnerungsfragmente waren unglaublich intensiv. Die ganze Kraft des Zusammenstoßes durchfuhr ihren Körper. Das erste Auto fuhr bei ihnen auf, sie wurden über die Mittellinie geschleudert, und dann kam das zweite.

Jasmin konnte sehen, wie die Windschutzscheibe bei der Kollision zerbröckelte, wie das Blech von dem Aufprall nach innen gedrückt wurde und wie Blut und Glas herumspritzten.

»Ich glaube ... ich glaube, ich hatte einen Verkehrsunfall«, sagte sie.

Sie fühlte sich wie von warmem Wasser ausgefüllt, als sie diese Worte aussprach. Eine wehmütige Ruhe. Dem Sturm in ihr folgte eine plötzliche Windstille, und das Meer lag glänzend wie flüssiges Silber da.

Ich bin bei einem Autounfall im ersten Schnee gestorben, dachte sie und begegnete Tings intensivem Blick.

»Erinnerst du dich, an welchem Tag das war?«, fragte er und legte die Essstäbchen hin.

»Jemand ist auf uns draufgefahren«, flüsterte Jasmin und wandte den Blick zur Seite.

»An welchem Tag?«

»Was spielt das für eine Rolle?«

»Für mich spielt das eine große Rolle«, sagte er, und seine funkelnden Augen wurden ganz dunkel.

»Es war der zwölfte Dezember«, sagte Jasmin.

»Der zwölfte«, wiederholte er.

»Ja.«

Er nickte, als würde das Datum ihn erleichtern, dann lehnte er sich zurück und sah sie eine Weile einfach nur an. Sie probierte die salzigen Nudeln, hatte aber keinen Appetit. Ting aß weiter, das Lächeln auf seinen Lippen war immer noch zu sehen. Ab und zu schaute er verstohlen zu dem Mädchen hinüber, das sich jetzt vor der Küche hingehockt hatte und in einem Eimer abwusch.

»Fast alle, die sterben, werden Teil des Menschenstroms, der zu den Schiffen hinuntergeht«, erklärte er nach einer Weile und wischte sich den Mund mit einer dünnen Serviette ab. »Ich stelle sie mir wie Zugvögel vor, weil sie nicht eine Sekunde zögern.«

»Aber du bist hier in der Hafenstadt geblieben, weil du ins Leben zurückkehren wirst?«, fragte sie.

»Ich hoffe es ... Die Zeit hier vergeht sehr viel langsamer, Stunden in der Hafenstadt sind nur Sekunden im Leben ... Du kannst immer noch im Auto sein, der Rettungswagen ist vielleicht gerade am Unfallort angekommen. Verstehst du? Dein Herz steht still, aber es ist möglich, dass sie dich immer noch retten können.«

Jasmin legte eine Hand aufs Brustbein und gab ihm insgeheim recht. Die Finger tasteten über die Rippen, als suchten sie nach Schmerz dahinter. Ihr schien, als wären Jahre seit dem Zusammenstoß vergangen, aber gleichzeitig fiel ihr ein, dass der Wagen auf dem Dach lag und sie kopfüber im Sicherheitsgurt hing.

Es hatte sich angefühlt, als wäre ihr Brustkorb zerschmettert, und das Letzte, was sie noch hatte denken können, bevor sie keine Luft mehr bekam, war, dass sie nicht sehen konnte, wo Dante sich befand, dass sie nicht sehen konnte, ob er verletzt war.

»Dante war mit im Auto«, sagte sie und stand von dem Plastikstuhl auf.

»Von wem redest du?«

»Von meinem Sohn«, sagte sie mit lauter Stimme, ein Schauer lief ihr über den Rücken. »Er ist erst fünf Jahre alt, ich muss zurück zu den Schiffen, ich ...«

»Warte«, sagte Ting.

»Fass mich nicht an.«

Sie wich aus und stieß mit der Hüfte gegen den Tisch, dass die Brühe in ihrer Schale überschwappte.

»Hör mir erst einmal zu«, versuchte Ting es. »Weil ich sowieso gerade da war, habe ich den Verwalter gefragt, ob noch mehr Schweden gekommen sind. Es sind gut zehn vorbeigegangen, aber kein Kind ...«

»Kein Junge?«

»Nein, kein Kind.«

»Und wenn sie ihn übersehen haben«, flüsterte Jasmin und wischte sich die Tränen von den Wangen.

»Kann sein, aber normalerweise werden Kinder in dem Badehaus zu ihren Eltern gelegt.«

»Ich war allein, als ich aufgewacht bin, da bin ich mir ganz sicher.«

»Dann hat er das Unglück überlebt«, sagte Ting und schaute ihr in die Augen.

»Er hatte genau wie ich den Sicherheitsgurt angelegt«, erklärte sie.

»Das ist gut.«

Jasmin konnte ihr Mienenspiel nicht kontrollieren, sie war zu müde, merkte, dass sie zu laut lachte, und verbarg das Gesicht in den Händen. Sie stand immer noch vor dem kleinen Tisch und versicherte sich selbst immer wieder, dass Dante es geschafft hatte, dass er angeschnallt gewesen war.

»Ich hole noch ein bisschen Koriander«, murmelte Ting und verließ den Tisch.

Er verschwand in der Küche, und Jasmin schlenderte langsam die Gasse entlang. Die war jetzt ruhig und dunkel. Die weinende Frau war verschwunden. Jasmin fing einen schaukelnden Lampion mit beiden Händen ein und betrachtete ihn. Er war einmal rot gewesen, jetzt war er vom Alter ganz ausgeblichen. Das Papier war zerrissen, aber sie konnte noch deutlich die Umrisse der kalligrafischen Zeichen erkennen.

Jasmin strich über das Goldpapier und die gelben Fransen, ließ den Lampion wieder los und ging durch den Hutong.

Das hier ist real, dachte sie. Ich habe die ganze Zeit recht gehabt.

Die Laterne schaukelte hinter ihrem Rücken knarrend an ihrem Draht. Langsam ging sie eine Ziegelwand entlang, auf die jemand einen Pac-Man gemalt hatte.

Sie war bei dem Verkehrsunfall gestorben und hier gelandet. Vielleicht hatte ihre Mutter es geschafft, sonst würde Dante allein zurückbleiben. Wenn ich gezwungen bin hierzubleiben, wird er bei seinem Vater wohnen und aufwachsen, dachte sie.

Jasmin ging zurück zu dem Straßencafé und sah, dass Ting wieder am Tisch saß.

Alle hier hofften, zurückzukönnen.

Der schwankende Lampion hing wieder still, in der Ferne war ein Donnern zu hören, und die Erde vibrierte unter ihren Füßen.

Jasmins Finger suchten die Plakette um ihren Hals. Sie ging zurück zu dem Tisch.

Abgesehen von der Narbe über dem einen Auge war das Gesicht des Dolmetschers erstaunlich ebenmäßig, wie aus Stein gemeißelt, mit hohen Wangenknochen und einem schönen Mund.

»Das Essen wird kalt«, bemerkte er und beförderte mit den Essstäbchen einen Bissen Nudeln zum Mund.

Sie nahm eine Handvoll feuchte Korianderblätter, ließ sie in ihre Suppe fallen, sah, wie sie in der goldenen Brühe schwammen, konnte aber nichts essen.

»Es gibt hier im Hafen keine frischen Kräuter«, erklärte Ting. »Hier wächst nichts.«

»Ich weiß.«

Jasmin beugte sich über den Tisch vor, zupfte einen Holzspan aus seinem Haar und sah ihm in die Augen.

»Ich war schon einmal hier«, berichtete sie. »Mein Herz ist vor vielen Jahren stehen geblieben.«

»Es heißt, dass niemand wirklich wieder ins Leben zurückkehren kann.«

»Ich bin es – deshalb weiß ich, dass es geht.«

»Aber man erinnert sich doch nicht an die Hafenstadt, wenn man zurückgekehrt ist?«

»Das ist eher wie ein Traum«, sagte sie.

Er hob seine Schale und trank die Brühe, und als er sie wieder auf den Tisch stellte, glänzte sein Gesicht vom Wasserdampf.

»Wollen wir gehen?«, fragte sie.

»Es ist noch Nacht«, sagte Ting.

»Woran kannst du das sehen?«

»Man lernt es, den Morgen zu erkennen, der hat eine andere Art von Dunkelheit.«

Das Mädchen kam heraus und stellte eine Plastikschüssel mit dampfenden grauen Teigtaschen, die sie Jiaozi nannte, auf den Tisch.

»Woher kannst du Schwedisch?«, fragte Jasmin, bereute ihre Frage aber sofort.

»Ach, weißt du, man kann auch in Schweden von chinesischen Eltern geboren werden und ...«

»Ich weiß, das war eine dumme Frage«, unterbrach sie ihn und spürte, wie sie rot wurde.

Er sah Jasmin an, als genösse er es, dass sie errötete, lehnte sich zurück und wartete, dass sie ihn wieder ansah. Er nahm mit den Stäbchen eine der Teigtaschen und pustete darauf – ein Duft von Sesamöl erreichte sie –, bevor er sie sich in den Mund stopfte.

»Ich habe Sportboote aus Holz gebaut, hatte eine eigene Werft draußen auf Vaxholm«, erzählte er kauend.

»Dann sind wir ja fast Nachbarn – ich wohne in Stockholm, in der Innenstadt.«

»Mein Großvater hat ein Geschäft in Stockholm«, sagte er und wippte auf seinem Stuhl.

»Wo?«

»In der Olof Palmes gata.«

Er nahm eine weitere Teigtasche.

»Da gibt es jede Menge chinesische Geschäfte«, fuhr er fort.

»Ich weiß, dorthin geht man, wenn man gutes Pak Choi oder frische Frühlingszwiebeln haben will.«

Ting schaute zur Küche hinüber, wo die Flammen um die Wokpfanne loderten.

»Mein Großvater verkauft selbst geschreinerte Möbel«, erzählte er.

»Wie heißt der Laden?«

»Li Kun Mugong«, antwortete er mit vollem Mund.

»Was heißt das?«

»Mugong bedeutet Möbeltischlerei, und Li Kun ist mein Großvater ... Als ich noch klein war, bin ich nach der Schule immer in Großvaters Laden gegangen; dort habe ich mich unter dem Tresen versteckt, damit ich nicht helfen musste. Ich habe einfach dagehockt und alle möglichen Sachen ins Holz geritzt und gemalt.«

Bei der Vorstellung musste er lächeln, und als er seine Augen für einige Sekunden schloss, bildete der Strich über dem linken Auge zusammen mit den schwarzen Wimpern ein Kreuz.

»Wie bist du hierhergekommen?«, fragte sie.

»Ich habe einen angeborenen Herzfehler und hatte jetzt am zwölften Dezember einen OP-Termin«, antwortete er und sah ihr kurz in die Augen. »Das Letzte, woran ich mich erinnere, ist eine sexy Narkoseschwester, die sich über mich beugte und wollte, dass ich rückwärts zähle ...«

In der Ferne waren ängstliche Rufe zu hören, und Ting schaute die Straße hinunter. Ein anderer Gast beeilte sich mit seinem Essen und erhob sich eilig von seinem Plastikhocker.

»Das ist sicher nichts«, sagte Ting, sah dabei aber alles andere als ruhig aus.

13

Die Rufe kamen in der dunklen Gasse näher. Jasmin stand auf, sagte jedoch nichts. Ein Kind weinte und schrie mit ängstlicher Stimme.

»Komm«, flüsterte Ting und legte drei Dollar unter seine Essschale.

Sie verließen den Tisch und entfernten sich von den Schreien. Eine Flasche Motoröl, auf der Castrol geschrieben stand, rollte aus dem Schatten heraus.

Jasmin drehte sich um und sah, dass die Kellnerin das Geld vom Tisch nahm, aber die Schalen stehen ließ, als sie eilig zurück ins Haus lief und die massive Holztür zur Küche schloss.

Eine Gruppe Männer näherte sich ihnen.

Das Neonschild des Cafés erlosch.

Zusammen mit Ting wich Jasmin zurück in einen niedrigen Hauseingang mit geschlossener Metalltür. Sie kamen nicht weiter, ein hoher Bretterzaun versperrte den Hutong in der anderen Richtung.

»Hei shehui«, flüsterte er. »Die Triade ...«

Vor dem Licht, das aus einer Straße weiter hinten drang, konnten sie erkennen, wie ein kräftig gebauter Mann in Camouflagehose einen älteren Mann mit sich zerrte. Ein mageres Mädchen um die sechs Jahre lief hinter ihnen her und weinte verzweifelt.

Der Mann blieb in dem Dunkel direkt vor dem Café stehen.

Die roten Lampions über den Tischen brannten immer noch, und ihr schaukelnder Lichtschein flackerte über die Gesichter.

Ihnen folgte eine hochgeschossene Gestalt in sonderbar vorgebeugter Haltung. Zuerst war sie nur als eine Silhouette vor der größeren Straße zu erkennen. Ihre Schritte waren langsam, sie blieb neben einem vergitterten Fenster stehen. Es war ein Mann, der sich aufrichtete, und der graue Schein durch die Glasscheibe beleuchtete ihn nur bis zum Hals hinauf. Jasmin konnte sein Gesicht nicht erkennen. Er trug einen glänzenden braunen Anzug, das weiße Haar war streng nach hinten gekämmt. Er hatte eine sehr alte Frau im Rollstuhl bei sich. Um ihre Schultern hatte sie einen abgewetzten Nerzpelz geschlungen, und in der runzligen Hand hielt sie ein kleines Theaterfernglas.

Ein Stück weiter standen noch weitere Männer. Sie bewachten den Eingang zur Gasse.

Ting zog Jasmin neben sich tiefer ins Dunkel. Sie versuchten das Licht zu meiden, aber ein Dutzend leerer Schnapsflaschen auf dem Boden nahmen zu viel Platz ein.

Der hochgewachsene Mann in dem braunen Anzug ließ die Frau im Rollstuhl zurück, ging zu dem Mädchen und sagte etwas. Das Mädchen schüttelte den Kopf. Der Mann packte sie, zerrte sie an den Haaren und warf sie zu Boden. Der Alte flehte ihn mit jämmerlicher Stimme an. In der Dunkelheit konnte Jasmin gerade so erkennen, wie der große Mann sich an die Hauswand stellte, hochschaute und dann ein Seil über die rostige Halterung eines Schilds warf.

»Nicht hinsehen«, sagte Ting leise.

Die rote Laterne über einem der Plastiktische tanzte im Wind und beleuchtete das Seil, das vor der Wand schaukelte. Der Mann fing das Ende ein und knotete eine Schlinge, während der alte Mann die Hände faltete und immer wieder um Gnade flehte. Der große Mann in dem braunen Anzug kümmerte sich gar nicht um ihn, sondern redete wieder auf das Mädchen ein.

»Was sagt er?«, flüsterte Jasmin.

»Dass sie ihren Opa töten, wenn sie nicht ihr Visum eintauscht«, antwortete Ting.

Der alte Mann rief seinem Enkelkind etwas zu und bekam daraufhin einen harten Schlag über den Mund. Er schwankte und stützte sich mit der Hand an der Wand ab.

Das Mädchen weinte.

Die rote Laterne schaukelte und drohte sich aus der Fassung zu lösen.

Der große Mann wiederholte seine Worte, dann trat er vor, legte dem Alten die Schlinge um den Hals und zeigte mit einem Finger gen Himmel. Der andere Mann zog den Alten einen Meter hoch, sodass er gegen die Hausfassade stieß, sich den Kopf an einer Kante aufschlug und anfing zu bluten.

Der Lange strich sich mit der Hand über seinen zerknitterten Schlips, knöpfte das braune Sakko zu und zeigte wieder nach oben.

Sein Gesicht war jetzt fast vollständig in der Dunkelheit verschwunden, nur die Zähne glänzten, wenn er lächelte.

Das Licht der Laterne erreichte den anderen Mann, der das Seil hielt. Seine Handknöchel wurden weiß, als er weiterzog, sodass der Alte noch ein Stück höher gehievt wurde.

Der alte Mann verlor seine Sandalen, er versuchte an der Wand Halt zu finden, bekam eine Hand unter das Seil und atmete keuchend.

Das Mädchen schrie.

Der lange Mann boxte den Alten von der Wand weg, sodass er mit zappelnden Beinen frei schaukelte. Das Schild über ihm schwankte, Mauerbrocken fielen herunter. Schleimiges Blut hing in einem Faden aus dem Mund des Alten.

Ting drückte Jasmin mit ausgestrecktem Arm gegen die Metalltür.

Schweiß lief ihr über die Wangen.

Das Mädchen kniete auf dem Boden und weinte verzweifelt.

Die Bewegungen des Alten wurden langsamer. Seine Beine zuckten leicht, die Arme hingen bereits schlaff herunter.

Der große Mann strich sich mit der Hand über das weiße Haar und sagte etwas zu dem Mädchen. Als sie antwortete und nickte, drehte er den Daumen zum Boden. Der Mann mit dem Seil ließ einfach los. Der Alte fiel herab und schlug auf dem Boden auf, wobei sich das eine Bein verdrehte. Er rollte sich auf die Seite und stützte sich mit der Hand am Plastiktisch unter der Laterne ab. Das Mädchen lief zu ihm und zerrte weinend an dem Seil; es gelang ihr, es zu lösen, und die ganze Zeit rief sie ihrem Großvater etwas zu.

Der Alte spuckte Blut aus, seine Kehle war zerscheuert von dem Seil, der Atem kam nur röchelnd. Es war offensichtlich, dass er sich das Bein gebrochen hatte, es lag in einem merkwürdigen Winkel unter ihm, die Muskeln im Oberschenkel zuckten spastisch.

Plötzlich drehte sich der große Mann zu Jasmins und Tings Versteck um. Es blitzte in einem seiner Augen auf, als er ein gebogenes Messer zückte, klein wie ein gekrümmter Finger.

Ting drückte mit der Schulter gegen die Tür, schob die Plakette, die er um den Hals trug, in den Spalt und ruckelte sie vorsichtig mit einem kratzenden Geräusch hin und her.

Der große Mann mit dem Messer leuchtete in ihre Richtung, er rief mit weicher, lockender Stimme »Xiaojie« und schien mit dem Blick nach Bewegungen in der Finsternis zu suchen.

Er strich sich wieder über den verknitterten Schlips und kam auf sie zu. Ting drückte die Wange gegen die Tür, bog die Plakette noch mehr zur Seite und führte sie vorsichtig nach oben.

Der große Mann trat zur Seite, in die Mitte der Gasse, und Jasmin versuchte sich noch weiter in den Eingang zu pressen. Gleich würde er sie sehen. Jasmin wich zur Seite aus und kam dabei aus Versehen mit dem Fuß gegen eine der leeren

Schnapsflaschen. Sie spürte, wie diese aus dem Gleichgewicht kam, und zwang sich, absolut reglos stehen zu bleiben, damit die Flasche nicht umfiel.

Der Mann in der Camouflagehose rief dem großen Mann zu, sie sollten gehen, doch dieser kam weiter auf Jasmin und Ting zu. Schweiß lief Jasmin kitzelnd den Rücken hinunter. Sie zwang sich, so ruhig wie möglich zu atmen, während sie sich vorsichtig hinunterbeugte, um die Flasche abzufangen.

Tings Plakette hatte sich in dem Türspalt verhakt; er versuchte sie herauszuziehen, aber es ging nicht.

Jasmin lehnte sich zurück und drückte mit ihrem ganzen Gewicht gegen die Tür. Die Flasche neben ihrem Bein kippte um und zog die anderen mit sich. Das laute Klirren hallte in der ganzen Gasse wider, und der große Mann wandte augenblicklich den Kopf und sah zu ihrem Eingang.

»Versuch's noch mal«, flüsterte Jasmin und drückte sich nach hinten.

14

Zwei Flaschen rollten aus dem Eingang heraus. Der große Mann winkte einen Jungen mit einer Machete in der Hand zu sich. Das Schloss klickte, als es Ting endlich gelang, seine Plakette in den Spalt zu pressen. Die Tür glitt auf, und zusammen huschten sie hinein und schlossen sie vorsichtig hinter sich.

Es war vollkommen dunkel, aber Jasmin ahnte, dass sie in einem großen Kleiderlager mit vielen auf Bügeln hängenden Kleidungsstücken waren. Sie gingen weiter, und schwere Stoffe mussten zur Seite geschoben werden. Jasmins Knie waren weich, und sie zitterte am ganzen Körper. Sie versuchte die Tränen zurückzuhalten, aber das war ihr nicht möglich, sie konnte das Weinen nicht unterdrücken.

Ich bin nie psychotisch gewesen, dachte sie. Ich bin wieder gestorben, ich befinde mich in der Hafenstadt, und den alten Mann haben sie wirklich aufgehängt.

»Mein Gott«, seufzte sie und blieb stehen.

Ting drehte sich zu ihr um und nahm sie wortlos in die Arme. Die Holzbügel über ihnen klapperten gegen die Kleiderstangen. Jasmin schloss die Augen und lauschte dem schweren Herzschlag in Tings Brust und versuchte zu verstehen, was sie gerade auf der Straße gesehen hatte.

»Ich glaube, ich weiß, wo wir sind«, murmelte er in ihr Haar und ließ sie dann los.

Stattdessen nahm er sie bei der Hand und zog sie mit sich durch die Kleider hindurch. Sie stießen immer wieder gegen schwere Stoffe, die zurückschaukelten. Jasmin senkte den Kopf, um die Augen zu schützen, spürte die verschiedenen Stoffe an der Stirn und an den Wangen und folgte wortlos dem Weg, den Ting ihnen bahnte.

Mit der Zeit wurde es einfacher voranzukommen, die Kleider hingen nicht mehr so dicht, und nach einer Weile gelangten sie in einen dunklen Raum mit verrußten Dachfenstern.

Auf dem Boden lagen schmutzige Flugblätter mit Tuschezeichen in senkrechten Reihen und einem gestempelten Schmetterling ganz unten, wie eine Unterschrift.

»Weiter hinten gibt es eine Tür«, sagte Ting.

»Gib mir nur ein paar Sekunden«, bat Jasmin, blieb stehen, wischte sich die Tränen von den Wangen und versuchte sich zu sammeln.

»Wir haben reichlich Zeit«, versicherte Ting.

Auf dem Boden vor ihr standen drei alte Fernsehapparate, und weiter hinten im Raum sah sie eine alte Fahrradriksha ohne Räder, aufgebockt auf ein paar Brettern. Werkzeug und Reserveteile lagen auf dem Boden verstreut.

»Sie haben ihn aufgehängt«, brachte sie heraus, als sie spürte, dass ihre Stimme wieder trug.

»Sie wollten das Mädchen zwingen ...«

»Aber wir sind doch schon tot.«

»Nicht ganz. Wir sind wahrscheinlich auf der Grenze, aber wir existieren, wir spüren unsere eigene Existenz.«

»Dann kann man hier im Hafen sterben?«

»Die Triade wollte das Mädchen zwingen, ihr Visum mit der alten Frau zu tauschen ... und ihr Großvater hat versucht, sie daran zu hindern.«

»Ich habe das schon einmal gesehen, aber ich kann es nicht verstehen ...«

»Das hier nennt sich Qianzheng«, sagte Ting und zeigte seine Plakette. »Das ist das Visum zu meinem Körper ... meinem Körper, der noch lebt.«

»Ja, ich erinnere mich schwach daran ... aber ich verstehe nicht, wie es funktioniert.«

»Als du unten am Kai gewogen wurdest, hat sich herausgestellt, dass du zu der kleinen Gruppe gehörst, die möglicherweise zurückkehren kann, deshalb durftest du nicht an Bord eines der Schiffe gehen«, erklärte er geduldig. »Alle hier befinden sich in der gleichen Situation ... Unser Schicksal ist nicht entschieden, deshalb müssen wir warten, es gibt nichts anderes zu tun ... und im Laufe der Jahre sind ziemlich viele hier gelandet, weil man das Recht hat zu warten, so lange man will.«

»Auch wenn sich herausstellt, dass man nicht gerettet werden kann?«

»Das ist schwer einzuschätzen, aber manchmal muss man einsehen, dass es wohl doch zu spät ist«, nickte er.

»Und dann wollen einige im Körper eines anderen zurückkehren«, folgerte Jasmin und schob ihre Plakette unter die Bluse.

Das Metall war wie ein Tropfen kalten Wassers zwischen den Brüsten zu spüren.

»Aber es muss doch verboten sein, einfach das Visum eines anderen zu nehmen«, sagte sie dann und ging neben Ting durch den Raum.

»Das kann man nicht, das ist personengebunden«, erklärte Ting. »Aber es ist erlaubt, zu tauschen, wenn beide einverstanden sind.«

»Aber warum sollte jemand sein eigenes Leben wegtauschen?«

»Vielleicht, um den Großvater zu retten«, erwiderte er schroff.

»Das ist ja total krank – die Behörden müssten das doch sofort unterbinden.«

»Alle sagen, dass es früher noch viel schlimmer war, dass die organisierte Kriminalität weniger geworden ist, aber immer noch gibt es viele Banden da draußen ...«

»Dann müssen sie die Gesetze ändern ...«, unterbrach sie ihn.

»Ja, aber alle sind der Meinung, dass das System im Grunde funktioniert, es ist zwar viel zu bürokratisch, aber es funktioniert.«

»Es kann ja wohl nicht funktionieren, wenn eine alte Frau im Rollstuhl diese Männer dafür bezahlt, im Körper des Mädchens noch einmal anfangen zu können und ein neues Leben zu leben, das ...«

»Aber was sollen die Behörden denn tun, wenn das Mädchen sagt, dass es sein Visum freiwillig weggegeben hat?«

»Das liegt nur an den Außerirdischen«, unterbrach sie eine dunkle Stimme auf Englisch.

Jasmin trat einen Schritt zur Seite, drehte sich um und sah einen Mann mit krummem Rücken im Dunkel hinter der Rikscha stehen. Er hatte eine Glatze, dafür aber einen kräftigen Vollbart und hielt etwas in der rechten Hand.

»Ist das Taxi kaputt, Grossman?«, fragte Ting. »Oder braucht es nur ein paar Streicheleinheiten?«

»Es braucht ein paar Streicheleinheiten«, nickte der Mann. »Und du schuldest mir immer noch zwanzig Dollar und ein Paar Strümpfe von Hugo Boss.«

»Das ist Jasmin. Sag ihr Guten Tag.«

»Guten Tag«, sagte der Mann, und jetzt konnte sie erkennen, dass er ein Schinkenbrot in der Hand hielt.

»Guten Tag.«

»Plötzlich warst du einfach hier, nicht wahr?«, fragte er und kam näher. »Ohne zu wissen, wie es passiert ist – denn das kannst du gar nicht, weil du von den Außerirdischen ins All gesaugt worden bist.«

»Hast du dafür Beweise?«, wollte Jasmin wissen.

»Wäre ich wirklich tot, dann hätte ich doch Jesus getroffen, oder?«, erwiderte er und zeigte mit seinem Butterbrot auf sie.

»Kann sein«, antwortete sie neutral.

»Aber ich habe Jesus nicht getroffen«, fuhr der Mann fort. »Also bin ich nicht tot.«

»Grossman, wir müssen los«, warf Ting ein.

»Ich weiß, alle sagen, man soll zum Terminal gehen, sich dort in die Wartehalle setzen und die Wandzeitungen im Blick behalten.«

»Ich muss nach Hause zu meinem Sohn, wir hatten einen Verkehrsunfall«, sagte Jasmin, und wieder durchfuhr sie ein kalter Angstschauer.

»Er hat es geschafft«, sagte Ting mit ungewohnter Schärfe in der Stimme.

»Aber … ich weiß nicht, ob ihm etwas passiert ist, er könnte ernsthaft verletzt sein«, fuhr Jasmin mit bemüht ruhiger Stimme fort.

»Obwohl er angeschnallt war«, setzte Ting nachdrücklich hinzu und sah ihr in die Augen.

»Ja, aber ich …«

Jasmin verstummte, ihr wurde klar, dass Ting nicht wollte, dass sie von Dante sprach. Sie schaute sich um und entdeckte einen kleinen Mann, der in den Schatten weiter hinten im Raum verschwand.

»Geht zum Terminal«, sagte Grossman. »Macht das auf jeden Fall, aber ihr müsst wissen … Jeder Kriegsakt handelt letztlich von Betrug, und die Außerirdischen verstecken sich in normalen Menschen …«

Ting ging zu einer rostigen Laderampe mit mechanischem Aufzug. Jasmin holte ihn ein, wobei die Marke an der Kette um ihren Hals leise klapperte. Sie gingen nebeneinander weiter, vorbei an eingeschweißten Paletten mit Kartons, und folgten einer Ziegelwand, an die jemand eine rote Fahne gehängt hatte. Durch eine schmutzige Glastür zu ihrer Rechten sah sie in einen Umkleideraum mit Reihen verschließbarer Blechspinde. Eine Frau mittleren Alters saß mit halb offenem Mund und feuchten Augen auf einer Bank. Sie trug eine abgewetzte

Militärjacke, ihr Unterleib war nackt. Ein jüngerer Mann mit blondierten Haaren kniete vor ihr, das Gesicht zwischen ihren gespreizten Beinen versenkt. Obwohl die Frau sah, dass Jasmin sie musterte, verzog sie keine Miene, legte nur die Hand auf den Kopf des Mannes.

Ting öffnete eine schwere Metalltür, und Jasmin folgte ihm hinaus auf eine Geschäftsstraße. Ein feiner Regen fiel auf eine verblichene Markise mit grauen Fransen. Regenschirme wurden aufgespannt und Plastikfolien über die angebotenen Waren gelegt.

Sie gingen mitten auf der Straße, zwischen von Menschen gezogenen Anhängern und rostigen Fahrrädern.

»Ich weiß nicht mehr, wem ich glauben soll«, sagte sie ernst.

»Wieso?«

»Grossman klang ziemlich überzeugend.« Sie lächelte.

»Ach was«, lachte Ting.

Ein betrunkener Mann schwankte an einem roten Neonschild vorbei. Vor dem blinkenden Licht sah er schwarz aus, dann leuchtete sein Rücken wie im Feuer auf.

Ich hing kopfüber im Auto, als mein Herz aufhörte zu schlagen, dachte Jasmin und schaute die regennasse Straße hinunter. Ich erinnere mich, dass ich Glasscherben klirren hörte, aber ich erinnere mich nicht daran, dass ich Dante gehört habe.

Sie fasste an ihre Plakette im Blusenausschnitt und versicherte sich selbst wieder und wieder, dass Dante angeschnallt gewesen war. Ich weiß, er war es, dachte sie. Er saß in seinem Kindersitz, kein Problem, ich weiß, es geht ihm gut.

Sie kamen in einen Stadtteil, in dem die Häuser älter und traditioneller aussahen, mit hohen, geschwungenen Dächern. Sie gingen an einer überdachten Straßenküche vorbei. Eine Frau mit Regenschirm trank Tee aus einem Plastikbecher. Die Regentropfen prasselten auf die Plastiktischdecke.

Als sie wieder auf dem Bürgersteig waren, reichte Ting Jasmin eine Tüte mit warmem, gezuckertem Gebäck.

»Danke, wann hast du das denn gekauft?«

»Ich habe es geschenkt bekommen«, erwiderte er galant.

Sie aßen jeder ein Stück, während sie weiter die Straße entlanggingen. Fast überall waren die Fensterläden geschlossen, nur in einigen Fenstern hingen schmutzige Gardinen.

An einer Straßenecke standen ein paar Leute um einen Mann mit einer Art mechanischer Lotterie herum. Der Mann sah aus wie ein Leierkastenmann, als er die Kurbel der dekorierten Trommel drehte.

Es schepperte metallisch und klickte, als drei kleine Plättchen aus einem Schlitz hochsprangen. Sie waren mit verschiedenen Figuren des chinesischen Schachspiels Xiangqi bemalt. Ein rotes Pferd, ein Wagen und ein roter Leibwächter kamen zum Vorschein. Einer der wartenden Männer seufzte laut vor Enttäuschung und warf seine Mütze auf den Boden.

»Hast du dich jetzt entschieden? Ich meine ... Wenn das alles hier nur ein Traum ist, dann brauchen wir nicht weiter zum Terminal zu gehen, um dort zu sitzen und zu warten und uns zu langweilen«, sagte Ting mit unterdrücktem Lächeln.

»Ich will zurück ins Leben kommen«, erklärte Jasmin, obwohl das doch selbstverständlich war.

15

Der Regen hatte aufgehört, aber der Himmel war schwer und grau, und der Geruch feuchter Straßen lag über der Stadt. Vor einem Mann mit einem großen Kessel standen drei Personen. Der Mann zog einen roten Schein mit Maos Porträt aus einem Karton, hob mit einer Zange ein Würstchen aus dem dampfenden Wasser, legte es in das Papier und spritzte Ketchup darauf.

»Er benutzt Hundert-Yuan-Scheine als Würstchenpapier«, sagte Jasmin erstaunt.

»Das ist nur ein Fake ... er hat ein paar Kartons mit Totengeld gefunden, du weißt, was man den Toten opfert«, erklärte Ting, während sie vorbeigingen. »Und Totengeld bleibt unechtes Geld, auch hier, aber die Leute finden es halt witzig ...«

Auf der anderen Straßenseite leuchtete ein Tempel gelb und rot zwischen den farblosen Häusern. Im Tempeleingang stand eine große Schale mit Asche, in der Räucherstäbchen steckten. Schwaden von Rauch zogen vor der goldglänzenden Fassade hoch. Ein schmächtiger Junge von ungefähr zwölf Jahren fegte die breite Treppe mit kräftigen Zügen. Sein schmutziges Gesicht war so abgemagert, dass die Wangenknochen spitz unter der Haut hervorstachen. Jasmin begegnete seinem Blick und reichte ihm den Rest des Gebäcks.

»Die sind lecker«, sagte sie.

Verwundert nahm er die Tüte entgegen, schaute hinein und danach Jasmin strahlend an.

In der Ferne waren Schreie zu hören, und Ting und Jasmin gingen dicht an den Häuserwänden entlang weiter. Sie kamen an einem Kind vorbei, das in einem überquellenden Mülleimer wühlte.

Fünf junge Männer mit Holzknüppeln prügelten auf einen kleinen Mann mit Hut ein. Einer von ihnen trug neben der Visumsplakette ein goldenes Kruzifix. Er schrie etwas auf Spanisch und boxte den Mann von hinten, dass er seinen Hut verlor. Menschen flüchteten. Der kleine Mann wedelte mit Dollarscheinen zwischen seinen aneinandergelegten Handflächen. Einer der Jugendlichen, er hatte hellbraunes, lockiges Haar, trat einen Schritt vor und schlug dem Mann mit dem Stock hart ins Gesicht. Dieser fiel zu Boden, fing sich mit den Händen ab und kippte zur Seite.

Blut lief ihm aus dem Ohr.

Der junge Mann stellte ihm einen Fuß auf die Brust, drückte ihn mit dem Rücken auf den Boden, riss ihm das Hemd auf und schaute sich seine Plakette an.

Trillerpfeifen waren zu hören, doch bevor die vier Polizisten auf dem Platz angekommen waren, hatten die Angreifer sich aus dem Staub gemacht.

Ting fasste Jasmin um die Taille und zog sie mit sich die Straße entlang. Ein Mann mit einer Augenklappe wich ihnen aus und machte hinter ihrem Rücken eine merkwürdige Geste.

An einem Tisch stand eine schöne Frau um die fünfzig und verkaufte Karamellbonbons, die aussahen wie bunte Glaskugeln. Ting hielt ihren Blick lange fest, und als sie vorbeigegangen waren, pfiff sie ihm hinterher.

»Du flirtest auch mit allen«, schmunzelte Jasmin.

»Tue ich nicht«, widersprach er.

Die Ladenstraße mündete auf einen gepflasterten Platz. In dem diesigen Dunkel konnte sie mitten auf dem offenen Marktplatz einen Springbrunnen erahnen. Um den Platz herum erhoben sich einige große Behördengebäude mit eingeschlagenen Fensterscheiben.

»Falls du das Visum mit jemandem tauschen willst, die

Transportverwaltung ist hier«, scherzte er und zeigte auf eines der Gebäude.

Sie traten auf den Marktplatz, und jetzt sah Jasmin, dass es in der Mitte gar keinen Springbrunnen gab, es handelte sich um einen Menschen: Ein magerer Mann war an einem rostigen Metallpfosten mit einer Schlinge um den Hals festgebunden.

»Das große Gebäude hier«, fuhr Ting fort, »das ist der Gerichtshof, und das hier ist das Zentralkomitee ... und hier haben wir die Ordnungsaufsicht und ...«

Er verstummte und hielt sie zurück.

Ein Mann in grauer Offiziersuniform ging zusammen mit einer Wache über den dunklen Marktplatz, geradewegs auf den gefesselten Mann zu. Der Uniformierte las etwas von einem Papier ab, dann trat die Wache vor und schlug den Festgebundenen mit einem Bambusstock auf den Rücken.

Die sieben Schläge waren nicht zu hören. Das Ganze verlief traumartig leise und schattenlos weich.

Als die Männer fertig waren, drehten sie sich wortlos um und gingen auf die großen Gebäude zu; den Mann ließen sie auf dem Platz zurück.

»Das Gericht hat angefangen, ein Exempel gegen die Triade zu statuieren ... das läuft ziemlich brutal ab, aber der Mann da gehörte zu den Meistgesuchten«, erklärte Ting.

»Was heißt das denn, ein Exempel statuieren? Was ändert das? Es gibt sie doch offenbar überall.«

»Ich glaube auch nicht, dass das die richtige Methode ist, aber man ist verzweifelt, es gibt nicht genug Polizei.«

Ting nahm Jasmins Hand, zog sie mit sich schräg über den Platz auf ein Gebäude zu, das aussah wie die Wartehalle eines Bahnhofs.

Der ganze Giebel des großen Bahnhofsgebäudes fehlte, die gezackten Ränder bestanden aus gebrochenen Ziegelsteinen, aber ansonsten schien die Halle intakt zu sein. Jasmin sah wartende Menschen, sowohl in der Halle als auch draußen, und daneben war ein Zelt aufgebaut worden, dessen graue, ausgefranste Stoffwände sich ein wenig in der leichten Brise bewegten.

Jasmin erkannte sofort alles wieder, als sie eintrat. Der abgetretene Steinfußboden war frisch geschrubbt. Im Wartesaal gab es zehn lange Holzbänke, auf denen vereinzelt Menschen saßen. Einige hatten Taschen dabei, andere lagen auf der Bank und schliefen, aber die meisten warteten, den Blick auf die fünf Fahrkartenschalter gerichtet oder auf eine Wand, die mit Plakaten bedeckt war, auf denen Zeichen und Gesichter zu sehen waren.

Sie war nicht verrückt gewesen. Alles, was sie in Erinnerung hatte, stimmte.

Ein bitteres Gefühl des Triumphs blitzte mitten in ihrer Angst und Sorge auf.

Es roch nach feuchtem Stein, genau wie beim letzten Mal.

Sie folgte Ting zu den Wandzeitungen. Er blieb davor stehen und suchte nach seinem eigenen Bild.

»Wie lange wartest du schon?«, fragte sie leise.

»Drei Wochen«, sagte er, ohne eine Miene zu verziehen.

»Drei Wochen?«

Ting hielt einen Mann mit mürrischem Gesichtsausdruck an, der Schnapsflaschen aus einer Minibar verkaufte, drückte den Preis auf einen Dollar und kaufte sich eine Miniflasche Glenfiddich, drehte den Verschluss ab und trank.

»Ich habe eine Frau getroffen, die hat zweieinhalb Jahre gewartet, bis ihr Foto erschien«, berichtete er und warf die leere Flasche in eine Ecke. »Ich weiß nicht, welchem Zeitraum das im Leben entspricht ... viele warten wochenlang hier im Terminal, bis sie begreifen, dass es eine Weile dauern kann, und sich in der Stadt einrichten. Das alles hier, alle Häuser der Stadt, ist eigentlich nur ein Wartesaal des Bahnhofs, der immer weiter gewachsen ist, um dem Ansturm zu genügen.«

Er beugte sich zu ihr und schob ihr eine Locke hinters Ohr. Die Berührung ließ ihr einen prickelnden Schauer über den Rücken laufen und eine Erinnerung in ihr aufsteigen von dem Abend, als sie auf einer windigen Terrasse stand und zum allerersten Mal küsste.

Jasmin folgte Ting zu den Fahrkartenschaltern. Bis auf einen waren alle geschlossen. Hinter ihm saß ein Beamter mit schütterem Haar in hellgrauer Uniform mit abgewetzten Manschetten. Eine große Frau mit einem Tuch um die Schultern sprach leise flehend auf ihn ein und wischte sich dabei die Tränen von den Wangen, aber er schüttelte nur den Kopf, und schließlich ging sie zurück zu ihrem Platz auf der Holzbank.

Jasmin versuchte sich zu erinnern, aber ihr fiel nicht mehr ein, was sie an dem Schalter tun musste. Alles erschien ihr wieder wie ein sonderbarer Traum.

»Was soll ich sagen?«, fragte Jasmin.

»Du musst dich hier nur registrieren lassen.«

Als Ting sich zum Schalter vorbeugte und erklärte, was Jasmin wollte, schob der Beamte seine Brille höher auf die Nase und schaute ihn zutiefst müde an. Er murmelte etwas, und Ting wandte sich zu Jasmin um.

»Er muss dein Visum sehen.«

Sie nahm es ab, zögerte, gab es dann aber doch dem Beamten. Ohne sie anzuschauen, drehte er die Plakette, behielt sie in der Hand und übertrug die Zeichen darauf auf ein Formular.

»Was steht eigentlich auf dem Teil?«

»Long life, happiness«, scherzte Ting.

Jasmin lachte nicht, war aber dennoch dankbar, dass Ting versuchte, mit ihr herumzualbern. Ihre Finger zitterten, als sie die Plakette zurückbekam und sie sich wieder um den Hals hängte.

Der Beamte füllte das Formular weiter aus, stempelte dann

den Bogen und ein dünnes rosa Papier und unterschrieb es. Jasmin bekam das rosa Papier, bedankte sich und folgte Ting zu einem Tresen neben dem Schalter.

»Hier oben muss der Familienname stehen«, sagte er und zeigte auf das Papier. »Da steht *zuji*, das ist eigentlich der Ort, aus dem die Vorväter stammen ... und hier schreibst du alle deine Vornamen hin und deinen Geburtsort ...«

»Okay«, sagte sie ruhig.

Sie schrieb die Namen in die vertikalen Spalten. Ihre Hände zitterten, und sie fürchtete Fehler zu machen.

Wieder war ein Donnern zu hören, und dann vibrierte die Erde unter ihren Füßen. Die Menschen schauten unruhig auf, blieben aber auf ihren Plätzen sitzen.

Als Jasmin den Bogen ausgefüllt hatte, ging sie mit Ting zu dem Fotoautomaten, dem der Vorhang fehlte und der aus den Sechzigerjahren zu stammen schien. Sie drehte den Hocker hinunter, um auf einer Höhe mit der schwarzen Glasscheibe zu sein, und schaffte es gerade noch, sich hinzusetzen, als es schon aufblitzte.

Sie blieben vor dem Automaten stehen und warteten auf das Foto, Jasmin mit dem Papier in der Hand. Durch eine Windböe von draußen knisterte es und wickelte sich ihr um die Hand.

16

Als Ting und sie zum Fahrkartenschalter zurückkamen, schob sich der Beamte wieder die Brille hoch, schaute sich anschließend das rosa Papier an, übertrug die Zeichen auf das Formular, hielt dann jedoch inne und sagte etwas. Ting beugte sich vor und antwortete, doch der Beamte schüttelte den Kopf und legte den Stift zur Seite.

»Was ist los?«, fragte Jasmin.

»Er sagt, dein Nachname ist zu lang«, antwortete Ting.

»Ich heiße Pascal-Andersson – wie kann das zu lang sein?«

Ting beugte sich vor und sagte dem Beamten etwas, doch der Mann schüttelte nur den Kopf und schob das rosa Papier zu ihnen zurück.

»Sag ihm, dass er nicht zu lang ist«, forderte Jasmin.

»Habe ich versucht – aber er wird wütend werden, wenn wir nicht einlenken.«

»Was soll ich also schreiben?«, fragte sie.

Der Beamte schaute sie nicht einmal an, sondern gab ihr nur mit einer Handbewegung zu verstehen, dass sie verschwinden solle.

»Der ist nicht zu lang«, sagte Jasmin laut auf Englisch und trat einen Schritt zurück.

Ting beugte sich wieder vor, zeigte das Foto von Jasmin und sagte etwas auf Chinesisch, woraufhin der Mann hinter dem Schalter stutzte.

Er nahm seine Brille ab und sah Jasmin zum ersten Mal richtig an, dann senkte er den Blick und schmunzelte. Ting sagte wieder etwas, und der Beamte lachte laut auf und wurde rot. Dann musste er sich erst einmal sammeln, setzte die Brille wieder auf und schaute sich erneut das rosa Papier an. Ohne weiter etwas zu sagen, füllte er alle erforderlichen Spalten aus. Er schielte noch einmal zu Jasmin, schmunzelte vor sich hin und ging dann mit ihrem Schein in das Büro hinter ihm.

»Was passiert jetzt?«

»Du bist registriert«, erklärte Ting und verzog den Mund. »Nun heißt es einfach warten; ich komme einmal am Tag hierher, aber das ist wahrscheinlich übertrieben.«

Sie schauten sich die gesprenkelte Wand an, auf der im Laufe der Zeit Bilder von Tausenden von Menschen übereinandergeklebt worden waren.

»Was hast du dem Beamten eigentlich gesagt?«, fragte Jasmin nach einer Weile.

»Nichts«, antwortete Ting und ging auf den Ausgang zu.

»Und was war dann so lustig?«

»Ach, ich habe nur einen Scherz gemacht.«

»Über mich?«

Er blieb stehen, lächelte verlegen und schaute ihr in die Augen.

»Ich habe nur gesagt, dass rothaarige Frauen immer etwas nervig sind, dafür aber heiß im Bett«, erklärte er ganz sachlich.

»Heiß im Bett?«, wiederholte sie verwundert.

»Und dann habe ich noch gesagt, dass du Punkte im Gesicht kriegst, wenn du an jemandem sexuell interessiert bist.«

»Wobei es sich um meine Sommersprossen handelt«, sagte sie trocken.

»Das war ein Scherz«, sagte er.

»Sehr intelligent«, seufzte sie.

»Nein, aber …«

»Aber du fandest es lustig«, fuhr Jasmin fort.

»Nein, das war einfach nur doof«, erwiderte Ting und brach in Lachen aus.

»Ja«, stimmte sie ihm zu, musste aber selbst lachen, während sie zwischen den Bänken hindurch auf den dunklen Marktplatz zugingen.

Der Boden war inzwischen fast trocken, und winzige Rußflocken tanzten über einem kleinen Feuer. Eine Frau verkaufte vakuumverpacktes Maisbrot, das sie über einer dünnen Petroleumflamme briet.

»Hast du Hunger?«, fragte er.

»Ich will nur nach Hause«, antwortete Jasmin leise.

»Das kann Wochen dauern, Monate.«

»Aber wie kommt man während der Wartezeit zurecht?«

»Man geht zu der Suppenküche dahinten«, sagte Ting und zeigte in die Richtung.

»Und dann schläft man hier auf den Bänken – oder wie?«

»Man schläft nicht«, antwortete er.

»Aber, wenn es Wochen dauert, bis man …«

»Niemand schläft hier im Hafen«, unterbrach er sie. »So ist es nun einmal, es wird nie hell hier, und niemand schläft auch nur eine Sekunde lang.«

»Wir sind aber an mehreren Hotels vorbeigekommen.«

»Da macht man was anderes«, sagte er. »Du weißt, der Hafen grenzt an die Ewigkeit … wir haben zu viel Zeit, also spielen wir, saufen und schlafen miteinander.«

»Klingt wie das Paradies«, bemerkte sie ironisch.

Sie gingen nebeneinander in Richtung der Geschäftsstraßen.

»Mir macht es Spaß, Boote zu bauen, während ich warte«, sagte er nach einer Weile. »Das gefällt mir und wird gut bezahlt …«

Eine betrunkene junge Frau in hohen Schuhen, einem kurzen Kleid und einem dicken Pullover kam heran, umarmte Ting und gab ihm einen Kuss auf den Mund.

»Das ist Anna«, sagte er auf Englisch.

»Hej Anna.«

»Kommst du mit – oder nicht?«, fragte die Frau und zog an ihm.

»Geh mit ihr«, sagte Jasmin auf Schwedisch.

»Ich gehe lieber mit dir«, erwiderte er.

»Du bist wirklich süß«, sagte Jasmin und zog seinen Reißverschluss am Halsausschnitt auf. »Aber ich bin erwachsen, und ich interessiere mich mehr für erwachsene Menschen.«

Sie wusste eigentlich selbst nicht, warum sie ihn auf Abstand hielt, vielleicht, weil er sie so offensichtlich verführen wollte, obwohl er nichts von ihr wusste, vielleicht, weil er sie an sich selbst erinnerte, wenn sie von einer unbändigen Lust erfüllt war und einfach nur mit jemandem schlafen wollte, ohne über die weiteren Konsequenzen nachzudenken.

Anna ließ Ting los und schwankte davon.

»Ich bin erwachsen«, sagte er und hielt ihren Blick fest.

»Ich meine Menschen, die sich erwachsen verhalten«, betonte sie.

»Entschuldige, dass ich versucht habe, einen Scherz zu machen«, sagte er. »Entschuldige, dass ich dich attraktiv finde, entschuldige, dass ich dir helfe, um ...«

Ting verstummte, als der Klang einer Glocke zu hören war. Er drehte sich zum Terminal um, dann schaute er Jasmin an. Das Lachen war aus seinen Augen verschwunden.

»Gleich kommt eine neue Wandzeitung«, sagte er und wandte sich zum Gehen.

Sie folgte ihm und sah, wie sich alle Menschen von den Bänken in der Wartehalle erhoben hatten, wie sie ihre Taschen und Plastiktüten zurückließen und sich der Wand näherten. Leute, die vor dem Bahnhof gewartet hatten, strömten herein. Plötzlich waren auf den Treppen zu den öffentlichen Gebäuden Gestalten zu sehen. Auch aus den Straßen auf der anderen Seite des Platzes strömten Menschen herbei. Mit einem Mal vibrierte die Luft vor Erwartung.

Sie gingen ins Bahnhofsgebäude; schnell füllte sich die

Halle, und sie wurden zurückgedrängt von Menschen, die sie wegboxten, um etwas sehen zu können.

Ein Mann kam mit einem Kleistereimer und einer Klappleiter aus dem Büro. Die Menschen wichen zur Seite, um ihm den Weg frei zu machen. Es wurde still in der Halle. Alle beobachteten den Mann. Er blieb vor der Wand stehen, kletterte auf die Leiter und klebte ohne Eile einen dünnen Papierbogen direkt über die alten. Mit einer breiten Bürste strich er die Falten aus und kletterte dann wieder herunter. Jasmin sah, wie die Menschen sich zu dem Bild vordrängten, stehen blieben und dann mit enttäuschter Miene zu ihren Plätzen zurückkehrten.

Auch Ting trat zusammen mit ihr näher heran. Das Licht der Deckenlampe spiegelte sich in dem nassen Kleister. Sie schoben sich an der Seite entlang und versuchten, von dort näher zu kommen. Plötzlich drehten sich alle Köpfe zu ihnen um. Alle starrten Jasmin an und wichen ihr aus. Eine flüsternde Gasse öffnete sich mitten durch die Menschenmenge direkt auf das Bild derjenigen zu, die bald ins Leben zurückkehren sollte.

17

Es gab keinen Zweifel: Jasmin Pascal-Anderssons Gesicht war auf der Wandzeitung zu sehen. Chinesische Zeichen umkränzten das Foto, das sie gerade eben im Automaten hatte machen lassen.

Ting stand neben Jasmin und starrte ihr Foto an. Seine Augen waren kohlrabenschwarz, das Gesicht hatte jede Farbe verloren.

»Ting?«, fragte Jasmin und hörte selbst, wie ängstlich ihre Stimme klang. »Was muss ich tun? Ich kann mich an nichts mehr erinnern.«

»Du musst zurückgehen.«

Die Menschen, die vorher vor ihnen zurückgewichen waren, näherten sich ihnen jetzt wieder. Jasmin bemerkte einen kleinen Mann, der ein Messer an der Hüfte verbarg.

Sie konnte nicht verstehen, was Ting ihr sagte, aber sie folgte ihm zurück zu dem Fahrkartenschalter.

Ting sah immer noch erschüttert aus, als er mit dem mürrischen Beamten sprach. Der Mann schaute Jasmin an, nickte und zeigte auf die Stirnseite der Wartehalle. Zwei Wachleute saßen vor einer verschlossenen Tür.

»Ich bringe dich bis zur Tür, danach musst du allein zurechtkommen.«

Eine Frau stellte sich ihnen in den Weg. Sie schob ein Kind auf Jasmin zu. Ein Mädchen mit dünnen Zöpfen, das Jasmin mit großen Augen ansah. Die Frau sagte etwas mit flehender Stimme und versuchte zu lächeln.

»Was will sie?«, fragte Jasmin.

»Sie glaubt, du könntest ihr helfen, sie will, dass du ihre Tochter berührst.«

Jasmin legte die Hand auf die Wange des Mädchens. Das Mädchen schnappte sie sich und versuchte sie festzuhalten, doch Jasmin riss sich los und ging weiter.

Als sie sich der Tür näherte, standen die Wachleute auf. Der eine hatte eine alte Militärpistole in einem Holster, der andere hielt einen langen Schlagstock in der Hand.

Sie musterten Jasmin genau und kontrollierten das Visum, das um ihren Hals hing. Es stimmte, alles stimmte. Einer der Wächter zog einen Schlüssel heraus und schob ihn ins Schloss, drehte ihn mehrere Male um. Der Schließmechanismus bewegte sich knackend in der schweren Tür.

»Was passiert jetzt?«

»Sie öffnen die Tür zu den Quellen«, sagte Ting fast atemlos.

»Soll ich da reingehen?«, fragte Jasmin.

»Das ist es, worauf alle hier warten«, erklärte er mit warmer Stimme und strich ihr eine Haarlocke aus der Stirn.

Die Menschen hinter ihr drängten heran, aus allen Richtungen, und versuchten einen Blick auf sie zu werfen, sie und ihr Visum zu berühren. Der eine Wachmann schob sie mit seinem Stock zur Seite, während der andere die Tür öffnete. Ting breitete die Arme aus und versuchte die Menschen mit seinem Körper von Jasmin fernzuhalten.

»Kann ich irgendetwas tun, wenn ich zurückgekommen bin?«, fragte Jasmin.

»Wir haben keine Zeit mehr zu reden – du musst reingehen …«

Er bekam einen kräftigen Stoß in den Rücken und fiel fast auf sie. Sie nahm ihren Perlenohrring ab und gab ihn Ting. Der schloss die Finger um das Schmuckstück und nickte ernst.

»Danke«, flüsterte sie.

»Wir trinken einen Kaffee, wenn ich nach Stockholm komme«, sagte er.

Jasmin schaute ihm noch einmal in die Augen, dann drehte sie sich um. Eine Frau packte sie bei den Haaren, musste aber loslassen, als Jasmin durch die Tür trat und die ersten beiden Stufen einer kurzen Treppe hinunterging.

Hinter ihr schloss sich die Tür, und der Schlüssel drehte sich in dem schweren Schloss.

Sie stand ganz allein auf dem Hinterhof der Wartehalle, umgeben von hohen, fensterlosen Fassaden. Staubige Bierflaschen und kaputte Dachziegel lagen vor einer Mauer.

Geradeaus vor ihr befand sich zwischen zwei Häuserwänden eine Öffnung, die jedoch mit Wellblech verschlossen war, auf dessen oberen Rand Stacheldraht aufgesetzt war. Sie überquerte den Hof und sah, dass vor dem Wellblech eine halbmondförmige Spur auf dem Boden verlief. Offensichtlich konnte man es wie eine Tür öffnen.

Jasmin zog an dem Blech, um zu sehen, was sich dahinter befand, aber es verhakte sich. Sie trat den Sand zur Seite, um das Blech ein Stück bewegen zu können. Staub wirbelte auf, und kleine Steinchen spritzten zur Seite. Sie zog das Blech so weit, dass sie sich dazwischenzwängen konnte, hörte, wie die Blusenknöpfe an dem Metall entlangschrammten, und fand sich schließlich auf einen Kiesplatz wieder.

Fünfzehn Meter vor ihr stand ein ungefähr zwölfjähriges Mädchen mit einem Tuch über dem Haar und harkte den Kies in perfekten Linien.

Hinter dem Mädchen schmiegte sich ein kleines Holzhaus an eine Bergwand. Das Dach war gelb, die Ecken nach oben gebogen. Vor drei Fenstern waren Jalousien heruntergelassen, aber die schmale Tür stand offen. Jasmin erkannte das Haus wieder, wie man sich an eine Gegend aus einem Traum erinnert.

Es rasselte leise, während das Mädchen harkte. Ihr Gesicht war ernst, der Blick intelligent. Als sie fertig war, stellte sie die Harke hin und führte Jasmin ins Haus.

Jasmin folgte ihr in einen Raum, in dem eine ältere Frau Handtücher über einem Gasherd dämpfte.

Auch an den Raum konnte sich Jasmin erinnern, aber dieses Mal war es eine andere Frau, eine mürrische Person mittleren Alters.

Über einem Altar für die Ahnen mit qualmenden Räucherstäbchen davor hing eine Schiefertafel, die mit Zeichen vollgeschrieben war. Das Mädchen las leise die Einprägungen in Jasmins Visum und verglich sie mit der Schrift auf der Schiefertafel. Die alte Frau kam heran und schaute Jasmin in die Augen, dann nahm sie ihr Visum und löste die Plakette von der Kette.

Sie gab die Plakette dem Mädchen, diese ging zu einer Holzluke im Boden und ließ sie durch einen Spalt hineinfallen.

Jasmin wurde zu einem niedrigen Tisch geführt, sie zogen ihr Kleider und Schuhe aus, kämmten ihr das Haar und wuschen sie mit den heißen Handtüchern. Sie zählten ihre Finger und Zehen und berührten alle ihre Narben. Das Mädchen ließ ihre Fingerspitzen auf der großen Narbe von der Schusswunde im Rücken liegen, als würde sie sie wiedererkennen.

Jasmin wurde mit der Zeit so müde, dass sie Schwierigkeiten hatte, etwas zu erkennen.

Die alte Frau sprach mit gedämpfter Stimme zu ihr, und in regelmäßigen Abständen schaute sie in Jasmins Augen, von ganz nahe, wie ein Arzt.

Jasmin nickte, bedankte sich und versuchte zu sagen, dass sie schlafen müsse, dass sie dankbar wäre, wenn sie sich hier auf der Bank für eine Weile ausruhen dürfte.

Die beiden Helferinnen betupften sie weiter mit den warmen Handtüchern, während Jasmin mit geschlossenen Augen dastand.

Dann sagte das Mädchen etwas in einem Tonfall, der Jasmin dazu brachte, die Augen zu öffnen. Sie nahm Jasmins Hand und zog sie mit sich zu einer dünnen Schiebetür aus

Reispapier, das auf einen Rahmen gespannt war. Offensichtlich war es dahinter dunkel, und das Papier war leicht zu ihr hin gewölbt.

Die alte Frau schob lautlos die Tür zur Seite, und ein kräftiger Geruch nach Steinen und Mineralien schlug ihnen entgegen. Das Mädchen half Jasmin eine Stufe hinunter, dann eilte sie zurück und schloss die Tür hinter sich.

Vorsichtig ging Jasmin weiter hinunter und blieb erst stehen, als sie auf einem nassen Fußboden angekommen war. Sie befand sich in einer großen Halle, in der warmes Wasser über den Steinfußboden lief.

Direkt hinter der Tür hatte man irgendwann einmal die Wände mit portugiesischen Kacheln geschmückt. Das hellblaue Muster auf dem weißen Grund war so abgewetzt, dass man kein Motiv mehr erkennen konnte.

Jasmin ging weiter hinein.

Die kaputten Kacheln nahmen ein Ende, es folgte die nackte Felswand. Die Grotte war schmal und mündete in einer Spitze. Eigentlich hätte es hier drinnen dunkel sein müssen, aber von dem Wasser selbst schien ein indirektes Licht auszugehen.

Der warme Strom wurde tiefer und mündete in einen großen Spalt, einen Durchgang, in dem das Wasser künstlich geformte Treppenstufen hinuntersprang.

Die Strömung zog sie mit sich.

Das Wasser hatte den Boden der Grotte glatt geschliffen, sodass er wie polierter Marmor war.

Müdigkeit durchzog ihren Körper und wurde von der gluckernden Bewegung des Baches und dem Echo des schwappenden Wassers in der Tiefe der Grotte noch verstärkt.

Weiter hinten erschien das fließende Wasser ganz golden, wie ein Gebirgsbach. Die lebhafte Oberfläche glänzte wie reines Gold.

Jasmin war so müde, dass sie sich zwingen musste, die Augen offen zu halten.

Irgendwo musste es doch einen Ort geben, wo sie schlafen konnte. Aber es gab nur Felswände und glitzerndes Wasser.

Sie ging weiter in den Berg hinein, Treppen hinunter und Gänge entlang in hüfthohem Wasser. Sie ging und ging und vergaß irgendwann, dass sie ging. Es war nicht mehr möglich auszumachen, ob sie sich nach oben oder nach unten bewegte.

Eine Zeit lang schloss sie die Augen und watete blind weiter.

Das Wasser war so tief, dass sie zu treiben meinte, sie ging, war sich aber nicht sicher, ob ihre Füße noch den Boden berührten.

Jasmin gab der Müdigkeit nach, umhüllt von dem wunderbaren Wasser, trieb mit der warmen Strömung und lächelte vor Erleichterung vor sich hin.

18

Der Schmerz traf sie wie ein Vorschlaghammer auf der Brust, ein blitzschneller Stoß, ein Schlangenbiss direkt ins Herz.

Jasmins Körper wand sich in Krämpfen, sie hatte das Gefühl, als brenne ihre Lunge, und dieses Feuer strahlte bis in ihre Fingerspitzen hinein, aber sie konnte nicht schreien. Durch eine blutige Sauerstoffmaske starrte sie auf blauen, pulsierenden Schneefall und hörte gleichzeitig die Sirenen der Rettungswagen.

»Wir haben Puls, wir haben Puls«, rief ein Mann und drückte auf ihren Brustkorb, wobei er laut zählte.

»Intubation vorbereiten …«

Die Sauerstoffmaske verrutschte auf Jasmins Gesicht, und sie konnte jetzt sehen, dass es überall von Menschen wimmelte, von Rettungswagen und blutigem Schnee. Ein Mann in einem T-Shirt mit dem Schriftzug »Motörhead« stand ein Stück entfernt. Er hielt sich eine Hand vor den Mund, und es sah aus, als weinte er.

Neben ihr wurde ein Autowrack aufgesägt – von einem Winkelschleifer sprühten Funken in hohem Bogen.

Jasmin versuchte den Kopf zu heben, konnte aber nirgends Dante entdecken.

Ganz in ihrer Nähe sprach eine Frau in ein knisterndes Funkgerät. Worte wie Herzkontusion, kardiogener Schock und intravenöses Adrenalin waren zu hören.

Der Fahrer eines Rettungswagens rief etwas und wischte sich Schmutz und Blut aus den Augen.

Jasmin konnte keine einzelnen Wörter unterscheiden. Eine warme Flüssigkeit lief ihr über die Wange und rann ins Ohr.

Als sie aus der Narkose erwachte, lag sie auf dem Rücken in einem weißen Zimmer. Um ihren Körper herum spürte sie kühle Luft, wie Wasserdampf, aber mit einem starken Medikamentengeruch.

Es tut weh, dachte sie und fühlte, wie sich die Augen mit Tränen füllten. Sie konnte sich an Bruchstücke erinnern, wusste, dass es einen Autounfall gegeben hatte, aber die ganze Zeit rutschten ihr die Gedanken weg.

Sie schloss die Augen, und da fiel ihr ein, dass sie ihren Perlenohrring in der geschlossenen Hand gehalten hatte. Vor ihrem inneren Auge sah sie winzige rote Glassplitter durch die Luft fliegen.

Ein Arzt kam herein, und es gelang Jasmin, den Blick zu schärfen und ihm in die Augen zu sehen. Er trat an ihr Bett und schob seine Brille in die Brusttasche.

»Ich fange mal damit an, dass ich Ihnen sage, Sie leben«, erklärte er ihr mit einem Lächeln.

Sie bewegte die Lippen, versuchte nach Dante zu fragen, aber nur ein Zischen war zu hören. Der Arzt blieb an ihrem Bett stehen. Seine blauen Augen guckten sie interessiert an, aber ohne Wärme.

»Sie hatten einen Autounfall – erinnern Sie sich daran?«, fragte er.

Sie nickte.

»Ihr Herz wurde bei dem Zusammenstoß zusammengepresst, Sie hatten noch Puls, doch bevor die Sanitäter Sie aus dem Auto herauskriegen konnten, ist Ihr Herz stehen geblieben.«

Er holte seine Brille heraus und setzte sie sich wieder auf, schaute in ihre Akte, dann musterte er sie eine Weile, bevor er weitersprach, mit etwas wie Selbstlob in der Stimme.

»Aber nach drei Defibrillationen, einem Milligramm Adrenalin und dreihundert Milligramm Cordarone sind Sie zurückgekommen.«

An einem glänzenden Metallständer hing ein Plastikbeutel mit Infusionsflüssigkeit. Die Tropfen fielen rhythmisch durch den Plastikschlauch der Dosierpumpe. Eine graue Kanüle leitete die Flüssigkeit zu einem brennenden Punkt in Jasmins Armbeuge.

»Nach der alten Definition waren Sie fast zwei Minuten tot und ...«

Ein schrecklicher Knall schleuderte den Wagen um sich selbst, Blut und Glas wirbelten durch die Luft. Sie erinnerte sich an das Geräusch von zusammengedrücktem Blech und wie die Luft wegblieb.

»Dante«, flüsterte sie.

Der Arzt hörte ihr nicht zu, er hatte jetzt eine Falte zwischen den Augenbrauen, und die dünnen Lippen zogen sich nach unten, als er auf ihre steigende Herzfrequenz auf einem Display schaute.

»Wir haben Sie wieder zusammengeflickt«, konstatierte er mit seiner dünnen Stimme. »Wir werden Sie noch eine Woche unter Arrhythmieüberwachung behalten, aber alles deutet darauf hin, dass Sie wieder ganz gesund werden.«

»Dante ...«

Jasmin stöhnte und versuchte sich auf die Seite zu drehen, um aus dem Bett zu kommen, doch ihr Körper war so schwer, dass es sich anfühlte, als wäre sie festgeschnallt.

Endlich schaute der Arzt sie an.

»Was wollen Sie sagen?«, fragte er.

Sie legte den Kopf zurück ins Kissen, gab sich Mühe, ruhig zu atmen, und befeuchtete die Lippen, bevor sie etwas sagte.

»Meine Mutter ... kümmert sie sich um Dante?«

Der Arzt nickte, sagte jedoch nichts.

»Sie müssen meiner Mutter sagen, dass es mir gut geht«, sagte Jasmin.

Seine blauen Augen waren so ernst, dass ihr Kinn anfing zu zittern. Irgendetwas stimmte nicht. Irgendetwas war absolut nicht so, wie es sein sollte.

19

Sobald der Arzt gegangen war, streckte Jasmin die Hand aus und klingelte nach der Krankenschwester, um sich nach ihrem Sohn und ihrer Mutter zu erkundigen.

»Bitte«, flehte Jasmin mit schwacher Stimme. »Ich will doch nur wissen, ob mit ihnen alles in Ordnung ist.«

»Es tut mir leid, aber ich weiß nichts darüber«, erklärte die Frau ausweichend, und Jasmin konnte sehen, dass sie log.

Sie sah der Krankenschwester hinterher, als diese das Zimmer verließ, und erinnerte sich daran, dass ihre Mutter mit Dante in die Östermalmshallen gegangen war, damit er etwas Ordentliches aß, bevor sie nach Nynäshamn fuhren, um dort Mark und die Anwälte zu treffen.

Dante hatte seine Frikadelle aufgegessen, trotzdem hatte sie ihm nicht erlaubt, ein Dessert zu bestellen, das fiel Jasmin wieder ein. Wir hatten es eilig, und es schneite.

Sie sah den Schneefall vor sich, die weißen Kristalle in der weichen Dunkelheit, als es an die Tür klopfte.

Ein großer Mann mit hängendem grauen Schnurrbart trat ein. Seine Haut war faltig, als hätte er zu oft in der Sonne gelegen. Er roch nach Zigarettenrauch und trug Jeans und eine Jeansjacke.

»Jasmin?«, fragte er und zog einen Stuhl ans Bett.

»Ja.«

»Ich heiße Gabriel Popov und bin Psychologe«, stellte er sich vor und setzte sich. »Mögen Sie mir erzählen, wie es Ihnen geht?«

Sie nickte, dann verschwamm das faltige Gesicht des Mannes, als sich ihre Augen mit Tränen füllten. Sie schluckte und versuchte zu reden, aber es ging nicht. Die bösen Vorahnungen ließen ihr Herz so heftig schlagen, dass es in der Brust schmerzte und ihr vor Angst übel wurde.

»Wenn Sie möchten, kann ich auch später noch einmal vorbeischauen«, sagte er.

Jasmin schüttelte den Kopf, aber ihr Mund bebte, sodass sie kein Wort herausbrachte.

Der Mann runzelte die Stirn und sah sie mit ruhigem, fast neugierigem Blick an.

»Wo sind meine Mutter und Dante?«, flüsterte Jasmin und spürte, wie eine Welle der Angst sie durchfuhr, kälter und heftiger als jede Furcht, die sie bisher empfunden hatte.

»Ich habe Ihre Frage verstanden ... aber ich möchte, dass Sie mir zuerst einmal erzählen, an was Sie sich von dem Unfall noch erinnern.«

»Ich will nicht darüber reden, ich möchte nur meinen Sohn sehen«, flüsterte sie mit einer Stimme, die rau wie Sandpapier klang.

»Das verstehe ich sehr gut«, sagte Gabriel, und seine Augen verfinsterten sich. »Jasmin, es tut mir schrecklich leid ... Ihre Mutter ist bei dem Unfall ums Leben gekommen ... und Ihr Sohn ist schwer verletzt.«

»Aber er lebt?«

»Er wird gerade operiert«, nickte Gabriel.

»Was fehlt ihm?«, fragte Jasmin mit einer Stimme, die sie selbst nicht wiedererkannte. »Was für eine Operation ist das?«

»Es handelt sich um eine starke Blutung der Milz, die ...«

»Ihr dürft ihn nicht sterben lassen«, unterbrach sie den Mann und umklammerte den Bettrand, um sich hochzuziehen.

Gabriel versuchte sie zurückzuhalten, doch sie schlug seine Hände weg, das Infusionsgestell fiel um, der Schlauch wurde aus ihrer Armbeuge gerissen, und der Beutel mit der Flüssigkeit fiel zu Boden und platzte.

»Hören Sie«, sagte Gabriel mit fester Stimme. »Ihr Sohn ist unter Narkose, er bekommt Bluttransfusionen und ...«

»Er muss überleben«, keuchte Jasmin.

Sie versuchte zum Fußende des Bettes zu rutschen, aber ihr Körper war schwer wie tropfnasse Wäsche.

»Wollen Sie mir nicht sagen, was Sie vorhaben, Jasmin?«, fragte Gabriel und strich sich über den grauen Schnurrbart.

Ihr war so übel, dass sie nicht schlucken konnte. Ein fester Kloß in ihrem Hals schwoll an und tat weh. Sie erinnerte sich daran, wie sie direkt vor dem Knall den Perlenohrring gefunden hatte. Und dann, wie das Blut aus Dantes Mund spritzte und das Blech zusammengedrückt und auseinandergerissen wurde.

»Ich weiß, wie das ist«, antwortete sie wie betäubt. »Für euch ist Dante nur ein Patient, einer von vielen, aber für mich ... er ist alles, was ich habe, ich kann nicht ohne ihn leben.«

»Haben Sie das Gefühl, dass Sie dem Operationsteam nicht vertrauen können?«

»Ich weiß es nicht«, antwortete Jasmin und sah ihn an. »Wie sollte ich das können? Ich muss doch erst einmal mit ihnen reden ...«

»Das wird vor der Operation kaum möglich sein.«

»Ich weiß ja nicht einmal, wie der Chirurg heißt«, sagte sie.

»Johan Dubb heißt er ... Er ist der Oberarzt hier, Spezialist für Thoraxchirurgie.«

»Aber hat er auch schon Kinder operiert?«

Ihr Herz schlug immer noch so heftig, dass sie die Resonanz in der Kehle fühlte. Sie lehnte sich wieder zurück, um Kraft zu sammeln, und versuchte dann erneut, sich aufzusetzen. Sie hatte nur einen einzigen Gedanken: Sie musste aufstehen. Sie musste den Oberarzt suchen und ihn dazu bringen, dass er um Dantes Leben kämpfte, als handelte es sich um sein eigenes Kind.

Gabriel drückte den Notrufknopf in dem Moment, als es ihr gelang, sich im Bett auf die Seite zu rollen. Eine Krankenschwester kam herbeigelaufen. Ihr Mund war halb geöffnet, und Jasmin konnte ihre ungeraden Zähne aufblitzen sehen. Ihre Schulter tat so weh, dass sie die Augen schließen musste, aber sie hörte die Schwester etwas in der Richtung sagen, man werde ihr helfen, sich zu entspannen.

»Ich muss meinen Sohn sehen …«

Die Schwester stellte sich hinter sie, erklärte, was sie machen würde, zog vorsichtig die Pyjamahose ein Stück herunter und gab Jasmin eine Spritze in die Pobacke.

»Was war das für eine Spritze?«, fragte Jasmin, beinahe unhörbar.

Gabriel murmelte etwas und verließ das Zimmer. Die Schwester zog Jasmin die Hose wieder hoch und half ihr vorsichtig, sich zurück ins Bett zu legen. Jasmin schloss die Augen, ihr Atem wurde langsamer, die schmerzhaften Herzschläge ruhiger.

20

Jasmin blieb still liegen, während eine Welle chemischer Wärme sie durchflutete. Sobald sie die Augen schloss, blitzten Negativabdrücke in der Dunkelheit auf, und ihr fielen die roten Lichter wieder ein, die in dem schwarzen Wasser unten im Hafen geglitzert hatten.

Ganz deutlich erinnerte sie sich, wie die Metallplakette beim Laufen gegen ihren Hals geschlagen hatte, und an das hohle Gefühl, absolut einsam und verloren zu sein.

Sie befeuchtete die Lippen, öffnete die Augen, blinzelte ein paarmal und sah, dass Gabriel wieder im Raum stand.

»Ich habe mit Johan Dubb gesprochen«, sagte er vorsichtig. »Leider schafft er es vor der Operation nicht mehr zu Ihnen ... sie können nicht länger warten, aber ich habe ihm gesagt, dass Sie sich Sorgen machen, und da hat er mir erzählt, dass er Experte in Kinderchirurgie ist ... das klingt doch gut, nicht wahr?«

»Ja, aber ...«

»Er hat offenbar eine zweijährige Spezialausbildung in Kinderherzchirurgie in der weltweit angesehensten thoraxchirurgischen Klinik in Hongkong gemacht.«

»Ich hätte ihm nur gern in die Augen gesehen.«

Gabriel setzte sich auf einen Stuhl, die Jeansjacke spannte über dem Bauch, sodass die bronzefarbenen Knöpfe vorsprangen. »Soweit ich es verstanden habe, wird man Dantes Milz entfernen und die Arterie verschließen«, erklärte er ruhig.

»Das verstehe ich nicht«, flüsterte Jasmin mit trockenem Mund. »Kann man denn ohne Milz leben?«

»Ja, das ist überhaupt kein Problem, auch wenn ...«

»Dann wird er wieder gesund? Er wird wieder gesund? Können Sie mir das versprechen?«

»Johan Dubb macht sich da überhaupt keine Sorgen, das ist keine besonders schwere Operation ... Sie können also ganz ruhig sein.«

Sie ließ den Kopf wieder aufs Kissen fallen, schloss die Augen und dankte Gott, dass Dante es schaffen würde. Tränen liefen ihr über die aufgeschrammten Wangen und in ihr rotes Haar. Dante musste leben. Das war das Einzige, was etwas bedeutete, alles andere würde sich finden.

Dante musste leben.

Der Gedanke an seinen Tod erschien ihr wie ein riesiger Abgrund.

Sie blieb ruhig auf dem Rücken liegen und spürte, wie die milchwarme Müdigkeit sie erfüllte. Der Schlaf näherte sich – ein weißes Segel, das sich entfaltete –, aber trotzdem blieb sie dabei, sie wolle Dantes Arzt sehen und ihm in die Augen schauen.

»Die Operation wird mehrere Stunden dauern«, sagte Gabriel.

»Dann möchte ich vor dem OP sitzen und warten«, beharrte sie mit rauer Stimme.

»Jasmin, Sie wissen, die Schwester hat Ihnen etwas zur Beruhigung gegeben, um die Angst zu dämpfen ... Sie werden gleich einschlafen, und wenn Sie wieder aufwachen, ist es der nächste Morgen, und Sie können Dante besuchen.«

»Ich will nicht schlafen«, nuschelte sie.

»Dante braucht Sie morgen, im Augenblick können Sie nichts für ihn tun.«

Jasmin begegnete seinem geduldigen Blick, sie öffnete den Mund, um etwas zu erwidern, schaffte es aber nicht. Stattdessen plante sie, sich im Bett aufzusetzen, sobald er gegangen war.

Sie fürchtete sich vor der weichen, warmen Schläfrigkeit. Die Medizin ließ sie ganz ruhig werden, hüllte sie in eine Art falscher Genügsamkeit ein, zog sie fort von der Wirklichkeit.

Und dennoch kehrten die Gedanken zu Dante zurück, zu seinem unsicheren Blick, als er versuchte, auf der beschlagenen Wagenscheibe seinen Namen zu schreiben.

Sie hatte das Gefühl, als lägen die Sekunden vor dem Unfall mehrere Jahre zurück in ihrem Leben.

Und gleichzeitig konnte sie fast physisch spüren, wie sich ihre Finger um den Ohrring schlossen.

Sie hatte ihn in der Hand gehalten, als sie aufwachte.

Die Stadt, dachte Jasmin mit einem wogenden Gefühl im Körper.

Die Hafenstadt.

Sie öffnete die Augen und starrte Gabriel an, der immer noch neben ihrem Bett saß.

»Was ist?«, fragte er.

Sie gab keine Antwort, aber plötzlich konnte sie sich an alles erinnern. Die Menschenschlangen, der Kai, die Schiffe, was sie gegessen hatte und Tings unbekümmertes Lachen.

Es existierte. Sie war nicht psychotisch gewesen.

Die ganze Zeit über, während ihr Herz stillgestanden hatte, hatte sie sich in der dunklen Stadt befunden, zusammen mit vielen Tausend anderen Menschen, die einen langen Kai entlang Schlange standen, um einen Platz auf einem der Schiffe zu erlangen.

»Gehen Sie nicht«, flüsterte sie.

»Wie bitte?«

Sie dachte an den Staub, der sich auf die verblassten Papierlampions gelegt hatte, an die Korianderblätter in der gelben Brühe und den Mann, der mitten auf dem Platz vor dem Gerichtsgebäude ausgepeitscht worden war.

»Ich möchte Sie etwas fragen«, sagte sie und befeuchtete erneut die Lippen. »Sie haben doch sicher schon viele Patienten gehabt, die einen Unfall hatten.«

»Ja«, bestätigte Gabriel.

Jasmin schloss kurz die Augen, sie sah das dünne rosa Papier vor sich, das sich im Wind um ihre Hand gewickelt hatte.

»Ich muss Sie etwas fragen«, sagte sie langsam.

Sie wusste, sie durfte nicht über den Hafen sprechen, es war ihr klar, dass sie sonst Gefahr lief, wieder in der Psychiatrie eingesperrt zu werden.

»Sie können nicht gegen den Schlaf ankämpfen.«

Sie zwang sich, die Augen zu öffnen, und schaute in sein Gesicht mit den Lachfältchen und den Ringen unter den Augen.

»Haben Sie noch andere Termine?«, fragte sie.

»Ich wollte mich gleich rausschleichen und eine rauchen«, gab er zu.

»Sofort«, flüsterte sie.

»Was möchten Sie mich fragen?«, wollte er wissen und zog ein Zigarettenpäckchen aus der Brusttasche seiner Jeansjacke.

»Sind Ihnen schon einmal Menschen begegnet, die tot gewesen sind?«

»Deren Herz aufgehört hat zu schlagen, meinen Sie?«, fragte Gabriel nach und sah sie dabei konzentriert an.

»Was haben die gesagt? Woran konnten die sich erinnern?«

»Denken Sie an so etwas wie Tunnel mit einem Licht in der Ferne?«, fragte er schmunzelnd.

»Ungefähr, ja.«

»Nun, einige haben davon geredet.«

»Waren das immer Tunnel?«

»Sich von außen selbst zu sehen ist auch ziemlich verbreitet«, bemerkte er trocken und schnupperte an seinem Zigarettenpäckchen.

»Sonst nichts?«, murmelte Jasmin und schloss erneut die Augen.

Die Lider waren schwer, und es fühlte sich an, als hätte

jemand seine warmen Hände auf ihren Brustkorb gelegt und drückte sie sanft in den Schlaf.

»Schlafen Sie jetzt«, sagte Gabriel.

»Aber was glauben Sie?«, fragte Jasmin und öffnete wieder die Augen. »Woher stammen all die Mythen von der anderen Seite?«

Er war aufgestanden und bereits auf dem Weg zur Tür.

»Die haben wohl ihren Ursprung darin, dass alle Kulturen versuchen, im Tod einen Sinn zu finden«, antwortete er.

»Können Sie nachfragen, wie es Dante geht?«

»Das ist noch zu früh«, sagte er geduldig und legte die Hand auf die Türklinke.

»Ich muss es aber wissen«, beharrte Jasmin.

»Das verstehe ich, aber wir erfahren frühestens morgen früh etwas, hat man mir gesagt.«

Er begegnete ihrem Blick, ließ die Klinke los und ging zurück zu dem Stuhl neben ihrem Bett.

»Sie stehen doch unter Schweigepflicht, oder?«, flüsterte sie.

»Aber selbstverständlich«, bestätigte er ruhig.

21

Haarsträhnen klebten an Jasmins verschwitzten Wangen. Sie kämpfte gegen den Schlaf an, holte tief Luft, blinzelte und befeuchtete immer wieder die Lippen.

Sie wusste, die Beruhigungsspritze raubte ihr die Urteilskraft, trotzdem glaubte sie, sie könnte doch noch einen Weg finden, zu fragen, ohne zu viel zu verraten.

»Mein Herz stand jetzt schon zweimal still«, erklärte sie heiser. »Und beide Male habe ich geträumt, ich wäre in einer Hafenstadt mit chinesischen Schildern und Schiffen – ist das nicht merkwürdig?«

»Ja«, lachte er.

Sie verstummte, ihre Stimme zitterte zu sehr. Es war ein leises, raues Vibrato, das verriet, dass sie sich aufregte.

»Haben Sie einmal jemanden getroffen, der von einer Hafenstadt gesprochen hat?«, fuhr sie nach einer Weile fort. »Davon, dass das Totenreich aussieht wie eine Hafenstadt in China?«

»Nein, das habe ich nie.«

»Glauben Sie, dass man nach dem Tod an einem konkreten Ort landet?«

»Hat es für Sie irgendeine Bedeutung, was ich glaube?«

»Ich wollte es nur wissen«, sagte sie und schloss die Augen. »Schließlich haben Sie schon mit vielen Patienten gesprochen, die sich auf der Grenze zwischen Leben und Tod befunden haben.«

»Das Gehirn ist extrem komplex«, sagte Gabriel ruhig. »Es kann innerhalb weniger Sekunden fantastische Welten erschaffen …«

»Ja.«

»Aber ich glaube nicht an ein Totenreich«, fuhr er fort.

»Glauben Sie dann an die Seele – oder gibt es Ihrer Meinung nach keine Seele?«, fragte sie und zwang sich, die Augen offen zu halten.

»Das Leben gibt es, daran besteht kein Zweifel«, sagte er und schob sich die Zigarette zwischen die Lippen.

»Es heißt, dass der Körper im Augenblick des Todes einundzwanzig Gramm leichter wird«, fuhr Jasmin fort.

Gabriel stand wieder auf und sah sie mit gerunzelter Stirn an.

»Ich weiß, ich klinge jetzt langweilig, aber es gibt keinen wissenschaftlichen Beweis für einen Gewichtsverlust.«

»Okay«, flüsterte sie und schloss die Augen.

»Und selbst wenn wir an Gewicht verlieren, dann handelt es sich um so wenig, dass man das mit vermehrtem Schwitzen im Todesmoment oder der Menge an Infusionsflüssigkeit erklären kann, die zurück in den Schlauch fließt.«

»Vielleicht irren Sie sich ja«, murmelte sie.

»Ich sage nicht, dass es kein Totenreich gibt, nur keinen Beweis dafür ... es gibt nicht einmal wissenschaftliche Anhaltspunkte in der Richtung ... aber Liebe kann man ja auch nicht beweisen ... oder erklären, wie Leben tatsächlich entsteht.«

»Ich mag Psychologen nicht«, bemerkte sie leise.

»Ich auch nicht.«

»Es ist, als wäre die Stadt von der Asche aus einem Vulkanausbruch bedeckt ... und bevölkert von Schatten, bleifarbenen Schatten«, murmelte sie und dachte an die bürokratische Ordnung im Hafen, dass alle ihren Dienst verrichteten, obwohl sie tot waren. »Man ist an der Grenze, aber das ist kein Leben«, flüsterte sie vor sich hin und schloss die Augen. »Auch wenn einige, die lange dort bleiben, sich einzubilden scheinen, dass sie leben ... sie versuchen eine gewisse Gerechtigkeit aufrechtzuerhalten, aber ... aber sie haben das Leben vergessen ... vergessen, dass das Leben alles ist und ... es gibt dort keine Gerechtigkeit ...«

Jasmins Lippen bewegten sich weiter, aber es war nichts mehr zu hören. Sie lag ruhig da und dachte an die Schiffe und dass der Tod die Existenz immer mehr verblassen ließ, bis die Individuen nicht mehr von der Umgebung zu unterscheiden waren. Sie hörte, wie Gabriel das Zimmer verließ und die Tür leise hinter sich schloss.

Wenn Dante es schaffte, wollte sie nie wieder ein Wort über den Hafen sagen, zu niemandem außer ihm, nie wieder die Zwangseinweisung riskieren.

Sie hatte nie mit einem Leben nach dem Tod gerechnet. Sie schätzte sich selbst nicht als besonders religiös ein, ging fast nie in die Kirche und wusste nicht einmal, ob sie wirklich an Gott glaubte. Trotzdem konnte sie nicht aufhören, an das zu denken, was sie gesehen hatte, als sie tot gewesen war.

Und stärker als je zuvor hatte sie das Gefühl, dass sie dort wirklich gewesen war.

Immer noch konnte sie spüren, wie die Plakette um ihren Hals bei jedem Schritt gegen die Halsgrube schlug. Sie erinnerte sich genau daran, wie Ting sich am Ohr gekratzt hatte, sie anblinzelte und mit vollem Mund sprach.

Der Schlaf hüllte sie nun ein, wie weiche Federn, die sie vor der Außenwelt beschützten.

Schwer wie ein Stein schlief sie, bis ein entfernter Gesang sie aufhorchen ließ. Helle Kinderstimmen waren zu erahnen, doch als sie die Augen öffnete, war alles verschwunden. Das Krankenhaus lag im Dunkel. Jasmin schloss die Augen wieder, schlief für einige Sekunden, dann hörte sie erneut die Stimmen.

Mit großer Anstrengung drehte sie den Kopf und schaute zu der halb geöffneten Tür.

Alles war still, aber ein flackernder Flammenschein tanzte über die Flurwände.

Die Flammen spiegelten sich in den Scharnieren und der Klinke der Tür.

Mehrstimmiger Gesang war zu hören, helle Kinderstimmen, die immer näher kamen.

Erst als sie die Melodie erkennen konnte, begriff sie, dass es sich um eine Luciaprozession handelte, die sich näherte.

Also musste heute der dreizehnte Dezember sein. Früher Wintermorgen, nicht mehr Nacht.

Ein Mädchen, einen Kranz mit brennenden Kerzen auf dem Kopf, schritt an ihrer Tür vorbei, gefolgt von einer langen Reihe weiß gekleideter Kinder mit Kerzen in den Händen.

Sie musste aufstehen und herausfinden, was mit Dante war.

Der Gesang verschwand, es wurde wieder dunkel.

Jasmin streckte die Hand aus, versuchte den Knopf zu finden, mit dem sie die Nachtschwester rufen konnte, fand ihn jedoch nicht. Ihre Hand fiel hinunter. Der Mund war trocken, und sie merkte, dass sie sich noch eine Weile ausruhen musste, bevor sie aufstehen konnte.

Als sie das nächste Mal aufwachte, saß ihre Schwester auf dem Stuhl neben ihrem Bett. Diana war immer die Ordentliche von ihnen beiden gewesen. Jetzt sah Jasmin, wie sich eine tiefe Falte auf der Stirn der Schwester bildete, die Sommersprossen waren blass auf der weißen Haut, wie Sterne mitten am Tag.

Der Himmel vor dem Fenster war schwarz, aber der Flur war hell erleuchtet.

Als Jasmin und Diana klein waren, zog ihre Mutter ihnen gern die gleiche Kleidung an, und alle glaubten, sie wären Zwillinge. Auch sie selbst mussten feststellen, wie ähnlich sie sich äußerlich waren. Aber innerlich konnten zwei Personen kaum unterschiedlicher sein als sie und ihre Schwester.

Diana war schon immer reif und zielstrebig gewesen, sie hatte wie eine Erwachsene gewirkt, obwohl sie nur zwei Jahre älter war. Als Jasmin immer noch in der jugendlichen Trotzphase festhing, studierte Diana bereits Medizin, und als Jasmin im Kosovo kämpfte und bis fünf Uhr morgens Tequila trank, rettete Diana während langer Nachtschichten im Sahlgrenska-Krankenhaus in Göteborg Menschenleben.

»Ich habe ein paar Luciakuchen mitgebracht«, sagte Diana und zeigte auf eine Tüte von 7-Eleven.

»Mama ist tot.«

»Ich weiß«, antwortete sie.

Dianas Lippen begannen zu zittern, die Augen glänzten.

»Ich habe den ersten Flug nach Stockholm genommen.«

»Hast du nach Dante gefragt?«

Sie nickte und strich sich eine glänzende Locke hinters Ohr – mit einer Geste, die Jasmin ihr ganzes Leben lang gesehen hatte.

»Die Operation ist gut verlaufen«, sagte Diana leise. »Ich bin noch nicht bei ihm gewesen, aber ich habe mit dem Oberarzt gesprochen, und er hat mir gesagt, dass es Dante den Umständen entsprechend gut geht.«

Jasmin nickte und lächelte vor Erleichterung, wischte sich Tränen von den Wangen und nickte erneut.

»Ich habe versucht, Mark vom Flughafen aus anzurufen«, berichtete Diana weiter. »Er ist nicht rangegangen, aber ich habe eine Nachricht hinterlassen.«

»Diana, ich muss dich was fragen … ist es üblich, dass man etwas träumt, wenn man unter Narkose ist?«

»Sie mussten dich ohne Vorbereitung betäuben, und dann wird ein Narkosemittel benutzt, das Ketalar heißt«, erklärte ihre Schwester und zupfte sich am Jackenärmel.

»Und was bedeutet das?«

»Ketalar ist stark halluzinogen, in einer Klasse mit LSD und Angel Dust.«

22

Ihr Körper zitterte vor Schmerz bei jedem Schritt. Schweiß lief Jasmin über den Rücken. Angsttränen wollten immer wieder in ihrer Kehle aufsteigen. Diana ging mit einem Rollstuhl hinter ihr, aber Jasmin wollte selbst laufen, es fehle ihr nichts, das betonte sie immer wieder.

Auf der Kinderintensivstation hatten eilig geschobene Krankenliegen vom Hubschrauberlandeplatz oder der Notaufnahme die Wände und Fußbodenleisten zerkratzt.

Vor Dantes Tür musste sie stehen bleiben und sich mit der Hand an der Wand abstützen. Vorsichtig schaute sie durch die Glasscheibe ins Zimmer. In dem verdunkelten Raum war ein kleiner Körper auf dem Bett zu erkennen.

Sie ging zu einem Putzwagen auf dem Flur, beugte sich über den Müllsack und versuchte sich zu erbrechen, was ihr aber nicht gelang.

»Warte draußen«, flüsterte sie ihrer Schwester zu und öffnete die Tür.

Drinnen roch es nach Desinfektionsmittel und etwas Süßlichem. Mit pochendem Herz näherte Jasmin sich dem kleinen Körper. Sie sah eine Hand neben der Hüfte liegen. Auf dem schmalen Unterarm waren immer noch Reste eines falschen Tattoos zu erkennen, ein Totenkopf mit gekreuzten Knochen darunter.

»Dante?«

Sie hörte kein Atmen, meinte aber erkennen zu können, dass sein Brustkorb sich hob. Dunkle Schläuche waren mit der dünnen Haut in seiner Armbeuge verbunden, und grün leuchtende Apparate registrierten alle Körperfunktionen.

Jasmin trat näher heran, spürte dabei jedoch, wie sie mit jedem Schritt, den sie näher trat und erkennen konnte, wie er aussah, langsamer wurde.

Dantes Haare waren abrasiert, der ganze Kopf war mit schwarzen Klammern genäht und das eine Auge komplett zugeschwollen.

»Mein Liebling«, flüsterte sie.

Es zuckte in seinen Fingern, und vorsichtig streckte er den Körper, als er aufwachte. Mit dem funktionierenden Auge sah er sie an, schluckte schwer und befeuchtete die Lippen.

»Mama, ich habe solche Angst gehabt, dass du nicht kommst«, sagte er leise.

»Du brauchst doch keine Angst zu haben«, flüsterte sie und nahm seine kleine Hand in ihre.

»Warst du bei der Arbeit?«

»Ich wollte die ganze Zeit schon bei dir sein, aber das ging nicht.«

Sie verstummte, als sie hörte, wie brüchig und ängstlich ihre eigene Stimme klang. Die unterdrückten Tränen schnürten ihr die Kehle zu. Vorsichtig setzte sie sich auf einen Stuhl neben seinem Bett, strich ihm über die Wangen und versuchte zu lächeln.

»Du musst mir sagen, wie es dir geht«, flüsterte sie.

»Wir haben mein Schwert in Omas Auto vergessen.«

»Ja.«

»Ich will sie anrufen«, flüsterte er.

»Sag mir, wie es dir geht, mein Liebling.«

»Mir geht es gut, Mama.«

Jasmin hörte, wie die Tür hinter ihrem Rücken geöffnet wurde, ein Mann im Arztkittel kam zusammen mit Diana herein.

»Sie haben einen tapferen kleinen Jungen«, sagte der Arzt und zwinkerte Dante zu.

»Wie geht es ihm?«, fragte Jasmin, ohne Dantes Hand loszulassen.

Der Oberarzt Johan Dubb hatte raspelkurze Haare, ein schmales, symmetrisches Gesicht mit tiefen Falten und eine Müdigkeit im Blick, als hätte er seit Wochen nicht mehr geschlafen.

»Also, wir haben eine Splenektomie durchgeführt und die Arterie, die die Milz mit Blut versorgt, die Arteria lienalis, wie sie heißt, ligiert, das heißt abgeklemmt«, erklärte er in einem unpersönlichen Tonfall.

»Aber man kommt auch ohne Milz zurecht«, sagte Jasmin mit schwacher Stimme und schaute Diana an, die ihr beruhigend zunickte.

»Auf jeden Fall«, bestätigte der Arzt.

Jasmin spürte, wie sie unkontrolliert über das ganze Gesicht strahlte, sie hätte ihm auf Knien danken können.

»Die große Gefahr besteht eigentlich in einer Blutvergiftung«, sagte der Arzt. »Aber das bedeutet ja nur, dass wir vorsichtig sein müssen.«

»Wir werden vorsichtig sein«, versicherte Jasmin und wischte sich die Tränen von den Wangen.

Dante winkte Diana mit einer müden Hand zu. Er hustete leicht, und Jasmin hatte den Eindruck, als sähe er etwas blasser aus. Vielleicht war das nur Einbildung, dachte sie, legte ihm aber die Hand auf die Stirn. Die war kühl, aber etwas feucht.

»Ist er warm?«, fragte der Arzt.

»Nein«, antwortete sie.

Diana ging mit schnellem Schritt zum Bett und maß Dantes Puls, ohne auch nur zu versuchen, ihre Unruhe zu verbergen. Einige Locken ihres rotblonden Haars fielen ihr ins Gesicht, und sie biss sich auf die Lippen. Dantes Gesicht war inzwischen weiß wie Löschpapier.

»Dante, ist dir übel?«, fragte Jasmin.

Er schüttelte den Kopf, fing dann aber an, sich hin und her zu drehen, als wäre das Bett unbequem.

»Tut es dir irgendwo weh?«

»Hör auf, Mama«, flüsterte er.

»Du musst uns sagen, wie du dich fühlst«, sagte Diana.

Dante schaute sie sonderbar intensiv an. Er öffnete den Mund, als wollte er etwas sagen, aber es kam kein Wort heraus. Eine junge Krankenschwester mit schwarz glänzendem Knoten im Nacken kam ins Zimmer. Aus dem Augenwinkel heraus konnte Jasmin sehen, wie Diana einen ernsten Blick mit dem Arzt wechselte, und ihr wurde eiskalt vor Schreck.

»Blutdruck messen«, sagte der Arzt mit einem sonderbaren Klang in der Stimme.

Die Schwester redete freundlich mit Dante, während sie ihm die Manschette um den Oberarm legte. Jasmin hatte seine andere Hand nicht losgelassen. Ihre Gedanken jagten panisch im Kreis, und sie musste sich am Stuhl festhalten, um nicht hinzufallen. Mit konzentrierter Miene horchte die Schwester im Stethoskop auf Dantes Brust und nickte dann dem Arzt zu.

»Was geht hier vor?«, fragte Jasmin. »Diana, was ist hier los?«

»Dante«, sprach der Arzt den Jungen an, ohne Jasmin zu beachten. »Wie fühlt es sich beim Atmen an?«

»Das geht so schwer«, flüsterte er.

Er holte tief Luft und verdrehte seinen Körper, als versuchte er, irgendetwas zu entkommen.

»Was ist hier los?«, wiederholte Jasmin und versuchte nicht mehr, ihre Angst zu verbergen.

»Kriegst du Luft?«, fragte Diana und streichelte Dante die Wange. »Merkst du, wie du Luft kriegst?«

Dante nickte, aber seine Lippen waren fast grau. Er riss den Mund auf, zeigte in seinen Schlund und hustete wieder.

»Warum kann er nicht atmen?«, fragte Jasmin mit schriller Stimme.

»Ist nicht schlimm, Mama«, keuchte Dante.

»Bereiten Sie eine Echokardiografie vor«, wies der Arzt die Schwester kurz und knapp an.

»Warum, warum wollen Sie eine Echokardiografie machen?«

»Lass ihn seine Arbeit tun«, flüsterte Diana und fasste Jasmin unter dem Arm.

»Das ist nur eine Ultraschalluntersuchung des Herzens« erklärte der Arzt, ohne sie anzusehen.

»Aber warum?«

Diana führte Jasmin aus dem Zimmer. Die wollte nicht gehen, aber sie musste. Bevor die Tür sich hinter ihr schloss, drehte sie sich noch einmal um und sah, wie Dantes kleine, dünne Beine krampfhaft zuckten.

23

Eine Krankenschwester schob einen glänzenden Schlauch in Dantes Nase, um ihm zusätzlichen Sauerstoff zu geben. Der Junge krümmte und wand sich immer noch, sein Gesicht war ganz grau.

Jasmin stand vor dem OP-Raum, konnte aber durch eine Glasscheibe sehen, wie der Herzultraschall durchgeführt wurde. Oberarzt Johan Dubb schien vor sich hin zu schmunzeln, während er den großen Bildschirm betrachtete, und die Falten auf seinen hageren Wangen spannten sich wie bei einer eng sitzenden Bluse. Jasmins Hände waren eiskalt, der Puls pochte in ihren Ohren. Sie hatte das Gefühl, die Beine könnten ihr jeden Moment den Dienst versagen.

Diana kam aus dem OP zu ihr und erklärte ihr, dass sie einen Bluterguss in Dantes Herzbeutel gefunden hatten. Jasmin hatte geweint, und ihre hellgrünen Augen waren rot gesprenkelt und glänzten. Sie hörte Diana zu, wobei die Panik in ihr wuchs, sich wie ein gewaltiges Unwetter zusammenzog.

»Es gibt eine kleinere Blutung in einem der Koronargefäße«, fuhr Diana mit einer Stimme fort, die kleine Risse bekommen hatte vor lauter Nervosität. »Das führt dazu, dass das Herz Probleme hat, normal zu schlagen. Und deshalb bekommt er nicht genug Sauerstoff.«

»Was wollen sie machen?«, flüsterte Jasmin und schaute auf Dantes zitternden Körper, als eine Krankenschwester ihm eine Spritze in die Seite gab.

»Sie müssen das Blut absaugen, das nennt man Perikardpunktion ... sie stechen eine kräftige Spritze unter den linken Rippenbogen und führen sie bis zum Herzbeutel hoch.«

»Bekommt er eine Vollnarkose?«

»Dazu reicht die Zeit nicht«, antwortete Diana und folgte Jasmins Blick zum Fenster des Operationsraums. »Es eilt, sie müssen den Katheter sofort einführen.«

Jasmin sah, dass eine Schwester schnell Dantes Bauch mit einer rostbraunen Flüssigkeit bestrich. Sie tropfte auf den Boden. Der Arzt näherte sich, schaute Dante an und tastete seine Rippenbögen ab. Vielleicht lag es an der Scheibe, die spiegelte, aber Jasmin schien es, als wären seine Augen irgendwie merkwürdig – als läge eine Haut wie bei einem Blinden darauf.

»Ist das gefährlich, diese ...«

»Du guckst jetzt besser nicht hin«, unterbrach Diana sie.

Jasmins Herz schlug so heftig, dass sie zitterte, dennoch blieb sie zusammen mit Diana an der Glasscheibe stehen und sah, wie eine spitze Metallröhre in Dantes Körper hineingeschoben wurde. Zuerst geschah das langsam, als die Nadel zwischen den Rippen hindurchgeführt wurde, dann ging es leichter. Ein hellroter Blutstrom floss aus dem offenen Ende. Dante hatte Angst, ihm liefen die Tränen über die Wangen. Jasmin winkte, versuchte so seinen Blick einzufangen, aber seine Augen flackerten nur hin und her, fanden nirgends einen sicheren Halt.

Sie sah, wie Dantes kleine Hand zitterte, und dachte daran, dass sie im Restaurant so lange gezögert hatte, bis er keinen Nachtisch mehr wollte. Vielleicht wäre der Unfall nie passiert, wenn sie sich getraut hätte, selbst eine Entscheidung zu treffen, wenn sie etwas ruhiger gewesen wäre und ihm ein Eis bestellt hätte.

»Das sieht gut aus«, sagte Diana und ging in den OP-Raum.

Dante lag nun still auf dem OP-Tisch, sein Bauch hob und senkte sich bei schnellen Atemzügen. Jasmin schaute zu ihrer Schwester, die mit dem Arzt sprach.

Die Schwestern befestigten einen Schlauch an Dantes Leib.

Jasmin wusste, dass sie eigentlich keine Kraft mehr hatte, dennoch blieb sie hinter der Scheibe stehen und versuchte in den Gesichtern zu lesen.

Hinter dem Arzt spiegelte sich das Licht in irgendeinem glänzenden Metallteil. Der Lichtreflex glitt neben einer Plastiktafel mit Spezialbuchsen die Wand hinunter.

Jasmin schloss die Augen und wiederholte sich immer wieder, dass der Arzt ruhig aussah, dass alle wussten, was sie taten. Dante würde gesund werden.

Ich weiß es, dachte sie. Er muss gesund werden. Er ist doch erst fünf Jahre alt.

Als Diana wieder zu ihr kam und die Tür hinter sich schloss, öffnete sie die Augen.

»Die Ärzte haben die Blutung des Koronargefäßes übersehen, weil ...«

»Wie konnten sie die übersehen?«, unterbrach Jasmin sie. »Die sind doch die Experten, oder?«

»Weil alle Symptome einer Verletzung wie dieser von der starken Blutung der Milz überdeckt wurden«, erklärte Diana.

»Hauptsache, es geht gut«, sagte Jasmin. »Sie haben doch das Blut herausgeholt – oder?«

»Ja, auf jeden Fall«, bestätigte Diana, aber ihr Gesicht war immer noch voller Unruhe.

»Dann kann er jetzt also wieder atmen?«, fragte Jasmin.

»Ja, das kann er«, antwortete Diana und wandte ihren Blick wieder zur Glasscheibe. »Und mit ein bisschen Glück hört die Blutung von ganz allein auf.«

»Was heißt Glück? Haben sie das so gesagt? Was meinen sie damit?« Eine Frage jagte die nächste. »Gehen sie davon aus, dass er jetzt wieder gesund wird?«

Dianas Stirn war von Sorgenfalten durchzogen, und plötzlich sah Jasmin in ihr die erwachsene Frau, die sie ja auch war, mit grauen Strähnen in dem rotblonden Haar und den niedlichen Grübchen in einem Gesicht, das gewohnt war, sehr ernst dreinzuschauen.

»Sie sind sich unsicher ... es kommt immer noch zu viel Blut«, erklärte sie schließlich und schaute Jasmin in die Augen. »Sie reden davon, dass sie heute Nacht vielleicht noch einmal operieren müssen.«

»Warum wollen sie dann bis heute Nacht warten? Das verstehe ich nicht. Ist das eine gefährliche Operation?«

»Die sind sehr gut hier«, antwortete ihre Schwester ausweichend.

»Ich muss die Wahrheit wissen, Diana«, drängte Jasmin sie und ergriff ihre Hand. »Ich muss wissen, was da vor sich geht.«

»Es ist so ... Die Blutung stammt leider von einem Herzkranzgefäß, das Arteria circumflexa heißt ... und das auf der Rückseite des Herzens verläuft.«

»Aber das kann man doch sicher vernähen? Oder?«

»Ja, das kann man«, antwortete Diana. »Das Problem dabei ist, dass man nicht auf die Rückseite des Herzens kommt, solange es Blut pumpt.«

»Was soll das heißen?«, fragte Jasmin.

»Sie müssen das Herz anhalten, um ...«

»Sie wollen Dantes Herz anhalten?«

»Jasmin, du musst verstehen, dass ...«

»Das können sie doch nicht machen!«, unterbrach Jasmin sie.

Sie wandte sich wieder zum OP-Raum und sah, wie das Blut, das aus Dantes Herzbeutel lief, den Boden eines gläsernen Gefäßes bedeckte.

Jasmins Blickfeld zog sich zusammen und wurde dunkel. Sie merkte nicht, wie sie nach vorn auf den Boden fiel und dabei einen Stuhl umwarf.

Sie öffnete die Augen und sah, dass sich eine Plastikplatte von der Decke gelöst hatte und ein Kabelbündel darunter zu sehen war.

Diana kniete neben ihr, Jasmin versuchte ihr zu sagen, dass es ihr gut gehe, aber sie zitterte zu sehr, um nur ein Wort herauszubringen.

Sie durften Dantes Herz nicht anhalten, das durften sie einfach nicht.

Wieder schloss Jasmin die Augen, hörte, wie mehrere Menschen hereinkamen, sie auf eine Trage hoben und sie durch Flure mit selbst öffnenden Türen schoben.

Während sie untersucht wurde, blieb Jasmin ganz still liegen. Sie redeten mit ihr, aber sie mochte nicht antworten, wartete nur darauf, dass sie allein mit ihrer Schwester war.

Diana hatte ihr gesagt, dass man von den Narkosemitteln Halluzinationen bekomme, aber die Hafenstadt hatte nichts mit Halluzinationen zu tun.

Ihr Aufenthalt dort war zusammenhängend und chronologisch gewesen.

Sie war jedes Erinnerungsfragment noch einmal durchgegangen und hatte nach Brüchen in der Logik gesucht, nach Verdichtungen, wie sie in Träumen vorkamen, oder nach Metamorphosen, ausgelöst durch ein Delirium, aber alles hatte seine Richtigkeit.

Es war wasserdicht.

Sie hatte nicht geträumt, war nicht psychotisch gewesen.

Tatsächlich hatte sie die erste Etappe auf dem Weg ins Totenreich gesehen. Genau wie damals im Kosovo.

Es erschien ihr wie eine vollkommen realistische Erinnerung, als wäre sie wirklich physisch dort gewesen.

Ich bin ein moderner Mensch, sagte sie sich.

Kein Wunder, dass die Psychiater es als Psychose bezeichnet hatten, Reste eines Kriegstraumas, aber sie konnten nicht alles wissen.

Sie war sich dessen sicher, was sie gesehen hatte.

Eine Träne lief ihr über die Wange, ins Ohr.

Sie musste schwer schlucken, zwang sich, ruhiger zu atmen,

und traf eine Entscheidung, was sie tun wollte, sobald diese Menschen in ihrem Zimmer fertig waren.

Allein bei dem Gedanken pochte ihr Herz wieder heftig.

Denn es gab ja eine Möglichkeit zu beweisen, dass diese Hafenstadt tatsächlich existierte.

24

Jasmin öffnete die Augen und sah fahles Licht durch die schmutzigen Fensterscheiben hereinsickern.

Sie musste das tun, sie musste es schaffen.

Li Ting hatte ihr erzählt, dass sein Großvater eine Möbeltischlerei in Stockholm führte, in der Olof Palmes gata.

Ich werde dorthin gehen, dachte sie. Ich werde den Laden finden und nach Ting fragen. Wenn alles, was er mir erzählt hat, stimmt, dann bin ich wirklich in der Hafenstadt gewesen, als mein Herz stillstand.

Sie schluckte wieder schwer und spürte den Geschmack von Blut im Mund, als ihr klar wurde, dass es tatsächlich eine Möglichkeit gab, zu beweisen, dass sie recht hatte.

Der Gedanke war schwindelerregend.

Wenn dieser Hafen des Totenreichs tatsächlich existierte, wenn alle, die starben, wirklich dort hinkamen, dann würde Dante sich allein in der Hafenstadt befinden, wenn er kommende Nacht operiert wurde und sein Herz stillstand.

Vielleicht gab es ein spezielles System, um allein ankommenden Kindern zu helfen. Aber wenn es das nun nicht gab? Wie sollte er dann zum Kabotageterminal finden und diese komplizierte Bürokratie verstehen?

Dante konnte doch nicht einmal seinen eigenen Namen schreiben.

Jasmin dachte an das weinende Mädchen in der Gasse und an den großen Mann im braunen Anzug, wie er sie angeschrien und von ihr verlangt hatte, ihr Visum der Frau im Rollstuhl zu geben.

Viele Jahre lang hatte Jasmin unter Soldaten gelebt, und mehr als einmal waren ihr richtig gefährliche Männer begegnet.

Der große Mann hatte Jasmin an diese Sorte von Männern erinnert, obwohl sie nicht einmal sein Gesicht hatte sehen können. Sie erinnerte sich an seine ruhigen Bewegungen, den routinierten Umgang mit Gewalt, seine Bösartigkeit.

Polizei, Staatsanwaltschaft und Richter kämpften darum, die Triade daran zu hindern, die Stadt voll und ganz zu übernehmen. Aber seit die organisierte Kriminalität dort Fuß gefasst hatte, war der Tod alles andere als gerecht.

Dante hätte nicht die geringste Chance, käme er zum Hafen. Die Triade würde ihn sich schnappen, ihm Angst machen und ihn dazu zwingen, ihnen sein Visum zu übergeben.

Sie hörte, wie ihre Schwester den Krankenpflegern sagte, sie könnten jetzt gehen, um den Rest werde sie sich selbst kümmern. Sobald sich die Tür schloss, zwang Jasmin sich auf die Ellenbogen.

»Du musst mich hier entlassen«, sagte sie Diana.

»Dafür ist es viel zu früh.«

»Aber mir fehlt nichts, und ich muss ...«

»Du bist gerade ohnmächtig geworden«, unterbrach ihre Schwester sie. »Erinnerst du dich daran? Du wirst in den nächsten Tagen nicht entlassen werden.«

»Ich verstehe, was du sagst«, beharrte Jasmin. »Aber ich muss etwas herauskriegen.«

»Kann ich das nicht für dich tun?«, fragte Diana.

»Aber ich habe ja nicht einmal mit dir darüber gesprochen, was ich gelesen habe, in Büchern in der Bibliothek, wie zum Beispiel die Schiffsbegräbnisse«, erklärte Jasmin gestresst und strich sich das Haar aus dem Gesicht. »Im ganzen Norden haben die Wikinger einander in Holzbooten begraben ... Allein in Uppsala hat man neunzehn solche Gräber freigelegt ... die Boote waren zehn Meter lang, sie hatten Platz für acht Ruderer, jede Menge Waffen ... und in Sutton Hoo in England gibt es ein großes Schiffsgrab, das ...«

»Was soll das beweisen?«, unterbrach Diana sie.

»Nichts.«

»Jasmin, ich höre dir zu, aber ich ...«

»Ich weiß, dass ich im Augenblick ziemlich nervig bin, aber niemand kann mich zwingen, im Krankenhaus zu bleiben – oder?«, beharrte sie.

»Es ist doch immer das Gleiche«, seufzte Diana und setzte sich auf einen Stuhl. »Ich weiß nicht, warum du überhaupt noch mit mir redest, wenn du schon längst eine Entscheidung getroffen hast.«

»Weil du mitkommen musst.«

»Jasmin, ich bin bereit, dir zuzuhören, wenn du ein bisschen was isst«, sagte Diana und warf ihrer Schwester einen vielsagenden Blick zu.

»Dafür habe ich keine Zeit«, entgegnete diese.

»Du wirst wieder umkippen.«

»Ich habe keinen Hunger – kannst du mal nachgucken, ob es hier irgendwelche liegen gebliebenen Klamotten gibt?«

»Was hast du denn vor?«

»Ich bitte dich, es geht auch ganz schnell«, sagte Jasmin. »Ich muss das tun, um nicht immer daran denken zu müssen.«

»Muss ich mir Sorgen machen?«

25

Sie steckten mit Dianas Mietauto im Stockholmer Verkehr fest. Der Geruch der neuen Sitze und von Plastik mischte sich mit dem muffigen Geruch von Jasmins abgetragenen Kleidern. Kleine, trockene Schneeflocken wirbelten durch die Luft. Hohe Schneewälle türmten sich an den Straßenrändern auf. Der weiche Belag knirschte unter den Reifen.

Jasmin aß ein Brot und trank den Orangensaft, den Diana gekauft hatte, dann klappte sie den Sonnenschutz herunter und betrachtete sich in dem kleinen Spiegel. Ihr rotes Haar war zu einem Pferdeschwanz zusammengebunden, und sie hatte versucht, alle blauen Flecken und Wunden in ihrem Gesicht zu überpudern.

»Du hast bestimmt immer noch Hunger«, bemerkte Diana und lächelte sie von der Seite her an.

»Nein«, widersprach Jasmin störrisch.

Diana verpasste die Linksabbiegerspur vom Sveavägen, bog stattdessen in die Tegnérgatan ein und war wegen einer Warenlieferung in der Holländargatan gezwungen anzuhalten. Unendlich langsam senkte sich die Plattform des Lastwagens mit den in Plastik eingeschweißten Paketen.

»Lass mich hier aussteigen«, sagte Jasmin.

»Die sind gleich fertig«, erwiderte Diana. »Ich kann verstehen, dass du so schnell wie möglich zu Dante zurückwillst, aber es ist nicht gut, wenn du dir zu viel zumutest.«

Sie schaute in den Rückspiegel und setzte zurück, woraufhin ein Taxi hinter ihnen auf die Hupe drückte. Jasmin winkte dem Fahrer zu, als sie über einen Schneewall auf den Bürgersteig fuhren und in die Kammakargatan einbogen.

»Darf ich nur eine Sache über die Terrakottaarmee sagen, ohne gleich wieder auf einem Bett festgeschnallt zu werden?«, fragte Jasmin. »Du weißt, Chinas erster Kaiser wurde zusammen mit achttausend Soldaten aus Ton begraben. Sie haben alle ganz individuelle Gesichter ...«

»Ja, aber ...«

»Wahrscheinlich war das eine richtige Armee, die dort dargestellt wurde«, fuhr Jasmin fort. Ihr war selbst klar, wie angestrengt ihr Lächeln aussehen musste.

»Wahrscheinlich.«

»Die bereits am Hafen wartete, als der Kaiser kam.«

»Jasmin«, seufzte Diana.

»Ich weiß, aber warum verbergen sie alle ihren Hals?«, fragte sie und gab selbst gleich die Antwort. »Weil Soldaten keine Halsketten tragen dürfen und ...«

»Sag mal, wovon redest du eigentlich?«

»Sie verstecken ihr Visum – es gibt keine andere Erklärung.«

»Ihr Visum?«

»Du weißt doch, ich habe dir davon schon erzählt«, sagte Jasmin ungeduldig. »Deshalb tragen sie Halstücher. Jeder einzelne Soldat der Terrakottaarmee trägt ein Halstuch.«

»Aber Halstücher sind ...«

»Es ist nicht kalt in Shaanxi.«

»Okay«, räumte Diana mit einer leicht müden Stimme ein. »Ich gucke mir die Bilder an.«

Das Uhrwerk der Adolf-Fredriks-Kirche begann ein Weihnachtslied zu schmettern. Jasmins Nackenschmerzen wurden heftiger, aber davon sagte sie Diana nichts.

Die Olof Palmes gata fing dort an, wo der Ministerpräsident ermordet worden war, und bildete zusammen mit der dunklen Luntmakargatan und der Tegnérgatan ein kleines

Areal mit Läden aus ganz Asien, das fast als Stockholms Chinatown bezeichnet werden konnte.

Diana fuhr an den Straßenrand, hielt vor dem Chongdee-Fast-Food und fragte zum dritten Mal, ob sie nicht lieber richtig parken und dann mitkommen solle.

»Ich will nur eine Sache überprüfen«, wiederholte Jasmin und öffnete die Wagentür.

»Wenn du in einer halben Stunde nicht wieder zurück bist, mache ich mir Sorgen«, rief Diana ihr nach, während Jasmin über den Schneewall kletterte.

Die Hose aus dem Materiallager des Krankenhauses mit zurückgelassener Kleidung war viel zu groß für sie, und der Strickpullover hing unter der Kapuzenjacke heraus.

Jasmin konnte spüren, wie die Kälte in die geliehenen Turnschuhe drang.

Die Erinnerung an die große Hafenstadt schien eine Glocke in ihr anzuschlagen, als sie das chinesische Viertel betrachtete.

Rote und gelbe Schilder leuchteten grell in der einsetzenden Winterdämmerung.

Sie machte sich auf den Weg und versuchte dabei alle Geschäftsnamen zu lesen. Sie warf einen Blick in jedes Schaufenster, auf alle Türen und hoch zu den hell erleuchteten Schildern.

Ein Schleier aus pulvrigem Schnee flog über den weißen Bürgersteig.

Sie konnte sich nicht mehr an den Namen des Geschäfts erinnern, ging aber davon aus, dass es hier nicht viele Möbeltischler gab.

In dem beschlagenen Fenster eines Restaurants hingen Farbfotos der verschiedenen Gerichte, und ein großer Porzellandrache mit Weihnachtsglitter um den Kopf wartete in der Tür.

Jasmins Beine zitterten vor Anstrengung und Stress. Ein großer Mann mit zotteligem blondem Haar trottete auf dem schmalen Bürgersteig an ihr vorbei.

»Pass auf dich auf«, sagte er mit finnischem Akzent.

Sie schaute in seine silbergrauen Augen und bedankte sich verwundert, trat dann an eine Tür, um das Schild daran zu lesen.

Ein Lieferwagen stand vor East World Import. Paletten mit Erdnussöl und schwarzem Essig wurden hineingeschoben.

Das Reisebüro Jade Travel warb mit sonnenverblichenen Fotos von Stränden und der chinesischen Mauer.

Jasmin kam vorbei an Yu Hua Akupunktur, China Trading, Good Fortune und Kukyo. Auf der anderen Straßenseite sah sie China Supermarket, Wang Thai Massage und eine Kleiderboutique mit dem Namen Year of the Dragon.

Sie hatte bereits die Kreuzung mit der Drottninggatan überquert, als sie stehen blieb. Hier gab es keine asiatischen Geschäfte mehr.

Für einen kurzen Moment hielt sie inne im leise herabfallenden Schnee. Inzwischen war es dunkel geworden, und die Menschen huschten wie Schatten vorbei.

Sie überquerte die Straße und ging auf der anderen Seite wieder zurück.

Aus einem Imbissrestaurant mit Namen Pong Buffet drang der Duft von erhitztem Sesamöl und Anis zu ihr. In einer der Nischen saß ein Mann über seinen Teller gebeugt und aß mit schnellen Handbewegungen seinen Reis.

Sie zitterte vor Kälte. Die Nackenschmerzen hatten sich in den Kopf ausgedehnt. Sie hielt die Arme um den Leib und achtete darauf, in dem weichen Schneematsch nicht auszurutschen. Ein dicker Schneebrocken fiel von einem Dach und schlug mit einem dumpfen Knall direkt vor ihr auf den Boden.

Jasmin blieb stehen, atmete die kalte Luft ein und schaute um die Ecke, die Holländargatan hinauf, vorbei am Maimai Asian Market mit beschlagenen Schaufenstern und handgeschriebenen Schildern.

Ein Stück weiter gab es ein schmales Tattoostudio und ein

kleines Lokal mit roten Papierlampions, die von Schnee bedeckt waren.

Ein schmutziger Lastwagen bog schaukelnd in die enge Gasse ein. Die Abgase des Dieselmotors bildeten eine leuchtende Wolke. Als der Lkw verschwunden war, entdeckte sie auf der anderen Straßenseite eine Kellertür, mit schönen kalligrafischen Zeichen in Gold auf schwarzem Metall. Sie kletterte über die Schneewälle, trat zwischen zwei parkenden Autos hindurch auf die Straße und lief hinüber. Auf dem Briefkasten aus Messing klebte ein Dymostreifen mit dem Text »Li Kun Mugong, Holländargatan 3, 12322 Stockholm«.

So hieß es.

Es gab das Geschäft also.

Sie war sich fast sicher, dass es der Name war, den Ting genannt hatte.

Das ist der reine Wahnsinn, und zugleich das einzig Richtige, was ich tun muss, dachte sie.

Die Kopfschmerzen verschlimmerten sich beunruhigend schnell. Nur für ein paar Sekunden wollte sie die Augen schließen, musste aber gleichzeitig einen Schritt zur Seite treten, um einer Frau mit Kinderwagen Platz zu machen. Jasmin rutschte aus und verlor das Gleichgewicht. Ihre Beine knickten weg, und sie kippte direkt auf die Straße. Ein schwarzer Lieferwagen strich an ihrer Schulter vorbei, und sie hörte jemanden schreien.

Sie rappelte sich wieder auf, kam auf dem Bürgersteig zu stehen und hielt sich an einem verschneiten Stromkasten fest. Eiseskälte strahlte bis in ihre Hand aus. Jasmin tat ein paar Schritte auf die schwarze Tür zu und öffnete sie, stieg vorsichtig eine steile Treppe hinab und stand vor einer hellen Holztür mit Glasscheiben.

26

Eine Glocke bimmelte leise, als sie die Tür öffnete und in einen Kellerraum trat, voll mit Schränken, Schreibtischen und Truhen. Ein würziger, angenehmer Duft nach frisch gesägtem Holz lag in der Luft. Die Möbel waren so gestellt, dass sie Gänge in verschiedene Richtungen bildeten.

»Hallo?«, rief Jasmin vorsichtig und ging weiter hinein.

In der Tür eines Bücherschranks konnte sie ihr eigenes Spiegelbild erahnen, in der roten Lackfarbe mit schwarzen und silbernen Schmetterlingen.

»Hallo?«

Sie umrundete einen Vitrinenschrank, ging an einem hohen Sekretär mit komplizierten Intarsien und kleinen, raffinierten Schubladen vorbei und weiter an einem Kleiderschrank und schönen Truhen mit geschnitzten Figuren und verziertem Deckel entlang.

Vergilbte Etiketten hingen lose an einigen Vitrinen, und Lampions aus Reispapier mit chinesischen Zeichen darauf schaukelten in der Luftströmung, die sie verursachte.

Vor einem Tresen mit einer altmodischen Kasse aus schwarzem Metall blieb sie stehen und schaute durch eine halb geöffnete Tür.

»Entschuldigung«, rief sie durch den Türspalt.

Nach einer Weile war ein schlurfendes Geräusch zu hören, die Tür öffnete sich, und ein alter Mann war im Dunkel zu sehen. Hinter ihm konnte Jasmin die Holzwerkstatt erahnen, mit Hobelbank und Spänen.

»Wollen Sie Möbel kaufen?«, fragte er.

»Eigentlich möchte ich nur etwas fragen …«

»Wir schließen jetzt«, unterbrach sie der Alte.

»Sind Sie der Besitzer des Geschäfts?«

»Gehen Sie«, zischte er und wedelte ungeduldig mit der Hand.

»Entschuldigung, aber ich wollte …«

»Ich rufe die Polizei.«

Jasmin war klar, welchen Eindruck sie machte. Mit blau geschlagenem Gesicht und einer genähten Wunde über der Augenbraue kam sie in geliehenen, abgelegten Kleidern direkt aus dem Krankenhaus.

»Bevor ich gehe, muss ich Sie nach Ihrem Enkelsohn fragen.« Jasmin ließ nicht locker und lehnte sich gegen eine Anrichte mit einer aufwendigen Schließvorrichtung aus Messing.

»Ich habe keinen Enkelsohn«, entgegnete der Alte. »Habe nie einen gehabt.«

»Aber ich habe einen jungen Mann getroffen, er heißt Ting, und der hat gesagt …«

»Ich habe keine Zeit zum Reden«, unterbrach er sie. »Gehen Sie jetzt, bitte.«

»Er hat gesagt, dass das hier die Tischlerei seines Großvaters ist«, beharrte Jasmin und versuchte den Blick des Alten einzufangen.

»Ich muss arbeiten.«

»Kennen Sie jemanden, der Li Ting heißt?«

»Nein«, antwortete er und sah sie mit ungeduldigem Blick an.

»Verstehe, ich gehe ja schon«, flüsterte Jasmin. »Bitte entschuldigen Sie …«

Sie folgte dem Gang zwischen den Möbelstücken hindurch, öffnete die Zwischentür, hörte die Glocke klingeln, dachte wieder an den Hafen und blieb stehen.

Sie erinnerte sich daran, wie Ting die Nudeln mit den Stäbchen zum Mund befördert hatte und von der Möbeltischlerei seines Großvaters berichtet hatte. Er hatte die Vitrinen beschrieben, die Schränke, die alte Kasse, und erzählt, dass er sich als kleiner Junge unter dem Tresen versteckt und von unten etwas in das Tresenholz geritzt hatte.

Jasmin drehte sich um, ging zurück in den Laden, den Gang zwischen den Schränken entlang. Der alte Mann kam ihr entgegen. Er hatte einen Besen in der Hand und stellte sich ihr in den Weg.

»Diese Landstreicherin soll verschwinden«, erklärte er wütend.

Jasmin ließ sich nicht beirren, schob mit einer Hand den Besen zur Seite und ging an ihm vorbei. Murrend folgte er ihr zwischen zwei schmalen Schränken hindurch. Der eine war weiß mit schwarzen Zeichen, der andere glänzend schwarz mit Hunderten von Blütenblättern in Perlmutt.

»Hier gibt's kein Geld«, sagte er müde, als sie um den Tresen mit der altmodischen Kasse herumging.

»Ich will nur unter den Tresen gucken.«

»Unter den Tresen?«, fragte der Mann und ließ sich auf einen Hocker fallen.

Jasmin sank neben dem Verkaufstresen auf die Knie, aber es war so dunkel dort, dass sie nichts sehen konnte. Sie musste sich auf den Rücken legen und sich mit dem Oberkörper unter das Tresenbrett schieben.

Da unten roch es nach Holz und staubigem Steinboden. Die Fußbodenplatten waren eiskalt unter ihrem Rücken. Sie streckte die Arme aus und tastete mit den Fingerspitzen die Unterseite des Brettes ab.

Nichts.

Ich muss aufgeben, dachte Jasmin.

Eine panische Angst, nicht mehr zwischen Wirklichkeit und Fantasie unterscheiden zu können, stieg in ihr auf. Sie musste zurück zu Dante, hätte das Krankenhaus nie verlassen dürfen.

Irgendwo im Laden war ein Kratzen zu hören wie von einer Bratpfanne auf einem Eisenrost.

Ihre Finger tasteten sich weiter voran, und plötzlich fühlte sie Vertiefungen im Holz.

Da war etwas eingeritzt.

Ihr Puls wurde schneller.

Ihre Arme waren merkwürdig schwer, aber sie hielt die Finger fest auf die Einkerbungen gedrückt, bis ihre Augen sich an die Dunkelheit gewöhnt hatten und sie es lesen konnte.

Metallica.

Ihre Hand sank herab, sie drehte den Kopf und schaute zur Seite. Der alte Mann saß nicht mehr auf dem Hocker.

27

Jasmin blieb still unter dem Tresen liegen und spürte, wie der Boden unter ihrem Rücken vibrierte. Das musste eine U-Bahn sein, die tief unter der Erde entlangfuhr. Sie versuchte die Dunkelheit wegzublinzeln, las noch einmal den Namen der Hardrockband, schob sich weiter unter den Tresen und starrte nach oben.

Nach einer Weile hatten sich ihre Augen an das schummrige Licht gewöhnt, und jede Menge anderer Einkerbungen traten auf dem Holz hervor.

Lange Reihen chinesischer Zeichen.

Und zwischen all diesen Zeichen war ein Satz zu erkennen: *Ting und Lisbet 4ever.*

Es war ein Gefühl, als wollte ihr Herz wieder stehen bleiben.

Sie versuchte ruhig zu atmen und schob sich dann zur Seite.

Ganz hinten hatte jemand eine Frau mit großen Brüsten und gespreizten Beinen eingeritzt.

An einer anderen Stelle stand *Ting rules* mit roter Tinte.

Tränen stiegen ihr in die Augen und rannen bis an den Haaransatz.

Jasmin kroch hervor und stand unter Mühen auf. Der Alte war in die Werkstatt gegangen. Seine Bewegungen erschienen einsam und müde, während er mit gebeugtem Rücken einen Schrank abschliff.

Sie hielt sich eine zitternde Hand vor den Mund. Die Gedanken wirbelten in ihrem Kopf herum.

Ich habe ihn getroffen. Wirklich.

Sie war so aufgewühlt, dass ihr die Tränen einfach herunterliefen, in den Schürfwunden auf den Wangen und den gerissenen Lippen brannten.

Sie lehnte sich an den Tresen, versuchte sich zu sammeln, wischte sich das Gesicht ab, ging auf die Werkstatt zu und klopfte an der offenen Tür.

Der Alte kümmerte sich gar nicht um sie, blies Holzstaub fort und schliff weiter den Schrank ab. Hinter ihm war ein Regal mit handgemachtem Werkzeug zu sehen, zierlichen Hobeln, Stemmeisen, Sägen und Messern der unterschiedlichsten Art.

»Ich muss wissen, ob Ting gestern operiert worden ist«, sagte Jasmin mit brüchiger Stimme.

»Gehen Sie«, murmelte der Alte, den Blick unverwandt auf den Schrank geheftet.

»Ich habe mit ihm geredet«, fuhr sie fort und wischte sich wieder die Tränen von den Wangen. »Er hat mir erzählt, dass er als kleiner Junge immer im Laden seines Opas gewesen ist, dass er sich unter dem Tresen versteckt hat, um nicht helfen zu müssen.«

Die Hände des Alten hörten auf zu arbeiten, er nickte langsam.

»Er hat alles Mögliche auf der Unterseite des Tresens eingeritzt«, sagte Jasmin leise.

»Das durfte er nicht – das ist ein schöner Tresen.«

Der Alte wandte sich ihr zu, die dünnen Arme hingen herab, die Augen waren müde und traurig.

»Ich muss wissen, was mit Ting ist«, sagte Jasmin wieder und versuchte dabei ihre Stimme sicher klingen zu lassen.

»Wir haben keinen Kontakt«, erwiderte der alte Mann kurz.

»Ich hatte einen Verkehrsunfall, mein Herz hat aufgehört zu schlagen, es stand zwei Minuten lang still, und während ich tot war, habe ich einen jungen Mann getroffen, der Ting hieß.«

Der Alte breitete die Arme in einer merkwürdigen Geste aus. Er war so aufgewühlt, dass sein Kinn anfing zu zittern.

»Ist er jetzt tot?«, fragte er.

»Ja, aber er gehörte zu denjenigen, die vielleicht zurückkommen können«, erklärte Jasmin. »Ting hat mir erzählt, das Letzte, woran er sich erinnern konnte, war, dass er eine Narkose bekommen sollte, dass er rückwärts gezählt hat, aber die Herzoperation muss irgendwie schiefgegangen sein …«

Der alte Mann holte tief Luft, als hätte ihn eine schwere Erschöpfung übermannt.

»Ting liegt auf der Intensivstation im Krankenhaus von Danderyd, aber nicht wegen einer Herzoperation«, sagte er mit ernster Stimme.

»Vielleicht habe ich das missverstanden.«

»Sie kennen ihn nicht – oder?«

»Ich habe ihn gestern getroffen, zum ersten und einzigen Mal.«

»Ting ist seit mehreren Jahren drogensüchtig … und gestern hat seine Mutter angerufen und mir erzählt, dass er eine Überdosis genommen hat …«

»Aber er hat es noch geschafft – wenn man in ein Krankenhaus eingeliefert wird, heißt das doch wohl, dass man es überlebt, oder?«

»Ich weiß es nicht, ich habe ihr gesagt, ich will damit nichts zu tun haben.«

Die Stille, die den Raum erfüllte, war nicht zu beschreiben.

»Sie sagen, Sie haben Ting getroffen, als Sie tot waren«, fuhr der Alte schließlich fort.

»Wir waren beide tot.«

»Dann können Sie sich an Dinge von der anderen Seite erinnern?«

»Ja«, antwortete Jasmin.

»Haben Sie das Totenreich gesehen?«

»Ich denke schon.«

»Sind die Straßen dort aus Gold?«, fragte er.

»Das ist vielleicht von Ort zu Ort verschieden, ich bin in eine Hafenstadt gekommen, die … die schien mir chinesisch zu sein, fast alle Schilder waren chinesisch, die Häuser waren chinesisch … Ich meine, es waren Menschen aus der ganzen Welt am Kai, aber ich hatte das Gefühl, in China zu sein …«

Der Mann nickte, während er nachdachte.

»Das hört sich nach einer sehr bekannten Sage aus dem östlichen China an, aus einer Provinz namens Jiangsu«, sagte er.

»Inwiefern?«

»Dort erzählt man sich, dass das gesamte Totenreich mit einer Hafenstadt und einem lang gestreckten Kai beginnt, mit Schiffen, die in sieben Reihen hintereinander …«

»Mindestens zehn«, flüsterte Jasmin.

»Und als General Li Jing von den Toten zurückkehrte, berichtete er, dass der Gerichtshof des Kaisers so ungerecht war, dass er forderte, seinen Fall auf dem Playground zu entscheiden.«

»Es scheint keinen Kaiser mehr zu geben.«

»Nein, das ist klar.«

»Jetzt ist es die organisierte Kriminalität, die den Hafen kaputt macht.«

»Das Gleiche wie in Shanghai, Chongqing, Shenyang …«

»Aber warum … warum soll das Totenreich chinesisch sein?«

»In Jiangsu glaubt man, dass es umgekehrt ist«, antwortete der Alte.

»Wie das?«

»Das ist ein schöner Gedanke, weil wir Chinesen immer unsere Ahnen respektiert haben … und wir haben versucht, es den Toten so angenehm wie möglich zu machen«, berichtete er zufrieden. »Deshalb haben wir denjenigen, die zurückgekehrt sind, zugehört und sie befragt, und nach den ersten Dynastien waren genügend Menschen aus dem Hafen zurückgekehrt, dass sie die gesamte Gesellschaft beeinflussen konnten.«

Jasmin verstand, was er meinte. Es war nicht die Hafenstadt, die an China erinnerte, es war umgekehrt: Das Totenreich hatte es bereits vor allen Kulturen gegeben.

Sie nickte, trat in die Werkstatt ein und sah einen Altar mit brennenden Räucherkerzen vor einem Foto von Ting mit einer Studentenmütze. Auf dem Bild schien er viele Jahre jünger zu sein. Sein Gesicht war rund und sah ganz unschuldig aus, aber er hatte bereits etwas im Blick, in seinem Lächeln, dass ihr ganz warm ums Herz wurde.

»Es ist nur gut, wenn er tot ist«, bemerkte der alte Mann hinter ihr. »Er war für niemanden eine Freude.«

»Er hat mir geholfen, zurück ins Leben zu kommen«, erklärte Jasmin, den Blick auf das Foto gerichtet.

»Wahrscheinlich wollte er dich nur hintergehen, dir dein Geld stehlen und …«

»Das glaube ich nicht«, unterbrach sie ihn. »Er hat mich begleitet, mir alles erklärt … ohne um irgendetwas zu bitten, ohne irgendetwas zu erwarten … denn er war überzeugt davon, dass man sich nicht mehr an die Hafenstadt erinnern kann, wenn man ins Leben zurückgekehrt ist.«

Der Alte hob eine müde Hand.

»Huang hun«, sagte er.

»Huang hun?«

»Bei uns heißt es, wenn das Herz eines Kindes bei seiner Geburt stillsteht, dann hat es ein Huang hun, eine goldene Seele … es erinnert sich an Dinge, an die man sich gar nicht erinnern kann, es erinnert sich ans Totenreich – es waren diese Kinder, die das alte China geformt haben.«

Der Alte schüttelte den Kopf und murmelte etwas. Jasmin löste mit Mühe ihren Blick von Tings sanften Augen und verließ die Tischlerei.

28

Jasmin ging zurück zu dem wartenden Auto, sah durch die Scheibe Dianas rote Locken und dachte daran, dass sie immer das Gefühl gehabt hatte, ihre Mutter ziehe sie ihrer Schwester vor. Mama hatte sich stets Sorgen um Jasmin gemacht, während von Diana erwartet wurde, dass sie schon allein zurechtkomme. Schon im Bauch ihrer Mutter hatte Jasmin sich nicht so gedreht, wie es von einem Fötus erwartet wurde, und sie wusste, dass es eine schwere Geburt war, auch wenn ihre Mutter nie darüber gesprochen hatte. Aber Jasmin hatte trotzdem bereits in ihrer Kindheit gewusst, dass während der Geburt etwas passiert war.

Auf der Rückfahrt zum Krankenhaus fragte Diana sie, ob sie das erreicht habe, was sie hatte erreichen wollen. Jasmin nickte nur und schaute auf den schwarzen Himmel hinter den tief hängenden Wolken. Weiße Schneeflocken wirbelten im Schein der Straßenlaternen, und die Scheibenwischer fegten den Schnee von der Windschutzscheibe.

Es gab keinen Menschen, dem sie mehr vertraute als ihrer Schwester. Sie schloss die Augen und entschied sich, ihr alles zu erzählen.

»Wir haben zwar vereinbart, dass wir nicht mehr darüber reden wollen«, begann sie. »Aber jetzt ... weißt du, als mein Herz nach dem Autounfall stehen geblieben ist, da ist es wieder passiert ... Ich war zurück in der Hafenstadt, alles war exakt wie beim ersten Mal ...«

»Aber ...«

»Mir ist klar, wie das klingt«, gab Jasmin zu.

»Wirklich?«

»Und ich weiß nicht mehr, was ich glauben soll ...«

Jasmin war bewusst, dass Diana denken würde, ihre Schwester hätte erneut eine Psychose. Vielleicht fürchtete sie sogar, Jasmin würde nie wieder gesund werden. Dennoch berichtete Jasmin von den Hutongs mit den roten Lampions, von der nur schwer durchschaubaren Bürokratie und wie alle auf einer riesigen Waage gewogen wurden.

Ihr wurde ganz kalt, als sie daran dachte, dass die Hafenstadt wirklich existierte – mit der Mafia, der Triade, die herumlief auf der Suche nach neu angekommenen Kindern.

Diana hörte ihr schweigend zu und hielt dann vor dem Krankenhauseingang, während Jasmin den Wartesaal des Terminals beschrieb und die Wandzeitungen, die aufgehängt wurden.

Sie verließen das Auto und überquerten gemeinsam den verschneiten Parkplatz Richtung Eingang.

Jasmin merkte selbst, dass sie manisch klang, konnte aber nicht aufhören.

»Ich glaube nicht, dass ich jemals krank gewesen bin«, sagte sie. »Aber das ist mir auch egal, ich musste es dir einfach erzählen, damit du verstehst ...«

Ihr war selbst klar, wie seltsam ihre Worte klangen, doch sie hatte das Gefühl, alles wiedergeben zu müssen, was Ting ihr erzählt hatte. Sie verstummte erst, als sie den Fahrstuhl mit zwei Krankenschwestern teilen mussten.

Der Schweiß lief ihr über die Wangen, und sie spürte, wie ihr Mund sich wieder zu einem großen, unfreiwilligen Lächeln verzog.

Im Fahrstuhl schaute Diana sie nicht an, sie stand nur da, den Kopf gesenkt, die Lippen fest zusammengepresst. Die Türen öffneten sich, und sie traten hinaus ins Treppenhaus, gingen weiter über die Flure der Kinderintensivstation, wo Jasmin die Stimme deutlich senkte, als sie von Tings Großvater berichtete, von der Tischlerei und den Einkerbungen, die sich tatsächlich unter dem Tresen befanden.

Eine Schwesternhelferin stand mit einem Servierwagen vor Dantes Zimmer und sortierte irgendetwas mit leisem Klirren.

»Können wir reingehen?«, fragte Jasmin.

»Er schläft noch«, antwortete sie zögernd.

»Dann warten wir«, sagte Diana leise.

»Dahinten gibt es einen Aufenthaltsraum«, sagte die Schwesternhelferin.

Sie hatten nicht vor, dorthin zu gehen, liefen aber dennoch in die gezeigte Richtung. Jasmin wollte gerade weitersprechen, als Gabriel Popov vom Treppenhaus auf den Flur einbog. Sie blieben direkt vor ihm stehen. Ein Geruch nach Zigarettenrauch und kalten Kleidern umgab den Psychologen, der müde aussah.

»Das ist meine Schwester«, sagte Jasmin.

»Sie sehen aus wie Zwillinge«, sagte er und schüttelte Diana die Hand.

»Ja, nicht wahr?«, stimmte Diana ihm zu.

»Jasmin, ich will nicht stören, aber ich habe darüber nachgedacht, was Sie mir gestern erzählt haben«, sagte er zögernd.

»Ich habe keine Geheimnisse vor meiner Schwester«, entgegnete Jasmin.

»Ach, es war auch nicht so wichtig, ich habe nur die Abbildung eines chinesischen Gemäldes gefunden, das für Sie vielleicht interessant sein könnte.«

Diana warf ihr einen angestrengten Blick zu.

»Er ist Psychologe und hat absolute Schweigepflicht«, erklärte Jasmin, um sie zu beruhigen.

»Eigentlich mögen wir Psychologen nicht«, erklärte Diana Gabriel.

»Aber Sie sind schon okay«, lachte Jasmin.

Gabriel strich sich über seinen herunterhängenden Schnurrbart, setzte eine Brille auf und las dann laut einen Text von seinem Handy vor.

»Die Song-Dynastie ... im zehnten Jahrhundert. Ein Mann namens Guo Zhongshu malte *Die Reise auf dem Fluss im Schnee*«, sagte er und zeigte ihnen das Bild.

Auf bronzefarbener Seide waren zwei schwer beladene Schiffe zu erkennen. Ähnliche hatte Jasmin am Kai der Hafenstadt gesehen. Der Künstler hatte den Nachthimmel und das Wasser zu einem einzigen schwermütigen Dunkel zusammenfließen lassen. Ein Gefühl der Hoffnungslosigkeit lag über dem Bild. Die Menschen, die sich auf den oberen Decks befanden, schienen vor Einsamkeit wie gelähmt zu sein.

»Ich habe es die ganze Zeit gewusst«, flüsterte Jasmin und gab ihm das Telefon zurück.

»Wir müssen los«, sagte Diana.

»Ich gehe jetzt einen Kaffee trinken, aber wenn Sie möchten, würde ich mich gern heute Abend mit Ihnen unterhalten«, sagte Gabriel und wandte sich ab, noch bevor Jasmin ihm antworten konnte.

29

In der dunkelsten Ecke zwischen zwei Leuchtstoffröhren blieben Jasmin und Diana stehen und sprachen mit gedämpfter Stimme miteinander.

»Du darfst nicht über den Hafen reden«, sagte Diana ernst.

»Ich habe nur vorsichtig danach gefragt, was andere, die gestorben waren, berichtet haben.«

»Denk an Dante, er braucht dich«, beharrte Diana.

»Was ich Gabriel erzählt habe, ist durch die Schweigepflicht geschützt.«

»Jasmin, wenn du wieder eingewiesen wirst, dann ...«

»Das werde ich nicht«, wehrte sie mit etwas zu lauter Stimme ab.

Ein Mann, der auf den Fahrstuhl wartete, drehte sich nach ihnen um.

»Du kannst mit mir über den Hafen reden«, flüsterte Diana. »Aber ich meine es ernst, du riskierst, das Sorgerecht zu verlieren.«

»Diana, ich glaube nicht, dass ich psychotisch bin, aber ich ...«

»Das glaube ich auch nicht.«

»Aber ich muss sie daran hindern, Dantes Herz anzuhalten«, sagte Jasmin.

»Wovon redest du? Die versuchen doch nur, ihm zu helfen, und du musst darauf vertrauen, dass sie wissen, was sie tun ... Johan Dubb ist ein angesehener Kinderchirurg und ...«

»Wie konnte er das dann übersehen, so ein wichtiges ...«

»Jasmin, bitte ... es hat keinen Sinn, nach dem Schuldigen

zu suchen«, unterbrach Diana sie. »Denn selbst ... selbst wenn sie die Verletzung am Herzkranzgefäß sofort entdeckt hätten, wäre die Situation immer noch die gleiche – das kann man nicht operieren, ohne das Herz anzuhalten.«

»Und wenn er jetzt bei der ersten Operation absichtlich das Gefäß verletzt hat?«

»So etwas darfst du nicht sagen«, widersprach Diana ihr und sah sie mit entsetztem Blick an. »Was ist denn los mit dir?«

»Aber könnte er das nicht gemacht haben?«

»Worauf genau willst du jetzt hinaus?«

»Wenn diese Hafenstadt nur ein Traum war«, fuhr Jasmin fort und warf einen schnellen Blick auf die Tür zu Dantes Zimmer. »Dann dürfte es Tings Großvater doch gar nicht geben, oder?«

»Jasmin, ich habe keine Erklärung dafür«, erwiderte Diana. »Ich will gar nicht behaupten, dass es kein Leben nach dem Tod gibt. Ich weiß nichts darüber. Aber ich weiß, das Gehirn ist unglaublich kompliziert aufgebaut ... wir haben Hundert Milliarden Neuronen, die durch Hundert Billionen Synapsen miteinander verbunden sind ... Die Wissenschaft versucht das Gedächtnis zu verstehen, doch das ist so gewaltig, das ist bis jetzt ein vollkommen unerforschtes Universum.«

»Aber wie könnte ich das alles wissen, wenn nicht ...«

»Es ist nur so ... Entschuldige, dass ich dich unterbreche, aber du verstehst doch, dass jeder Mensch über eine Unmenge an Wissen verfügt, das er nicht herleiten kann; man hat keine Ahnung, woher es stammt.«

»Ja, aber ...«

»Du klammerst dich an diesen Traum, glaubst, dass du darin mit dem Typen gesprochen hast, der Boote baut. Ich verstehe dich, wirklich, aber nur, weil es seinen Großvater tatsächlich gibt, muss der Traum nicht wahr sein.«

»Okay«, stimmte Jasmin leise zu.

»Dass Dinge zutreffen, heißt für mich nur, dass du dich

nicht mehr daran erinnerst, wann du sie in Wirklichkeit erfahren hast«, fuhr Diana fort und schob ein eingerahmtes Aquarell an der Wand gerade. »Das Gehirn speichert unvorstellbare Mengen an Information. Ich meine, vielleicht hast du einfach vor fünf Jahren neben diesem Typen in der U-Bahn gestanden, als er einem Freund von seinem Großvater erzählt hat … aber erst nachdem dein Gehirn aufgrund des Sauerstoffmangels bei dem Autounfall in Panik geriet, haben sich diese Worte gelöst und sind zu einem Teil des Traums geworden.«

»Ich verstehe das alles, was du sagst«, erklärte Jasmin und holte tief Luft. »Das ist auf jeden Fall eine mögliche Erklärung.«

»Aber?«, fragte Diana nach einer Weile.

»Aber wenn Ting gestern gestorben ist und zur gleichen Zeit wie ich tot war …«

»Das ist er nicht«, unterbrach ihre Schwester sie.

Jasmins Nacken schmerzte, als sie den Kopf hob und Diana in die Augen sah.

»Sein Großvater hat das aber gesagt.«

»Das ist mir scheißegal«, sagte Diana und wurde rot bis ins Dekolleté. »Denn das kann nicht sein – das verspreche ich dir.«

»Dann finde es heraus – du als Ärztin, du musst das doch herauskriegen können.«

Diana schüttelte den Kopf, schaute einer Krankenschwester nach, die über den Flur eilte, und sah dann wieder Jasmin an.

»Wie heißt er?«

»Li Ting«, antwortete diese schnell. »Der Nachname ist Li, wenn ich das richtig verstanden habe.«

»Welches Krankenhaus?«

»Danderyd.«

Diana legte Jasmin die Hand auf den Oberarm.

»Ich sag dir, du glaubst viel zu verbissen an das Ganze«, erklärte sie ernst. »Das gefällt mir nicht, und ehrlich gesagt verstehe ich nicht, was du dir davon erhoffst.«

»Ich glaube, dass ich ihn in dem Hafen zum Totenreich gesehen habe«, erwiderte Jasmin. »Aber ich hoffe immer noch, dass dem nicht so war, denn dann müsste ich nicht …«

Sie verstummte, weil Dantes Krankenschwester aus dem Personalzimmer kam und auf sie zuging.

»Ich muss ihn leider aufwecken und einige Proben nehmen«, sagte die Frau.

»Wie geht es ihm?«

»Da müssen Sie den Oberarzt fragen.«

»Darf ich mit hinein?«, fragte Jasmin.

»Selbstverständlich«, antwortete die Schwester und hielt ihnen die Tür auf, während sie die Deckenlampe einschaltete.

Dante wachte von dem grellen Licht auf und blinzelte Jasmin zu, die an sein Bett trat und ihm die Wange streichelte.

»Du hast ein wenig geschlafen«, flüsterte sie.

Die Krankenschwester fragte den Jungen, wie es ihm gehe, und kontrollierte gleichzeitig die Sauerstoffzufuhr und maß seinen Blutdruck.

Jasmin merkte, dass sie im Weg stand, also setzte sie sich auf den Stuhl und wartete. Ihre Beine zitterten. Sie hörte Dante auf die Fragen der Schwester antworten. Seine schmalen Lippen waren blass und rissig. Der Schlauch aus der Wunde war mit Blut gefüllt, also hatte sich das Koronargefäß nicht von allein geschlossen. Dante winkte ihr zu, und sie winkte zurück.

»Wo ist Papa?«, fragte er. »Ich muss ihm etwas sagen.«

»Ich bin mir sicher, dass er bald hier ist«, antwortete Jasmin. »Diana hat ihn ein paarmal angerufen und auf seinen Anrufbeantworter gesprochen.«

»Vielleicht ist er mit seinen Freunden zum Angeln gefahren«, schlug Dante vor.

Die Schwester hängte einen neuen Beutel mit Infusionsflüssigkeit neben den halb leeren, der mit Dantes Armbeuge verbunden war, an den Infusionsständer, und verließ dann das Zimmer. Jasmin zog den Stuhl an Dantes Bett heran und nahm seine kleine Hand in ihre. Die Finger waren voller Schürfwunden, am Arm waren genähte Wunden, und die Schwellungen im Gesicht waren noch dunkler geworden.

»Ich bin nicht immer gerecht Papa gegenüber, ich finde, er ist viel zu oft verreist«, sagte Jasmin. »Aber er ist ein guter Papa, und er liebt dich über alles.«

»Papa ist ein Seeräuberkapitän.«

»Das kann ich mir denken«, flüsterte sie und beugte sich vor.

Dantes blasse Nasenflügel zitterten, die Wimpern des offenen Auges warfen lange Schatten über seine Wange, und er lächelte sie an.

»Hör mir jetzt mal zu«, sagte Jasmin und nahm sein kleines Gesicht zwischen ihre Hände. »Vielleicht wirst du bald eine Reise machen.«

»Wohin?«

»Hör mir einfach nur zu ... Es werden ganz viele Menschen dort sein, aber du musst nur den Schlangen durch die Stadt folgen, bis zu einer großen Waage ...«

Eine Träne tropfte von ihrem Auge direkt auf seine Wange.

»Mama, ich versteh nicht«, flüsterte Dante.

»Ich weiß, aber ich ...«

Jasmin verstummte, als die Tür aufging, die Krankenschwester wieder hereinkam und Dante fragte, wie es ihm gehe.

»Ein bisschen müde«, antwortete er.

Die Schwester maß seine Körpertemperatur im Ohr und verließ dann wieder den Raum.

»Ich versuche dir zu erklären, dass du vielleicht eine Reise machen wirst«, fuhr Jasmin fort. »Dann wirst du auf einer Liege aufwachen, es gibt nichts, wovor du Angst haben musst, es liegen Kleider für dich da, sie gehören dir ... Du ziehst dich allein an und gehst hinaus in die Stadt, folgst den anderen ... Sie werden dich wiegen und dir eine Kette geben, die du nicht verlieren darfst ... Rede mit niemandem auf dem Weg, aber wenn du die Kette bekommen hast, dann frage nach Li Ting – kannst du dir das merken?«

Dante schüttelte nur den Kopf, seine Finger zuckten leicht in ihrer Hand. Jasmin erkannte, dass ihre Worte für ihn unbegreiflich waren, aber sie musste es ihm trotzdem sagen, vielleicht würde er sich wenigstens an einen Teil davon erinnern, wenn er dort landete.

»Dante, du darfst nicht an Bord der Schiffe gehen«, fuhr sie fort und spürte, wie ihre Lippen anfingen zu zittern. »Wenn du es aber trotzdem musst ... dann versuche eine nette Frau zu finden, mit der du gehen kannst.«

Sie hörte Stimmen vor der Tür, schluckte und wischte sich die Tränen mit dem Ärmel ab.

»Nach wem sollst du fragen?«, fragte sie.

»Ich weiß nicht, ich habe es vergessen, entschuldige, Mama.«

»Er heißt Li Ting – sag den Namen mal.«

»Li Ting.«

»Er ist nett, er hat mir geholfen, sag ihm das, sag, dass ich deine Mama bin, dass Jasmin deine Mama ist.«

30

Jasmin verstummte und fasste einen schrecklichen Entschluss. Sie blieb ruhig sitzen und hielt Dantes kleine Hand, bis es an der Tür klopfte. Das waren Diana und Dantes Arzt. Zwei Pflegekräfte folgten ihnen. Jasmin stand auf und stützte sich mit einer Hand auf das Bettende, um nicht das Gleichgewicht zu verlieren.

»Wie ist die Lage?«, fragte sie und versuchte, gefasst zu klingen.

»Die Blutung ist nicht zum Stillstand gekommen, aber mit der Drainage geht es ihm ganz gut«, antwortete der Arzt. »Eigentlich ist es nur eine kleine Blutung, aber sie gefällt mir nicht ... Deshalb will ich das Koronargefäß so bald wie möglich vernähen.«

Das verkündete er wie eine freudige Überraschung, während Jasmins Wangen und Lippen bleich wurden.

»Aber Sie haben doch gesagt, es würde wahrscheinlich von allein heilen«, murmelte sie, ohne Luft holen zu können.

»Ich kann dir das erklären«, sagte Diana und zog sie mit sich zur Tür.

»Dann erkläre es jetzt«, bat Jasmin.

»Jasmin«, versuchte ihre Schwester sie zu beruhigen.

Sobald sie auf dem Flur waren, blieben sie stehen, und als die Tür zu Dantes Zimmer geschlossen war, wandte sich Jasmin Diana zu.

»Was willst du mir erklären?«, fragte sie zittrig.

»Sie haben die Operation vorgezogen, weil die Blutung etwas stärker geworden ist.«

»Vielleicht ändert sich das wieder«, erwiderte Jasmin mit schwacher Stimme.

Diana legte die Arme um sie und drückte sie fest an sich.

»Alles wird gut«, flüsterte sie.

»Warum können sie nicht warten, wie es geplant war?«, fragte Jasmin an ihrer Schulter.

»Wir müssen ihre Entscheidung respektieren«, entgegnete Diana und ließ ihre Schwester los.

»Werden sie Dantes Herz zum Stillstand bringen?«

»Das müssen sie, um sein Leben zu retten.«

»Okay, ich habe verstanden«, sagte Jasmin und wischte sich die Tränen aus dem Gesicht.

»Johan Dubb weiß, was er tut«, versicherte Diana, aber ihre Augen waren ganz dunkel vor Ernst.

Jasmin nahm ihre Hand und führte sie fort von ein paar Krankenschwestern, die mit einem Wagen voller blauer Decken auf sie zukamen.

»Hör mir jetzt zu, du bist meine Schwester, alles andere vergessen wir«, sagte Jasmin und versuchte ruhig und konzentriert zu klingen. »Du musst mir sagen, ob es irgendeine Möglichkeit für mich gibt, zu sterben und wieder ins Leben zurückzukehren.«

»Was meinst du damit?«, fragte Diana ängstlich.

»Man kann das Herz doch mit Elektroschocks anhalten?«, fragte Jasmin und hörte selbst den hysterischen Ton in ihren Worten. »Wie man es im Film tut? Das geht doch, oder?«

»Defibrillation«, antwortete Diana ernst.

»Ist das gefährlich?«

»Ja, natürlich.«

»Wie gefährlich?«

»Ich weiß nicht, das kommt drauf an …«

»Aber würde ich das schaffen?«

»Jasmin«, sagte Diana und senkte ihre Stimme. »Ich verspreche dir, es gibt keinen Arzt auf der ganzen Welt, der dein

Herz zum Stillstand bringen wird, damit du ins Totenreich reisen kannst.«

»Außer dir – du musst das tun.«

»Niemals«, antwortete Diana mit einem überraschten Lachen. »Du brauchst gar nicht zu versuchen, Druck auf mich auszuüben, denn selbst wenn ich wollte … Nein, warte, lass mich ausreden. Ich kann es nicht, ich habe weder die Kompetenz noch die Befugnis.«

»Versprich mir, dass du Dante adoptierst, du musst mit Mark reden, ihm sagen, dass er ihn genau wie bisher sehen kann, aber dass …«

»Wovon redest du?«

»Wenn sie Dantes Herz anhalten, nehme ich mir das Leben«, erklärte Jasmin, ohne selbst richtig zu wissen, ob sie das tatsächlich tun würde.

»Jetzt werde ich langsam wütend auf dich«, sagte Diana ernst.

»Das kann ich gut verstehen.«

»So weh es auch tut, du musst den Lauf des Lebens akzeptieren, Jasmin.«

»Ich verstehe nicht, warum ich das sollte.«

»Weil du musst, so ist es nun einmal, ein Mensch zu sein.«

»Nein«, flüsterte Jasmin.

Diana schaute sie eine Weile wortlos an, bis sie mit einer Stimme, die darum kämpfte, ruhig zu bleiben, fortfuhr:

»Du stehst unter Schock, Jasmin … das ist dir doch selbst klar, du hast einen schweren Autounfall gehabt, dein Herz stand still, du bist ins Koma versetzt worden, und jetzt hast du erfahren, dass Mama tot ist und Dante schwer verletzt …«

»Was willst du mir damit sagen? Dass ich psychotisch reagiere?«

»Dass ich Angst habe, du könntest so verwirrt sein, dass du es tatsächlich ernst meinst.«

»Ich will nicht sterben«, erklärte Jasmin ruhig. »Aber Dante kann nicht einmal seinen Namen schreiben, sie werden ihm sein Visum abnehmen und ...«

»Es gibt kein Totenreich«, unterbrach Diana sie, und Tränen der Frustration füllten ihre Augen.

»Vielleicht nicht ...«

»Mein Gott, das ist alles einfach nur falsch. Das ist, das ... Ich will nicht, dass du das tust, Schwesterchen«, sagte sie und wischte sich die Tränen von den Wangen.

Die Tür ging auf, und der Oberarzt trat aus Dantes Zimmer. Diana wandte sich ab und zog ihr Handy heraus. Der Arzt verschwand in der anderen Richtung, und Diana schaute wieder ihre Schwester an.

»Du musst mit der psychiatrischen Abteilung sprechen, auf der du gewesen bist – vielleicht können die dir helfen«, sagte sie, gerade als das Telefon in ihrer Hand vibrierte.

»Dafür ist es zu spät«, erklärte Jasmin.

Diana schaute auf das Handydisplay und nahm das Gespräch an, den Blick immer noch auf ihre Schwester gerichtet.

»Diana ... Ja, das bin ich ... Ja, genau.«

Sie trat einen Schritt zur Seite, weg von Jasmin, während sie zuhörte und dabei ganz weiß im Gesicht wurde.

»Ja, ich verstehe«, sagte sie und schluckte trocken. »Haben Sie den genauen Zeitpunkt?«

Nach dem kurzen Gespräch blieb sie reglos stehen und starrte auf den Boden, das Telefon immer noch in der Hand, bevor sie Jasmin wieder anschaute.

»Das war ein Kollege aus dem Krankenhaus von Danderyd«, erklärte sie mit zitternder Stimme. »Ich ... ich weiß nicht, wie ich es sagen soll ... aber du hattest recht, es gibt einen Li Ting dort, er liegt im Koma ... sein Herz hat genau drei Minuten vor deinem aufgehört zu schlagen.«

Jasmin nickte und stützte sich gegen die Wand.

»Das ist doch Wahnsinn«, sagte Diana leise.

Jasmin spürte die kühle Strukturtapete unter ihrer Hand,

stand ruhig dort im Flur und fiel gleichzeitig in einen tiefen Abgrund.

Diana fuhr sich mit der Hand unter der Nase entlang, dann schaute sie die Schwester an.

»Es gibt einen Weg, den ich dir zeigen kann«, erklärte sie leise. »Ich werde es bereuen, das weiß ich jetzt schon, aber wenn du eine Substanz nimmst, die Adenosin heißt, intravenös, ungefähr hundertfünfzig Milligramm, dann wird dein Herz stillstehen ... vielleicht eine Minute lang.«

»Ohne Narkose?«

»Ja, genau ...«

»Was geschieht danach? Wer holt mich zurück?«

»Es ist so: Diese Substanz zerfällt ziemlich schnell im Körper ... und das Herz fängt von allein wieder an zu schlagen.«

»Welche Nebenwirkungen gibt es?«

»Keine ... wenn das Herz wieder anfängt zu schlagen.«

»Und tut es das normalerweise auch?«

»Ja, wenn man ansonsten gesund ist ...«

Eine Angstwelle durchfuhr Jasmin. Sie wollte das nicht tun, sie wollte keine Spritze bekommen, damit ihr Herz stehen blieb, aber sie konnte das Mädchen nicht vergessen, das sie in der Gasse gesehen hatte. Sie hätten fast ihren Großvater gehängt, damit sie ihr Visum bekamen. Die alte Frau im Rollstuhl würde im Körper des kleinen Mädchens zurückkehren.

Dante würde niemals allein im Hafen zurechtkommen. Er würde sich nicht daran erinnern, dass er nach Ting fragen sollte, er würde den Weg durch die Stadt zum Terminal niemals schaffen, er kann doch nicht einmal seinen eigenen Namen schreiben, dachte sie.

31

Ohne die Gründe zu wissen, hatte Gabriel versprochen, vor der Tür Wache zu halten, damit niemand hereinkommen und Jasmin in den entscheidenden Minuten stören könnte.

Durch eine Fensterscheibe schaute sie direkt in einen hell erleuchteten Operationssaal. Dante hatte eine Vollnarkose bekommen und war mit hellgrünen Tüchern zugedeckt. Nur ein Rechteck seiner nackten Brust war zu sehen, vom Solarplexus bis zur Kehle.

Diana kam zu ihr in den Beobachtungsraum. Sie sah sonderbar abwesend aus, als sie die Tür hinter sich schloss, und zeigte ihrer Schwester eine Spritze mit einer durchsichtigen Flüssigkeit und einer dünnen Kanüle. Jasmin sagte leise Danke, wickelte die Spritze vorsichtig in etwas Toilettenpapier und versteckte sie neben der Wandleiste direkt hinter einem Rad der Liege.

Als sie wieder an die Scheibe zum OP trat, strichen sie dort gerade eine rostbraune Flüssigkeit auf Dantes mageren Brustkorb.

Der Oberarzt Johan Dubb trat in den scharfen Lichtkegel, und seine müden Augen wurden plötzlich klarer, sie strahlten fast.

»Er ist nicht gut«, murmelte Jasmin.

»Du solltest jetzt nicht hingucken«, sagte Diana.

»Warum nicht?«, fragte Jasmin, tat aber trotzdem, was ihre Schwester gesagt hatte.

»Weil das etwas eklig aussehen kann.«

Jasmin zwang sich, die Liege anzusehen, die kleine Rolle Toilettenpapier hinter dem Rad, dann wandte sie den Blick zur Tür, auf der kleine Kaffeespritzer zu sehen waren, schließlich wanderte ihr Blick zu einem Bild mit einem Birkenhain.

»Was machen sie?«

»Sie sägen den Brustkorb auf.«

»Mein Gott ...«

Sie konnte nicht still stehen bleiben, lief quer durch den Raum, lehnte die Stirn gegen die kühle Raufasertapete, hämmerte mit den Fäusten gegen die Wand, drehte sich um, ließ den Blick über den glänzenden Fußboden wandern und versuchte, ruhiger zu atmen.

»Läuft es gut?«, flüsterte sie.

»Ja.«

»Was machen sie jetzt?«

»Sie entfernen die Luft aus der Lunge.«

Jasmin kehrte zur Glasscheibe zurück und sah die blutige Öffnung in dem grünen Tuch auf Dantes Körper. Der Herzbeutel glänzte auf der linken Seite, wie eine graurosa Haut. Die Schneide eines Skalpells glitt leicht über diese Haut, und dickes Blut trat aus, und dann sah sie Dantes Herz, die rhythmischen Stöße, die den Muskel durchzuckten.

Jasmin war kurz davor, in Ohnmacht zu fallen; sie sank in die Hocke, musste würgen, schluckte und versuchte zu atmen.

»Werden sie es jetzt gleich tun?«, fragte sie und stand auf. »Halten sie das Herz an?«

»Ja, man injiziert gekühlte Kaliumlösung in das Koronargefäß, damit ...«

»Ich will nicht«, schluchzte Jasmin. »Ich will nicht ...«

Diana versuchte sie in den Arm zu nehmen und führte sie ein Stück weg, aber Jasmin löste sich aus dem Griff und lehnte sich gegen die Glasscheibe. Die Ärzte bewegten sich ohne Hast im OP. Sie sprachen ruhig, und auf einem hohen Tisch wurde eine Spritze vorbereitet.

Jasmin ging schnell zur Liege, nahm ihre eigene Spritze vom Boden auf und wickelte sie mit zitternden Fingern aus dem Toilettenpapier.

»Du musst das nicht tun«, flehte Diana sie an.

Jasmin sank auf die Knie und krempelte den linken Ärmel hoch. Ihre Hände zitterten so sehr, dass sie kaum sehen konnte, was sie da tat. Vorsichtig drückte sie einen Tropfen der Flüssigkeit aus der Nadelspitze.

»Was passiert, was passiert?«, fragte sie.

»Jasmin, vertraue den Ärzten, sie werden Dante retten«, sagte Diana mit tränengequälter Stimme.

Jasmin versuchte die Nadel in die Ader zu schieben, aber die Haut bewegte sich, und sie landete mit der Spitze daneben, zog sie wieder heraus und versuchte es noch einmal.

Diana schaute kurz in den OP, dann hockte sie sich neben Jasmin, nahm ihr die Spritze aus der Hand, drehte ihre Armbeuge zum Licht der Deckenlampe und führte dann die Nadel in die Vene ein.

»Mach es«, flüsterte Jasmin.

Dianas Mund wurde schmal, als sie die kühle Flüssigkeit in das Blut ihrer Schwester injizierte, dann die Kanüle herauszog und eine Kompresse auf die Einstichstelle drückte.

»Ich halte sie«, sagte Jasmin, ohne selbst Kontakt zu ihrer Stimme zu haben.

Diana stand auf und trat zurück. Jasmin rutschte auf die Hüfte und spürte, wie eine eisige Flamme durch ihren Körper kroch. Ihr Herz hämmerte schnell wie das eines verwundeten Tieres. Sie lehnte sich zurück, legte sich auf dem harten Boden auf den Rücken und schaute zu dem Kastenmuster der Decke hoch.

Es war nicht so leicht, Luft zu holen, und jetzt bekam sie wirklich Angst.

Eine panische Todesangst ließ sie versuchen, vor sich selbst zu fliehen; sie wusste nicht, was sie tat, sie drückte sich mit den Beinen an der Liege ab und nach oben, gegen die Wand, rutschte hart über die Fußbodenleiste, spürte, wie ein herabhängendes Kabel gegen ihre Schulter drückte.

Diana war noch ein paar Schritte zurückgetreten, stand mit der Hand vor dem Mund da und starrte sie mit panischem Blick an.

Es klopfte laut an der Tür.

Jasmin spannte den Körper an, kam aber nicht weiter, und der Kopf sank nach unten. In dem Spalt zwischen der Liege und der Wand sah sie mit dem Windzug kleine Staubkörnchen zur Deckenlampe aufsteigen.

Der Schlund wurde zu eng.

Und wenn ich jetzt sterbe, rief eine Stimme voller Panik in ihr.

Wenn das alles ein Irrtum war.

Dunkle Flecken stiegen vor ihren Augen auf, dann schnürte sich plötzlich der Hals ganz zu. Sie konnte nicht atmen, bekam keine Luft, versuchte die Finger in den Mund zu schieben, um die Kehle zu dehnen.

Der Druck auf die Brust nahm zu, ihre Augen zwinkerten wie wild, das Zimmer flimmerte und bebte.

32

Jasmin wachte auf, als jemand an ihrer Hand zog.

Sie nahm an, dass Diana versuchte, sie aufzuwecken, aber dazu war es noch zu früh.

Es dröhnte in ihren Ohren, und sie hielt krampfhaft die Augen geschlossen.

Sie musste zum Hafen, aber sie war immer noch müde, blieb still liegen und schlief wieder ein.

»Mama?«, flüsterte es.

Die helle Stimme ließ sie jäh und mit pochendem Herzen aufwachen. Sie blinzelte in der Dunkelheit und spürte, wie jemand sie erneut an der Hand zog.

»Dante?«, fragte sie und hielt die kleine Hand fest.

»Mama?«

Jasmin setzte sich auf und nahm ihn auf den Schoß. Er zitterte am ganzen Körper, und sie drückte ihn fest an sich.

Es war fast nichts zu erkennen, aber Jasmin wusste, wo sie sich befanden.

Sie war zurück, zusammen mit Dante, sie waren beide in diesem Moment gestorben.

Die Hafenstadt, dachte sie und setzte die Füße auf den nassen Boden.

»Warum ist es so dunkel?«, fragte Dante mit ängstlicher Stimme.

»Alles wird gut, komm, wir gehen jetzt nach Hause«, sagte sie und strahlte übers ganze Gesicht.

Sie drückte ihn noch einmal fest an sich und schnupperte an

seinem Kopf, ließ ihre Wange auf seinem lockigen Haar ruhen, dann stellte sie ihn auf die Liege. Die Räucherstäbchen auf einem Altar waren fast heruntergebrannt, aber jetzt konnte Jasmin Dantes Gesicht und seine glänzenden Augen erkennen. Er trug Shorts und einen etwas zu großen Anorak.

»Bist du hier drinnen aufgewacht?«

»Nein, ein Mädchen hat mich hierhergebracht, überall war Wasser.«

»Was hat sie gesagt?«, fragte Jasmin und stützte sich mit der Hand an der Wand ab.

»Ich weiß es nicht – sie hat ganz komisch geredet.«

»Das ist Chinesisch – ich finde, es klingt schön«, sagte Jasmin und zog sich schnell an.

Ihre Augen fingen jetzt etwas mehr Licht ein, und sie konnte erahnen, wie das Wasser langsam in die Rinnen entlang der Wände lief und sich in großen Bottichen sammelte, die überliefen und sich auf den gekachelten Boden ergossen.

Als sie sich angezogen hatte, nahm sie Dante auf den Arm und trug ihn aus der Kabine heraus. Ihre Beine zitterten, sie konnte sich noch nicht richtig auf sie verlassen.

Hinter sich hörte sie eine alte Frau etwas mit ängstlicher Stimme rufen.

Die Luft war warm und sehr feucht.

Ein nackter Mann kniete in einer offenen Kabine und betete auf Arabisch. Im Dunkel konnte sie nur sein Rückgrat glänzen sehen, die muskulösen Schultern und den gesenkten Kopf.

Vorsichtig ging sie an einer Reihe in den Boden eingelassener Becken entlang. Der glatte Untergrund bebte leicht und verschwand in einer tiefen Finsternis.

Aus dem Becken näherte sich eine Gestalt. Es war eine Frau in ihrem Alter, die durch das taillentiefe Wasser watete. Die schweren Brüste und die runden Schultern glänzten von der Nässe. Sie hatte die Arme zu den Seiten ausgestreckt, als fürchtete sie, das Gleichgewicht zu verlieren.

Zwei Frauen führten einen verwirrten alten Mann auf eine Kabine zu. Das Wasser lief über seinen nackten Körper. Die Frauen legten ihn auf eine Liege, und eine blieb bei ihm stehen und streichelte ihm die Wange, damit er wieder einschlief.

Jasmin nahm Dante auf den anderen Arm, schüttelte den freien Arm aus und ging weiter, auf einen Flur, der von Kabinen gesäumt war.

Weit hinten im Dunkel war ein weinender Säugling zu hören.

Als sie das graue Licht vor sich sah, ging sie schneller. Das Wasser spritzte ihr um die Beine. Ihr war klar, dass die Arme müde werden würden, aber sie wollte Dante erst dann herunterlassen, wenn sie in der kühlen Luft draußen auf der Terrasse waren.

Ihre Haut dampfte von der Wärme im Badehaus, feuchte Haarsträhnen klebten ihr am Gesicht. Da unten sah sie die Hafenstadt. Die roten Lampions brannten, und der Schein der Neonschilder leuchtete zwischen Dachgiebeln aus Bambus hervor.

Der Himmel über ihnen war eigentlich kein Nachthimmel – es gab keine Sterne, keinen Mond. Die Dunkelheit war irgendwie spiegelverkehrt, wie bei einer totalen Sonnenfinsternis.

Dante schaute verblüfft auf den Menschenstrom und blickte dann unruhig Jasmin an.

»Weißt du noch, dass Oma einen Unfall hatte?«, fragte er, und seine Mundwinkel begannen zu zucken.

»Das war schrecklich.«

»Mama? Und wenn wir jetzt tot sind …«

»Das hier ist nur ein Traum«, sagte Jasmin mit belegter Stimme.

Der Holzboden unter ihnen knackte, und sie drehte sich schnell um. Ein übergewichtiger Mann in grüner Trainingshose und weißem T-Shirt kam mit einem Handy in der Hand auf die Terrasse, er erwartete offenbar, hier ein Netz zu bekommen. Ganz verwirrt schaute er die beiden an, murmelte etwas wie Entschuldigung auf Italienisch und ging weiter, die Treppe hinunter.

Das Badehaus war gigantisch. Es bedeckte den ganzen Berghang mit seinen Stockwerken, Türen, Balkons, Dielen und verschiedenen Abteilungen, Rinnen und Wendeltreppen.

Der Schlaf verließ Jasmin jetzt endgültig, und der Stress machte sich bemerkbar. Die Spritze, die Diana ihr gegeben hatte, würde nur eine Minute lang wirken.

»Hör mir zu, es gibt ganz schrecklich viele Menschen hier in dieser Stadt«, sagte sie mit ernster Stimme. »Dante, du musst die ganze Zeit dicht bei mir bleiben, die ganze Zeit.«

»Warum bist du böse?«

»Ich bin nicht böse, ich bin überhaupt nicht böse, es ist nur einfach ganz wichtig, dass du verstehst, dass du tun musst, was ich dir sage.«

»Okay.«

Hand in Hand gingen sie die Holztreppe hinunter und in den Hutong hinter der Pagode. Sie mussten so schnell wie möglich hinunter zum Kai und sich ihr Visum holen, und Jasmin dachte, dass sie vielleicht die längsten Schlangen umgehen könnten, wenn sie die Hauptstraßen vermieden.

Schnell liefen sie an einer Reihe verrußter Glasscheiben in einem leer stehenden Bürogebäude entlang. Herausgerissene Kabel hingen von der Decke, eine Tafel mit Stempelkarten hing an einer Wand, eine Schreibmaschine lag mit gespreizten Typen auf dem Boden. Im hintersten Raum war eine Gruppe von Menschen mit Schattenboxen beschäftigt. Mit traumähnlicher Synchronisation führten sie die langsamen, stilisierten Kampfsportbewegungen aus.

33

Dante trippelte neben Jasmin durch die dunkle Gasse. Unbrauchbare Telefone lagen überall auf dem Boden verstreut.

Ein Mann stand neben einem kleinen Wagen mit zwei zerbeulten Samowaren. Er verkaufte Tee, aber es saß niemand an dem Plastiktisch. Dennoch verspritzte er Wasser um den Tisch, damit seine Gäste von dem Staub der trockenen Straße verschont blieben.

Dante winkte ihm im Vorbeigehen zu, und der Mann schaute ihnen nach. Sie liefen eilig weiter, an einer Fassade vorbei, an der von Hand gezeichnete Wandzeitungen hingen, und erreichten eine Häuserecke, an der eine vertikal angebrachte Neonreklame einen elektrischen Summton von sich gab.

»Warte, Mama, ich kann nicht so schnell«, keuchte Dante.

»Ein kleines Stück schaffst du noch«, sagte sie und zog ihn mit sich.

Auf dem Boden lag eine zerrissene Girlande mit kleinen roten Papierlampions, alte Mundschutze und eine chinesische Chipstüte in knallbunten Farben.

Eine Weile trug Jasmin ihren Sohn und musste wieder an Tings Großvater denken. Der hatte von einer Provinz erzählt, in der man glaubte, dass nicht das Totenreich China nachempfunden wäre, sondern umgekehrt. Vielleicht hatte ein Keimstadium der Sprache und der Architektur bereits von Beginn an existiert. Wenn seit Tausenden von Jahren Menschen nach einem Herzstillstand wieder ins Leben zurückkehrten, konnten einige von der Hafenstadt berichtet haben und China mit der Zeit von dem beeinflusst worden sein, was die Vorfahren auf der anderen Seite geschaffen hatten.

In dem Fall war die Hafenstadt die Wiege aller Zivilisationen. Wenn irgendeine Kultur als die ursprüngliche betrachtet werden konnte, dann wohl die chinesische.

Sie liefen die Parallelstraße zur Hauptstraße entlang, doch auch hier wurde das Gedränge immer dichter, je mehr Menschen aus den Hutongs herbeiströmten.

Jasmin ließ Dante wieder zu Boden, schaute sich um und überlegte, wie sie einen besseren Weg finden könnte.

Zwei Frauen zogen gemeinsam einen Karren voll mit Hausrat. Über der Stadt war ein Donnern zu hören. Ein alter Mann mit mageren, angespannten Armen trug einen schweren Benzinkanister.

Jasmin versuchte sich daran zu erinnern, was Tings Großvater von dem chinesischen General berichtet hatte, der vom Tod zurückgekehrt war. Das war irgendetwas mit einem Playground gewesen. Er hatte gefordert, dass sein Fall auf einer Art Spielplatz entschieden wurde, da das Amtsgericht ungerecht geurteilt hatte.

Sie bekam einen Stoß in den Rücken und stolperte über eine Straßenkante, hielt aber Dantes Hand fest in ihrer.

In einer Türöffnung stand eine Frau in einem kurzen Jeansrock und einer rosa Bluse, die sie unter der Brust geknotet hatte. Ihr Gesicht war übersät mit einem entzündeten Ausschlag, die Augenlider schwer von Drogen.

Überall wimmelte es jetzt von Menschen, und Dantes Finger waren rutschig vom Schweiß. Die Anspannung nahm zu, je näher Jasmin den Lichtern der Schiffe kam.

Nun waren die Hutongs mit Seilen abgesperrt – Jasmin und Dante waren gezwungen, den Menschenschlangen zu folgen.

In einem Fenster zwischen lila Gardinen sah sie einen bärtigen Mann, der einen Spielautomaten mit der Aufschrift »Texas Ranger« mit Münzen fütterte.

In der Ferne waren Trillerpfeifen zu hören und wieder ein dumpfes Donnern.

Sie hielt fest Dantes Hand umklammert und stieß mit der Schulter gegen Fensterläden und rostige Regenfallrohre. Sie gelangten in eine der inneren Absperrungen, die zwischen den Schienen eines Ladekrans entlangführten. Einige magere Frauen versuchten Tüten mit Pulverkaffee zu verkaufen, die sie in ihren Schürzen versteckten. Alle liefen jetzt in einer Schlange an den abgeblätterten Wänden der Abfertigungsgebäude mit herausgeschlagenen Fensterscheiben entlang, bis sie zum Kai selbst gelangten.

Jasmin wurde von einer fast lähmenden Angst erfüllt bei dem Gedanken, sie oder Dante könnten auf den Passagierlisten aufgeführt sein.

Einer von ihnen müsste womöglich zu den Schiffen gehen.

Die Verbindung zu ihren Körpern im Krankenhaus könnte irgendwo auf dem Weg hierher zerrissen sein.

Rote Lampions schaukelten mit den Wellen, und die Abgase eines qualmenden, stotternden Außenbordmotors waren zu riechen.

»Guck mal, Mama, so viele Schiffe«, sagte Dante immer wieder.

Die Leute schubsten und drängelten und achteten streng darauf, ihren Platz in der Schlange zu behalten, voller Angst, ihr Schiff zu versäumen. Ein Mädchen im Teenageralter wurde vor sie geschoben. Bei jedem Schritt schlug ein emaillierter Trinkbecher hohl gegen ihre grüne Stofftasche.

Jasmin drohte Dantes Hand in dem Gedränge zu verlieren. Sie zog ihn zu sich und schob ihn vor den eigenen Körper.

Zwei Wachleute ließen einen Mann durch, der ein totes Kind auf einem Karren zu einem der Schiffe brachte, die ablegen sollten. Kurz fiel Jasmins Blick auf den wohl zweijährigen

Jungen, in das schmutzig weiße Gesicht mit schwarzem Blut in den Nasenlöchern.

Langsam wurden sie vorwärtsgeschoben, wie in einen Pferch, dann winkte eine Wache sie zu sich. Gemeinsam stiegen Jasmin und Dante die schräge Rampe hinauf.

»Was ist das?«, fragte Dante und schaute auf die große Waage, die jetzt vor ihnen sichtbar wurde.

»Die wollen uns wiegen«, sagte Jasmin mit einer Stimme, die vor lauter Angst tonlos war.

»Warum?«

Sie antwortete, sie wisse es nicht, aber das gelte für alle. Sie versuchte herumzualbern, behauptete, es sollte geprüft werden, ob sie ein Kilo zugenommen habe, nur damit Dante keine Angst bekam. Lächelnd half sie ihm auf die Waage und drehte den Kopf zur Seite, als die Angsttränen ihr über die Wangen liefen.

Das schwarze Metall glänzte matt. Die zwei runden Scheiben erhoben sich über ihnen, und einige der vielen Zeiger knarrten wie vertäute Schiffe, als sie sich bewegten, während andere blitzschnell rotierten und gleichzeitig die alte Metallsichel sich tickend nach oben schob.

Es klirrte, und der Wiegemeister nahm die Plakette aus der Schale und las mit emotionsloser Stimme die Zeichen ab. Eine hinkende Frau markierte das Ergebnis mit einem Zeigestock auf den Uhrscheiben.

Nachdem Dante sein Visum bekommen hatte, trat Jasmin auf die Waage, ohne ihren Sohn aus den Augen zu lassen.

Es ging schnell, und als sie vor der Frau mit den Passagierlisten standen, hielt sie Dante wieder fest an der Hand. Die Beamtin konnte nicht älter als zwanzig Jahre sein, aber ihr Gesicht war grau vor Müdigkeit und der Blick sonderbar starr.

34

Ohne Eile verglich die Frau die Listen mit ihren Visen, suchte weiter in einer Art Anhang und schaute dann beide mit einer gewissen Verachtung im Blick an. Ein Wachmann in kurzärmligem Hemd und getönter Sonnenbrille löste das Seil und ließ sie aus der Absperrung heraus, dabei zeigte er mit der Hand auf die Stadt.

»Ich will eine Eskorte zum Terminal haben«, erklärte Jasmin freundlich.

»Heute nicht«, antwortete er auf Englisch.

»Aber wie wollt ihr dann unsere Sicherheit garantieren?«

»Geh jetzt«, sagte er und schaute ihr dabei in die Augen.

»Ihr habt ja nicht einmal daran gedacht, uns vor der Triade zu warnen«, stellte sie überrascht fest. »Soll das hier nicht gerecht ablaufen?«

»Still jetzt.«

»Ich habe meinen Sohn bei mir, und ich fordere als …«

Er stieß Jasmin mit beiden Händen gegen die Schulter, sodass sie über einen Wasserbottich stolperte, nach hinten fiel und auf Hüfte und Schulter landete.

»Mama, Mama«, rief Dante mit verängstigter Stimme.

»Komm, wir gehen, hab keine Angst«, sagte sie und kam auf die Beine.

Die Wache hatte einen Schlagstock gezogen, und das Wasser lief glucksend aus dem umgekippten Bottich auf den trockenen Boden. Jasmin ergriff Dantes Hand und zog ihn mit sich auf die Stadt zu, als die Frau mit den Listen etwas auf Chinesisch hinter ihr herrief.

Ein anderer Wachmann hielt sie auf, sagte, sie sollten mitkommen, und führte sie zu einem Mann mit einem Papierblock in der Hand.

Dieser schob ein abgenutztes Blatt Durchschlagpapier unter den obersten Bogen, schaute kurz auf ihre Plaketten, schrieb etwas, riss den Bogen ab und gab ihn ihr.

»Man darf nicht schubsen«, sagte Dante.

»Ich weiß, aber jetzt kümmern wir uns nicht weiter drum.«

Der Mann nickte ihnen zu und zeigte ihnen, wie er die Kopie in einen Schnellhefter aus Plastik heftete. Jasmin fragte nicht, was für ein Papier das war, zog nur Dantes Hand zu sich und ging mit ihm fort von den Menschenschlangen und dem Kai mit den vielen Schiffen. Sie hatte Angst, wieder zurückgerufen zu werden, und steuerte schnell den großen Bezirk auf der rechten Seite an mit seinen Werkstätten, Trockendocks und hangarartigen Zeltaufbauten.

Natürlich konnte die Polizei nicht allen Schutz bieten, da doch jeder einzelne Mensch in dieser Stadt darauf wartete, zurückzukehren, aber wenn die Behörden nicht einmal bei neu angekommenen Kindern eine Ausnahme machten, dann konnte man nicht länger von Gerechtigkeit sprechen.

Vorsichtig faltete sie das Papier zusammen und schob es sich in die Hosentasche. Jetzt musste sie nur versuchen, Ting zu finden, und ihn fragen, ob er mit ihnen zum Terminal ging. Sie wollte ihn auch bitten, das Papier zu übersetzen, damit sie erfuhr, worum es dabei ging, damit sie handeln konnte, sollte es Schwierigkeiten geben.

Sie umrundeten einen riesigen Stapel von Holzpaletten, gingen an den schwarzen Schatten der Aluminiumboote in den Hallen vorbei und näherten sich Tings Werkstatt. Jasmin überlegte, ob sie ihn necken sollte und erzählen, wie süß er auf dem Abiturfoto aussah.

Hinter rostigem Maschendrahtzaun war der umgedrehte Bootskörper zu sehen, wie ein Walskelett aus Holz.

Sie lief so schnell, dass Dante neben ihr kaum mithalten konnte. Sie traten durch eine Pforte in dem Zaun ein und klopften an der Tür zur Tischlerei an, aber niemand öffnete.

»Ich will mir das Werkzeug angucken«, sagte Dante.

Irgendwo in der Nähe lachte eine Frau laut auf.

Jasmin hielt Dante weiter an der Hand, ging um das Gebäude herum, schaute in den Hinterhof mit Mülleimern und einer Palette mit Ziegelsteinen.

Aus der Tischlerei war ein rhythmisches Klopfen zu hören. Wahrscheinlich arbeitete jemand mit Stemmeisen und Holzhammer, also trat Jasmin an eines der schmutzigen Fenster. In einem hell erleuchteten Raum sah sie eine nackte Frau auf einem Stuhl sitzen. Zwischen ihren Brüsten war ein himmelblauer Schmetterling tätowiert. Sie lächelte mit gesenktem Blick, kratzte sich am Bauch und sagte etwas.

Bierflaschen standen auf dem Boden zwischen hingeworfenen Kleidungsstücken, Schutzbrillen und Gehörschützern.

Dante zog Jasmin an der Hand, und sie trat einen Schritt zurück, blieb jedoch wieder stehen, als sie Tings Gesicht in einem Spiegel sah. Er lag mit geschlossenen Augen auf dem Bett. Eine andere Frau saß rittlings auf ihm und bewegte ihre Hüften mit zunehmender Intensität. Das Kopfende des Betts schlug gegen die Wand. Die Frau atmete heftig, ihre Brust glänzte von Schweiß. Das dunkle Haar hing ihr übers Gesicht. Plötzlich hielt sie inne, die angespannten Schenkel zitterten. Sie stöhnte, blieb mit offenem Mund still sitzen, dann entspannte sich ihr Körper, und sie richtete sich auf, gab Ting einen Klaps auf die Wange, stieg von ihm und schob sich eine Hand zwischen die Beine.

»Mama, komm«, rief Dante hinter ihr, und Jasmin trat vom Fenster zurück.

Mit glühenden Wangen folgte sie Dante wieder zur Vorderseite. Er wollte sich unbedingt das Werkzeug angucken, das dort auf einer Werkbank lag.

In weiter Ferne segelte ein Drachen aus gelbem und rotem Stoff über die Hausdächer. Die lange Schwanzgirlande kringelte sich im Wind.

Dante stellte sich auf die Zehenspitzen und betrachtete die Gerätschaften. Das Metall der groben Bohrer, Sägen, Schraubzwingen und Stemmeisen glänzte in der Dunkelheit.

Jasmin spürte eine irritierende Scham über sich selbst – irgendwie hatte sie sich eingeredet, dass es etwas Besonderes zwischen ihr und ihrem Dolmetscher gab.

Die Tür zur Tischlerei wurde geöffnet, und Ting kam in Jeans und einem auf links gedrehten Unterhemd heraus. In einer Hand hielt er einen schweren Hobel. Die Muskeln der Oberarme waren angespannt, als hätte er trainiert, und Jasmin sah an seinem linken Ohr ihren Perlenohrring baumeln. Er entdeckte die beiden, war überrascht, senkte den Blick und lächelte verträumt, als er auf sie zuging.

»Du bist zurückgekommen«, sagte er und blieb vor ihr stehen.

»Ich muss Dante holen«, entgegnete Jasmin steif.

»Hallo, Dante.«

Ting hockte sich hin und schaute Dante in die Augen.

»Deine Mama ist eine wirklich außergewöhnliche Frau.«

»Ich wollte dich nicht stören«, sagte Jasmin. »Aber du musst mir ein Schriftstück übersetzen.«

»Ich heiße Ting«, stellte er sich Dante vor und legte den Hobel zur Seite. »Deine Mama hat mir von dir erzählt.«

»Habe ich nicht«, widersprach Jasmin und bemerkte die dunkelhaarige Frau in der Tür zur Tischlerei. Sie trug nur einen Slip und hatte eine Bierflasche in der Hand.

Ting folgte ihrem Blick zum Haus und massierte sich den Nacken.

»Du hast Zhang Na letztes Mal schon kennengelernt«, sagte er leise.

»Zieh dir was an«, rief Jasmin der Frau auf Englisch zu.

Sie wusste selbst, wie ungerecht es von ihr war, Na ein schlechtes Gewissen machen zu wollen, und sie fühlte sich billig, aber ein Gefühl der Enttäuschung breitete sich in ihr aus.

»Wenn ich groß bin, heirate ich Mama«, erzählte Dante Ting.

»Da beneide ich dich aber«, erwiderte dieser.

»Was soll das werden?«, fragte Dante und zeigte auf das Holzskelett.

»Ein Boot«, antwortete Ting und erhob sich.

Dante ging zu dem Schiffskörper, einem grazil gebogenen Grundstock mit Kiel. Die gekrümmten Spanten saßen dicht nebeneinander wie Rippen, sodass die Gesamtform des Boots wie die dreidimensionale Skizze eines kleinen Schiffes zu schweben schien.

»Bist du noch nicht weitergekommen?«, fragte Jasmin und schaute auf den Schiffskörper.

»Jasmin, seitdem du hier warst, habe ich vier Boote gebaut und zu Wasser gelassen.«

Zhang Na kehrte in einem nicht zugeknöpften Frotteebademantel zurück und aß gezuckerte Geleeherzen aus einer Tüte.

»Ich konnte ja nicht wissen, dass du zurückkommst«, versuchte Ting zu erklären.

»Das bin ich nicht deinetwegen.«

»Das ist mir schon klar, aber ...«

»Könntest du dir einfach dieses Papier angucken«, unterbrach Jasmin ihn und hielt es ihm dabei hin.

»Okay«, sagte er lässig.

»Wofür sind diese krummen Stöcke da?« Dante zeigte wieder auf das Boot.

Ting ging durch raschelnde Holzspäne zum Bootskörper, legte eine Hand auf das schön gebogene Holz und wandte sich Dante zu.

»Das hier ist der Kiel«, erklärte er. »Und diese hier heißen

Spanten und bilden den Rumpf des Boots, der wichtigste Teil ...«

Er brach ab, als die andere Frau, die Jasmin vorher in der Werkstatt gesehen hatte, mit einem großen Eisenbeschlag herauskam. Sie trug jetzt Arbeitsschuhe, weit geschnittene Jeans und ein dünnes T-Shirt, durch das die dunklen Brustwarzen zu sehen waren. Ting musterte den Beschlag und nickte, sagte etwas, gab ihn ihr zurück und wandte sich wieder Dante zu.

»Wir haben gerade erst die Spanten aufgerichtet«, fuhr er fort. »Und wenn ich alles justiert habe, dann befestigen wir die Balkwäger, und dann ist das Boot fast fertig.«

»Wie biegt man Stöcke?«, fragte Dante.

»Man macht ganz viel Wasser heiß und ...«

»Kannst du dir das jetzt mal angucken?«, unterbrach Jasmin ihn.

Er nahm das Blatt Papier entgegen, las die Zeichen und zuckte mit den Schultern.

»Das ist eine Erklärung zur Verantwortung«, sagte er. »Hier steht, dass du zusammen mit einem Minderjährigen angekommen bist, und laut den Gesetzen des Zentralkomitees, blablabla, hast du die Verantwortung für ihn und sein Wohl ... und darunter stehen die Zeichen eurer Visen.«

»Danke«, sagte Jasmin und schob das Papier in die Tasche.

»Wie lange warst du zurück?«, fragte er.

»Elf, zwölf Stunden«, übertrieb sie und nahm Dante an die Hand.

»Das klingt nicht gerade gut für mich«, sagte er leise. »In der Zeit sollten sie mich wieder zum Laufen gebracht haben.«

Jasmin sah, wie sich seine Augen verdunkelten, aber das hässliche Gefühl, ihn bestrafen zu wollen, glühte immer noch in ihr, sie war noch nicht fertig damit.

»Wir wollen dich nicht weiter stören«, erklärte sie kühl und ging los.

»Das tut ihr nicht«, erwiderte er. »Ich kann mit euch zum Terminal gehen, damit ...«

»Nicht nötig«, sagte sie knapp.

»Aber vielleicht wäre es ganz nett, wenn ...«

»Ich vertraue dir nicht«, unterbrach Jasmin ihn.

»Wie meinst du das?«, fragte er mit einem überraschten Lächeln.

»Du hast mich angelogen, und ich finde ...«

»Wie meinst du das? Ich verstehe es nicht.«

»Ich finde wirklich, das ist ein Problem, dass du lügst«, erklärte sie und zwang ihre Stimme, ruhig zu bleiben. »Du hast gesagt, du hättest einen Herzfehler, aber du ... du bist nur ein Drogenjunkie, stimmt's? Du bist hier, weil du eine Überdosis genommen hast.«

Tings Lächeln erlosch, mit hängendem Kopf stand er vor ihr, sein schönes Gesicht hatte jetzt etwas Erschöpftes, Resigniertes an sich. Dante fand die Situation unbehaglich, hockte sich hin und spielte mit den gelockten Hobelspänen.

»Dein Großvater schämt sich deinetwegen«, fuhr Jasmin fort, obwohl sie langsam das Gefühl bekam, zu weit zu gehen. »Er hat mir sogar erzählt, er hätte keine Enkelkinder.«

»Ich verstehe«, flüsterte Ting und beugte sich über einen langen Holzbalken, der auf zwei Böcken lag, und folgte der Maserung mit den Fingerspitzen.

»Tut mir leid, aber Junkies ertrage ich nicht, und Lügner kann ich nicht ausstehen«, sagte Jasmin und spürte, wie ihre Wangen heiß wurden.

Langsam richtete Ting sich wieder auf. Sein Gesicht war blass, die Narbe, die über sein Augenlid lief, fast schwarz.

»Ich habe mich verändert«, sagte er. »Wenn ich zurückkehre, werde ich Großvater in der Tischlerei helfen.«

»Bist du denn der Meinung, du hast es verdient, zurückzukehren?«

»Nein.«

35

Es schnürte ihr die Kehle zu, als sie Dante mit sich durch die Pforte zog. Im Augenwinkel sah sie Ting auf dem Hof stehen, und sie spürte einen Anflug von Furcht, vielleicht doch überreagiert zu haben.

Sollte er doch machen, was er wollte.

Er war ein Idiot, aber ihn so zu verletzen, wäre vielleicht nicht nötig gewesen.

Es ist nicht meine Sache, ihm zu erklären, dass er sein Leben vergeudet hat, dachte sie. Wir kennen uns nicht einmal, ich weiß nicht, was in mich gefahren ist.

Eine leere Plastikflasche rollte im Wind, der vom Wasser her wehte, vor ihnen her.

Vielleicht sollte sie Dante erklären, was soeben passiert war, aber sie wusste nicht, wie sie es sagen sollte. Sie verstand ja selbst nicht, warum sie so heftig reagiert hatte.

Jasmin starrte in die Gasse, die zwischen den letzten Gebäuden des Gewerbegebiets und dem alten Zollhaus mit den zugenagelten Fenstern hindurchführte.

In der Ferne erleuchteten Lampions die Gasse, aber der erste Abschnitt war dunkel.

Sie war sich sicher, dass sie das Terminal finden würde.

Ihr Plan war, dem Gedränge am Kai auszuweichen, sich ansonsten jedoch an große Straßen mit vielen Menschen und einem bunten Treiben zu halten.

Sie ergriff Dantes Hand.

»Wollen wir laufen?«, fragte sie.

Er nickte, und gemeinsam liefen sie in die Gasse, ihre Schritte hallten von den Wänden wider. Entlang der Fabrikgebäude gab es keine Beleuchtung, aber weiter vorn konnte sie einen Menschen in einer Türöffnung erahnen.

Als sie sich näherten, sah sie, dass er sich in dem Eingang versteckt hatte. Sie liefen einfach an ihm vorbei, ohne in seine Richtung zu schauen: ein dicker Mann mit einem Eisenrohr in der Hand, der sie mit unbewegtem Gesicht musterte.

Sie kamen an einigen kleinen, vollgemüllten Hutongs vorbei, bevor sie die Beleuchtung eines Restaurants erreichten. Dort blieben sie stehen, um Luft zu holen. Sieben Gäste saßen auf Plastikhockern an einer länglichen Theke, die an der Wand festgeschraubt war. Auf einem handgeschriebenen Schild stand »Bangalore Deli«.

Jasmin schaute auf die verschwitzten Locken ihres Sohns. Die runden Wangen, die langen, gebogenen Schatten seiner Wimpern.

»Du bist schnell geworden«, keuchte sie.

»Aber bald kann ich nicht mehr«, erwiderte Dante, eine Hand in die Seite gepresst.

»Noch ein bisschen?«

Er nickte ernst, sie nahm wieder seine Hand, und zusammen liefen sie um die Ecke, vorbei an einigen geschlossenen Geschäften und einem dunklen Kasino.

Die Straße war jetzt breiter, aber fast menschenleer.

Sie wurden langsamer, schließlich gingen sie nur noch. Inzwischen war sie sich so gut wie sicher, dass sie den richtigen Weg gefunden hatte. Die gefährlichsten Viertel lagen hinter ihnen. Ein Stück voraus leuchtete ein Neonschild mit roten Zeichen auf gelbem Grund. Wäsche hing im zweiten Stock aus einem Fenster. Vor einer Tür saß ein junger Mann und malte sich die Fingernägel mit rosa Lack an.

Ein Donnern war zu hören, und im Weitergehen zog sie Dante näher an die hohen Häuserfassaden heran.

»Ich habe Hunger«, sagte Dante.

»Ich auch.«

Eine alte Frau mit nacktem Oberkörper lag zusammengekauert auf einer Matratze, eine Glasflasche ohne Etikett in der Hand.

Zwanzig Meter entfernt erkannte Jasmin den Platz, den sie beim letzten Mal mit Ting überquert hatte. Jetzt war er voller Menschen. Blassblaue Petroleumflammen flackerten unter Zinkbehältern. Es war schwer zu erkennen, womit die Menschen beschäftigt waren, anscheinend wurde eine Art Wette ausgetragen.

Sie mussten den Markt überqueren. Eilig zog sie Dante mit sich. Niemand guckte in ihre Richtung, und sie hatten fast den halben Weg hinter sich gebracht, als das Geräusch einer Trillerpfeife zu hören war. Jasmin bemerkte, wie die Menschenmenge ein wenig zur Seite wich.

Wieder war die Trillerpfeife zu hören, und jetzt sah sie in einer Staubwolke eine Gruppe von Männern herankommen. Die Petroleumflammen spiegelten sich in der Klinge einer Machete. Die Männer riefen etwas auf Spanisch. Jasmin zog Dante mit sich in den Schatten einer Metalltreppe. Offenbar war die Truppe auf der Jagd nach neuen Visen.

Jasmin und Dante pressten sich reglos an eine Wand aus verbeultem Blech, die mit Zeitungspapier beklebt war. Die Männer fluchten vor sich hin, und die Menschenmenge teilte sich vor ihnen. Ein älterer Mann fiel zu Boden und verlor seine Mütze.

»Mama?«, flüsterte Dante.

Jasmin hörte, wie ihre Kleidung an dem Blech scheuerte, als sie ihren Sohn weiter in einen schmalen Gang zog. Es handelte sich nur um einen gut einen halben Meter breiten Spalt zwischen zwei Häusern. Ohne sich umzuschauen, kletterten sie über feuchte Kartons, bogen um eine Ecke und liefen an einem Bretterzaun mit Stacheldraht obendrauf entlang.

Hinter ihnen waren Rufe zu hören.

Sie bogen so schnell zwischen zwei Häusern ab, dass die Metallplakette um Jasmins Hals ihr gegen die Vorderzähne schlug.

In einem offenen Fenster im Erdgeschoss stand eine nackte Frau ihres Alters und summte vor sich hin. Ihr Haar war zu Hunderten kleiner Zöpfe geflochten, die ihr über die schmalen Schultern fielen.

»Terminal?«, fragte Jasmin und zeigte vor sich in die Ferne.

Die Frau nickte und kratzte lose Farbe von dem Fensterrahmen. Hinter ihr saßen drei nackte Männer auf einem Sofa.

Jasmin zog Dante mit sich über ein Trümmergrundstück. Mitten zwischen alten Ziegelsteinen und kaputtem Glas stand ein aufgebockter Trolleybus. Die gelbe Farbe war vom Blech abgeblättert, und die beiden Stromabnehmer auf dem Dach ragten wie schwarze Fühler nach oben.

Als sie näher kamen, sah Jasmin das durchgestrichene Zeichen der Hells Angels über der Tür. Blutspritzer waren über mehrere Fenster verteilt, und auf dem Busfußboden lagen Decken und alte Matratzen, leere Flaschen und Bonbonpapier.

Sie gingen in eine der dunklen Gassen hinein, folgten ihr ein Stück, bogen erneut um eine Ecke und blieben atemlos vor einem Laden stehen, der Konserven mit Entenfleischstreifen und Shiitakepilzen verkaufte.

Sie wollten gerade weitergehen, als die Türglocke läutete und ein Mann in den Sechzigern herauskam. Er trug einen weißen Spitzbart und schaute sie über seine Brille hinweg freundlich an.

»Ich habe ein paar Dosen Campbell's Tomatensuppe reingekriegt«, sagte er auf Englisch mit starkem Akzent.

»Wir haben kein Geld«, erwiderte Jasmin.

»Schade«, sagte er und zog eine Zigarettenpackung aus der Tasche.

Jasmin ließ ihren Blick über das Trümmergrundstück streifen, in die Hutongs dahinter. Niemand war dort zu sehen, dennoch zog sie Dante näher an sich heran.

»Ich wünsche Ihnen noch einen wunderschönen Abend«, sagte der Mann, drehte sich um und bewunderte sein eigenes Schaufenster.

»Wie kommt man am besten von hier zum Terminal?«, fragte Jasmin.

»Seid ihr gerade erst angekommen?«

»Nein, aber wir gucken uns jeden Tag die Wandzeitungen dort an«, log sie.

»Wie lange seid ihr denn schon in der Stadt?«

»Fast ein halbes Jahr.«

»Von hier aus ist es nicht so einfach, zum Terminal zu kommen, viele Straßen dorthin können gefährlich sein.« Er zeigte in eine Richtung. »Und das östliche Viertel solltet ihr um diese Zeit meiden.«

»Zeigen Sie uns nur die Richtung.«

»Dort entlang.« Er streckte den Arm aus. »Aber ihr müsst dem Kanal in der falschen Richtung folgen, um rüberzukommen … Ich kann den Laden leider nicht allein lassen, aber ich kann Rick fragen, er muss nur erst ein paar Konserven an einen Kunden ausliefern.«

Der Mann klopfte an die Scheibe, und nach einer Weile zeigte sich ein dünner Junge in der Tür. Er war vielleicht fünfzehn Jahre alt und trug eine schmutzige Trainingshose und ein zu großes T-Shirt. Mit einem schüchternen Lächeln grüßte er und hörte dann den Anweisungen des Mannes auf Chinesisch zu, nickte, erwiderte etwas und lief zurück in den Laden, holte zwei Dosen und eilte davon.

»Wenn ihr auf ihn warten wollt – er muss in einer Viertelstunde wieder hier sein«, erklärte der Mann und blickte dem Jungen hinterher, der um eine Ecke verschwand.

Jasmin schaute erneut auf das Trümmergrundstück. Müll wirbelte an dem alten Häuserfundament entlang.

»Werdet ihr verfolgt?«, fragte der Mann vorsichtig.

»Nein, ich dachte nur, ich würde etwas sehen ... aber es war nichts.«

»Ihr könnt im Laden warten, wenn ihr wollt«, sagte er.

»Ich habe Durst«, sagte Dante und zerrte an Jasmins Hand.

»Was hat er gesagt?«, fragte der Ladenbesitzer.

»Er hat Durst«, antwortete Jasmin auf Englisch.

»Ich kann leider nichts außer Wasser oder Tee anbieten.«

»Ein bisschen Wasser wäre schön«, sagte sie.

Der Mann lachte, dass seine Augen fast in den Lachfalten verschwanden. Gemeinsam gingen sie in den Laden, der nach feuchtem Keller roch.

Jasmin hielt Dante an der Hand und folgte dem Ladenbesitzer zwischen den Regalen mit den Konservendosen hindurch. Sie schaute auf seinen Rücken, sein abgetragenes Hemd, die Art, wie er sich bewegte, und plötzlich überfiel sie – woher auch immer – das eiskalte Gefühl, einen Fehler begangen zu haben. Trotzdem folgte sie ihm weiter bis zur Teeküche. Auf einer Arbeitsfläche standen eine rostige Kochplatte und ein großer Wasserkanister. Dante setzte sich geradewegs an den Tisch, während Jasmin zögernd in der Tür stehen blieb.

»Gläser sind im Wandschrank«, sagte der Mann und zeigte dorthin.

Sie bedankte sich, trat ein und hatte die Schranktür noch gar nicht richtig geöffnet, als der Mann die Tür hinter ihnen zuschlug. Der Schlüssel war im Schloss zu hören, bevor sie auch nur bis zur Türklinke gekommen war.

36

Eine Falle, das war eine Falle, schrie es in ihr. Sie trat gegen die Tür, aber die bestand aus Metall und ließ sich nur nach innen öffnen. Lediglich ein dumpfer Stoß war zu hören. Auch die Türzarge war aus Metall und in die gemauerte Öffnung eingepasst.

»Mama, was machst du?«, rief Dante mit ängstlicher Stimme.

»Die Tür klemmt«, antwortete sie und rüttelte an der Türklinke.

Dann trat sie zurück, nahm zwei Schritte Anlauf und stemmte sich mit ihrem ganzen Körpergewicht gegen das Türblatt. Es knackte in der oberen Zarge, und etwas Mörtelstaub fiel zu Boden, aber die Tür bewegte sich keinen Millimeter.

Ein stechender Schmerz strahlte vom Knie in den Knöchel aus, das Bein fühlte sich wie betäubt an, trotzdem nahm sie noch einmal Anlauf und trat gegen die Tür.

»Was sollen wir tun?«

»Das kommt schon in Ordnung«, antwortete Jasim und lief in der engen Teeküche herum, suchte in Schubladen und Schränken.

Außer Essstäbchen aus Plastik und ein paar Löffeln, Trinkgläsern, Teetassen und einer Rolle Haushaltspapier fand sie nichts.

Nichts, womit sie etwas hätte anfangen können.

Sie unterdrückte die aufsteigende Panik, wusste, dass sie jetzt auf jeden Fall klar denken musste.

Ihre Hand zitterte, als sie ein Glas herausholte, es mit Wasser aus dem Kanister abspülte, dann füllte und Dante gab. Er trank es in einem Zug aus, sie füllte das Glas erneut, trank selbst davon und gab es noch einmal Dante.

»Willst du noch mehr?«, fragte sie vorsichtig.

»Was passiert hier?«

»Ich weiß es nicht, aber du brauchst keine Angst zu haben«, sagte Jasmin und schaute sich in dem Raum um. »Ich werde das schon regeln, aber es ist wichtig, dass du tust, was ich dir sage.«

»Mama, das versuche ich doch.«

»Ich weiß, ich bin nur etwas gestresst«, sagte sie und zog erneut die Schubladen heraus. »Das bin ich manchmal, aber das ist nicht schlimm, du weißt doch, was ich immer sage.«

»Dass du keinen Stress verträgst«, antwortete er.

»Genau, das tue ich nicht.« Sie musste lachen und hockte sich vor ihn. »Aber ich dachte eher daran, wie ich klinge, wenn ich gestresst bin.«

»Du klingst böse, aber du bist nicht böse.«

»Ich bin niemals böse auf dich, ich liebe dich, das weißt du, ich liebe dich über alles …«

Plötzlich waren vor der Tür Stimmen zu hören. Jasmin trat heran und schaute durch das Schlüsselloch in den Laden.

Zwischen den Waren auf den Regalen sah sie ein Stück entfernt einen muskulösen Mann in militärgrünem T-Shirt und Camouflagehose. Er hatte den Laufburschen am Oberarm gepackt und zog ihn mit sich. Einige Flaschen Sojasoße fielen herunter und zerbrachen auf dem Boden.

Der Ladenbesitzer redete laut und aufgeregt.

Weitere Personen kamen in den Laden, eine Frau sprach mit träger Stimme, ein Mann blieb neben einem Reissack stehen. Jasmin konnte nur seine braunen Halbschuhe und die schmutzigen Aufschläge seiner Hose sehen.

Offenbar weigerte sich der Ladenbesitzer, die Tür zur Teeküche aufzuschließen. Durch das Schlüsselloch konnte Jasmin sein Gesicht nicht sehen, aber an seiner Stimme und seinen

Gesten ablesen, dass er bezahlt werden wollte, bevor er verriet, wo er den Schlüssel versteckt hatte.

Die Frau rief etwas, und der Junge sah ängstlich aus und stotterte etwas mit flehender Stimme.

Der Ladenbesitzer schüttelte den Kopf.

Der Mann mit der Camouflagehose hatte sich eine Plastikschürze umgebunden. Er nahm eine Konservendose von einem Regal und näherte sich.

»Halte dir die Ohren zu«, sagte Jasmin zu Dante, genau in dem Moment, als der Mann mit der Schürze dem Jungen die Dose gegen die Wange schlug.

Der Junge schnappte nach Luft und verlor das Gleichgewicht. Er kippte zur Seite, weinte laut vor Angst und versuchte aufzustehen, erhielt aber einen weiteren Schlag auf die Wange.

Die Frau rief erneut etwas, und der Mann mit den Halbschuhen trat einen Schritt vor. Unsicher stand der Junge auf und hielt sich mit der Hand die blutige Wange.

Der Ladenbesitzer versuchte mit Tränen in der Stimme zu verhandeln.

Der Junge senkte den Kopf und legte sich die rechte Hand aufs Herz. Blut tropfte von seinem Gesicht auf den Zementfußboden.

Jasmin sah, wie der Mann mit der Schürze wartete, bis der Junge den Blick hob, dann schlug er ihm mit der Dose erneut direkt ins Gesicht. Sie wich von der Tür zurück, hörte, wie ein Schmerzensschrei in schockartiges Weinen überging.

Draußen waren wieder schlurfende Schritte zu hören, harte Stöße und Schreie. Dann wurde es still. Dante begegnete ihrem Blick und nahm die Hände von den Ohren.

»Ich muss den Tisch auseinandernehmen«, erklärte Jasmin und stellte Dantes Glas zur Seite.

Sie drehte den Holztisch um und trat ein Bein los, stellte den Tisch dann hochkant und sagte Dante, er solle sich dahinter verstecken und sich nicht vom Fleck rühren.

Jasmin stellte sich vor den Tisch, das herausgetretene Tischbein in der Hand, als sie hörte, wie der Schlüssel ins Schloss geschoben und umgedreht wurde. Mit wütender Stimme rief der Ladenbesitzer etwas. Mehrere Male dröhnte es hinter der Tür, dann war es still.

»Mama, was ist los?«

»Bleib, wo du bist«, flüsterte sie.

Vorsichtig näherte sie sich der Tür, nahm das Tischbein in die andere Hand, beugte sich zum Schlüsselloch hinunter und konnte gerade noch ein aufgerissenes Auge sehen, bevor die Tür aufgedrückt wurde und sie an der Stirn traf.

Sie fiel zu Boden und begriff erst, dass sie ohnmächtig geworden war, als sie von einem brennenden Schmerz an der Stirn aufwachte, auf dem Boden liegend. Es dauerte eine Weile, bis sie wieder klar sehen konnte, ohne Pünktchen und Blitze. Dann spürte sie, wie sie auf den Bauch gerollt wurde und jemand ihr ein Seil um den Hals schlang. Sie lag auf dem Boden der Teeküche und versuchte ein oder zwei Finger unter die Schlinge zu schieben, hustete und kämpfte darum, sich umdrehen zu können. Der Mann mit der Plastikschürze stand über ihr. Sie versuchte ihn mit ihren Armen von sich fernzuhalten, hatte aber nicht mehr genug Kraft dafür.

Dante war nirgends zu sehen. Sie kroch zur Seite und hörte, wie der Mann kicherte. Ein beißender Schweißgeruch entströmte seinem Körper.

»Auf allen vieren«, keuchte er, »los, auf allen vieren.«

Er zerrte an ihrem Hosenbund und zog das Seil wie eine Leine, sodass ihr Kopf nach hinten gebogen wurde. Erneut wurde ihr schwarz vor Augen, und sie tastete den Zementboden nach einer Waffe ab.

Der Druck ließ ein wenig nach, sie zwang sich, die Augen zu öffnen, und bemerkte, dass etwas hinter ihr vor sich ging. Es klang, als schlüge ein nasser Tennisball auf den Boden, und das Gewicht über ihr verschwand. Der Mann schrie laut auf, mit dunkler, rauer Stimme.

Jasmin riss sich das Seil vom Hals, ließ die Luft tief in die Lunge einströmen und musste husten.

Der Mann hielt sich mit einer Hand die Schulter, wankte zum Küchenschrank, fand aber das Gleichgewicht wieder. Jasmin rollte auf den Rücken, rutschte keuchend zur Seite und erblickte Ting.

Der hielt ein Metallrohr in beiden Händen. Angst strahlte aus seinen Augen, als er dem Mann folgte und wieder zuschlug. Das Metallrohr verfehlte sein Ziel und traf die Tür des Hängeschranks. Das Scharnier wurde herausgerissen und die ganze Tür fiel zu Boden.

Jasmin fand das Tischbein und kam auf die Füße. Für ein paar Sekunden traten Blitze vor ihre Augen, und sie war gezwungen, sich an der Anrichte abzustützen. Der Mann mit der Schürze hatte ein kurzes Messer herausgeholt. Ting richtete das Metallrohr wieder auf ihn und wich dabei zurück. Jasmin dachte nicht weiter darüber nach, was sie tat, folgte nur ihrem Gegner und schlug ihm mit dem Tischbein auf den Rücken. Der Treffer war so hart, dass er nach vorn kippte und auf die Knie fiel.

Sofort reagierte Ting und schlug dem Mann mit dem Rohr auf die Schläfe. Ein kurzer, dumpfer Laut war zu hören. Der Kopf schlug zur Seite, und Speichel spritzte ihr ins Gesicht. Der massige Körper fiel zwischen ihnen zu Boden.

»Dante«, rief Jasmin und lief hinaus in den Laden, immer noch mit dem Tischbein in der Hand.

»Was ist passiert?«, fragte Ting und kam hinter ihr her.

Jasmin lief zwischen den Regalen weiter und blieb erst stehen, als sie den Ladenjungen erblickte, der in einer dunklen Blutlache auf dem Boden lag. Sie beugte sich zu ihm hinunter, doch bevor sie seinen Puls fühlen konnte, hatte Ting sie eingeholt.

»Er war schon tot, als ich gekommen bin«, sagte er.

Jasmin suchte hinter allen Regalen nach Dante, dann rannte sie auf die Straße. Die lag menschenleer da. Sie warf das Tischbein fort und schob die Hand in die Hosentasche. Das Papier war fort. Sie hatten das Papier gestohlen, die Bestätigung, dass Dante zu ihr gehörte, dass sie die Verantwortung für ihn trug.

Ohne ein Wort marschierte sie los. Unter ihren Schuhen knackten Glasscherben. Ihr Rücken war schweißnass, sie fror. Sie hörte, wie Ting hinter ihr herlief, und sie wusste, dass sie eigentlich erst einmal ausruhen müsste, ihre Beine zitterten noch von dem Schock vom Überfall, aber sie konnte nicht stehen bleiben.

»Die Triade hat Dante«, sagte sie, ohne Ting anzusehen.

Mit weit ausholenden Schritten lief er neben ihr. Die Angst hatte ihren Körper ganz schwer werden lassen, die Füße eilten über die trockene Straße, aber sie konnte nicht sagen, wohin sie eigentlich lief. Kein Mensch war zu sehen, Türen und Fensterläden waren geschlossen. Wie lange war es her, dass sie überfallen worden war?

»Das darf doch alles nicht wahr sein ...«

»Wenn sie einen Käufer haben, müssen wir uns beeilen«, sagte Ting.

»Ich weiß, ich war dumm, ich weiß, ich war ungerecht«, sagte sie und räusperte sich. »Aber ich würde alles dafür geben, wenn du mir hilfst, Dante zu finden ...«

Jasmin verstummte und versuchte ihre Stimme fest klingen zu lassen. Angstwellen stiegen immer wieder in ihrer Kehle hoch.

»Wir müssen zum Transportverwaltungsrat, bevor es zu spät ist«, sagte Ting.

37

Zusammen mit Ting lief Jasmin durch die engen Gassen, schneller, als sie eigentlich konnte. Sie hatte das Gefühl, zu ersticken.

Die Angst war wie eine große, pulsierende Finsternis.

Das alles durfte gar nicht passieren.

Übelkeit stieg in ihrer Kehle auf. Braune Wasserpfützen füllten die Kuhlen der Kieswege. Schatten drückten sich gegen Häuserfassaden und in Gassen.

Sie wagte nicht daran zu denken, was die Triade Dante antun könnte, um ihn zu zwingen, sein Visum einzutauschen.

Einige Männer saßen bei einem Brettspiel unter einem zerrissenen Sonnenschirm. Gerade als Jasmin und Ting vorbeigingen, fingen sie an, sich zu streiten.

Ting wies in eine Richtung, und sie gingen eine Gasse entlang, die steil nach oben führte. Jasmin hatte das Gefühl, dass sie falsch liefen.

»Bist du dir sicher, dass der Weg richtig ist?«, fragte sie.

Er lief eine Treppe hinauf, nahm immer zwei Stufen zugleich, doch am Ende holte sie ihn wieder ein. Sie bogen um die Ecke einer Fassade, die nur aus rauen Holzbrettern bestand.

Ein Besen mit glänzendem Stiel stand an die Wand gelehnt, und der dünne Schatten durchkreuzte eingebrannte Buchstaben.

Ting blieb vor einer Tür stehen, warf Jasmin einen kurzen Blick zu, öffnete sie und ging hinein. Wie im Fieber folgte Jasmin ihm. An einem Bartresen aus Bambus saß eine Handvoll

Männer, die Hände um kleine Gläser geschlossen. Eine nackte Frau tanzte ohne Musik auf einer kleinen Bühne.

Jasmins Blick huschte rastlos durch das Lokal, registrierte sinnlose Details. Die Kabel der Scheinwerfer waren entlang der schwarz gestrichenen Rampe mit Klebeband befestigt. Zwei Spielkarten lagen unter kaputten Plastikstühlen im Staub.

An der Wand hinter dem Tresen hing ein roter Schmetterling, den ein Sammler früher einmal erstickt, auf einem Klemmbrett befestigt und dann in einen Glasrahmen montiert hatte.

Schnell ging Ting zu einem der Männer und sagte ihm etwas. Der Mann stand sofort auf, und da sah Jasmin, dass es Grossman war, der bärtige Mann, der von außerirdischen Wesen gesprochen hatte.

»Ich habe meine schickste Rikscha hier um die Ecke«, erklärte er, als sie auf die Straße traten.

»Beeil dich«, sagte Ting und wandte sich an Jasmin. »Du musst los, die Zeit drängt, du musst sie aufhalten, du musst deinem Sohn sagen, dass er keinen Tauschhandel eingehen darf.«

Auf der Straße stand eine Fahrradrikscha mit Peace-Zeichen, Hunderte von Glasprismen in bunten Farben baumelten vom Dach und eine Regenbogenflagge von einer dünnen Antenne. Die Kotflügel waren voller Lehm, die Radnaben waren verrostet und die Schutzbleche abgeblättert.

»Das Glitzerzeug verscheucht die Außerirdischen«, sagte Grossman und schlug das Wasser vom Baldachin.

Jasmin setzte sich in die weichen Polster aus abgenutztem Stoff mit Leopardenmuster. Ting rief, er werde ihnen folgen, so schnell er könne, und Grossman trat in die Pedale, den Abhang hinunter.

Ratternd nahm die Rikscha Fahrt auf, als sie die abwärts führende Gasse entlangfuhren. Die Prismen schaukelten und klirrten. Häuser huschten vorbei. Es rüttelte so sehr, dass Jasmin sich mit beiden Händen festhalten musste.

»Du bist zurückgekommen«, rief Grossman ihr über die Schulter zu.

»Ich musste meinen Sohn holen.«

»Gib zu, du hast dich nach mir gesehnt.« Er drehte sich grinsend nach ihr um.

»Jetzt hast du mich ertappt«, erwiderte sie wie betäubt.

Sie spürte diesen inneren Zwang, gefasst zu erscheinen, trotz des Gefühlschaos in ihr. Auch wenn man so aufgewühlt ist, dass man kaum selbst versteht, was man redet, so versucht man mit einem Lächeln zu antworten.

Eines der Hinterräder schlug gegen einen Stein, die Rikscha kippte zur Seite, Grossman versuchte den Stoß zu parieren, die Regenbogenfahne schlug gegen einen offenen Fensterladen, und in einer Staubwolke landeten alle Räder wieder auf der Straße.

Grossman trat heftig in die Pedale und steuerte etwas nach links, dicht an einen Stapel Ziegelsteine heran, um die Rechtskurve weiter unten nehmen zu können. Sein Körper war groß und schwer, sie hörte ihn laut keuchen.

Ein alter Mann mit eingefallenen Wangen sprang zur Seite und schaute ihnen mit müdem Blick nach.

Das geht jetzt zu schnell, dachte Jasmin. Alles wackelte, die Gasse machte eine scharfe Kurve, und Grossman zog den Lenker zu einer Seite und ließ sich zur anderen kippen, um dagegenzuhalten.

Die Karosserie schlug gegen eine Wand. Jasmin stieß mit der Wange gegen die Strebe der Rikscha. Es war Metall auf Metall zu hören. Sie kamen wieder ins Gleichgewicht. Grossman strampelte ununterbrochen, und das linke Rad schrammte an der Wand entlang, wobei es ein Regenrohr losriss, das hinter ihnen scheppernd zu Boden fiel.

Jetzt schrie jemand aus einem Eingang heraus.

Sie gelangten auf die größere Straße, donnerten über einen feuchten Karton und setzten ihre Fahrt auf einer gepflasterten Strecke fort. Die Räder fanden keinen Halt auf den glatten Steinen, sie rutschten in den Rinnstein und schrammten am Kantstein entlang.

Dunkle Fenster huschten vorbei. Auf einem Hinterhof tanzte ein junger Mann in weißer Unterhose vor einem kleinen Publikum.

Grossman trat weiter in die Pedale, und als sie über einen Weg aus getrocknetem Lehm ratterten, veränderte sich das Geräusch.

Die Räder wirbelten Wolken blassen Staubs auf.

Vor einem schmuddeligen Café mit zur Hälfte heruntergelassenem Metallgitter stand ein Mädchen. Sie warf ihnen einen Stock hinterher, traf aber nicht.

Die Straße wurde ebener, und Grossman musste mit mehr Kraft treten. Er stöhnte, und die Speckrollen um seine Taille wippten, während er fuhr. Wäsche hing vor einem Fenster. Zwischen ein paar verfallenen Häusern erstreckte sich ein freies Grundstück, auf dem ein Stapel verrosteter Armierungsgitter lag.

»Ting braucht nur ein Bier zu trinken, und schon fängt er an, von dir zu reden«, berichtete Grossman atemlos. »Er redet die ganze Zeit davon, was er machen will, wenn er zurück nach Stockholm kommt ... will dir Perlenohrringe kaufen und ...«

Mit voller Fahrt näherten sie sich einer großen, dunklen Pfütze. Grossman ließ die Pedale los und hob die Füße, so hoch er konnte. Das Wasser teilte sich und spritzte mit einem Zischen zu beiden Seiten hoch.

Seit Jahren sagte sich Jasmin immer wieder, dass sie nicht wusste, ob sie an Gott glaubte, aber jetzt betete sie zu ihm, er möge Dante schützen, damit die Männer ihm nichts Böses antaten.

Mit lautem Geratter bogen sie in eine größere Straße ein, und jetzt wusste sie wieder, wo sie war. Sie kamen an einer breiten Treppe mit zerbrochenen Stufen vorbei und an einem goldenen Tempel mit gold glänzendem Innenraum.

Grossmans Hemd war unter den Armen durchgeschwitzt, er stöhnte laut, als er einen Hügel hinauffahren musste.

Blasse Wolkenstreifen ließen das Dunkel heller erscheinen und färbten den Himmel bleigrau. Am Fuße des Bergs zeichnete sich das riesige Badehaus ab.

Sie kamen auf den Platz, der von den Behördengebäuden mit den zerschlagenen Fenstern umgeben war, und fuhren weiter, quer darüber, vorbei an dem rostigen Eisenpfahl, an dem ein Mann ausgepeitscht worden war, als Jasmin das letzte Mal hier gewesen war. Das geschwungene Dach des Terminals war in der Dunkelheit zu erkennen. Grossman fuhr auf das Amtsgericht zu, bog aber neben dem grauen Haus ab, in dem der Transportverwaltungsrat saß. Die Rikscha hielt direkt vor der Treppe, und die bunten Prismen schaukelten klappernd hin und her. Ein nach Sand riechender Wind zog zwischen den Gebäuden hindurch und trieb den Müll an den Fassaden entlang vor sich her.

38

Jasmin lief die Treppe hinauf, eilte durch die Tür, durchquerte ein Foyer mit Regalen voller Broschüren an den Wänden und zog die Innentür auf.

Nur wenige Menschen befanden sich in dem heruntergekommenen Saal des Transportverwaltungsrats. Der Gesprächston war gedämpft wie in einer Bibliothek.

Drei breitschultrige Männer standen vor einem Tresen und sprachen mit einem Beamten in beigefarbener Uniformjacke. Hinter dem Tresen waren vier Türen mit geriffeltem Glas zu sehen.

Auf einer Holzbank vor einer Wand saß eine Frau in einem abgetragenen dunklen Blazer und Rock neben einem kräftigen Mann mit schläfrigem Gesicht. Die Frau nahm ihre Aktentasche hoch und schaute Jasmin fragend an, als diese an ihr vorbeiging.

Die Männer vor dem Tresen ließen sie nicht vorbei. Jasmin bat um Entschuldigung, aber sie rührten sich nicht. Zwischen ihnen sah sie, wie der Beamte einen Stempel auf einem Polster befeuchtete und ihn auf einem vollgeschmierten Stück Papier ausprobierte.

Sie trat neben den Männern an den Tresen, beugte sich über die Schranke und versuchte, Augenkontakt mit dem Beamten zu bekommen. Seine Finger waren voller Stempelfarbe, die Manschetten seines Hemds schmutzig.

»Mama!«

Dante kam durch eine der Glastüren heraus und lief ihr entgegen. Er sah fröhlich aus. Die Wangen waren rot und warm. Jasmin beugte sich vor, hob ihn über die Schranke und drückte ihn fest an sich.

»Ich habe gewonnen, ich habe gewonnen«, sagte er. »Ich habe gewonnen, ich war richtig gut beim Spielen.«

»Was hast du gewonnen?«, fragte sie mit angespannter Stimme.

»Ich habe einen Spiderman gewonnen.«

Eine schlanke Frau mit Knabenhaarschnitt kam aus dem gleichen Zimmer wie Dante und ging direkt auf sie zu.

»Excusez-moi madame, mais il faut que le garçon reste ici«, sagte sie leise.

»Was geht hier vor?«, fragte Jasmin auf Englisch.

Die glänzenden Augen der Frau wichen ihrem Blick aus, sie befeuchtete die Lippen, als wollte sie ein Grinsen verbergen, und Jasmins Herz pochte heftig vor Angst. Sie ließ Dante auf den Boden hinunter, nahm seine Hand in ihre und schob sich zu dem Beamten vor. Das Furnier des Tresens war an den Kanten aufgeplatzt, sodass die bröckelige Spanplatte zu sehen war. Ein Tischventilator schnurrte, und das Preisschild flatterte an seinem Bändchen im Windzug.

»Was geht hier vor?«, brachte Jasmin noch einmal heraus und begegnete dem stummen Blick des Beamten.

Er antwortete auf Chinesisch und zeigte auf eine Bank für wartende Besucher. Jasmin hielt Dante so fest an der Hand, dass dieser versuchte, sich aus dem Griff zu befreien.

»Wer hat hier das Sagen? Ich muss mit dem sprechen, der hier verantwortlich ist«, sagte sie mit lauter Stimme.

Jemand bewegte sich durch den Lichtkegel einer Schreibtischlampe. Sie schaute zu den Türen. Darin spiegelte sich der Schein in dem geriffelten Glas wider, aber jetzt konnte sie einen älteren Mann mit hängenden Wangen hinter einem Schreibtisch erkennen.

Ihm gegenüber stand ein großer Mann mit weißem Haar, das streng nach hinten gekämmt war. Lächelnd sprach er, als verkündete er ein Geheimnis, und zupfte dabei an den Ärmeln seines braunen Sakkos.

»Verstehen Sie überhaupt, was ich sage?«, fragte Jasmin den Beamten.

»Das hier ist nur der Transportverwaltungsrat«, sagte eine Stimme hinter ihr auf Englisch.

Jasmin drehte sich um und sah, dass die Frau, die vorher mit ihrer Aktentasche auf der Holzbank gesessen hatte, sich jetzt zu ihr vorgedrängt hatte.

»Arbeiten Sie hier?«, fragte sie.

»Ich bin Juristin und war hier im Auftrag eines Mandanten und ...«

»Fragen Sie ihn, worum es hier geht«, unterbrach Jasmin sie. »Fragen Sie ihn, was mein Sohn hier macht.«

Die Frau wandte sich an den Beamten und stellte vorsichtig eine Frage, bekam eine Antwort, nickte und bedankte sich.

»Der Junge hat um sein Visum gespielt und verloren«, erklärte sie mit leiser Stimme.

»Gegen wen hat er gespielt?«

»Gegen Wu Wang«, sagte sie und wandte ihren Blick zu dem geriffelten Glas.

Der große Mann schüttelte dem Beamten dort die Hand und verließ den Raum; er bewegte sich wie ein alter Soldat und strich mit einem Finger über seinen zerknitterten Schlips.

»Aber das ist ein erwachsener Mann«, sagte Jasmin mit aufgebrachter Stimme. »Ihnen ist ja wohl klar, dass er Dante reingelegt hat?«

»Es gibt Zeugen ...«

»Das interessiert mich nicht, das ist nicht wahr, die Triade hat ihn mir weggenommen ... und sie haben versucht ...«

»Sie müssen leiser sprechen«, bat die Frau sie peinlich berührt.

»Die haben versucht, mich umzubringen – verstehen Sie, was ich sage?«

»Dann müssen Sie zur Polizei gehen.«

»Das werde ich auch, aber nicht ohne meinen Sohn.«

Jasmin hob Dante hoch und drückte ihn an sich. Sie begriff, dass die Frau recht hatte. Sie musste zur Ruhe kommen. Sie musste zumindest so tun, als wäre sie ruhig. Sonst würden sie ihr nicht zuhören. Sie versuchte langsamer zu atmen, aber die Atemzüge waren zu kurz, und Panik ließ sie erzittern.

»Bitte, Sie müssen mir helfen«, sagte sie mit einer Stimme, die ihr selbst fremd erschien. »So darf das nicht laufen. Man kann doch nicht einfach einem Kind das Visum abnehmen und behaupten…«

»Mama, warum bist du so böse?«

»Lass mich ausreden«, sagte sie und drängte sich wieder zu dem Beamten durch.

»Warten Sie«, warnte die Anwältin sie.

»Sehen Sie uns an«, sagte Jasmin zu dem Beamten und stellte Dante vor ihn. »Das hier ist mein Sohn. Sie müssen doch zugeben, dass er zu klein ist, um das hier zu verstehen.«

Die Anwältin drängte sich neben sie und übersetzte ihre Worte mit heller, freundlicher Stimme. Der Beamte schaute für Sekunden auf, dann antwortete er leise. Eine Schweißperle lief der Anwältin die Wange hinunter, als sie nickte und sich wieder Jasmin zuwandte.

»Es ist bereits zu spät«, sagte sie bedauernd.

»Es darf nicht zu spät sein, es ist nicht in Ordnung…«

»Tut mir leid«, unterbrach die Anwältin sie. »Aber der Fall ist abgeschlossen und…«

»Bitte, sagen Sie mir, was ich tun kann«, flüsterte Jasmin.

Zwei der Männer, die am Tresen standen, packten sie an den Oberarmen. Sie riss sich von dem Ersten los und versuchte, Dante zu fassen zu bekommen. Der zweite Mann hielt sie weiter fest und zerrte sie zum Ausgang. Ihre Bluse rutschte unter der Brust hoch. Der dünne Stoff knackte in den Nähten. Die ganze Zeit lief die Anwältin neben ihr her, versuchte den

Mann dazu zu bringen, Jasmin loszulassen, und redete auf ihn ein, ohne die Stimme zu erheben. Jasmin wehrte sich, stolperte, versuchte sich herauszuwinden und sah, wie die Französin mit sachlicher Geste Dante das Visum vom Hals nahm.

»Das dürft ihr nicht!«, schrie sie.

39

Jasmins Schrei hallte von den vergilbten Wänden des Verwaltungsratsgebäudes zurück. Das kühle Licht der Leuchtstoffröhren ließ ihr zerzaustes Haar wie Kupfer glühen.

Der große Mann versuchte ganz unberührt auszusehen, während er sie zur Tür zerrte. Er hielt ihren Oberarm so fest gepackt, dass es schmerzte.

»Mama!«, rief Dante.

Jasmin stolperte und rutschte weg. Die Fußmatte im Eingang war voller trockenem Sand und Kies und wölbte sich, als sie sich dagegenstemmte. Ein Stuhl kippte um und schlug klappernd zu Boden. Jasmin hatte nur noch einen einzigen Gedanken: Sie musste zu Dante zurück. Die Anwältin folgte ihr immer noch und redete jetzt in schärferem Ton. Jasmin spannte ihren Körper an, drehte sich zur Seite, und es gelang ihr, die Hand des Mannes mit ihrer freien Hand zu erreichen.

Sie dachte nicht lange nach. Es geschah ganz automatisch. Ihre Handfläche legte sich über seinen Handrücken, und die Fingerspitzen glitten darunter. Er versuchte die Hand herauszuziehen. Zuerst hielt sie dagegen. Als er fester zog, gab sie unvermutet nach, trat einen Schritt vor und riss seine Hand schräg nach oben, wobei sie sie gleichzeitig drehte. Jasmin hatte nicht umsonst viele Jahre lang Nahkampf trainiert, sie wusste, was passieren würde, als sie die Richtung änderte und die Hand zurückzog.

Es knackte im Handgelenk des Mannes, und er schrie vor Schmerzen laut auf.

Natürlich tat es weh – sie hatte ihm die Knochen der Handwurzel vom Gelenkknorpel des Arms weggebrochen, sodass die Bänder gerissen waren.

Jasmin sah ihn mit einem prickelnden Gefühl der Stärke an. Der Mann war ganz rot im Gesicht, er stand vornübergebeugt da, hielt sich das Handgelenk und atmete stoßweise.

Sie wich zurück und ermahnte sich selbst, ihm nicht einen Schlag gegen den Hals zu verpassen.

Die Anwältin starrte sie an, brachte jedoch kein Wort heraus.

Der andere Mann kam auf sie zugelaufen, während sich gleichzeitig die Tür zum Foyer öffnete und Ting mit großen Schritten hereinkam.

»Sie haben es schon gemacht«, rief sie. »Sie haben ihm …«

»Erkläre, dass du Einspruch gegen den Tausch erhebst«, unterbrach Ting sie.

»Sie sagen, es sei zu spät«, erwiderte sie und wischte sich Tränen von den Wangen.

»Haben Sie Berufung eingelegt?«, fragte er die Anwältin auf Englisch.

Der Schweiß lief ihm übers Gesicht, sein Körper dampfte nach dem anstrengenden Lauf.

»Nein, aber …«

»Dann ist es nicht zu spät«, sagte Ting.

Der andere Mann, der aussah, als wäre er der Bruder, rief etwas auf Niederländisch und ging auf Jasmin zu, um sie dazu zu bringen, den Saal zu verlassen. Der Mann am Tresen stempelte irgendwelche Papiere und übertrug Zeichen von Dantes Visum auf ein Formular.

»Wie widerspricht man? Wie macht man das?«, fragte Jasmin.

»Man sagt es einfach«, erklärte die Anwältin. »Aber die Höflichkeit erfordert, dass …«

»Ich widerspreche dem Tausch«, rief Jasmin dem Beamten

zu und hörte, wie Ting mit fester Stimme ihre Worte auf Chinesisch wiederholte.

Es wurde ganz still. Der Wachmann trat zur Seite. Jasmin hörte ihren eigenen Atem. Die französische Frau grinste und führte Dante zu einem der Räume mit den Glastüren.

Der hochgewachsene Mann mit dem weißen, zurückgekämmten Haar stand mit seiner eigenen Plakette in der Hand da und sagte etwas zu dem Beamten.

»Er versichert, dass der Junge selbst vorgeschlagen hat, um das Visum zu spielen«, flüsterte Ting.

Jasmin ging quer durch den Raum und legte ihre zitternden Hände auf den Tresen. Der Tischventilator ruckelte, als er die Richtung wechselte. Der hochgewachsene Mann strich sich über seine schmale Krawatte und hob dann lächelnd den Blick.

»Ich widerspreche dem Visumstausch«, erklärte Jasmin wieder und sah ihm dabei fest in die Augen.

Ting übersetzte ihre Worte ins Chinesische, und der Beamte antwortete etwas mit gedämpfter Stimme, die Stirn in Falten gelegt, dann begann er in seinen Papieren zu blättern.

»Was hat er gesagt?«, wollte Jasmin wissen.

»Sie wollen, dass du dir das noch einmal überlegst«, erklärte Ting.

»Ich verstehe nicht.«

Der Beamte mit den hängenden Wangen kam aus einem Büro, einen Stapel Bücher im Arm.

»Vielleicht sollten Sie sich das noch einmal überlegen«, erklärte die Anwältin leise. »Die nächste Stufe ist das Amtsgericht des Volkes, aber alles darüber hinaus gehört zu den alten Zeiten.«

»Was meinen Sie damit?«

»Sie denkt an die letzte Instanz«, sagte Ting.

»Das ist keine Instanz, das ist ein Überbleibsel aus der Kaiserzeit, veraltete Gesetze, die damals vom I Ging gedeutet wurden«, berichtete die Anwältin und strich sich eine schwarze Haarsträhne aus der blassen Stirn.

»Aber ich kann doch nicht einfach aufgeben.«

»Wenn ein Rechtsstreit nicht von den Menschen gelöst werden kann, dann wird der Fall von einer Frau entschieden, die Exu heißt«, fuhr die Anwältin fort und schaute Jasmin dabei mit ernster Miene an. »Sie befragt die ältesten Geister, indem sie Schildkrötenpanzer mit erhitzten Stiften berührt.«

»Ich muss dem Tausch widersprechen«, sagte Jasmin und drehte sich zum Raum hin um.

»Aber verstehen Sie nicht? Das ist wie eine Lotterie.«

»Ich widerspreche dem Tausch«, verkündete Jasmin mit lauter Stimme dem ganzen Saal.

Die beiden Beamten flüsterten währenddessen intensiv miteinander. Sie blätterten in einigen Büchern, zeigten auf verschiedene Textstellen und tauschten ihre Meinung aus. Die Anwältin hörte ihrer Diskussion zu und sah dabei beunruhigt aus.

Der hochgewachsene Mann in dem braunen Anzug schien sich um die Diskussion gar nicht zu kümmern. Er stand nur ruhig da und schaute Dante mit seinen sanften, feuchten Augen an.

Tings Gesicht war erstarrt, als er mit den Beamten sprach. Der eine schlug verärgert sein Buch zu, der andere schüttelte nur den Kopf.

»Was geschieht jetzt?«, fragte Jasmin die Anwältin, die neben ihr stand und mit angestrengtem Blick zuhörte.

»Sie haben den Tausch des Visums bestritten, dann geht der Fall jetzt weiter an das Amtsgericht des Volkes.«

Jasmin nickte, etwas huschte ihr durch den Kopf. Ein kurzes Aufblitzen einer Art finsterer Unruhe, etwas, das sie gehört hatte. Aber sie bekam es nicht zu fassen.

»Was bedeutet das?«

»Der Transportverwaltungsrat hat ja bereits seinen Entschluss gefasst, also handelt es sich um einen Zivilstreit. Formal sind Sie es, die Anklage gegen Wu Wang erhebt.«

»Gut.«

»Das hoffe ich«, erwiderte die Frau zögerlich und umklammerte ihre Aktentasche.

»Was verstehe ich hier nicht?«, fragte Jasmin. »Sie wirken, als ob – ich meine ... Es ist doch so, dass es nicht zum Visumstausch kommt, wenn ich den Rechtsstreit gewinne, dann behält Dante seine Plakette, sodass er ins Leben zurückkehren kann, oder?«

»Ja, so ist es, aber ...«

»Das genügt mir«, unterbrach Jasmin sie und trat an die Schranke.

»Dante, wir sind fertig hier«, rief sie.

Die französische Frau musterte Jasmin mit kühlem Blick, ließ den Jungen aber zu ihr laufen. Jasmin nahm ihn hoch und ging zur Ausgangstür, als sie ein knallendes Geräusch hinter sich hörte und sich daraufhin umdrehte.

Der Beamte mit den hängenden Wangen schlug mit einem kleinen Holzhammer auf den Tresen und rief dann über den ganzen Saal des Transportverwaltungsrats hinweg.

»Sie müssen sich in drei Stunden im Amtsgericht des Volkes einfinden, um dort Ihren Rechtsbeistand zu treffen, bevor die Verhandlung im Sitzungssaal beginnt ... und ich empfehle den Parteien, dem Gericht gegenüber gebührenden Respekt zu zeigen«, übersetzte die Anwältin.

»Was meint er mit Respekt?«, fragte Jasmin.

»Sie sind damit gemeint«, antwortete sie leise.

»Was habe ich denn getan?«

»Ach nichts, kümmern Sie sich nicht weiter darum.«

»Sagen Sie mir einfach, was er gesagt hat.«

»Er hat gesagt, Sie seien schmutzig und hässlich.«

Sie gingen ins Foyer, und als sie auf die Treppe draußen kamen, tat die Schussverletzung in Jasmins Rücken so weh, dass sie Dante herunterlassen musste. Vor dem Transportverwaltungsrat wartete Grossman neben seiner Rikscha mit einer Fanta-Dose in der Hand.

»Okay, ich habe also drei Stunden Zeit«, sagte Jasmin zur Anwältin. »Wie soll ich die nutzen? Was gibt es zu tun?«

»Sie müssen sich waschen und sich neue Kleider besorgen«, erklärte die Frau lächelnd.

»Aber ich meine eigentlich ... Können Sie mir sagen, wie ich mich auf diese Gerichtsverhandlung vorbereiten kann?«

»Sie bekommen einen Rechtsbeistand, der wird Ihnen sagen, wie alles funktioniert.«

»Und Sie meinen, ich soll darauf vertrauen, dass das Gericht den Beschluss des Transportverwaltungsrats ändert?«

»Wenn Sie möchten, kann ich mit Ihnen zur Verhandlung kommen.«

»Aber ich habe kein Geld«, gestand Jasmin.

»Wenn man nicht bezahlen kann, so bietet man normalerweise einen Dienst an.«

»Und der wäre?«

»Dass Sie meiner Mutter helfen, wenn Sie tatsächlich wieder ins Leben zurückkehren«, sagte die Frau, und ihre dunklen Augen begannen zu glänzen.

»Werden Sie denn nicht zurückgehen?«

»Ich bin jetzt schon seit zwei Jahren hier.«

»Aber manchmal ...«

»Ich weiß, aber es geht mir gut hier, ich habe meinen Mann und meine Tochter hier in der Hafenstadt, wir sind zusammen, und das ist das Wichtigste.«

Jasmin nickte und dachte an ihre Schwester Diana, die im Krankenhaus vor ihrem toten Körper stand, an Gabriel, der vor der Tür Wache hielt, und an Dante auf dem OP-Tisch, während der Schnee auf die Parkplätze und die leeren Bürgersteige in Stockholm fiel.

»Ich heiße Marta Cristiano dos Santos, ich habe in einer

Anwaltskanzlei in Casa Verde, São Paulo, gearbeitet, bevor ich hierhergekommen bin«, erklärte sie und wandte sich Jasmin zu, sodass ihr Haar, das sich aus dem Knoten gelöst hatte, einen Schatten über ihre rechte Wange warf.

»Marta Cristiano dos Santos«, wiederholte Jasmin.

»Meine Mutter ist jetzt ganz allein«, fuhr sie fort und sah Jasmin mit ihren braunen Augen an. »Wenn du … wenn du also wirklich zurückkommst, dann möchte ich, dass du sie aufsuchst und nachschaust, ob sie zurechtkommt.«

»Was soll ich ihr sagen? Hast du eine Grußbotschaft für sie?«

»Du glaubst also wirklich, dass es möglich ist, zurückzukehren«, lächelte Marta.

»Ich habe es schon zweimal geschafft«, erwiderte Jasmin und sah ihr in die Augen.

40

Marta und ihre Familie hatten einen kleinen Teil einer größeren Wohnung in der Qianmenstraße nahe dem Marktplatz gemietet. Die zwei Zimmer waren klein, strahlten aber eine großbürgerliche, koloniale Atmosphäre aus mit fünf Metern Deckenhöhe, riesigen Fenstern mit hölzernen Fensterläden innen, die zu den Seiten weggeklappt werden konnten, abgelaufenem Holzfußboden und abplatzender Wandtäfelung.

Auf dem Weg dorthin war Jasmin die Ereignisse des Tages mit Dante und Marta durchgegangen und hatte sich der Meinung der anderen vergewissert, dass es der Wahrheit entsprach, dass Dante und sie gemeinsam im Badehaus aufgewacht, zum Kai gegangen und gemeinsam gewogen worden waren, bevor man sie in eine Falle gelockt hatte.

Jetzt saß Dante am Küchentisch und schrieb Fantasiebuchstaben auf ein Stück Papier, während er noch einmal erzählte, was in dem Lebensmittelgeschäft passiert war.

»Ein Onkel kam rein und hat mir einen kalten Lappen auf den Mund gedrückt.«

»War das Wang, hat er das gemacht?«

»Mama, das weiß ich nicht.«

»Weil du dann eingeschlafen bist. Ich glaube, dass ...«

»Jasmin, du darfst vor Gericht nicht spekulieren«, erinnerte Marta sie. »Du musst dich an das halten, wovon du sicher weißt, dass es wahr ist.«

»Aber hör mal, Dante, es stimmt doch, dass du woanders wieder aufgewacht bist – oder?«

»In einem Bett … und da war Wang mit einer Frau, die konnte ein bisschen Schwedisch, und ich habe eine Coca-Cola gekriegt und ganz komische Pommes in einer Tüte von McDonald's … er hat gesagt, dass es hier kein richtiges McDonald's gibt, und da habe ich gesagt, das geht schon. Er war ganz lustig, hat mir eine Menge Spielzeug gezeigt, und wir haben um die Wette gespielt, und ich habe gewonnen und durfte mir den Spiderman aussuchen.«

»Dann hat er nichts von dir gewonnen?«, fragte Jasmin und versuchte die Anspannung zu unterdrücken, die ihrer Stimme doch deutlich anzuhören war.

»Nur meine Kette – aber ich habe die gleiche wiedergekriegt«, antwortete Dante und zeigte Wangs abgenutztes Visum vor.

»Weißt du, was das ist?«, fragte Jasmin und fasste ihr eigenes Visum an.

»Eine Kette, wie sie alle haben«, sagte er leise.

»Eine Kette«, wiederholte Jasmin und sah zu Marta.

»So wie ich das sehe, hat Wu Wang geglaubt, dass alles rechtens vor sich gegangen ist«, warf Marta vorsichtig ein. »Und in dem Fall wird er sicher total überrascht gewesen sein, als du angekommen bist und Widerspruch gegen die Entscheidung eingelegt hast.«

»Aber warum gibt er dann das Visum nicht einfach zurück?«

»Das kann er nicht … Der Transportverwaltungsrat hat ja bereits seinen Entschluss gefasst, deshalb muss es in die nächste Instanz gehen.«

»Und was passiert da?«

»Nun … Ich weiß nichts über Wu Wang, aber er scheint ein angesehener Mann zu sein, das ist zumindest mein Eindruck.«

»Dann glaubst du nicht, dass er versuchen wird, auf dem Tausch zu bestehen, auch wenn er begreift, dass es ein Fehler war?«

»Nein, das kann ich mir nur schwer vorstellen«, antwortete Marta mit klarer Stimme.

»Dann bräuchte es eigentlich gar nicht zu einem Zivilprozess zu kommen?«

»Du musst nur vortragen, wie es sich zugetragen hat, dass Dante gekidnappt worden ist und wie man dir die Bescheinigung vom Hafen gestohlen hat … Wu Wang wird sagen, dass er den Jungen gefunden und ihm etwas zu essen gegeben hat. Und dein Rechtsanwalt wird erklären, dass Dante nicht versteht, was ein Visum ist, und deshalb auch keine Entscheidung hinsichtlich eines Visumtauschs treffen kann. Und da unsere Gesetze eindeutig besagen, dass man einen Minderjährigen nicht betrügen darf, wird das Gericht den Beschluss des Transportverwaltungsrats ändern.«

»Gut.«

»Komm, mach dich jetzt zurecht«, erinnerte Marta sie.

Jasmin verzog sich in das enge Badezimmer. Sie musste in der rissigen Badewanne auf den Knien duschen, um nicht den Fußboden und die sich wellende Tapete zu bespritzen. Die tropfende Verbindung zwischen dem Schlauch und dem vergilbten Plastikbrausekopf war mit Klebeband repariert, und der Abfluss funktionierte so schlecht, dass sich die Badewanne langsam mit dem warmen, trüben Wasser füllte.

Nach der Dusche bekam Jasmin saubere Kleidung von Marta geliehen. Der BH passte aber überhaupt nicht, und das Kleid war so klein, dass es bis zum Slip hochrutschte, wenn sie sich bewegte.

»Vielleicht etwas zu gewagt für den Richter«, lachte Marta. »Wir werden im Theater nach anderen Kleidern suchen, da gibt es einen ganzen Kostümfundus.«

Dante hatte eine Jeans von Martas Tochter leihen dürfen und ein T-Shirt mit dem Aufdruck São Paulo FC.

Bevor sie die Wohnung verließen, um sich mit den anderen in einem Restaurant zu treffen, zeigte Marta Jasmin einen

Stadtplan von São Paulo, der an der Wand hing, und tippte auf die Straße, in der ihre Mutter wohnte.

Draußen war die Luft kühl, und es roch nach Bratenfett und Zigarettenrauch. Dante hielt die ganze Zeit Jasmins Hand umfasst, während Marta sie durch die Straßen führte.

»Das Restaurant liegt im gleichen Gebäude wie das Theater ... mein Mann ist verantwortlich für alle Kulturinstitutionen«, erzählte Marta. »Richtig in Betrieb ist nur das Kunstmuseum, aber wir versuchen ein Kinderprogramm im Theater auf die Beine zu stellen.«

Jasmin ging an dem zerbrochenen Springbrunnen vorbei und an der steilen Gasse, durch die Grossman sie gefahren hatte.

Ihre Haare waren immer noch so nass, dass ihre Bluse am Rücken feucht wurde. Das verwaschene Muster mit lilafarbenen Rosen wurde ganz dunkel.

»Du musst nur an eines denken: Das Gericht ist immer noch sehr traditionell und patriarchalisch«, erklärte Marta. »Also achte darauf, lieb und nett und respektvoll zu sein ... und halte dich an das, was du wirklich weißt ... denn wenn man auch nur der geringsten Lüge überführt wird, hat man so gut wie keine Chance, zu gewinnen.«

»Und wie zeigt man Respekt?«

»Na, wie es eben üblich ist ... Jüngere zeigen ihre Achtung vor Älteren, Frauen respektieren Männer. Du musst würdig und höflich sprechen, darfst nicht laut werden und nicht zu viele Gefühle zeigen.«

»Okay«, nickte Jasmin.

»Und mach dir keine Sorgen«, sagte Marta.

»Aber das tue ich.«

»Das ist ganz normal, aber denk dran ... auch wenn das nur eine Routinesache für das Gericht ist, so werden sie zum Schluss ein gerechtes Urteil fällen.«

»Also versuche ich mich auf die Kernfrage zu konzentrieren«, überlegte Jasmin. »Dante hat ein Spielzeug bekommen, aber sein Visum verloren. Ist das gerecht? Ich meine, das ist doch krank.«

»Es wird schon gut gehen«, erwiderte Marta unkonzentriert.

»Ich werde nicht aufgeben«, betonte Jasmin leise.

Sie gingen an einem Mann mit zerknittertem Gesicht vorbei, der Schnaps von einem Metallkarren verkaufte, und durch ein Kellerfenster, das mit dem Boden abschloss, sah Jasmin zwei Männer, die auf einem Bett lagen und sich küssten.

»Aber du musst dich darauf vorbereiten, dass aus Wangs Sicht die Wahrheit ist, dass Dante nicht zurückgehen wollte«, erklärte Marta und band ihr Haar neu im Nacken. »Er wird sagen, dass Dante wusste, was er tat, sich aber dafür entschieden hat ...«

»Das können die doch nicht wirklich glauben«, protestierte Jasmin und versuchte Marta in die Augen zu sehen.

»Ich will damit nur sagen, dass es Minderjährigen nicht verboten ist, ihr Visum einzutauschen – es ist nur verboten, Kinder zu betrügen ...«

»Dante ist fünf Jahre alt, er kann nicht einmal seinen eigenen Namen schreiben«, rief Jasmin aus.

»Du wirst die Sache gewinnen«, versicherte Marta ihr. »Aber denk dran, dass du es auf die richtige Art und Weise angehst, denn es ist nicht gut, sich jemanden zum Feind zu machen.«

»Das ist mir egal«, sagte Jasmin.

Sie dachte an den Hafen, an all die Mythen, die über diesen Ort erzählt wurden, und dass die Zeit hier eine lang gezogene Nacht ohne Morgengrauen war. Die ganze Stadt hatte etwas unendlich Abgenutztes an sich, wie eine Zukunft, die schon uralt ist.

»Dieses System gibt es schließlich schon seit allen Zeiten«, sagte sie nach einer Weile. »Dann muss es doch funktionieren, oder?«

Marta blieb vor einer Tür stehen, drückte auf den Knopf einer Gegensprechanlage, bekam eine Frage auf Chinesisch gestellt, antwortete kurz und öffnete die Tür, als es summte. Jasmin hielt Dante fest an der Hand, als sie eine schmale Treppe hinaufstiegen.

41

Im ersten Stock lag ein dunkles Restaurant, das nach Sesamöl und Frühlingszwiebeln duftete. Ein Mann mit glänzendem Gesicht und freundlichen Augen führte sie zu einem runden Tisch, an dem Grossman und Ting mit einem anderen Mann saßen.

»Pedro«, sagte Marta und sah zum ersten Mal richtig glücklich aus.

Der kleine, glatzköpfige Mann stand auf und umarmte sie, dass ihre Füße sich vom Boden lösten. Er flüsterte ihr etwas ins Ohr, und sie machte sich lächelnd los.

»Das ist mein Mann, Pedro.«

Jasmin gab ihm die Hand und stellte Dante vor.

»Alle nennen sie mich den Stier von Casa Verde«, erklärte Pedro.

»Na, vielleicht nicht alle«, lachte Marta.

»Ich war Rechtsaußen beim São Paulo FC und richtig gut darin, Ecken auszuführen – bis ich den Ball verschluckt habe«, fuhr er fort und klopfte sich dabei auf seinen dicken Bauch.

»Erica«, sagte Marta mit warmer Stimme. »Komm her und sag Guten Tag.«

Ein hübsches Mädchen mit langen Locken schaute unter dem Tisch hervor. Marta betrachtete zärtlich ihre Tochter, während diese allen die Hand gab und sich vorstellte.

»Sie ist unglaublich hübsch – was für Augen«, sagte Jasmin.

»Danke«, erwiderte Marta und sah Erica strahlend an.

»Sie kommt ganz nach mir«, scherzte Pedro.

Sie setzten sich mit an den Tisch, und der Restaurantbesitzer zündete die Öllampe mit einem langen Streichholz an. Als er sich vorbeugte, fiel seine Plakette aus dem Hemdkragen. Sie war so abgenutzt, dass die Einprägungen nicht mehr erkennbar waren.

Der Lichtkreis ließ sie alle irgendwie näher zusammenrücken.

Eine dicke Frau stellte Glasflaschen mit roten Etiketten auf den Tisch, braune Bierflaschen und Dosen mit Laoshan-Cola. Schüsseln mit im Wok gebratenem Gemüse wurden dazugereicht. Pak Choi, Sojabohnensprossen, Bambusschösslinge, Taro und Wasserspinat glänzten in Sichuanpfefferöl.

Jasmin fiel auf, dass das Gemüse getrocknet war oder aus der Konserve stammte, aber der Duft, der sich im Raum ausbreitete, war einfach wunderbar.

Schüsseln mit dampfenden Teigtaschen wurden zusammen mit klebrigem Jasminreis gebracht, in Streifen geschnittenes Fleisch mit Paprika, fetter Speck mit süßsaurer Soße und dunklem Essig, Hähnchenfleisch auf verkohlten Holzspießen, Ingwer und Sternanis, gebratene Eiernudeln mit Frühlingszwiebeln und Sojasoße, Streifen von Rindfleisch und Schafsfußpilze, die nach Sesamöl und Koriander dufteten.

Jasmin fiel eine Ausstellung ein, die sie einmal im Kulturhuset in Stockholm besucht hatte. Es waren Zeichnungen jüdischer Kinder aus dem Konzentrationslager Theresienstadt. Sie zeigten nicht die Schrecken, Ängste und Qualen des Lagers. Fast alle Kinder hatten eine ganz normale Mahlzeit daheim mit der Familie gezeichnet. Mutter, Vater und die Geschwister um einen Esstisch.

Sie musste schlucken und versuchte Dante zu zeigen, wie man die Essstäbchen hielt, aber nach einer Weile kam der freundliche Mann mit der abgenutzten Plakette und brachte dem Jungen einen Porzellanlöffel.

Jasmin bedankte sich und sah, wie Dante zwischen den Bissen Erica anschaute. Sie saß ihm mit halb geschlossenen Augenlidern gegenüber und aß problemlos mit den Stäbchen.

»Möchtest du?«, fragte Ting und zog den Plastikkorken aus einer der Glasflaschen.

»Was ist das?«

»Baijiu – der beliebteste Schnaps der Welt.«

»Ein andermal«, sagte Jasmin.

Er zuckte mit den Schultern und schenkte Grossman, Pedro, Marta und sich selbst ein.

Dante winkte Erica zu, und sie antwortete mit einem Lachen, hob ihr Glas, das einen kleinen Sprung hatte, mit beiden Händen und trank, dass es ihr das Kinn herunterlief.

»Diese Frau«, sagte Pedro plötzlich und schien aufstehen zu wollen.

»Pedro, bitte, du musst nicht …«

»Als ich an diesem gewissen Morgen in den Nahverkehrszug eingestiegen bin und dich gesehen habe«, fuhr er fort und ergriff Martas Hand. »Du hattest eine cremefarbene Bluse mit einem perlenbestickten Kragen an und eine kleine Brosche mit … Bellis perennis, ich weiß nicht, wie die Blumen auf Englisch heißen.«

»Er macht das immer«, versuchte Marta ihn zu entschuldigen.

Erica hatte die Essstäbchen hingelegt und hielt sich mit beiden Händen die Ohren zu, lächelte dabei aber übers ganze Gesicht.

»Marta ist eine Heilige … ja, vielleicht nicht in jeder Beziehung, was nur ein Glück ist«, fuhr Pedro fort und leerte seine Tasse mit Schnaps. »Aber sie hat mich gerettet und mich zum glücklichsten Mann auf der Welt gemacht.«

»Ich liebe dich«, sagte Marta fast lautlos.

Grossman schaute sie ganz gerührt an.

»Ein Kuss«, flüsterte Pedro und beugte sich zu Marta vor.

Ting applaudierte, als die beiden sich küssten.

»Und dann bekamen wir unsere Erica«, fuhr Pedro fort. »Und damit jede Menge Probleme, Taschendiebstähle, Flüche ... Nein, ich mache nur Spaß.«

Er warf seiner Tochter einen Luftkuss zu und wischte sich die Tränen von den Wangen.

»Freunde, Freunde«, sagte Grossman und hob sein Glas. »Ich weiß nicht, wie euch zumute ist. Aber ich fühle mich fast lebendig.«

Seine Worte versetzten allen einen Stoß, ließen das Herz einmal aussetzen. Es schien, als hätten sie fast vergessen, wo sie sich befanden. Jasmin ließ ihren Blick von einem zum anderen wandern. Dante guckte mit großen Augen unverwandt zu Erica. Ting legte die Füße auf einen freien Stuhl und trank mit geschlossenen Augen Bier aus der Flasche. Ich weiß, dass wir tot sind, dachte Jasmin wieder. Aber wir sind nicht ausradiert, es gibt uns noch.

Dante hatte keinen Hunger mehr, und Jasmin sagte ihm, er solle sich für das Essen bedanken, dann dürfe er mit Erica vom Tisch aufstehen. Die beiden Kinder setzten sich ein Stück entfernt auf den Fußboden und begannen sofort miteinander zu spielen.

Jasmin lehnte sich zurück, spürte, wie satt sie war, und dabei fiel ihr ihr Vater ein, der gern über seine Muskeln Scherze machte und den ganzen Küchentisch mit seinem dicken Bauch wegschieben konnte. Worauf Diana und sie ihm jedes Mal begeistert applaudierten und Bravo riefen.

»Du lächelst«, stellte Ting fest, beugte sich vor und schenkte erneut aus der Flasche mit dem chinesischen Schnaps ein.

»Nur über eine Erinnerung«, sagte sie und schüttelte den Kopf, als er ihr mit der Flasche zunickte.

Ting aß weiter, legte glänzende Hähnchenschenkel in Reih und Glied auf seinen Teller und leckte sich schmunzelnd das Öl von den Fingern.

»Prost«, rief Pedro.

»Der Stier von Casa Verde«, lachte Ting und prostete ihm zu.

»Es gibt einen Clip von mir auf Youtube, der zeigt, warum ich den Namen gekriegt habe. Ich bin mit zwei Verteidigern von Santos zusammengestoßen, und wir sind alle drei ohnmächtig geworden.«

Grossman lachte und aß dann weiter, jedes Mal, wenn er die Stäbchen zum Mund führte, verlor er einiges von seinem Essen, sein Hemd war bereits voll mit Reis und Sojasoße.

»Möchtest du vielleicht lieber einen Löffel?«, neckte Jasmin ihn.

»Nein«, wehrte Grossman ab. »Das sieht vielleicht so aus, aber ich mache das mit voller Absicht, so kann ich nämlich abnehmen.«

Pedro rief nach mehr Bier und wischte sich das Gesicht mit seiner Serviette ab. Ting hatte die Hände im Nacken verschränkt und schaute Jasmin blinzelnd an.

Sie sah, dass Erica sich hingestellt hatte, und jetzt zeigte sie Dante ein paar Tanzschritte. Er versuchte, es ihr nachzumachen, aber sie schüttelte nur den Kopf und zeigte es ihm noch einmal. Sie nahm seine Hand und legte sie sich auf den Rücken, drehte sein Kinn, dass er ins Profil kam, und versuchte dann, ihn dazu zu bringen, einen Schritt zu tun.

»Jasmin«, sagte Marta. »Wie geht es dir? Ich achte auf die Zeit, du hast noch zwei Stunden, du kannst dich ein wenig erholen ... man sollte nicht zu früh vor Gericht erscheinen, und das liegt nicht einmal fünf Minuten von hier. Es wird schon alles gut gehen.«

Jasmin blickte auf, sicher hatte Marta recht, sie sollte versuchen, sich ein wenig zu entspannen. Alle würden begreifen, dass der Transportverwaltungsrat einen Fehler gemacht hatte. Jasmin sah ein, dass sie von ihrer alten Überzeugung loskommen musste, nach der Menschen gewalttätig waren und man ihnen nicht trauen durfte. Martas blasses Gesicht rötete sich leicht und wurde ganz entspannt, die Augen glänzten und leuchteten im Licht der Petroleumlampen.

»Danke«, sagte Jasmin.

Dante kam wieder heran und aß noch ein wenig, aber er hatte keine Zeit, sich hinzusetzen, er musste zurück zu Erica.

»Ich tanze Tango«, erklärte er eifrig.

Nach der Mahlzeit gingen alle ins Theater, wo Pedro sie herumführte. Sie begannen ihren Rundgang im Kostümfundus, wo sie sich eine Schaufensterpuppe in gelbem Seidenkleid ansahen, die noch aus der Zeit stammte, als man hier Pekingopern aufführte; dann gingen sie durch verschiedene Flure bis zu der Loge, in der Cheng Yanqiu höchstpersönlich gesessen hatte.

Ting nahm Jasmins Hand, als sie eine dunkle Treppe hintergingen und auf die Bühne hinter dem heruntergelassenen Vorhang kamen. Während Pedro von der Geschichte des Theaters erzählte, stand Jasmin dicht bei Ting und fühlte sich wie ein Teenager. Sie verschränkten die Finger ineinander, legten den Kopf in den Nacken und schauten auf zu den hoch oben hängenden Kulissen, dem Seil der Seilwinde und den Sandsäcken.

Als Pedro eine starke Lampe einschaltete, ließen sie sofort die Hand des anderen los und schauten sich die Kisten an, die er ins Licht zog.

In perfekten kleinen Schachteln mit Glasdeckel lagen wunderschöne Holzmarionetten in Reih und Glied. Mit lackierten Gesichtern schauten sie ihre Betrachter traurig an.

Pedro legte einen Finger auf die Lippen, gab ihnen somit ein Zeichen, leise zu sein, und plötzlich hörten sie die Musik des *Nussknackers* von einem alten Plattenspieler. Alle Zuschauer zogen sich aus dem Lichtkegel zurück. Grossman und die Kinder setzten sich auf den Boden. Jasmin spürte, wie Marta ihren Arm berührte, sie beugte sich zu ihr und flüsterte in der Dunkelheit:

»Jasmin, die Vorstellung dauert fast eine Stunde, du kannst sie nutzen und in den Kostümfundus runtergehen.«

»Was soll ich mir aussuchen?«

»Nimm ein Abendkleid, um einen gewissen Respekt zum Ausdruck zu bringen.«

Aus einer der Kisten kletterte eine Puppe, eine merkwürdige, gekrümmte Figur, die langsam ins Licht humpelte.

»Welche Farbe?«, flüsterte Jasmin.

»Nicht gelb und nicht rot«, sagte Marta und legte ihr den Schlüssel in die Hand. »Aber gern hübsch.«

»Ich weiß nicht, ob ich den Weg zurück in den Fundus finde.«

»Du brauchst nur hier durch die Tür zu gehen und dann hoch …«

»Ich kenne ihn«, sagte Ting neben ihr.

42

Sie schlichen sich von der Bühne in die Dunkelheit, liefen die steile Treppe hinauf und vorbei an den Logen. Jasmin wusste sehr genau, was sie beide im Schilde führten. Tings Nähe machte ihr die lustvolle Schwere jeder Bewegung bewusst.

Die Musik des *Nussknackers* war immer noch zu hören, als sie die Tür zum Kostümfundus aufschloss und beide hineingingen. Ting drehte den Lichtschalter an der Wand, es knackte, und ein elektrischer Kronleuchter erstrahlte an der Decke. Sein gebrochener Schein ergoss sich über die Schaufensterpuppe mit dem gelben Seidenkleid und einige gemalte Kulissen, die an einer Wand lehnten.

»Was ich vorhin bei der Werkstatt gesagt habe«, begann Jasmin, »das habe ich nicht gewollt, das war gemein von mir.«

»Ist schon okay.«

»Nein, ist es nicht … Ich weiß nicht, warum ich … warum ich das gesagt habe, es ist mir peinlich, es tut mir unglaublich leid, es geht mich überhaupt nichts an, was du mit deinem Leben gemacht hast.«

»Nein«, antwortete er leise.

»Verzeih mir.«

Er nickte kurz und ging dann weiter an einer Kulisse entlang, die die verbotene Stadt in Peking darstellte.

»Aber es war nicht richtig, dass du gelogen hast«, fügte sie hinzu.

»Ich konnte ja wohl kaum sagen, wie es wirklich gewesen ist …«

»Doch.«

»Hallo, ich bin ein Idiot – ich habe eine Überdosis Heroin genommen.«

»Ist das die ganze Wahrheit?«, fragte sie leise.

Ting kam näher, sein Gesicht war starr, aber die Wangen erröteten, als er mit leiser Stimme anfing zu reden:

»Die Wahrheit ist, dass ich eine eigene kleine Werft auf Vaxholm gegründet habe ... ich habe exklusive Sportboote gebaut, du hättest sie sehen sollen, vierzig Fuß, fünfzig Fuß, lackiertes Mahagoni, jedes Detail war handgemacht ... Boote, die ich mir selbst nie hätte leisten können, aber ich wurde zu Partys eingeladen, glaubte, das wahre Leben zu leben ... Es dauerte vier Jahre, dann hatte ich die Werft verloren, die Wohnung, bekam eine Strafe auf Bewährung, nahm die erste Überdosis, stahl meinem Großvater Geld, nahm die zweite Überdosis und landete hier ... ja, du hast recht, ich habe es nicht verdient, zurückzukehren.«

»Doch, das hast du«, sagte Jasmin.

»Es können nicht alle perfekt sein«, erwiderte er und senkte den Blick.

»Ich muss zugeben, dass es schon ein merkwürdiges Gefühl ist, der einzige perfekte Mensch zu sein«, bemerkte Jasmin.

»Das bist du.«

»Ja, natürlich.« Sie lachte.

»Bis auf die Tatsache, dass du immer das letzte Wort haben musst.« Er lächelte.

»So war ich schon als Kind«, erwiderte sie.

»Du bist immer noch so.«

»Vielleicht bist du ja auch so«, gab sie Kontra, sie konnte einfach nicht anders.

Lächelnd legte er ihr die Hand auf die Wange, aber sie drehte den Kopf weg, sie war noch nicht fertig, sie musste es ihm sagen.

»Ting, nur damit du es weißt: Ich bin so perfekt, dass ich

zweimal Psychopharmaka nehmen musste ... das letzte Mal war so schlimm, dass ich in die geschlossene psychiatrische Klinik zwangseingewiesen worden bin und ...«

Sie vermochte es nicht, seinem Blick zu begegnen, und schlug die Augen nieder.

»Und ich bin mir bewusst, wie unglaublich unsexy das ist, aber ich wollte es dir auf jeden Fall sagen.«

»Danke.«

»Es gibt bestimmt eine ganze Menge gute Ausreden, traumatisierende Erlebnisse, was auch stimmt ... ich habe in meinem Beruf eine Fehlentscheidung getroffen, die ... die dazu führte, dass zwei von uns gestorben sind und mehrere verletzt wurden.«

»Was ist passiert?«

»Das spielt keine Rolle, denn im Grunde zählt nur, dass ich mich nicht unter Kontrolle hatte, als ich es hätte haben müssen«, antwortete sie. »Ich musste mich um Dante kümmern, habe aber trotzdem den Kopf verloren ...«

»Das kommt manchmal vor«, sagte er ruhig.

Jasmin ging an ihm vorbei, sie nahm seinen Duft nach frisch gesägtem Holz wahr, und es lief ihr ein Schauder über den Rücken, als sie merkte, dass er ihr zwischen den Kleidern im Kostümfundus folgte.

Sie wusste genau, was sie tat. Sie spürte sehr deutlich wieder diese alte Sehnsucht danach, sich selbst für ein paar Momente zu verlieren und in den Gefühlen zu versinken.

Der Schein des Kronleuchters reichte nicht bis zu den letzten Kleiderreihen. Sie ging langsamer, entdeckte eine Lampe auf einem Schreibtisch und suchte in der Dunkelheit nach dem Schalter. Die ganze Zeit hörte sie Tings Atem hinter sich und spürte den heftigen eigenen Herzschlag.

»Ich muss mir ein Kleid aussuchen«, sagte sie und strich mit den Fingern über den Schalter.

Als das Licht anging, sah sie, dass die Lampe die Form eines lebensgroßen Hasen hatte. Der rosa Plastikkörper verströmte ein weiches Licht, das sich über die lange Reihe von Kleidern legte. Einige waren abgetragen, ihre Nähte waren ausgefranst, während andere wie neu aussahen.

Das Lachen der Kinder war durch die Wände zu hören, gefolgt vom Klang der Musik.

»Das hier ist schön«, sagte Ting und zog ein Kleid aus lachsrosa Seide heraus.

»Aber wohl etwas zu klein für mich«, lachte Jasmin.

»Wirklich?«

Er hielt es hoch, und sie ging zu ihm hin und legte sich den kühlen Stoff auf den Körper. Seine Hand streifte ihre Hüfte.

Sie fühlte sich stärker von ihm angezogen als jemals von einem anderen Mann.

Vielleicht war es das Leben in ihr, das so schwer in der Waagschale lag.

Denn in dieser Sekunde standen ihre Herzen still wie die Steine auf dem Boden an einem Ort, der unter einer Glaskuppel mit wirbelndem Schnee lag.

Sie war tot, spürte aber die Glut durch den Körper strömen. Ihre Beine wurden schwach. Als wäre sie wieder ein Teenager und badete nackt mit ihrem ersten Freund im Meer bei Mondschein.

»Kommst du mich besuchen, wenn wir zurück sind?«, fragte er.

»Ja«, antwortete sie und zeigte auf die Perle, die an seinem Ohrläppchen hing.

»Du lügst«, lächelte er.

»Du bist hier der Lügner.«

»Immer musst du das letzte Wort haben«, sagte er.

»Nein«, widersprach sie und gab ihm einen leichten Kuss.

»Jasmin, ich …«

»War das nicht richtig?«, fragte sie und trat einen Schritt zurück.

»Ich weiß nicht«, antwortete er und errötete leicht dabei.

»Du bist wirklich jung«, sagte sie und sah, wie er ganz rot wurde.

Sie nahm seine Hand und legte sie sich an die Wange, hielt sie dort fest und schaute ihm in die Augen. Er war mindestens zehn Zentimeter kleiner als sie. Vorsichtig schob sich seine Hand um ihren Nacken, und sie beugte sich vor und küsste ihn wieder auf den Mund, ganz leicht.

»Wir tun, was wir wollen«, flüsterte sie an seinem Mund. »Wir sind erwachsen ... ja, wir sind sogar tot.«

»Nicht ganz«, erwiderte er leise.

»Ich weiß, aber warum sagen dann alle, dass wir tot sind?«

»Die lügen«, antwortete er.

Sie küssten sich, und Jasmin öffnete seiner warmen Zunge den Mund. Es prickelte vor Verlangen in ihrem ganzen Körper. Das Geräusch seines Herzens klang in ihr.

»Die meisten verlieren hier ihre Farben«, sagte Ting und betrachtete sie eindringlich. »Aber du leuchtest, dein rotes Haar, deine Haut, jeder einzelne kleine Punkt ...«

»Du weißt, warum ich diese Punkte kriege?«

Er lachte, wurde dann jedoch wieder ernst. Die Narbe, die sein linkes Auge überzog, war dunkler geworden. Jasmins Gesicht schwebte tief in seinen schwarzen Pupillen.

»Ich bin mir nicht sicher, dass ich das will, was wir hier tun«, sagte er.

»Warum nicht?«, fragte Jasmin.

»Weil du gemein bist.«

»Und wenn ich jetzt netter werde?«, flüsterte sie und versuchte seine Jeans aufzuknöpfen.

»Das wirst du nicht.«

Er packte ihre Handgelenke und hielt sie in einem lockeren Griff vor sich.

»Nein«, gab sie zu. »Aber wir machen es trotzdem«, sagte sie und spürte die sanfte Wärme in seinem Schritt.

»Nein«, widersprach er.

Mit heißen Wangen löste sie ihre Hände aus seinem Griff und begann erneut seine Hose aufzuknöpfen. Die war eng, und der zweite Knopf hatte sich in diversen Fäden verfangen.

»Was tust du?«, flüsterte er und zog wieder ihre Hände fort.

»Ich versuche dich zu verführen, aber das klappt nicht so gut«, antwortete Jasmin.

»Warum willst du mit mir schlafen?«, fragte er unverblümt.

Jasmin hatte sich diese Frage auch gestellt, aber sie wusste, dass sie jetzt nicht mehr zurückkonnte. Sie wollte es, sie wollte mit ihm zusammen sein, ihn in sich spüren.

Er zog sein T-Shirt über den Kopf und warf es auf ein altes Plüschsofa. Sein Körper war jung und schön, der Bauch war flach, die Brust unbehaart.

Eine plötzliche Verlegenheit durchfuhr sie, als sie sich den Slip auszog. Das hier war zu mächtig geworden. Sonst war sie nie schüchtern. Im Gegensatz zu fast allem anderen war Sex für sie ziemlich einfach. Aber gerade jetzt war das anders. Ihr Herz schlug viel zu schnell. Sie begriff nicht, warum sie sich so sehr nach ihm sehnte.

Ting streichelte ihre Brust durch die Bluse und küsste ihren Hals. Die Plakette rutschte zur Seite. Jasmin atmete schnell und schaute auf die geschlossene Tür. Ting fand ihre Brustwarze unter dem dünnen Stoff und schloss seine weichen Lippen um sie.

Er flüsterte etwas, küsste sie erneut und schaute sie mit dunklen Augen an.

Jasmin spürte, wie ihre Hände zitterten, als sie wieder versuchte seine Jeans zu öffnen, und sie musste kichern, weil es ihr nicht gelang.

»Der Knopf hat sich verhakt ...«

Er versuchte es selbst, sagte etwas, das sie nicht verstand, und zog so kräftig am Reißverschluss, dass die Naht knackte.

Vorsichtig zog Jasmin den Rock über die Hüften und

betrachtete Ting in dem rosa Schein, während er versuchte, die verdrehten Jeans mit dem einen Fuß abzustreifen.

Wieder war Musik von dem Puppentheater zu hören, kleine, helle Glocken.

Jasmin setzte sich auf das Sofa und klemmte die Schenkel zusammen, spürte die glühende, schlüpfrige Wärme in ihrem Inneren.

»Komm jetzt«, flüsterte sie.

Eine Hand rutschte ihr zwischen die Polster, und sie fühlte den Staub und den Sand dort.

Ting trat zu ihr, und sie dachte flüchtig, dass sie vielleicht warten sollten, lehnte sich aber dennoch zurück.

Ein Kissen fiel zu Boden, als sie die Beine spreizte, dass die Muskeln in den Leisten sich anspannten. Jasmin spürte sein Gewicht über sich, die Hitze seiner Haut und die schnellen Herzschläge, als sie ihn seufzend in sich aufnahm.

Ihr ganzer Körper vibrierte. Sie war kurz davor, sofort zu kommen, und hielt ihn still, bis sie sich ein wenig beruhigt hatte.

Als sie ihn losließ, begann er sofort zuzustoßen, und sie versuchte ihre Hüfte im Takt zu bewegen, aber er hatte es viel zu eilig.

»Ruhiger«, flüsterte sie.

Er stöhnte an ihrer Wange, machte langsamer weiter, und sie fühlte den Schweiß auf seinem Rücken, konnte sich nicht mehr zurückhalten, schloss die Augen und fiel in die Verzückung.

43

Eine Stunde später hielt Marta die Tür auf und ließ Jasmin in den Raum eintreten, an den sich der Sitzungssaal des Amtsgerichts anschloss. Dante befand sich bereits im Zuschauerbereich, zusammen mit Grossman, Pedro und Erica, während Ting in der Kabine für Simultandolmetscher saß.

»Die Hauptverhandlung beginnt in drei Minuten«, flüsterte Marta und folgte Jasmin.

Ein sehr alter Mann mit dünnen Beinen, vielleicht ein Wachmann, saß auf einem Holzstuhl vor der Saaltür. Über ihm hing ein Wandtelefon aus verblichenem Plastik, das ausgeleierte Kabel um den Apparat gewickelt. Die Wände waren kahl bis auf einen Spiegel in einem Holzrahmen und ein verstaubtes Gemälde von Konfuzius, die Hände vorgestreckt, als wäre er gerade dabei, einen Schmetterling zu formen. In einer Ecke stand ein offener Schrank mit einer Glaskaraffe und drei Wassergläsern.

Marta half Jasmin, den Mantel auszuziehen, trat einen Schritt zurück und starrte sie an. Ihre Augen waren groß, die Pupillen wie schwarze Inseln in dunklen Seen.

»Du bist unglaublich schön«, flüsterte sie.

»Ich habe das Gefühl, als hätte ich mich ein paar Jahre zu spät für den Schulball verkleidet«, lächelte Jasmin.

Sie dachte daran, wie Ting noch auf dem Plüschsofa lag und sie selbst ganz nackt war, als sie das Kleid in dem Kostümfundus entdeckte. Ein enges, langes Kleid aus Seide – in schimmerndem Taubenblau. Als sie es anprobierte, bemerkte sie einen leichten Parfümduft, der sich im Stoff gehalten hatte.

»Du erregst Aufmerksamkeit, und das ist gut«, sagte Marta.

»Bist du dir sicher, dass das gut ist?«

»Ja, ganz sicher.«

»Okay.«

»Bei hundert Zivilklagen ist vielleicht einmal einer der Beisitzer soweit interessiert, dass er seinen Blick hebt ... wir müssen alle Mittel einsetzen, damit die uns überhaupt zuhören.«

Der abgetretene Parkettboden knackte, als Jasmin zum Wandspiegel ging und sich selbst darin betrachtete.

Das Kleid saß, als wäre es ihr auf den Leib geschneidert. Als Träger dienten nur zwei glänzende Bänder über ihren sommersprossigen Schultern. Der Stoff schmiegte sich an den Körper und die Hüften, sodass sie schlanker und weniger muskulös aussah.

»Wu Wang ist bereits an seinem Platz, er hat vier Ingenieure bei sich, die ihn vertreten werden«, berichtete Marta und schielte zur Saaltür.

»Aber wo ist mein Rechtsbeistand? Ich sollte hier doch einen Anwalt kriegen.«

»Tada!«, murmelte der alte Mann auf dem Holzstuhl.

Er ergriff unsicher seinen Stock und schlug sich den Kopf an dem Wandtelefon, als er aufstand.

»Dieser Raum wurde früher als Billardzimmer genutzt«, erklärte er mit knarrender Stimme. »An der Rückseite gab es eine Treppe für die feinen Gäste vom Komitee.«

»Ist er überhaupt Anwalt?«, fragte Jasmin leise.

»Das darf er gar nicht sein«, erklärte Marta. »Ich kann die ganze Zeit als Beraterin bei dir sitzen, aber ich darf nicht für dich sprechen, weil ich dem Corpus Iuris angehöre ... Denn wenn man einen Anwalt als Rechtsvertreter nimmt, heißt das, dass man nicht an seine Sache glaubt.«

Der alte Mann kam langsam auf sie zu und schaute Jasmin mit schmalen Augen durch dicke Brillengläser an.

»Mir wurde gesagt, wir sollen heute gemeinsam im Gerichtssaal sein«, begann er und streckte eine magere Hand mit Pigmentflecken vor.

»Ja«, sagte Jasmin und schüttelte ihm die Hand.

»Dong Hongli, Master of Social Sciences«, stellte er sich vor.

»Jasmin Pascal-Andersson.«

Er hielt sich die Hand hinters Ohr, um besser hören zu können, und nickte verwundert.

»Ja, ich habe auch einen Cadillac gefahren, als ich noch jung war«, erwiderte er.

»Ich heiße ...«

»Ja, ich weiß, ich habe nur Spaß gemacht«, lachte der alte Mann und tätschelte ihr die Wange. »So alt bin ich nun auch nicht.«

Die großen Fensterscheiben hinter ihnen waren von einer schmutzig gelben Staubschicht bedeckt, die den Dämmerungshimmel draußen abgenutzt wirken ließ.

»Wie wollen Sie die Sache angehen?«, fragte Jasmin und schaute ihm dabei in die Augen.

»Zunächst habe ich eine Zivilklage hier im großen Saal, anschließend gibt es ein Glas Single Malt, ein frühes Essen und eine Partie Mah-Jongg mit meiner lieben Frau.«

»Ich meinte die Gerichtsverhandlung.«

»Ach das, das ist einfach ... Nach einigen Höflichkeitsfloskeln erwarte ich, dass der Richter Sie nach dem Grund fragt, warum Sie Einspruch gegen den Beschluss des Transportverwaltungsrats eingelegt haben, und dann müssen Sie aufstehen und die Wahrheit sagen.«

»Und ist es ein guter Richter – was meinen Sie?«, fragte Jasmin und spürte wieder heftige Nervosität in der Magengrube.

»Er ist gerecht, das meinen die meisten … Widmet fast seine gesamte Zeit bei Gericht dem Kampf gegen die Triade«, antwortete der alte Mann.

»Das klingt gut.«

»Und er hat ein Herz … Jedenfalls weiß ich, dass er vor ein paar Jahren so wahnsinnig in ein Schulmädchen verliebt war, dass er ihren Speichel mit Honig vermischt und das dann als Medizin getrunken hat«, berichtete Dong Hongli.

Jasmin hörte, wie Menschen in dem Saal Platz nahmen, und sie zwang sich, auf den abgetretenen Parkettboden zu starren, auf einen Lehnstuhl mit zerschlissenen Kissen und gerissenem Leder, auf die Schrammen an der Wand, die der Lehnstuhl verursacht hatte, und auf die Staubflocken, die in der stillstehenden Luft glitzerten.

»Jasmin? Du schaffst das«, sagte Marta. »Wir sind ja alles durchgegangen, du weißt, was du zu tun hast … du musst höflich sein und von deinem Sohn berichten, halte dich an die Wahrheit … und versuche daran zu denken, dass ihnen Gefühle peinlich sein können.«

»Ist es so weit?«, fragte Jasmin.

»Wir gehen vor dir rein, gib uns mindestens zwanzig Sekunden.«

Marta öffnete die Tür, ließ den alten Mann zuerst hineingehen, warf Jasmin noch einen kurzen Blick zu und folgte ihm dann. Die Tür schloss sich hinter ihnen. Das Gemurmel im Saal verstummte, man hörte aber weiterhin das Knacken der Bänke.

Jasmin wartete zwanzig Sekunden, so erschien es ihr zumindest, und hängte noch einen Moment dran, atmete langsam, zählte bis zehn, dann streckte sie sich, hob das Kinn und öffnete die Tür.

Der schwere Seidenstoff schmiegte sich weich an ihren Körper, und als sie mit langsamen Schritten nach vorn ging, schimmerte das Kleid in seinem kühlen Blauton.

Sie nahm die Kopfhörer für die Simultanübersetzung von dem Haken an der Wand und ging weiter.

Der große Sitzungssaal des Amtsgerichts ähnelte einer Aula im Osteuropa der 1960er-Jahre, mit grauem Teppich, vergilbten Lautsprechern an den Wänden und Aschenbechern aus Messing, die in die Armlehnen der Bänke eingelassen waren.

Jasmin entdeckte Dante, der sich zwischen Grossman und Erica in der ersten Zuschauerreihe befand, dann konzentrierte sie sich nur noch darauf, mit ruhigem Schritt zum Richter und den zweiundvierzig Beisitzern vorzugehen.

Die Zuschauer hatten sich auf die Bänke verteilt; ein Flüstern war zu hören, als sie vorn am Podium in ihr Blickfeld trat.

Ting saß in der Dolmetscherkabine hinter einer glänzenden Fensterscheibe. Das Licht der Deckenlampen fing sich in den Kratzern im Glas.

Er pfiff leise in ihre Kopfhörer.

Der erhabene, gelehrte Richter wartete mit schweren Lidern und reglosem Gesicht, aber Jasmin spürte deutlich, dass er sie nicht aus den Augen ließ. Marta und Dong Hongli saßen auf der Seite des Klägers, und Jasmin ging ruhig zu ihnen. Voller Absicht bewegte sie sich langsamer. Der opalisierende Stoff des Kleids warf kleine, glänzende Schatten um sie.

Marta zeigte mit einer Handbewegung, wo sie sitzen sollte, aber Jasmin blieb stehen und ließ den Blick über den Saal schweifen. Die zweiundvierzig Beisitzer ähnelten einem Symphonieorchester ohne Instrumente. Keinen von ihnen schien der Prozess irgendwie zu interessieren, niemand schien registriert zu haben, dass sie hereingekommen war. Wu Wang saß in einem frisch gebügelten Anzug an seinem Platz und hatte die vier Ingenieure an seiner Seite. Dantes glänzende Visumsplakette hing gut sichtbar um seinen Hals.

»Bleiben Sie noch eine Weile stehen«, flüsterte Dong Hongli.

Der Richter hatte sie immer noch nicht aus den Augen gelassen. Sein Haar war wie weiße Daunen, seine Augen dunkel, das Gesicht ernst und faltig. Vorn an seinem erhöhten Tisch hing eine Seidenbanderole mit den Worten »Die Revolution ist kein Galadinner« auf Chinesisch und auf Englisch.

»Alles andere als traditionell«, bemerkte er schließlich in Jasmins Richtung. »Aber genügend Glanz im Stoff, um mich an Macau zu erinnern.«

Er unterdrückte ein Lächeln und machte eine einladende Geste hin zu ihrem Stuhl. Fünf oder sechs der Beisitzer schauten sie plötzlich an. Ein Stift fiel zu Boden und rollte davon. Sie nickte dem Richter dankend zu und setzte sich auf ihren Platz.

»Wie haben Sie es geschafft, dass Ihr Haar so rot ist?«, fragte der Richter und beugte sich über seinen Tisch vor.

»Ich bin rothaarig«, antwortete Jasmin.

Jetzt schauten vielleicht fünfzehn der Beisitzer sie an. Marta legte eine beruhigende Hand auf ihre, aber Dong Hongli sah zufrieden aus.

Der erhabene, gelehrte Richter stand auf und zog seine uniformähnliche Jacke über dem dicken Bauch zurecht, bevor er sich an die Beisitzer wandte.

»Ich ziehe keinen eigenen Nutzen aus dieser Sache, ich habe keine Befangenheit anzumelden«, sagte der Richter in einem Ton, als bete er etwas auswendig Gelerntes herunter. »Ich habe keine vorgefasste Meinung, ich kenne weder die Klägerin noch den Beklagten, ich habe nicht mit dem Gewicht an der Waage betrogen, ich habe mich nicht dem Spiel oder der Wette hingegeben, ich bin nichts anderes als ein Diener des Gerichts.«

Dann setzte er sich wieder, machte sich Notizen auf einem Stück Papier und wandte seinen Blick Dong Hongli zu, der augenblicklich aufstand und hinter seinen Brillengläsern heftig blinzelte.

»Wu Wang hat mit dem Jungen gespielt und dabei dessen Visum gewonnen«, begann er und räusperte sich kurz. »Was vollkommen legitim ist, es gibt Zeugen dafür, aber meine Mandantin hat dennoch dem Tausch widersprochen, da es sich um einen frisch angekommenen Minderjährigen handelt, dem der Wert seines eigenen Visums nicht klar ist.«

»Er ist gut«, flüsterte Marta.

»Aber er muss doch sagen, dass ich seine Mutter bin«, flüsterte Jasmin zurück.

»Möchte die Klägerin dem etwas hinzufügen?«, fragte der Richter.

»Antworte, dass Dong Hongli für dich spricht«, sagte Marta leise.

»Dong Hongli spricht für mich.«

»Du musst aufstehen«, sagte Ting über die Kopfhörer.

»Ich habe nicht verstanden, was die fünfte Schönheit gesagt hat«, schmunzelte der Richter.

44

Als Jasmin Pascal-Andersson aufstand, wurde es vollkommen still im großen Saal des Gerichts. Der kühle Stoff spannte bei jedem Atemzug über ihrem Brustkorb. Ihr Blick wanderte über die vereinzelten Zuhörer, dann weiter zu den zweiundvierzig Beisitzern und Wu Wang mit seinen vier Ingenieuren. Ting saß mit Stift und Papier vor dem Mikrofon in der Kabine. Die Lampen spiegelten sich in der Glasscheibe, trotzdem konnte sie sehen, wie verkniffen sein Gesicht war. Auf der Bank gleich hinter ihr saß Dante und spielte mit Erica, während Pedro und Grossman Jasmin ansahen.

»Dong Hongli spricht für mich«, wiederholte sie.

»Aber Sie sind ein weitaus angenehmerer Anblick für die Augen«, sagte der Richter.

Einige Männer lachten bei diesen Worten, während es Jasmin nicht gelang, ein Lächeln hervorzubringen. Stattdessen hob sie das Kinn, erwiderte den Blick des Richters, und es dauerte eine Weile, bevor sie zu sprechen begann.

»Ich möchte nicht unhöflich sein«, sagte sie und sog zitternd die Luft in die Lunge. »Und das hier muss nicht einmal als ein Konflikt angesehen werden ... Vielleicht handelt es sich ja nur um ein Missverständnis? Sicher ist es so, jedenfalls möchte ich das annehmen, denn ... denn ich habe absolut nicht die Absicht, Wu Wang wegen irgendetwas anzuklagen. Aber ich kenne Dante, er ist mein Sohn, mein einziges Kind ... und ich weiß, dass er sein Visum mit niemandem tauschen will ... Das ist der Grund, warum ich dem Entschluss des Transportverwaltungsrats widerspreche.«

Es knackte leise in den Kopfhörern. Der Richter sah sie verwundert an, und sie verstand, dass sie mehr sagen musste.

»Ich werde nichts als die Wahrheit sagen«, fuhr sie fort und suchte Hilfe in Dong Honglis Augen.

»Sie möchte damit betonen, dass sie dem Amtsgericht des Volkes vertraut«, sagte er knarrend.

»Ich vertraue dem Amtsgericht des Volkes«, wiederholte Jasmin und schaute wieder den Richter an. »Und ich vertraue dem erhabenen, gelehrten Richter und den zweiundvierzig Beisitzern.«

»Erzählen Sie, wie Sie hergekommen sind«, sagte Dong Hongli.

»Wir hatten einen Autounfall kurz vor Stockholm«, fuhr Jasmin fort. »Es war der erste Schneefall in diesem Winter ... Wir waren auf dem Weg zu Dantes Vater, sind aber nie angekommen ... Wir sind hier gelandet.«

»So etwas kennen wir alle«, sagte der Richter, und der Glanz in seinen schweren Augen wurde tiefer.

»Wir sind gemeinsam in einer Kabine aufgewacht und hinunter zum Kai gegangen, dort haben wir unser Visum bekommen und wollten zum Terminal gehen. Auf dem Weg dorthin sind wir in eine Falle gelockt worden.«

»Sie hören Ihnen zu«, flüsterte Dong Hongli neben ihr.

»Die Triade hat sich Dante geschnappt ... und sie wollten mich umbringen, damit niemand für ihn klagen könnte.«

»Wenn die Triade Sie getötet hätte, hätten wir nicht das Vergnügen gehabt, Sie kennenzulernen«, sagte der Richter freundlich.

»Sie haben mir meinen Sohn weggenommen.«

»Das kann sich so anfühlen, wenn man hierherkommt«, sagte Wu Wang mitfühlend und stand auf.

Sie spürte, wie ihr Mund anfing zu zittern, wusste aber, dass sie nicht weinen durfte. Es war ganz still im Gerichtssaal, alle Beisitzer hörten ihr zu. Dante sah sie mit großen Augen an und hörte Ericas Versuchen zu, für ihn zu übersetzen.

»Setz dich jetzt«, flüsterte Marta.

»Sie haben das ja auch schon gesehen«, fuhr Wu Wang mit mitleidiger Stimme an die Beisitzer gerichtet fort. »Eltern kommen hier in den Hafen und suchen nach ihrer Familie, es ist unerträglich, verzweifelt irren sie durch die Dunkelheit, nehmen Kontakt zu fremden Kindern auf ...«

»Was redet er da?«, fragte Jasmin verwirrt.

»Dieser Junge ist nicht das Kind, das Sie verloren haben, sondern ...«

»Dante ist mein Sohn«, unterbrach Jasmin ihn empört.

»Wir können verstehen, dass Sie das glauben«, versicherte Wu Wang ihr mit ernster Stimme.

»Ich habe ihn geboren, und ich kenne ihn besser als jeder andere«, erklärte sie mit zitternder Stimme. »Er weiß nicht einmal, was für ein Ort das hier ist, er versteht nicht, was ein Visum bedeutet, er glaubt, das ist nur eine Halskette, er ist zu klein für all das hier, viel zu klein, das Einzige, was er versteht, ist, dass er ein Spielzeug von Wu Wang bekommen hat ... Wenn es also irgendeine Art von Gerechtigkeit gibt, dann muss der Tausch für ungültig erklärt werden.«

Wu Wang ließ sich wieder auf seinen Stuhl sinken.

Der älteste seiner Ingenieure erhob sich, strich sich mit der Hand über seinen dünnen, grauen Bart, dann setzte er zu einer Rede an.

»Hochgeschätzter, gelehrter Richter, verehrte Beisitzer ... Ich habe nicht die Absicht, mich in Koketterien oder Hysterie zu ergehen, denn das hier ist das Amtsgericht ... Lassen Sie uns also die Nadel durchs Auge der Gottesanbeterin stechen. Sie alle wissen, dass Wu Wang sich sehr um das Wohlergehen der Menschen in dem Stadtteil kümmert, der Jipin genannt wird. Das ist ein gefährliches Viertel, in dem viele bedürftige

Menschen leben. Wu Wang selbst hat elfhundert Schalen Suppe verteilt, und er war auf dem Rückweg, als er unter einer Plastikfolie hinter dem Basar ein verlassenes Kind fand ... Einen schmutzigen Jungen, der großen Durst hatte, der seit Tagen nichts gegessen hatte und der ...«

»Er ist heute hergekommen – zusammen mit mir«, unterbrach Jasmin ihn.

»Als ich zur Schule ging, hat man mir beigebracht, im Beisein von Männern mit größerem Wissen den Mund zu halten«, sagte der Ingenieur hochmütig.

»Vielleicht erinnere ich mich falsch«, sagte Dong Hongli, ohne dass es ihm gelang aufzustehen. »Das nordöstliche China hatte viel Schwerindustrie – aber hatten sie dort wirklich gute Lehrer?«

Viele der Zuhörer lachten und sahen dabei den Ingenieur an, und einige der Beisitzer verzogen den Mund.

»Fahren Sie fort«, sagte der Richter scharf.

»Wu Wang war auf dem Weg zu einer Sitzung unten im Stadtplanungsbüro, aber er hatte nicht das Herz, den Jungen dort liegen zu lassen«, fuhr der Ingenieur fort. »Stattdessen gab er ihm zu essen und zu trinken und nahm ihn mit in sein Haus, damit er in Sicherheit war.«

Jasmin hörte Tings knisternder Übersetzung zu und begann am ganzen Körper zu zittern, als sie einsah, wie vollkommen falsch sie Wu Wang eingeschätzt hatten. Er hatte seine Chance gesehen, wieder ins Leben zurückzukehren; die Wahrheit interessierte ihn überhaupt nicht.

»Wu Wang blieb bei dem Jungen sitzen und erzählte ihm, wie die Stadt hier funktioniert«, berichtete der Ingenieur. »Er erklärte ihm, dass man auf sein Visum aufpassen muss, wenn man zurück will, dass man das Visum aber auch tauschen oder verkaufen kann, wenn man lieber hierbleiben will ...«

»Er lügt«, unterbrach Jasmin ihn und stand so heftig auf, dass der Stuhl gegen die Wand stieß. »Er lügt bei jedem Wort.«

»Ruhe im Saal«, sagte der Richter streng.

»Jasmin«, flüsterte Ting ihr warnend über die Kopfhörer zu. »Bleib ruhig, sonst bestrafen sie dich noch ...«

»Dante ist mein Sohn«, fuhr Jasmin mit lauter Stimme fort. »Und ich kann beweisen, dass ...«

»Ruhe!«

Wu Wang lächelte bedauernd, als wäre Jasmins Ausbruch zu erwarten gewesen, beklagenswerterweise war sie nun einmal verwirrt. Einige weiße Strähnen seines nach hinten gekämmten Haars fielen ihm in die Stirn, als er auf ein Papier auf dem Tisch sah.

Einer der Beisitzer stand auf, und von den anderen war ein Gemurmel zu hören. Er war hochgewachsen und mager, hatte schmale, eingerissene Lippen und einen angestrengten Blick hinter der Brille.

»Sie muss des Sitzungssaales verwiesen und auf den Marktplatz geschafft werden«, sagte er mit erregter Stimme.

»Verzeihung, ich wollte nicht ...«

»Führt sie hinaus«, unterbrach der Beisitzer wütend. »Sie muss unter Arrest gestellt werden ...«

Dong Hongli verlor seinen Stock, als er aufstehen wollte. Der fiel scheppernd zu Boden und rollte vor die Füße von Wangs Rechtsbeiständen.

Der Ingenieur stand da, mit dem Stock vor seinen Füßen, und sah zu, wie Dong Hongli mit großer Mühe versuchte, sich vom Stuhl zu erheben. Es gab keine Alternative. Der Altersunterschied zwang den Ingenieur, den Stock aufzuheben, zu Dong Hongli zu gehen und ihn ihm zu überreichen.

Ohne sich zu bedanken, nahm der Alte den Stock entgegen, stand dann mühsam von seinem Stuhl auf und begann zu sprechen.

»Ich habe gehört, wie Anschuldigungen in weiblichem Affekt erhoben wurden«, sagte Dong Hongli. »Aber ich habe auch gehört, wie Jünglinge überheblich geworden sind ... Ich bin alt und habe Zeit genug gehabt, das Grundgesetz zu studieren ... und ich meine mich zu erinnern, von dem Recht, dem eigenen Streitfall beizuwohnen, gelesen zu haben.«

»Ja«, nickte der Richter, machte sich eine Notiz und schaute dann wieder Dong Hongli an.

»Mein Sohn will zurück ins Leben«, sagte Jasmin und wischte sich Tränen von den Wangen. »Das weiß ich, deshalb bin ich so empört.«

»Die Tochter des Grenzwächters weinte, als der Fürst von Tsin sie zu seiner Gattin nahm«, sagte der Richter mit einem finsteren Lächeln. »Aber als sie das Prunkbett mit ihm teilen durfte, bereute sie ihre Tränen.«

Mehrere Beisitzer klatschten in die Hände. Tings Stimme verschwand in einem Rauschen. Jasmin sah, wie Wu Wang Dante zuwinkte, und spürte, wie Übelkeit in ihr aufstieg. Wang wollte in Dantes Körper ins Leben zurückkehren. Wenn er den Prozess gewann, würde sein sanfter Blick in Dantes Augen zu sehen sein.

»Bereuen Sie Ihre Beschuldigungen hinsichtlich der Lügen?«, fragte der Richter mit fast freundlicher Stimme.

»Ich, ich bereue sie«, antwortete Jasmin und musste schwer schlucken.

»Dann geben wir das Wort ...«

»Ich bereue meine Anschuldigungen ... aber aus Respekt vor dem Hohen Gericht möchte ich dennoch, dass Sie erfahren, dass Wu Wang lügt.«

»Wu Wang ist ein angesehener Mann«, rief einer der Ingenieure.

»Er lügt«, widersprach Jasmin leise, obwohl sie spürte, wie Marta an ihrem Kleid zupfte, um sie von weiteren Äußerungen abzuhalten.

»Ich habe nur versucht, einem einsamen Kind zu helfen«, sagte Wu Wang.

»Sie lügen«, widersprach Jasmin erneut.

45

Wu Wang schob einige Papiere auf dem Tisch zur Seite, schüttelte die beruhigende Hand eines seiner Rechtsvertreter ab und stand erneut auf.

Sein müdes Gesicht war blass, aber der milde Blick war so freundlich, dass es Jasmin eiskalt den Rücken hinunterlief.

Sie starrte auf seinen braunen Anzug, auf das weiße Haar und den schmalen Finger, der an die Decke zeigte, als er seinen Respekt vor der ewigen Tradition der Institution des Amtsgerichts wiederholte.

Plötzlich war sie sich fast sicher, dass Wu Wang der Mann gewesen war, den sie in der dunklen Gasse kurz hatte sehen können. Er war es gewesen, der den Großvater des kleinen Mädchens aufgehängt hatte.

Jasmins Herz begann zu hämmern, dass es in ihrem Trommelfell dröhnte. Wu Wang war ein Mörder, und er war direkt mit der Triade verbunden – es war ihm gelungen, sie alle hinters Licht zu führen.

Jetzt streckte er sich und schaute zu den Beisitzern und dem Richter hinüber. Dantes Plakette schaukelte an der Kette um seinen Hals, als er sich Jasmin zuwandte und anfing zu reden.

»Sie behaupten, Sie respektierten das Amtsgericht«, sagte er mit ruhiger Stimme an Jasmin gewandt. »Obwohl Sie früher erklärt haben, man könne das System der Gerechtigkeit nicht verstehen, wenn man lange Zeit in der Hafenstadt gewesen sei … Was direkt auf unseren Richter und die zweiundvierzig Beisitzer abzielt.«

»Nein, das …«

»Haben Sie nicht gesagt, wir seien bleifarbene Schatten in einer von Asche bedeckten Stadt?«, beendete er seine Rede und strich wieder mit einem Finger über die Krawatte.

Mit heißen Wangen erinnerte Jasmin sich an ihre Worte. Genau das hatte sie dem Psychologen im Krankenhaus gesagt, als sie Beruhigungstabletten bekommen hatte. Es war ihr unbegreiflich, wie Wang das Gespräch hatte mithören können und trotzdem jetzt hier stand und ihre Worte vor der versammelten Menge wiedergeben konnte.

»Haben Sie das gesagt?«, fragte der Richter und schaute sie prüfend an.

Sie zwang sich, den Impuls, es zu leugnen, zu unterdrücken.

»Ja«, gab sie zu. »Aber ich …«

»Schämen Sie sich.«

Jasmin nickte und spürte, wie ihre Nackenmuskeln von der Anspannung schmerzten.

»Also, manchmal fühle ich mich auch etwas bleifarben«, versuchte Dong Hongli zu scherzen.

»Aber die Wahrheit ist: Wir sind keine Schatten«, sagte Wu Wang und fuhr sich mit der Hand über das weiße Haar. »Denn es gibt uns, wenn uns jemand einen Stich zufügt, dann bluten wir … und ohne Gericht würde hier im Hafen das reine Chaos herrschen.«

»Meine Mandantin möchte betonen, dass sie das Hohe Gericht respektiert«, sagte Dong Hongli.

»Herr Wu kann fortfahren«, sagte der Richter.

»Ich muss sagen, ich kann nicht erkennen, wo ich einen Fehler gemacht haben soll«, erklärte dieser mit einem besorgten Lächeln und breitete die knochigen Hände aus. »Ich habe einen alleingelassenen Jungen in mein einfaches Heim geholt. Ein paar Freunde vom Komitee waren bereits dort und würfelten … Ich habe den Jungen davor gewarnt, sich auf ein Spiel einzulassen, aber er hat nicht auf mich gehört, er wollte unbedingt Liar Dice mit mir spielen …«

»Dante kennt keine Würfelspiele«, unterbrach Jasmin ihn.

»Papa hat es mir gezeigt«, sagte Dante.

»Minderjährige dürfen im Gerichtssaal nicht sprechen«, ermahnte ihn der Richter.

»Das hat Dante mir nie erzählt«, erklärte Jasmin.

»Aber Sie haben doch gesagt, dass Sie ihn besser kennen als jeder andere«, warf ein Ingenieur augenblicklich ein.

»Das tue ich auch«, sagte sie. »Und ich weiß, dass er nicht verstanden hat, dass er sein Visum verspielt.«

»Aber er hat eine Urkunde unterschrieben«, sagte Wu Wang.

»Das ist doch absurd!« Sie musste fast lachen. »Dante kann nicht einmal seinen eigenen Namen schreiben.«

Einer der Ingenieure holte ein Dokument aus seiner Ledertasche und hielt es für den Richter und die anderen im Gerichtssaal hoch. Jasmin stellte sich auf wackligen Beinen hin und spürte, wie ihr ganz heiß im Gesicht wurde. Ganz unten links, unter den chinesischen Zeichen, stand »Dante« in kindlicher Handschrift.

Jasmin trat einen Schritt auf Dante zu, musste aber stehen bleiben und sich mit der Hand am Tisch abstützen.

»Dante?«, sagte sie fragend.

»Sind wir fertig?«, fragte er mit fröhlicher Stimme.

»Du hast doch nicht deinen Namen auf dieses Papier geschrieben, das …«

»Doch, ich kann das jetzt«, erklärte er freudestrahlend. »Ich habe es mir selbst beigebracht, ich kann meinen Namen schreiben.«

»Wie tüchtig du bist«, sagte sie und ließ sich auf ihren Stuhl sinken.

»Es ist an der Zeit, die Verhandlung zu beenden«, sagte der Richter, ohne sie anzusehen.

»Sie weint wie eine Lügnerin, die ihre Lügen bereut und ihre Schuld einsieht«, sagte Wang.

Die Beisitzer lachten, und Jasmin versuchte ihre Tränen wegzublinzeln, dann hob sie das Kinn und stand wieder auf. Sie tat so, als würde sie gar nicht merken, dass einige der Zuhörer Papierkügelchen warfen, die sie am Rücken trafen.

»Sie glauben mir nicht, aber ich sage die Wahrheit«, erklärte sie mit lauter Stimme. »Ich bin zusammen mit meinem Sohn am Kai angekommen, so war es, und dort habe ich eine Urkunde bekommen, die besagt, dass ich für ihn verantwortlich bin ... aber auf unserem Weg zum Terminal sind wir in einem Geschäft eingesperrt worden, und die Triade hat mir Dante und das Dokument weggenommen ...«

Einer der Ingenieure hob höflich die Hand und bat ums Wort, bevor er etwas darauf erwiderte.

»Wir haben die Sache überprüft«, sagte er und hielt ein Papier hoch. »Der Junge hatte ein Dokument bei sich, das besagt, dass er allein zum Kai gegangen ist und ...«

»Dante hatte kein Dokument, ich war es, die eins bekommen hat ... und auf dem steht, dass ich für ihn verantwortlich bin«, rief Jasmin.

Wu Wangs Ingenieur hielt ein Papier hoch, ähnlich dem, das sie im Hafen bekommen hatte und das ihr später gestohlen worden war.

»Das hier ist das Dokument, das nach dem Wiegen ausgestellt wurde«, fuhr der Ingenieur fort, ohne aufzuhören zu lächeln. »Und auf dem steht deutlich, dass die Hafenverwaltung den Jungen als allein angekommen registriert hat.«

»Ihr lügt«, rief Jasmin und drängte sich zu dem Ingenieur vor.

Sie stieß ihm direkt gegen die Brust, bekam daraufhin jedoch eine Ohrfeige, sodass sie gegen den Tisch fiel und einige Bücher zu Boden riss. Die Wange brannte, und sie hatte ein Sausen im Ohr. Trotzdem wandte sie sich erneut an den Richter und spürte, wie ihr Tränen der Wut in die Augen stiegen, als sie forderte, die Kopie solle aus dem Ordner im Hafen geholt werden.

»Natürlich haben wir auch den Durchschlag dabei«, sagte der Ingenieur und legte dem Richter das Original sowie die gestempelte Kopie vor.

»Das sind Fälschungen!«, rief Jasmin. »Mein Dolmetscher weiß, dass das Dokument auf mich ausgestellt worden ist.«

»Da steht nirgends, dass im Hafen ein Dolmetscher hinzugezogen wurde.«

»Nein, aber ich bin anschließend zu ihm gegangen, er baut Boote unten bei …«

»Die Verhandlung ist beendet«, unterbrach der Richter sie.

»Dante«, rief sie. »Sag ihnen, dass ich deine Mama bin.«

»Minderjährige dürfen sich vor Gericht nicht äußern.«

»Sag es«, rief sie.

»Du bist meine Mama«, sagte er mit ängstlicher Stimme.

Der Richter beugte sich über den Tisch vor und erklärte mit ernster Stimme, dass das Gericht ihre Klage geprüft habe.

»Obwohl ich mich seit vielen Jahren in dieser Stadt befinde, ist es meine Überzeugung, dass ich gerecht urteile, wenn ich sage, dass die Entscheidung des Transportverwaltungsrats richtig ist.«

Jasmin stand wie gelähmt da. Dante starrte sie an. Ting saß in der Glaskabine, die Hand vor dem Mund.

»Vom Amtsgericht des Volkes ergeht der Beschluss, dass die Klage abgewiesen wird«, sagte der Richter beherrscht. »Der Tausch ist rechtmäßig vor sich gegangen, und Wu Wang bleibt Besitzer des Visums des Jungen.«

Wu Wang warf Dante einen langen, zärtlichen Blick zu. Die sanften Augen waren voller Sehnsucht. Wang wird dieses Kind werden, dachte Jasmin. Der Beschluss ist gefasst worden. Er wird nach der Operation in Dantes Körper aufwachen. Er wird mein Kind sein, während Dante an Bord der Schiffe geführt wird und für alle Zeiten verschwindet.

Alles drehte sich um sie. Sie zog die Kopfhörer herunter und ließ sie auf den Boden fallen. Einige Wächter kamen in den Sitzungssaal. Sie konnte nicht verstehen, was da passiert war. Sie schluckte und schluckte, um sich nicht zu übergeben, mit offenem Mund stand sie da, brachte nicht ein Wort heraus. Marta saß mit erstarrtem Gesicht neben ihr, und ihr Rechtsvertreter Dong Hongli schüttelte den Kopf.

Ting war in der Kabine aufgestanden, und Jasmin starrte ihm in die Augen, und plötzlich fielen ihr die Worte seines Großvaters ein, über den General, der behauptete, das Gericht im Totenreich sei ungerecht.

»Playground, der Spielplatz«, murmelte sie zaghaft.

»Was sagt sie?«

Ohne Eile wandte sie sich Wu Wang zu, hob die Hand und zeigte direkt auf ihn.

»Das soll auf dem Playground entschieden werden.«

Ein tumultartiger Lärm brach aus. Füße und Stühle scharrten. Die Beisitzer sprangen auf und schrien durcheinander. Das Wasserglas des Richters fiel zu Boden, die Splitter spritzten in alle Richtungen. Wang beschimpfte einen der Ingenieure und warf ihn zu Boden.

Jasmin eilte zurück und setzte sich die Kopfhörer wieder auf. Es knackte laut, doch dann hörte sie Ting, der sie aufforderte zu fliehen.

Die Zuhörer verließen ihre Plätze auf der Bank. Ein Stuhl kippte um, eine Frau stolperte und trat aus Versehen ein Stuhlbein ab. Dante lief zu Jasmin, er drückte sich an sie, und sie spürte, wie sein warmer Atem den Seidenstoff ihres Kleids feucht machte.

Einer von Wangs Ingenieuren versuchte den Sitzungssaal zu verlassen, wurde jedoch von einer Wache aufgehalten. Jasmin sah, wie er Dollarscheine hervorzog und sie dem Wachmann in den Kragen stopfte.

Der Richter schrieb etwas auf seine Kreidetafel und wandte

sich dann dem Saal zu. Die Buchstaben des englischen Worts standen vertikal untereinander genau wie die chinesischen Schriftzeichen:

```
遊   P   G
樂   L   R
場   A   O
    Y   U
        N
        D
```

Er hielt die Schiefertafel so, dass alle sie sehen konnten, legte sie dann wieder auf den Tisch und schaute Jasmin mit einem sonderbaren Zucken in den Mundwinkeln an.

»Verstehen Sie, welche Konsequenzen Ihre Forderung hat?«, fragte er.

»Ich verstehe die Konsequenzen«, antwortete sie, obwohl sie ihr absolut nicht klar waren.

Mehrere Wachleute kamen in den Saal, und dann wurden die Türen geschlossen. Die Menschen gerieten in Panik, drängten zu den Ausgängen. Wütende Schreie waren zu hören. Ein Mann bekam mit einem Schlagstock einen Hieb ins Gesicht und taumelte mit der Hand vor dem Mund zur Seite; Blut sickerte zwischen seinen Fingern hindurch und tropfte auf den Boden.

»Es spielt sowieso keine Rolle, ob Sie sie verstehen, denn den Playground kann man nicht widerrufen«, sagte der Richter in einem sonderbaren Ton, ohne sie anzusehen.

Dong Honglis Gesicht war von Schweißperlen bedeckt, und als er aufgestanden war, musste er sich mit den Handknöcheln auf dem Tisch abstützen.

»Was muss ich tun?«, fragte Jasmin und gab ihm seinen Stock.

Dong Hongli war so aufgeregt, dass er zitterte. Seine alte Frau Xin, die auf einer der vordersten Bänke gesessen hatte, kam zu ihm und versuchte ihn zu überreden, Medizin aus einer braunen Flasche zu trinken.

»Ich kenne nur einen einzigen alten Fall«, erklärte Dong Hongli mit schwacher Stimme. »Da haben die beiden Gegner auf dem Marktplatz gegeneinander gekämpft ... und Toyoda hat dem anderen erst recht gegeben, nachdem dieser ihm beide Augen ausgestochen hatte.«

»Der Playground hieß anfangs: *Der Platz, an dem das Spiel aufhört*«, verkündete der Richter in den Saal.

»Dann muss ich gegen Wu Wang kämpfen?«, fragte Jasmin. Der verschwitzte Seidenstoff klebte an ihrem Rücken.

»Niemand weiß es ... Die Regeln sind jedes Mal anders«, antwortete Dong Hongli.

»Wir werden eine Lücke im Gesetz finden«, flüsterte Marta auf Englisch. »Das kriegen wir hin ...«

»Niemand hat während meiner Amtszeit einen Playground gefordert, auch nicht während der Amtszeit meines Vorgängers«, fuhr der Richter fort und strich sich geistesabwesend über das bärtige Kinn. »Aber die Regeln sind von unseren Urvätern festgelegt worden ... wir müssen Exu herbeirufen.«

46

Die meisten Zuschauer waren auf ihre Plätze im Sitzungssaal zurückgekehrt; es schrie niemand mehr, aber Papier, Holzstücke und Glasscherben lagen auf dem Boden. Jasmin setzte sich, nahm Dante auf den Schoß und erzählte ihm, wie er, als er noch klein war, im Kindergarten einmal einen Zwerg gebastelt hatte. Der war ganz krumm, hatte Kreuze statt Augen und einen großen Wattebausch als Bart.

»Ich weiß noch«, flüsterte Dante und schmiegte sich an sie.

Eine Tür öffnete sich, und die Wachleute traten zur Seite. Eine sehr alte Frau betrat den Raum. Sie trug ein gelbes Seidengewand mit Goldstickerei und bewegte sich, als balancierte sie auf blutenden Füßen. Jasmin war sofort klar, dass es sich um diese Frau, die Exu genannt wurde, handeln musste. Sie hatte keine Augenbrauen, ihr Gesicht war faltig und mager. In einer Hand trug sie einen Beutel aus schwarzem Stoff.

Der erhabene, gelehrte Richter konnte gerade noch seine Papiere vom Tisch nehmen, bevor Exu ihren schweren Samtbeutel daraufstellte. Sie öffnete ihn und breitete den Stoff wie eine Tischdecke unter den Dingen aus, die in ihm lagen, schob eine Zigarettenschachtel der Marke Marlboro zur Seite und zündete dann eine dicke Wachskerze an.

Dante rutschte von Jasmins Schoß und stellte sich so hin, dass er besser sehen konnte. Jasmin hielt ihn an einem Arm fest und beobachtete die alte Frau mit wachsender Unruhe.

Sie redete mit dem Richter, während sie ihre mitgebrachten Dinge mit einer Art alltäglicher Routine ordnete. Ihren Mund umspielte ein kokettes Lächeln, die Stimme war leise und der Tonfall sonderbar fest.

»Ich kann so gut wie nichts verstehen«, sagte Ting über die Kopfhörer. »Das ist ein ganz merkwürdiger Dialekt ... aber sie redet davon, dass es den Playground bereits vor der Shang-Dynastie gab.«

Die alte Frau legte sieben schalenförmige Gegenstände in eine Reihe, drehte sie um, mit der Öffnung nach unten, und korrigierte dann geistesabwesend die Reihe.

»Schildkrötenpanzer«, flüsterte Marta.

Exu lehnte eine Art rußige Nadeln mit kleinen Griffen aus dunklem Holz gegen ein Brillenetui und begann sie über der Kerzenflamme zu erhitzen.

»Jetzt erklärt sie, dass die Ahnen die Regeln gemäß I Ging festgelegt haben«, übersetzte Ting. »Das ist ein altes Buch, das ... genau weiß ich das auch nicht.«

Die sieben Nadelspitzen glühten inzwischen von der Hitze und funkelten wie ein kleines, leuchtend gelbes Sternzeichen.

Marta schien sich zu beruhigen, sie wiegte den Oberkörper leicht hin und her und hatte die Hände zwischen die Schenkel geklemmt.

Exu nahm die erste Nadel, und als sie einen der Schildkrötenpanzer damit berührte, knisterte es.

»Sie deutet die Risse in dem Panzer«, flüsterte Marta.

Die alte Frau legte die Nadel auf ein Stück zerknitterte Aluminiumfolie und schaute dann auf den Riss, drehte den Panzer mit einer fast achtlosen Bewegung um und murmelte etwas.

»Wie die Monate im Bauch der Frau«, übersetzte Ting.

»Neun in jeder Mannschaft«, stellte der Richter fest.

»Was für eine Mannschaft?«, fragte Jasmin mit lauter Stimme.

»Sie müssen mit Ihren Rechtsvertretern zusammen kämpfen«, antwortete er und grinste dabei so, dass die Oberlippe hochrutschte und seine Zähne zu sehen waren.

»Ich habe nur einen Rechtsvertreter, und er ...«

»Sie zählt auch«, unterbrach der Richter Jasmin und zeigte auf Marta.

»Das geht nicht, ich habe eine eigene Familie«, sagte Marta und erhob sich von ihrem Stuhl. »Ich kann leider nicht dabei sein, ich bin nicht involviert ...«

Sie verstummte, und es sah aus, als würde sie jeden Moment in Ohnmacht fallen. Ihre Lippen waren weiß vor Angst. Pedro hielt Erica im Arm.

»Ich brauche keine Hilfe«, sagte Jasmin. »Hier geht es nur um Wu Wang und mich.«

»Warte«, sagte der Richter streng.

»Wir entscheiden das, nur er und ich, das ist ...«

»Sei still«, unterbrach er sie schroff.

Exu fuhr in ihrer Arbeit unbeeindruckt fort. Sie legte gerade den zweiten Schildkrötenpanzer hin und berührte den dritten mit einer Nadel. Es knackte, und sie schaute ihn sich genau an, drehte ihn, murmelte etwas und griff dann nach der Zigarettenpackung. Sie klopfte eine Zigarette heraus, zündete sie an der Kerze an und nahm einen tiefen Zug.

»Sie raucht«, flüsterte Dante.

Exu führte eine neue Nadel an einen Panzer. Es knisterte, und ein dünner Rauchfaden stieg auf. Sie drehte den Panzer und sprach dann, wobei die Zigarette zwischen den Lippen auf- und abwippte.

»Sie wollen nicht«, übersetzte Ting.

»Wer? Was hat sie gesagt?«

»Es gibt keine Regeln«, sagte der Richter mit fast atemloser Stimme.

»Was meinen Sie damit?«, fragte Jasmin. »Wie sollen wir wissen, wer gewonnen hat, wenn es keine Regeln gibt?«

»Lass ihn doch das Visum behalten«, jammerte Marta.

»Das kann ich nicht«, erwiderte Jasmin und zog Dante an sich.

»Es ist sowieso zu spät«, sagte Hongli. »Wenn es keine Regeln gibt, dann können wir nur gewinnen, wenn wir Wu Wang und seine gesamte Mannschaft töten.«

»Das ist doch total krank«, flüsterte Jasmin.

Marta saß reglos da, die Arme um den Leib geschlungen, und jammerte vor sich hin.

Jasmin drückte Dante an ihre Beine und versteckte sein Gesicht zwischen ihren Knien.

»Ihre Mannschaft muss uns töten, damit Wang das Visum des Jungen kriegt«, sagte Hongli.

»Ich kann nicht«, sagte Marta fast lautlos.

»Ich mache das«, versuchte Jasmin sie zu beruhigen. »Ich werde kämpfen, ihr beide haltet euch da raus, das muss klappen …«

Der Richter trat zu ihr, und sein Gesicht war fast freundlich, als er mit dem Finger auf Dantes Hinterkopf zeigte.

»Der Junge gehört zu deiner Mannschaft«, sagte er.

»Was soll das heißen?«, fauchte sie und schlug seine Hand zur Seite. »Das können Sie doch nicht einfach so sagen.«

»Willkommen auf dem Playground«, entgegnete er mit einem nervösen Lächeln.

Jasmin stand auf, um ihn wegzustoßen, aber da waren schon die Wachmänner zur Stelle und schoben sich vor den Richter. Sie bekam einen heftigen Hieb mit dem Schlagstock auf den Oberarm, sodass sie gegen den Tisch fiel.

»Aber er ist doch erst fünf Jahre alt«, schrie sie, dass ihre Stimme umkippte. »Er ist vollkommen unschuldig!«

»Mama«, weinte Dante.

Ting kam mit roten Wangen aus seiner Kabine. Jasmins Arm pochte von dem Schlag, sie hatte das Gefühl in den Fingern verloren.

»Mach was!«, schrie sie Hongli an.

Der blätterte bereits in einer alten Gesetzessammlung und versuchte dem Richter einen Paragrafen zu zeigen.

»Es ist nicht erlaubt, Kinder mit hineinzuziehen in ...«

»Wir stehen hier außerhalb des Gesetzes«, brüllte der Richter und schlug ihm das Buch aus der Hand.

Es fiel mit der Kante auf den Boden, sodass der Buchrücken brach und die eine Hälfte wegrutschte.

»Warten Sie«, rief Ting und drängte sich zwischen zwei Wachmännern nach vorn. »Ich tausche den Platz mit dem Jungen.«

Der Richter schüttelte den Kopf, mehrere Wachleute standen jetzt schützend um ihn herum, und Jasmin wurde zusammen mit Dante weggestoßen.

»Er tauscht«, wiederholte sie.

»Nein«, widersprach der Richter. » Der Dolmetscher wird auch zu deiner Mannschaft gehören und ...«

»Dante bleibt außen vor«, sagte sie mit energischer Stimme.

»Wir werden Einspruch einlegen«, erklärte Hongli in zittrigem Ton.

Exu führte die letzte Nadel an den letzten Panzer. Es knackte, und dann war ein leiser, pfeifender Ton zu hören; danach wurde es ganz still. Die Alte drehte den Panzer um, drückte mit einem Finger darauf, murmelte etwas, dann begann sie ihre Sachen zusammenzusammeln.

»Nein, nein, nein«, flüsterte Marta.

Die faltigen Wangen des Richters hatten vor Erregung rote Flecken bekommen, als er auf Honglis alte Ehefrau und auf Grossman zeigte, der im Flur stand.

»Sechs, sieben«, zählte er und zeigte dann auf Pedro und Erica. »Acht und neun ... Die Mannschaft der Klägerin ist komplett.«

Ein lauter Angstschrei war von Marta zu hören, sie fuhr sich mit der Hand über den Hals, trat einen Schritt vor, taumelte und fiel auf ein Knie nieder.

»Wollen Sie die Kinder töten?«, fragte Jasmin in den Saal hinein. »Wollt ihr zulassen, dass sie die Kinder töten?«

47

Sie standen in der Dunkelheit auf dem großen Markt – eine kleine Gruppe von Menschen, dicht aneinandergedrängt auf einem leeren Platz zwischen hohen Gebäuden. In weiter Ferne lag das Kabotageterminal. Es war windig, die Böen zogen hörbar um die Ecken. Jasmin wagte es nicht, Marta anzusehen. Sie stand nur da, die Arme um Dantes schmale Schultern gelegt, und flüsterte ihm zu, dass es keinen Grund gab, Angst zu haben. Hinter sich hörte sie Erica schluchzen. Der Schweiß, der ihr den Körper hinunterlief, ließ das Kleid fremd und kalt erscheinen.

Der Richter und die Beisitzer hatten sich hinter einem einzigen langen Tisch hingesetzt. Um den Platz herum waren nur wenige Zuschauer versammelt.

Es herrschte eine widerhallende, dumpfe Stille wie an einem Binnensee kurz vor einem Gewitter.

Dong Hongli und seine Ehefrau Dong Xin versuchten sich mit Ting und Grossman zu beraten, ob es das Recht gab, zwei Tage Vorbereitung zu fordern, und ob dieser Zeitraum ausreichen würde, um einen Präzedenzfall zu finden.

Wu Wang saß auf einem geblümten Sessel, der für ihn herausgetragen worden war, und unterhielt sich mit Mitgliedern seiner Mannschaft. Ein paar weiße Haarsträhnen bewegten sich über seinem Kopf im Wind.

Abgesehen von den vier Ingenieuren hatte er die französische Frau dabei, die als Colette Darleaux vorgestellt wurde. Drei seiner Männer sahen aus wie Berufssoldaten. Jasmin erkannte zwei von ihnen vom Transportverwaltungsrat wieder.

Sie waren sehr groß und blond, schienen Brüder zu sein und sprachen Niederländisch miteinander. Der dritte konnte aus Indien stammen. Er hatte einen breiten Rücken und kräftige Arme und ließ den Kopf von einer Seite zur anderen kippen wie jemand, der sich auf einen Kampf vorbereitet.

Ting stellte sich neben Jasmin und kratzte sich am Arm. Er sah müde und traurig aus.

»Was geschieht jetzt?«, fragte sie.

»Das scheint niemand so genau zu wissen.«

»Wenn es zu einem Kampf kommt, können wir niemals gewinnen«, sagte sie leise.

»Ich habe keine Angst vor ihnen«, sagte Grossman.

»Dong Hongli scheint zu glauben, dass es möglich ist, Einspruch gegen die Entscheidung einzulegen«, erklärte Ting.

»Dann muss er es sofort tun.«

Dong Hongli hielt seine Frau bei der Hand und ging zu Jasmin.

»Ich werde zwei Tage im Archiv des Gerichts fordern«, sagte er. »Dort werde ich auf jeden Fall einen Präzedenzfall finden, an dem sie nicht vorbeikommen.«

»Haben Sie mit dem Richter gesprochen?«, fragte Jasmin.

»Ich kannte seinen Vorgänger, nicht gut, aber ich habe viele Jahre als Archivar gearbeitet ... Es gibt einen Verbindungsgang vom großen Archiv her, das fünf Häuserblocks weiter liegt ... bis zum alten Gerichtshof«, sagte er und zeigte zur Ordnungsaufsicht.

»Reden Sie mit ihm, tun Sie, was Sie nur können«, bat sie den alten Mann.

»Meine Frau will zu ihm gehen und unseren Wunsch vortragen, sie wartet nur noch auf den richtigen Zeitpunkt«, erklärte er ruhig.

Ein Raunen ging durch die Reihe der Beisitzer, dann stand der Richter auf, zog seine Uniformjacke zurecht und blickte über den Marktplatz.

»Ihr seid neun Mann in jeder Mannschaft«, setzte er an, und seine Stimme hallte schwach zwischen den Häusern wider.

Jasmin schaute zum gegnerischen Lager. Wu Wang saß ruhig da, aß Sonnenblumenkerne und unterhielt sich entspannt mit den Holländern. Einer von ihnen brach sich ein Stück von einer Tafel Schokolade ab und stopfte es sich in den Mund.

Das einzige schwache Glied in ihrer Mannschaft war der älteste Ingenieur mit dem dünnen Bärtchen – und vielleicht Colette Darleaux.

»Das hier ist der Playground«, fuhr der Richter fort und breitete die Arme aus.

Wir können nicht gewinnen gegen Wang, wir haben nicht die geringste Chance, dachte Jasmin mit wachsender Panik.

Ihre Mannschaft bestand aus zwei Alten, zwei Kindern, zwei Frauen und drei Männern. Sie betrachtete sie; es war unwahrscheinlich, dass einer von ihnen Kampferfahrung hatte.

»Das Spiel ist erst beendet, wenn alle Gegner tot sind«, sagte der Richter. »Ansonsten gibt es keine Regeln …«

Honglis Ehefrau Dong Xin schob ihre Brille mit den runden Gläsern zurecht, strich sich schnell über die Bluse und ging mit kleinen Schritten und in würdiger Haltung auf den Richter zu. In der Ferne war Donner über der Stadt zu hören. Pedro hatte seine Arme um Marta und Erica gelegt. Sein Gesicht war grau, unter den Augen hatte er dunkle Ringe.

Colette Darleaux fuhr sich mit der Hand durch das kurze Haar und sagte etwas. Wang erhob sich aus dem Sessel und ging auf den Richter und Dong Xin zu.

Hongli räusperte sich und beobachtete seine Frau, die direkt vor dem Richter mit einer kurzen, würdevollen Verbeugung stehen geblieben war.

Colette musterte Wang mit sonderbar ängstlichem Blick, als er sich dem Richtertisch näherte.

Die Essensglocke im Terminal läutete.

Einer der Ingenieure, ein kräftiger Mann mit Pigmentflecken im Gesicht, kaufte sich bei einer Frau im Publikum einen Teller gekochte Bohnen in Tomatensoße.

»Haben sie gesagt, wann es losgehen soll?«, fragte Marta.

»Ich glaube, es hat schon angefangen«, sagte Jasmin gedämpft.

Honglis Gattin bat um Verzeihung und brachte lächelnd ihre Bitte vor. Der Richter wehrte sie mit einer Handbewegung ab. Wu Wang war jetzt bei ihnen, und ohne zu zögern, stieß er Dong Xin ein Messer in den Bauch. Die beiden standen still da. Wangs Blick war weich und mild. Jasmin zog sich zusammen mit Dante langsam zurück. Zuerst war sie sich nicht sicher, ob sie richtig gesehen hatte. Dong Xin versuchte immer noch zu lächeln, aber als sie sich bewegte, spritzte ein dünner Blutstrahl heraus, direkt in Wangs bleiches Gesicht.

»Wir müssen fliehen«, sagte Jasmin knapp.

Wang packte den Hals der alten Frau, zog das Messer aus ihrem Leib und sagte etwas. Xin presste sich beide Hände auf den Bauch, während das Blut aus der Wunde quoll.

Jasmin konnte sehen, dass das Messer in Wangs Hand ein Bajonett war, dessen Klinge auf halbe Länge heruntergeschliffen worden war.

Blut lief die Metallkerbe entlang und tropfte auf den Boden.

Ohne Xins Hals loszulassen, stieß Wu Wang ihr zweimal in die Brust. Die Klinge drang tief in ihren Körper ein. Zusammen kippten sie zur Seite, Xin streckte eine Hand aus, um das Gleichgewicht zu halten, und Blut spritzte von ihren Fingern.

Der Kampf hatte begonnen.

Playground.

Menschen schrien auf, als sie begriffen, was passierte, und flohen instinktiv vom Platz. Jasmin suchte mit ihrem Blick nach einem Fluchtweg und bemerkte gleichzeitig, dass Wangs Mannschaft sich ruhig verhielt.

Noch einmal stieß Wang Xin das Messer in die Brust, dann

ließ er sie los und trat ein paar Schritte zurück. Die alte Frau fiel zu Boden, sie versuchte hochzukommen und schaute Wang an, der etwas mit einem gedankenverlorenen Lächeln sagte.

Ein hoher Ton schlug in Jasmins Ohren an – ihr war, als wäre sie zurück im Kosovo.

Sie sah, dass Dong Hongli zu seiner Frau wollte. Er bewegte sich wie betäubt, ruckartig. Einer der Holländer entdeckte ihn und ging auf ihn zu, er trug eine Machete halb am Körper verborgen.

»Halt!«, rief Jasmin.

Ting bekam Hongli zu fassen und zog ihn zurück. Der große Mann mit der Machete blieb stehen und schaute ihm geistesabwesend nach.

»Bleibt zusammen«, rief Jasmin.

»Sie wollen uns alle töten«, rief Grossman aus.

Sie zogen sich zurück, und ein paar neugierige Menschen machten ihnen Platz. Ting führte Dong Hongli am Arm mit sich. Er stand unter Schock und murmelte zusammenhanglose Worte. Erica fiel hin, und Pedro hob sie auf und trug sie auf dem Arm weiter. Jasmin hörte das Mädchen wegen der Schürfwunde am Knie weinen.

48

Jasmin hielt Dante fest an der Hand; sie überlegte, wie sie an eine Waffe kommen könnte, drehte sich um und sah, wie Dong Honglis Ehefrau auf allen vieren stand, während das Blut aus ihrem Brustkorb auf den Boden strömte, vom Kinn tropfte und ihr die Arme hinunterlief. Wu Wang hatte Xin das Kleid hochgezogen, sodass die Ingenieure seiner Mannschaft ihren nackten Hintern sehen konnten.

»Wir müssen uns verstecken«, rief Jasmin.

»Das ist ein Marktplatz«, entgegnete Pedro. »Auf dem kann man sich nicht verstecken.«

»Wir müssen nicht hierbleiben«, unterbrach sie ihn. »Kapiert ihr das nicht? Es gibt keine Regeln, wir müssen weg vom Platz, wir müssen …«

»Sie kommen«, schrie Marta hysterisch.

Drei von Wu Wangs Männern kamen auf sie zu. Einer der Zuschauer lachte laut. Jasmin zog Dante mit sich und musste ihr Kleid raffen, um nicht zu stolpern.

»Lauft zum Gebäude der Ordnungsaufsicht«, rief sie. »Da gibt es einen Tunnel vom Keller aus.«

»Mama«, weinte Erica.

»Und wenn ich es nicht schaffe?«, fragte Dante mit ängstlicher Stimme.

»Dann bleibe ich stehen und beschütze dich, aber wir versuchen es, komm, wir versuchen zu laufen«, sagte Jasmin mit gezwungen ruhiger Stimme.

Menschen wichen zurück, als sie auf das dunkle Gebäude

zuliefen. Sie sah Gesichter, die sie mit ängstlicher Faszination anstarrten. Grossman rief etwas mit harter Stimme, und die Reihe der Wachleute ließ ihn und Martas Familie vorbei.

Dante hustete und musste einen Moment stehen bleiben, er schnappte nach Luft und keuchte. Ting und Dong Hongli liefen an ihm und Jasmin vorbei. Sie schaute zurück und sah, dass die drei Männer jetzt schneller gingen. Zwei von ihnen trugen eine Machete, der dritte hielt etwas in der Hand, das aussah wie ein Gaff.

Sie nahm Dante wieder bei der Hand und wollte gerade loslaufen, als vier Wachleute sie anhielten. Sie stellten sich ihr in den Weg und sagten etwas auf Chinesisch.

»Es gibt keine Regeln«, erklärte Jasmin aufgebracht. »Wir müssen nicht auf dem Platz bleiben.«

»Jasmin?«, rief Ting und kam zurück.

»Was wollen die?«, schrie sie. »Was sagen sie?«

»Sie sagen, dass dein Gesicht auf der Wandzeitung war, die gerade im Kabotageterminal aufgehängt worden ist.«

»Nicht jetzt«, keuchte sie. »Das geht nicht, ich kann nicht … mein Gott …«

Ein Wachmann packte sie am Oberarm, doch sie riss sich los, zog Dante mit sich, wurde aber gleich wieder aufgehalten. Ting versuchte mit ihnen zu sprechen, wurde jedoch zur Seite gestoßen.

»Ich bleibe, ich ziehe es vor zu bleiben«, rief sie Ting zu. »Sag ihnen, dass ich hierbleibe!«

Ein Wachmann schrie sie an und stieß ihr mit dem Schlagstock gegen die Brust. Dante begann vor Angst zu weinen.

»Du musst mitgehen.«

»Warum? Ich tausche das Visum mit wem auch immer, ich …«

»Dein Foto ist bereits an der Wand – dazu ist es zu spät.«

»Ich will nicht, ich will nicht.«

Einer der Wachmänner schlug ihr so hart zwischen die

Schulterblätter, dass sie keine Luft mehr bekam und auf die Knie fiel.

»Mama, Mama«, weinte Dante.

»Hab keine Angst, ich komme zurück, Mama kommt zurück«, sagte sie und stöhnte vor Schmerzen, als ihr die Arme auf den Rücken gedreht und Handschellen angelegt wurden.

Sie zogen sie auf die Füße hoch, und sie merkte, wie Dante sich immer noch an ihr Kleid klammerte, als die Männer sie zwangen, mit ihnen zu gehen. Ting lief neben ihnen her und redete auf Chinesisch.

»Ting, versprich mir, dich um Dante zu kümmern, bis ich zurückkomme«, rief Jasmin. »Versteckt euch in dem Verbindungsgang, verbarrikadiert den Eingang, ich werde euch finden ...«

»Ja, ich verspreche es.«

»Dante, du musst jetzt mit Ting gehen.«

»Mama, ich will nicht ...«

Dante schrie in Panik und verlor den Halt an ihrem Kleid. Jasmin sah, wie Ting ihn in den Arm nahm und mit ihm zum Gebäude der Ordnungsaufsicht lief. Wangs Männer folgten ihnen mit großen Schritten. Sie waren nur hundert Meter hinter ihnen. Die Zuschauer wichen zurück – der Wettkampf war in vollem Gang.

Jasmin sah ein, dass sie gezwungen war, ins Leben zurückzukehren, um wieder zu sterben. Es gab keine andere Möglichkeit. Statt sich weiter zu wehren, half sie also den Wachmännern, um so schnell wie möglich zurückkommen zu können.

Das Kleid und die Handschellen hinderten sie daran, weit auszuschreiten, also trippelte sie mit kleinen Schritten zwischen den Männern auf den offenen Giebel des Terminals zu.

Von dem holprigen Kopfsteinpflaster des Platzes ging es direkt auf den glatten Boden der Wartehalle. Ihre Wächter hielten Neugierige mit ihren Schlagstöcken auf Abstand. Viele drängten heran, um das Gesicht von der Wandzeitung zu sehen. Der kleine Trupp marschierte unbeirrt weiter, vorbei an den langen Holzbänken, auf denen wartende Menschen mit ihren Taschen, Wasserflaschen und Plastiktüten saßen.

Jasmin konnte im Vorbeieilen kurz einen Blick auf die Wandzeitung werfen. Sie hing dieses Mal weiter rechts, die chinesischen Schriftzeichen waren rot, aber das Foto war das gleiche wie beim letzten Mal. Der Leim war noch so nass, dass ihr Gesicht durchsichtig erschien.

Ein Fenster hinter ihr wurde geöffnet, und ein blasser Lichtreflex huschte über die Wand mit älteren Bildern all derjenigen, die zurückgekehrt waren. Die dünnen Papiere waren Schicht um Schicht übereinandergeklebt, wie eine riesige Collage von Gesichtern. Der Lichtstreif wanderte zitternd über ein Foto, bei dessen Anblick Jasmin abrupt stehen blieb.

Es war das Gesicht des Psychologen Gabriel Popov, vergilbt vom Alter, halb überklebt von anderen Wandzeitungen.

Aber es gab keinen Zweifel: Er war es.

Gabriel war hier gewesen.

Die Wachmänner zogen sie weiter.

Mit pochendem Herzen wurde ihr klar, dass Gabriel in irgendeiner Form mit Wu Wang kommuniziert haben musste. Deshalb hatte Wang wiedergeben können, was sie im Krankenhaus gesagt hatte.

Und jetzt steht er vor der Tür zu dem Zimmer, in dem ich liege, dachte sie.

Sie kamen an den Fahrkartenschaltern vorbei und gingen weiter auf die Tür an der Stirnseite der Wartehalle zu. Der jüngere Türwächter stellte seine Kaffeetasse auf den Boden, dicht vor die Wand, als er sie kommen sah, der ältere mit langem Bart erhob sich ohne Eile.

Die Wächter sprachen kurz mit den Männern, während sie Jasmin von den Handschellen befreiten. Menschen aus der Wartehalle näherten sich ihnen, eine Frau rief etwas mit schriller Stimme.

Jasmin massierte sich die Handgelenke und sah, dass der bärtige Türwächter ein weißes Kastenzeichen auf der Stirn trug und an der Hüfte eine moderne Pistole in einem Holster.

Der jüngere Wächter kontrollierte das Visum, das um ihren Hals hing, und schloss dann die Tür auf.

Ohne sich noch einmal umzuschauen, ging sie hinein, eilte zügig über den schmutzigen Hinterhof des Terminals bis zu dem Wellblechzaun, schob ihn auf, dass das Metall schepperte, und zwängte sich hindurch.

Das Mädchen mit dem Tuch ums Haar sah sie verwundert an, als sie zielstrebig den geharkten Kiesplatz überquerte und auf das uralte Holzhaus zuging, das sich an den Felsen klammerte.

Das Mädchen stellte ihre Harke hin und folgte Jasmin, während diese durch die schmale Tür eintrat, ihr Visum abnahm und es der alten Frau gab, die Handtücher dämpfte. Die Frau löste die Plakette von der Kette und schaute Jasmin ruhig an.

»Ich habe es eilig«, sagte diese und begann sich allein auszuziehen.

Schnell öffnete sie die Knöpfe, zog sich das Kleid über den Kopf und warf es auf den Boden.

Während das Mädchen und die Alte sie wuschen, wurde sie so müde, dass es ihr schwerfiel, etwas im Dunkel des Raums zu erkennen. Die Helferinnen sprachen leise miteinander und kämmten ihr das Haar, strichen über ihre Narbe, zählten ihre Finger und Zehen.

Sie schoben die dünne Schiebetür aus Reispapier zur Seite, Jasmin ging die Treppe hinunter und betrat den nassen Kachelfußboden.

Sie hatte nur den einen Gedanken, so schnell wie möglich zurückzukehren, und ging mit großen Schritten auf den Spalt zu, folgte der Treppe nach unten und stieg in das tiefere Wasser. Die warme Strömung zog sie mit sich. Weiter vorn leuchtete ein Licht wie ein zitternder Stern.

Die Lider wurden ihr schwer, und sie schlief im Gehen fast ein, öffnete die Augen wieder und sah, dass das Wasser wie Gold glänzte.

Sie ging weiter, musste erneut die Augen schließen. Das Glitzern des Wassers drang durch ihre Augenlider.

Der flache Strom wurde tiefer, und sie verlor die Wahrnehmung ihrer selbst, wurde erfüllt von einer glücklichen Leichtigkeit …

49

Jasmin schnappte nach Luft, konnte aber nicht atmen. Es gab keinen Sauerstoff. Als sie die Augen öffnete, zogen sich die Pupillen so schnell zusammen, dass es schmerzte. Jemand rief ihren Namen. Es dröhnte ihr in den Ohren. Sie hustete, und endlich drang Luft in die Lunge.

Sie lebte, und das tat weh.

Der Mund war trocken, es brannte im Hals, aber die Luft war wunderbar.

Ein Bein zuckte.

Sie versuchte ihre Gedanken zu sammeln und begriff, dass sie auf dem Boden unter dem Krankenhausbett lag, den Nacken in einem unbequemen Winkel gegen die Wand gepresst.

Diana sah sie mit einem Blick voll erstarrter Angst an.

Jasmin hustete erneut, ihre Augen füllten sich mit Tränen. Sie hatte einen Geschmack von Blut im Mund, und ihr gesamter Brustkorb schmerzte, als wäre sie in Schutzweste beschossen worden.

»Du hast mich zu Tode erschreckt«, sagte Diana leise.

»Ich muss zurück«, keuchte Jasmin. »Du musst mir noch eine Spritze geben, eine viel stärkere.«

Es klopfte an der Tür, und Jasmin versuchte unter dem Bett hervorzurutschen. Von der Bewegung wurde ihr schwarz vor Augen. Durch eine Wand aus lautem Rauschen konnte sie hören, wie Diana zur Tür ging und Gabriel bat, noch ein paar Minuten zu warten. Er hielt immer noch Wache dort draußen, wollte aber hereinkommen.

Gabriel, dachte sie.

Gerade erst hatte sie sein Gesicht auf einer alten Wandzeitung gesehen. Er war im Hafen gewesen und hatte von Anfang an gewusst, dass sie die Wahrheit sagte.

Jasmin hob den Kopf und holte ein paarmal tief Atem.

Auf irgendeine Weise gelingt es Gabriel, Wu Wang Informationen zu schicken, dachte sie. Vielleicht benutzt er sterbende Patienten als eine Art Brieftaube.

Vielleicht funktionierte das.

Gabriel sorgt dafür, dass sie im Augenblick ihres Sterbens einen Brief in der Hand halten, und dann gibt es auf der anderen Seite jemanden, der ihn an sich nimmt, bevor sie im Badehaus aufwachen.

Stöhnend drehte sie sich auf den Bauch und versuchte von dem zerkratzten Boden aufzustehen. Es dröhnte in ihrem Kopf vor Schmerzen und brannte in den Adern, als wäre ihr Blut giftig.

»Bleib noch einen Moment liegen«, sagte Diana.

Jasmin zitterten die Arme, als sie sich auf die Knie zwang und auf den Boden spuckte.

»Ich muss zurück, ich war dort, im Hafen, in der Stadt, es gibt sie – es gibt alles, wirklich«, keuchte sie und versuchte ihren Blick durch die Tränen hindurch auf Diana zu fixieren. »Dante ist noch dort, ich muss zurück, ich muss sofort zurück.«

Mit einer Hand am Bett kam sie auf die Füße. Bei jedem Herzschlag schmerzte ihre Brust, während sie sich an das Fenster zum OP-Raum schleppte.

Ihre Beine trugen sie kaum, als sie die Stirn gegen das Glas presste und versuchte zu begreifen, was sie dort sah.

Das Team aus Pflegepersonal und Ärzten bewegte sich in dem grellen Licht. Dantes kleiner Körper war unter dem grünen Tuch nur zu erahnen. Eine Frau reichte Arterienklemmen und trat dann zur Seite. Überall war Blut, der Brustkorb wurde mit Zangen aufgehalten, und der Chirurg stand davor und hielt Dantes stillstehendes Herz in seiner Hand.

»Es wird gut gehen«, flüsterte Diana. »Alle sagen, dass …«

»Aber wenn nun nicht«, unterbrach Jasmin sie. »Wenn sie das Herz nun nicht wieder zum Schlagen bringen.«

»Sie defibrillieren den Herzmuskel direkt«, erklärte Diana. »Sie injizieren Cordarone intravenös, es besteht keine Gefahr, alles wird gut gehen.«

Ein erneutes Klopfen war zu hören, Diana schloss die Tür auf und ließ Gabriel herein. Er strich sich mit der Hand über den hängenden Schnurrbart und schaute Jasmin mit besorgten, müden Augen an.

»Ich wollte Sie vorwarnen … Ihr Exmann wird gleich hier sein«, sagte er und trat ganz in den Raum.

»Mark«, murmelte sie.

»Er ist auf dem Weg hierher – geht es Ihnen gut?«

Sie nickte und spürte ein Gefühl, als wäre ihr Gehirn betäubt, als stünde sie zwei Schritte neben sich und hörte ihre eigene Stimme von außen, als sie sich zwang, den Blick von Dantes leblosem Körper zu lösen und mit Gabriel zu sprechen.

»Ich habe genau hundertfünfzig Milligramm Adenosin genommen und war wieder dort«, sagte sie leise. »Sagen Sie nicht, dass ich verrückt bin, denn als mein Herz stehen geblieben ist, war ich zurück in der Hafenstadt.«

»Es kann sich immer noch um einen Traum handeln«, erwiderte er freundlich.

»Ein Traum, okay … Ich weiß, ich sollte das nicht sagen, aber ich war dort … das war alles real, ich bin in einen Wettkampf hineingeraten, einen kranken Wettkampf … und meine Mannschaft ist geflohen, es herrschte absolute Panik, aber wir kennen ein Versteck, einen alten Trolleybus, ganz nah beim Kai.«

»Ein Trolleybus?«

Er kam näher, und der Geruch nach Zigarettenrauch wurde unangenehm. Jasmin sah, dass die enge Jeansjacke so abgewetzt war, dass die Nähte ganz weiß geworden waren.

»Wir wollen dorthin, sobald es uns möglich ist – wir können uns in dem Bus verstecken, bis sie die Suche aufgeben«, erklärte sie und versuchte dabei zu lächeln.

»Klingt gut«, sagte er und legte die Stirn in Falten.

»Sie glauben immer noch nicht an die Hafenstadt?«

»Ich höre Ihnen zu, aber Sie müssen mir auch zuhören, Sie können nicht so weitermachen und sich selbst in Gefahr bringen.«

»Aber ich musste«, erwiderte sie und sah ihm dabei in die Augen.

»Okay, aber Sie sind Ärztin«, sagte er und wandte sich Diana zu. »Ihnen ist doch klar, dass das nicht in Ordnung ist, oder?«

»Sie hat nichts gemacht«, warf Jasmin sofort ein.

»Diana, ich weiß, Sie versuchen nur, Ihrer Schwester zu helfen«, fuhr er fort. »Aber das ist nicht der richtige Weg, und Sie riskieren Ihre Zulassung.«

Er verließ das Zimmer, ohne eine Antwort abzuwarten, und Jasmin war klar, dass er in die Falle getappt war. Gabriel glaubte ihrer Lüge und wollte jetzt versuchen, Wu Wang so schnell wie möglich mitzuteilen, dass Jasmins Mannschaft sich in einem alten Trolleybus verstecken wollte. Gabriel würde sich neben jemanden setzen, mit dem es zu Ende ging, ruhig mit ihm sprechen, vielleicht anbieten, einen Pfarrer zu holen, sich damit aber Zeit lassen, damit er dem Patienten einen Brief in die Hand schieben konnte.

»Er weiß, dass es die Hafenstadt wirklich gibt«, sagte Jasmin.

»Das klang aber nicht so«, erwiderte Diana leise.

»Er tut nur so, er war selbst dort, er hilft Wu Wang ...«

»Ich dachte, es wäre Doktor Johan Dubb, der ...«

»Wir haben keine Zeit zum Diskutieren«, schnitt Jasmin ihr das Wort ab. »Hol eine stärkere Spritze für mich. Ich muss zurück. Es ist mir ernst, ich springe aus dem Fenster, wenn du nicht …«

»Das ist mir egal«, unterbrach Diana sie.

»Diana, hör mir zu«, sagte Jasmin mit bemüht ruhiger Stimme. »Ich muss zurück, das ist das Einzige, was jetzt etwas bedeutet. Ein letztes Mal, es ist eilig, bitte, bitte …«

»Ich will nicht«, flüsterte Diana und wischte sich Tränen von den Wangen.

»Du hast eine Minute Zeit, die Spritze zu holen – ich muss das tun.«

Dianas Gesicht war verschlossen, sie sah ihre Schwester nicht an, als sie die Tür öffnete und auf den Flur ging.

Jasmin stand reglos da und sah Mark kommen, gerade als Diana durch die Stationstüren ging. Die beiden nahmen sich hastig in die Arme, und Jasmin hörte, wie er den Tod ihrer Mutter bedauerte.

»Dante wird operiert«, sagte Diana.

»Ich weiß.«

»Jasmin ist da drinnen«, erklärte sie und ging weiter den Flur entlang.

50

Mark kam ins Zimmer, schloss vorsichtig die Tür hinter sich, trat an die Glasscheibe und stellte sich neben Jasmin. Er war ein großer Mann, und wie üblich trug er eine schwarze, wattierte Weste über einem militärgrünen Fleecepullover, der über seinen breiten Schultern und den kräftigen Oberarmen spannte. Seine Augen waren rot, und Jasmin sah, dass seine Hände zitterten, als er sich über den Mund strich.

Schweigend schauten sie beide auf Dante. Ein blutroter Schlauch bog sich in einer großen Schleife. Metallscheiben rotierten langsam. Der Chirurg drehte behutsam Dantes lebloses Herz.

»Sie sagen, Dante wird es schaffen«, murmelte Mark mit einem Atem, der stark nach Kaffee roch.

»Ich muss sehen, wo Diana bleibt«, erklärte Jasmin, geriet ins Schwanken und warf dabei einen Stapel ungebleichte Papiertücher zu Boden.

Sie versuchte sie aufzuheben, doch dafür war ihr zu schwindlig, sie musste sich an dem Bettrahmen festhalten und zusehen, wie Mark sich bückte und die Papiertücher aufhob.

»Jasmin, du … es tut mir so leid, das mit deiner Mutter, aber … wir müssen hier sein für Dante, wenn er aufwacht.«

»Ich muss nur erst noch etwas erledigen«, erwiderte sie und ging mit unsicheren Schritten zur Tür, öffnete sie und schaute auf den leeren Flur.

»Hast du dich mit Diana gestritten?«

»Ich kann dir das jetzt nicht erklären«, erwiderte sie, ohne ihn anzusehen.

»Du weißt, draußen im Kampf komme ich zurecht«, fuhr Mark fort und rieb sich hart das Gesicht. »Aber hier … unter normalen Menschen, ich bin nicht so gut in so was … Sag mir, was ich tun soll. Soll ich reingehen und mit dem Arzt reden?«

»Ich weiß nicht, tu, was du willst, ich kann dir nicht sagen, was du tun sollst.«

»Aber das hast du früher immer getan«, sagte er leise.

»Ja, und das hat auch gut geklappt«, murmelte sie und trat vor einen verschlossenen Wandschrank.

»Du bist der beste Boss, den ich je hatte«, sagte er.

»Das ist nicht wahr«, widersprach sie und begegnete kurz seinen braunen Augen. »Das sollst du nicht sagen … ich kann andere nicht befehligen.«

»Jasmin, es ist nicht schlimm, eine Sekretärin zu sein, aber du bist geboren, um zu …«

»Ach, hör einfach auf«, unterbrach sie ihn und drehte sich zum Schrank.

Mark setzte sich auf die Bettkante und schaute Jasmin zu, wie sie die Schranktüren öffnete und in den Regalen herumwühlte.

»Erinnerst du dich noch an das Foto von unserer Einsatzgruppe im Kosovo … alle haben versucht, cool auszusehen, du mit der dicken M240 Bravo und ich mit …«

»Ach, wir waren einfach unreife Idioten«, fiel sie ihm ins Wort.

»Okay, Leutnant«, antwortete er und lächelte sie an, dass die Tätowierungen an seinem Hals sich kräuselten. »Aber ohne dich wäre keiner dieser Idioten wieder nach Hause gekommen.«

»Es war meine Schuld, dass Lars und Nico gestorben sind«, sagte Jasmin, während sie Kartons mit Kompressen zurück in das Regal stellte.

»Du weißt, dass ich deine Medaille zu Hause habe«, sagte Mark mit leiser Stimme.

»Schmeiß sie weg«, erwiderte sie und fand schließlich ein Skalpell in einer sterilen Verpackung.

Sie holte das Skalpell heraus, ohne sich darum zu kümmern, was alles aus dem Schrank fiel, ging zurück ans Fenster und schaute auf Dantes blutigen, leblosen Körper. Zitternd öffnete sie die sterile Verpackung und warf sie auf den Boden, gerade als sich die Zimmertür öffnete. Diana kam herein und schloss hinter sich ab. Sie hatte einen merkwürdigen, glasigen Gesichtsausdruck, ihre Nase war rot vom Weinen.

»Hast du die Spritze?«, fragte Jasmin mit zittriger Stimme.

»Mark«, sagte Diana. »Ich kann meiner Schwester das nicht abschlagen, aber du kannst es, du kannst sie daran hindern.«

»Jasmin tut, was sie tun muss – das hat sie immer getan«, erwiderte er nur.

Diana gab ihr die Spritze; Jasmin drehte sie, bis sie die Skalierung fand, und hielt sie gegen die Lampe.

»Das hier sind weniger als hundertfünfzig Milligramm«, protestierte sie. »Es müssen …«

»Letztes Mal hast du Adenosin genommen«, unterbrach Diana sie. »Das hier ist Kaliumchlorid, du hast doch gesagt, du wolltest einen längeren Herzstillstand haben.«

»Ist das gefährlich?«

»Ja«, antwortete Diana mit hohler Stimme.

»Das spielt keine Rolle«, sagte Jasmin und schaute in den OP-Raum.

Alles war gespenstisch still in dem grellen Licht. Dantes Körper lag unter dem grünem Tuch, aber er war nicht da. Während ihm das Blut über die Finger lief, nähte der Chirurg ruhig den Riss in dem Koronargefäß auf der Rückseite des Herzens zu.

»Ich habe Adrenalin und Kalziumglukonat dabei, falls du nicht in zwei Minuten aufwachst«, sagte Diana leise.

»Okay«, nickte Jasmin und versteckte das Skalpell an ihrem Körper.

»Ich weiß, du glaubst, das Richtige zu tun, du glaubst, dass es das Totenreich gibt und du dorthin gehen musst, um Dante zu retten«, fuhr Diana fort. »Aber du kannst dich auch dafür entscheiden, den Ärzten zu vertrauen ...«

»Ja.«

»Denn da sieht wirklich alles richtig gut aus«, fuhr Diana mit zitternder Stimme fort. »Die brauchen nur noch ein bisschen mehr Zeit.«

»Ein bisschen mehr Zeit ...«

»Bitte, du musst das nicht tun.«

Diana sah sehr müde aus. In ihren Pupillen war ein leichtes Zittern zu erkennen, als würde sie in Gedanken etwas Unerträgliches hin- und herwälzen.

»Hilf mir bitte nur mit der Spritze«, sagte Jasmin und schob den Ärmel hoch.

»Aber ...«

»Es eilt.«

»Ich habe gerade einen Anruf gekriegt, von der Intensivstation vom Danderyds Krankenhaus.«

»Ja, und?«

»Sie haben mir gesagt, dass der Mann, von dem du gesprochen hast, Li Ting ...«

»Ja?«

»Es tut mir leid, Jasmin ... aber es ist vorbei, sie haben die Versuche, ihn wiederzubeleben, aufgegeben.«

Jasmin nickte, leckte sich die kaputten Lippen, spürte nur eine merkwürdige, rauschende Ruhe durch den Körper ziehen, als täte ihr diese Nachricht gar nicht weh.

»Gib mir jetzt die Spritze«, sagte sie und setzte sich auf die Liege.

»Das ist nicht richtig«, flüsterte Diana, und die Tränen liefen ihr wieder über das Gesicht.

Vorsichtig presste sie einen Tropfen durch die Spitze der Kanüle heraus. Jasmin hob ihre freie Hand und wickelte sich eine Locke von Dianas rotem Haar um die Finger.

»Diana, ich liebe dich, das weißt du, nicht wahr?«

Ihre Blicke begegneten sich – es gab nichts mehr zu sagen. Dianas Finger waren ganz kalt, während sie Jasmins Arm streckte.

Als die Nadel durch die Haut drang und die Vene dehnte, bekam Jasmin wieder Angst. Sie zwang sich, den Arm ruhig zu halten, obwohl alles in ihr schrie, ihn wegzuziehen. Ihr Herz schlug bedrohlich schnell, es dröhnte in den Ohren, und das Adrenalin, das durch ihr Blut jagte, ließ den ganzen Körper erzittern.

»Tu es«, flüsterte sie.

Sie spürte, wie die kühle Flüssigkeit in ihre Vene lief, während sich die Spritze leerte. Die Nadel wurde herausgezogen, und Diana drückte eine kleine Kompresse auf den Blutstropfen, der austrat. Sie schaute Jasmin nicht an, aber Mark musterte seine Exfrau mit unruhigem Blick.

Es dauerte nur wenige Sekunden, dann verdrehte ein heftiges Schwindelgefühl den ganzen Raum vor Jasmins Blick.

Plötzlich bremste das Herz, und sie öffnete den Mund, um zu sagen, dass sie Angst habe, aber es kam kein Laut heraus. Diana wollte, dass sie sich hinlegte, aber Jasmin wehrte sich dagegen, ohne zu wissen, warum. Ihr Herz schlug langsamer, und ihr wurde schwarz vor Augen. Sie spürte, dass Diana und Mark sie beide im Arm hielten. Sie umklammerte den geriffelten Plastikgriff des Skalpells. Ihre Fingerspitzen begannen zu brennen, dann wurde der Brustkorb eingedrückt. Ein Knall erreichte ihr Trommelfell, während sie gleichzeitig von einem weißen Horizont geblendet wurde – ein Strich, der wie Magnesium brannte.

51

Jasmin Pascal-Andersson wusste genau, wo sie sich befand, als sie die Augen in der Dunkelheit öffnete. Das Skalpell war ganz schweißig von ihrem festen Griff. Ohne zu zögern, ließ sie die Füße auf den nassen Boden gleiten, nahm den Kleiderstapel und verließ die Kabine. Draußen auf der Terrasse zog sie sich, so schnell sie konnte, an, schlüpfte in die Stoffschuhe und eilte die Treppe hinunter, noch während sie sich die Bluse zuknöpfte.

Jasmin zwängte sich an einer Alten vorbei, die rote Papierlampions verkaufte, und begann zu laufen.

Sie musste Dante finden.

Wenn es nur nicht zu spät war, wiederholten ihre Gedanken in einem fort, während sie durch die Stadt eilte. Wenn sie nur Dante beschützten und sich in dem Verbindungsgang versteckten, wenn nur Ting bei ihm blieb.

Sie ertrug den Gedanken nicht, dass Ting tot sein sollte, stattdessen versuchte sie sich einzureden, dass er weiterhin hier in der Hafenstadt lebte, dass es ihn gab.

Die Bilder dessen, was geschehen war, als der Playground auf dem Marktplatz gerade eröffnet worden war, huschten an ihr vorbei.

Wu Wang hatte Dong Honglis Frau direkt vor dem Richtertisch erstochen.

Das war der reine Wahnsinn.

Jasmin hatte keine Zeit, über die Waage zu gehen. Es ging einzig und allein darum, Dante zu finden, bevor es zu spät war. Das Gedränge der Hafenstadt wurde dichter, je näher sie dem Marktplatz kam. Überall wurden Wetten abgeschlossen. Jasmin drängelte sich durch, kletterte über einen Karren mit alten Stehlampen, lief dicht an einer Häuserwand entlang, schlug sich den Kopf an einer Tür, die gerade jemand öffnete, und war schließlich gezwungen, sich in die Menschenmenge zu begeben. Erst als sie den Marktplatz erreicht hatte, wurde ihr klar, dass der Kampf während ihrer Abwesenheit so viele Zuschauer herbeigelockt hatte, dass es jetzt ein fürchterliches Gedränge gab.

Einem lauten Schmerzensschrei folgte vereinzelter Applaus. Jasmin presste das Skalpell dicht an ihre Hüfte und drängte sich vor auf den offenen Platz.

Der Marktplatz war voll mit Menschen, es war schwer, nach vorn zu kommen, von allen Seiten drängelten und schubsten Menschen und versuchten etwas zu sehen. Die ganze Zeit kamen weitere Zuschauer aus den Hutongs, junge Menschen waren auf die Gebäude geklettert, um etwas sehen zu können.

Wenn es nur nicht zu spät ist, wiederholte sie für sich selbst. Wenn es nur nicht zu spät ist.

Ein lächelnder Mann hatte ein Kind auf den Schultern. Zwei Frauen versuchten gebrannte Mandeln zu verkaufen. Jasmin zwängte sich an einem Jüngling mit Baseballcap vorbei, der irgendeine Art Wette in dem Gedränge organisierte.

Das Publikum ganz vorn johlte und applaudierte.

Jasmins Haar verfing sich in irgendetwas, und eine Strähne wurde ihr ausgerissen.

Über der Stadt war Donnergrollen zu hören, die Erde vibrierte.

Ein Mann, dem es nicht gefiel, dass sie sich vordrängte, packte sie bei der Bluse. Schimpfend hielt er sie fest, verstummte jedoch, als er ihr Gesicht sah.

Sie zwängte sich weiter durch das Gedränge hin zur Platzmitte, ihre Kleidung verrutschte, und jemand fluchte auf Spanisch. Ein Paar knutschte miteinander und kümmerte sich nicht darum, was um sie herum geschah. Das Publikum drängte von hinten, es schob sich langsam voran, Jasmin bekam einen Stoß in den Rücken und musste sich der Bewegung überlassen, um nicht hinzufallen. Jemand presste seine Hand fest auf ihre Brust, aber sie kümmerte sich nicht darum, versuchte nur sich wegzudrehen, sie musste sehen, musste wissen, was da vor sich ging.

Plötzlich wurde die Menschenmenge von der anderen Seite geschoben. Aus zwei Richtungen prallte sie nun aufeinander. Die Luft wurde Jasmin aus der Lunge gedrückt, ihre Füße lösten sich vom Boden, und ihr rechter Arm saß irgendwo fest und wurde hinter ihren Rücken geschoben. Sie kam wieder auf den Boden, versuchte die Bewegung abzufangen und stöhnte vor Schmerz, als ihr das Skalpell aus der Hand gedreht wurde, sodass es zu Boden fiel. Sie stolperte nach hinten, konnte sich aber an den Schultern eines älteren Mannes festhalten, sodass sie nicht fiel.

Ein Kind weinte schluchzend.

Jasmin gelang es, sich weiter vorzudrängen, und endlich konnte sie durch das Menschengewimmel einen offenen Platz erblicken.

Wachleute mit Schlagstöcken zwangen das Publikum weg vom Richtertisch.

Da vorn ging etwas vor sich, vereinzeltes Klatschen war zu hören.

Jasmin hielt eine junge Frau mit dem Arm zurück, zwängte sich vor sie und sah den alten Dong Hongli auf dem freien Platz zwischen den Zuschauern und den Wachleuten. Wankend entfernte er sich von dem Metallpfeiler und strich sich mit der Hand Blut aus dem Gesicht. Die Augen schauten ängstlich, als er etwas Beruhigendes zu sagen versuchte, während er zurückwich.

Wu Wang folgte ihm ohne jede Eile. Dantes Visum hatte

sich in seiner Krawatte verfangen. Das weiße Haar hing ihm über die Wangen, der braune Anzug war schmutzig.

Jasmins Herz begann heftig zu pochen.

Sie drängte sich weiter vor und sah, dass Honglis Frau tot auf dem Boden lag; sie war voller Blut, ganz nackt, und ihre Beine waren gespreizt. Sie hatten ihr eine Schnapsflasche in die Hand gesteckt und eine Zigarette in den Mund.

Wang hielt das kurz geschliffene Bajonettmesser in der Hand. Er stellte sich vor Dong Hongli und schaute ihn mit seinem sanften Blick an, nahm das Messer in die andere Hand und schlug ihm dann mit der freien Hand auf den Kopf, um ihn zu reizen.

Der alte Mann schlug nicht zurück, sondern versuchte nur, um Wang herumzugehen, um vor den Richtertisch zu gelangen. Er erhielt einen weiteren Schlag, drehte den Kopf weg, rief dem Richter und den Beisitzern etwas zu und blieb mit zitterndem Kinn stehen.

Wieder rief er etwas, und plötzlich hörte Jasmin, dass hinter ihr einige Zuschauer Englisch sprachen.

»Was macht er da? Er müsste doch um Gnade bitten«, sagte eine Frau.

»Er wiederholt nur immer wieder, dass es gegen die Grundrechte ist, Unschuldige zu bestrafen«, erwiderte ein Mann.

Colette Darleaux versuchte Hongli eine Axt zu reichen, damit er sich verteidigen konnte, aber er nahm sie nicht an, strauchelte nur weiter auf den Richter zu. Er wischte sich das Blut aus den Augen und rief etwas mit verwirrter Stimme. Einige der Zuschauer klatschten in die Hände, aber der Richter sagte nichts dazu.

»Er ruft, das Amtsgericht des Volkes solle das Volk befragen«, erklärte der Mann.

Jasmin drehte sich zu dem Mann um, der Englisch sprach. Er hatte engstehende Augen und einen kleinen Mund, wie ein Cherub.

»Was ist passiert?«, fragte sie. »Wo ist die andere Mannschaft?«

»Die sind zum Gebäude der Ordnungsaufsicht geflohen und haben im Keller den Gang einstürzen lassen«, antwortete er.

»Sind sie immer noch da – im Keller?«

»Wu Wangs Männer sind dabei, sie auszugraben ...«

Ein Seufzer ging durch das Publikum, und Jasmin sah, wie Hongli zur Seite wankte und sich das Ohr hielt. Wang strich sich über die Krawatte und sagte etwas, das die niederländischen Soldaten zum Lachen brachte.

Dong Hongli ist hiergeblieben, aber den anderen ist es gelungen, in den Keller zu kommen, dachte Jasmin und schaute hinüber zu der dunklen Fassade des Ordnungsaufsichtsamts.

Der Keller dort führte zu dem Verbindungsgang. Das hatte er gesagt, dessen war sie sich sicher. Wenn sie den Eingang blockiert hatten und hinunter in den Verbindungsgang gelangt waren, dann lebten sie noch.

Sie sah, wie Wu Wang Honglis Brille vom Boden aufhob und sie ihm reichte. Der alte Mann behielt die Brille in der Hand, er weinte vor Angst.

Jasmin erinnerte sich daran, dass er gesagt hatte, der Verbindungsgang führe unterirdisch bis zum Gerichtsarchiv fünf Häuserblocks weiter.

Er hatte die Straße hinuntergezeigt, die an dem gelben Tempel entlangführte.

Sie schaute sich um, zog sich langsam zurück und versuchte sich zu orientieren.

Wang zeigte dem Publikum lachend sein Messer und wandte sich Hongli zu, sagte etwas und knöpfte seine Jacke auf.

Er wollte das Spiel beenden. Das konnte Jasmin an seinen Bewegungen erkennen. Der Adrenalinschub führte dazu, dass er sich anders bewegte, mit aufgestauter Angriffslust und geduckt, während der alte Mann nur dastand und auf seine kaputte Brille schaute.

Jasmin wusste, es war jetzt keine Zeit zu verlieren. Sie musste zum Archiv laufen, auf irgendeine Weise dort hineingelangen und den Eingang zu dem Verbindungstunnel auf der anderen Seite finden, bevor Wangs Männer einen Weg zum Keller hinunter freigeräumt hatten.

Menschen drängten, wollten näher herankommen, ihre Füße rutschten auf der Erde.

Wang stieß mit dem Dolch zu, und die Zuschauer schrien. Es war wie der Stich eines Skorpions. Eine blitzschnelle Schaftbewegung, dann lief Blut aus Honglis Bauch.

»Nein«, flüsterte Jasmin.

Hongli wand sich, er sah in erster Linie verwirrt aus. Still stand er da und drehte seine Brille mit zitternden Händen.

Wang stieß erneut mit dem Messer zu, und das Blut schoss aus Honglis Seite. Es war zu erkennen, welch große Schmerzen er hatte.

Er ließ die Brille zu Boden fallen und hustete kraftlos.

Jasmin gelang es, sich umzudrehen, Reißverschlüsse schrammten über ihren Bauch, sie drückte sich nach hinten und sah eine Frau, die mit Tränen in den Augen dem ungleichen Kampf zusah. Sie begann zu keuchen, und Jasmin drehte den Kopf und sah zu Dong Hongli. Er wankte, stand aber immer noch aufrecht, machte einen Schritt auf den Eisenpfahl zu und lehnte sich daran.

Wang stieß wieder mit dem Dolch zu, diesmal weiter unten in den Rücken.

Die Frau neben Jasmin schrie so laut, dass Colette Darleaux in ihre Richtung schaute. Jasmin drehte schnell den Kopf weg, versuchte sich klein zu machen und wich zurück. Es war schwer zu sagen, ob die französische Frau sie entdeckt hatte, aber zwischen den Menschen hindurch konnte Jasmin sehen, dass Colette die Menge absuchte und mit der Axt in der Hand auf sie zukam.

52

Die Menschenmenge wurde spärlicher, als Jasmin auf die Geschäftsstraße kam. Sie wusste nicht, ob sie tatsächlich verfolgt wurde, traute sich aber nicht zu laufen. Ein Stand mit russischen Shampooflaschen war mit einer schmutzigen Plastikfolie bedeckt. Feuchte Papiergirlanden hingen über einer Vitrine mit Reiskugeln.

Ihre Hand fuhr an einem Verkaufsstand entlang. Sie beobachtete eine Frau, die mit einem Kunden redete. Auf dem Tisch neben einem Korb mit ungesäuertem Brot lag eine weiße Decke. Ohne stehen zu bleiben, packte Jasmin den Stoff mit den Fingern und zog die Decke über die Tischkante, als sie vorbeiging. Sie drückte sich an die nächste Häuserwand und folgte ihr eine Weile, während sie aus der Tischdecke ein Kopftuch machte und damit ihr Haar verbarg.

Ein Kind mit schmutzigem Gesicht hockte auf dem Boden und wusch alte Bierflaschen in einer Schüssel.

An der fensterlosen Fassade eines Hinterhofs hatte jemand ein großes Graffiti direkt über Lüftungsgitter und Stromschaltkasten gemalt – einen riesigen Schmetterling in Silber, Purpur und Blutrot.

Jasmin zwang sich, nicht zu schnell zu gehen. Ein Verfolger könnte sie sonst sofort an dem von den anderen abweichenden Tempo erkennen. Das Gerichtsarchiv musste das Gebäude mit der breiten Steintreppe sein, an der sie beim letzten Mal, als sie hier war, vorbeigegangen war.

Sie versuchte in den Schaufenstern Spiegelungen von Colette Darleaux zu entdecken, blieb vor einem exklusiven Laden mit

Wächtern hinter der Glastür stehen und beobachtete die Menschen hinter sich in den aufeinander zulaufenden Glasscheiben.

Es war kein Verfolger zu sehen, jetzt konnte sie in schnellerem Tempo weitereilen.

Rufe und Applaus waren vom Marktplatz zu hören.

Ihr wurde übel davon, sie konnte nicht verstehen, warum die Menschen so grausam waren, konnte nicht verstehen, was die Zuschauer anlockte. Warum gab es immer ein williges Publikum bei Hinrichtungen? Und das sogar hier, wo doch alle bereits tot waren.

In einem verräucherten Lokal auf der anderen Straßenseite saß eine Gruppe alter Männer und spielte Mah-Jongg. Sie lachten über irgendetwas und interessierten sich offenbar überhaupt nicht dafür, was auf dem Playground passierte.

Jasmin hastete weiter und versuchte ihr Ziel im Blick zu behalten, während Bilder von Honglis blutigem Gesicht vor ihrem inneren Auge aufblitzten. Der Gedanke, dass das Publikum auf dem Marktplatz die gierige Faszination des Menschen für eine zugespitzte Wirklichkeit mit der trägen Sehnsucht des Individuums nach moralischer Unterwerfung vereinte, kam ihr in den Sinn.

Ich weiß nicht, dachte sie, vielleicht ist es ja so, dass man gern die Vernichtung eines anderen aufsaugt und alle Macht der Religion, dem Gesetz oder höheren Mächten überlässt.

Sie war kurz davor, sich zu übergeben.

Es stank aus einer überfüllten Mülltonne, sie trat einen Schritt zur Seite und registrierte gerade den Duft eines Räucherstäbchens, als jemand ihre Schulter streifte. Plötzlich entdeckte sie die beiden niederländischen Brüder schräg vor sich, die Macheten am Körper verborgen. Sie liefen die Straße entlang, auf der Suche nach ihr.

Jasmin huschte durch das offene Tempeltor und lief schnell die Treppenstufen hinauf. Ornamente aus Gold schmückten die dunkle Halle. Ein Gefäß mit Räucherwerk kippte um, und die Asche stieg in einer Wolke um ihre Beine auf.

Mit klopfendem Herzen lief sie weiter – safrangelber Stoff fing weiter vorn das Licht auf.

Es war gefährlich, sich hier zu verstecken. So schnell sie konnte, durchquerte sie den Tempel. Es musste noch einen anderen Ausgang geben.

Hunderte roter Räucherstäbchen brannten und blinkten an den goldglänzenden Wänden.

Die meisten Besucher drängten sich vor einem Altar, der mit Papierblumen geschmückt war. Die Luft war warm und trocken vom Rauch. Jasmin folgte einer Wand und stieß gegen eine Ahnentafel, sodass der Rahmen gegen die Wand schepperte. Unterdrückte Stimmen waren vom Tor her zu hören, und Jasmin huschte hinter eine große Skulptur von General Guan Yu mit rotem Gesicht und langem Bart.

Eine leere Coca-Cola-Flasche aus Plastik stand auf einem staubigen Wasserbehälter.

Jasmin ging zu einem Portal, das mit ineinander verschlungenen Drachen und aufgeblähten Fischen geschmückt war, und gelangte endlich zu einer Tür, rüttelte an der Klinke, tastete die Kante entlang und fand einen Riegel, schob ihn zur Seite und kam auf einen schmalen Hinterhof. Vorsichtig schaute sie sich um, hörte, wie die knarrende Tür sich hinter ihr wieder schloss.

Ein loses Kabel baumelte vor einer abgeblätterten Fassade.

Zuerst konnte sie nicht verstehen, wie sie das Geräusch der Schritte hinter sich hatte überhören können.

Sie ging weiter, ohne sich um den Verfolger zu kümmern.

Ein Rohr mit Klebebandresten lag neben dem rostigen Gitter über einem Regenwasserauffangbecken. Jasmin ging darauf zu, drehte ein wenig den Kopf und konnte im Augenwinkel eine Bewegung ahnen. Bevor sie zu erkennen geben würde, dass sie wusste, dass sie verfolgt wurde, wollte sie dem Rohr möglichst noch näher gekommen sein.

Nach ein paar Schritten drehte sie sich schnell um, trat etwas zurück, um den Abstand zu vergrößern, und blieb dann stehen.

Es war nur ein Junge.

Er war vielleicht zwölf Jahre alt, mit schmutzigem Gesicht, abgetragenen Shorts und einem T-Shirt mit dem Bild von Justin Bieber darauf.

»Du bist quer durch den Tempel gegangen«, sagte er auf Englisch.

»Das war ein Versehen – ich habe mich verlaufen«, erwiderte sie und setzte ihren Weg fort.

»Du hast mir früher mal Kuchen gegeben«, sagte er und hinkte hinter ihr her.

»Tatsächlich?«, fragte sie, und da fiel ihr der Junge ein, der die Treppe vor dem Tempel gefegt hatte.

»Ich heiße Timo, ich konnte mich nie bei dir bedanken«, erklärte er und sah sie mit sonderbar alten Augen an.

»Ich muss jetzt gehen, ich muss mich sputen.«

»Sputen ist ein lustiges Wort«, sagte Timo mit einem breiten Lächeln.

»Kann sein«, murmelte Jasmin und lief weiter.

Es gab nur einen schmalen Durchgang zwischen Stapeln alter Kartons und knisternder Zellophanfolie.

»Kann dir das Sputen helfen, zum Gerichtsarchiv zu kommen?«, fragte der Junge hinter ihr.

Sie blieb stehen und sah ihn wieder an. Kleine Regentröpfchen fielen von dem dunklen Himmel. Auf der Wasseroberfläche eines Eimers mit alten Handys bildeten sich Kreise.

Timo humpelte lächelnd zu ihr. Sein linker Fuß sah anders aus als der rechte, er war dicker und hatte einen runden Knöchel, der nach innen gedreht war.

»Wieso glaubst du, dass ich ins Archiv will?«

»Weil ich Englisch und Kantonesisch für die Archivsekretäre transkribiere, und ich kenne den alten Verbindungstunnel zum Gebäude der Ordnungsaufsicht.«

53

Graue Wäsche hing an den Leinen über der Gasse, die zu dem massiven Gebäudekomplex des Gerichtsarchivs führte.

Ein bleicher Mann mit aufgeknöpftem Hemd und Weste stand auf der Treppe zum Personaleingang und rauchte. Timo sagte etwas zu ihm in einem scharfen Tonfall und hinkte auf ihn zu. Der Mann antwortete, dann blieb er mit gesenktem Kopf stehen, während der Junge die Eisentür öffnete und Jasmin hineinließ.

Zusammen gingen sie einen unansehnlichen Flur mit vier Zinkwaschbecken entlang. Der Boden war bedeckt mit den Resten des Klebers einer Auslegware, die herausgerissen worden war. Schließlich erreichten sie einen Saal mit schmalen Fenstern und Archivschränken.

»Du brauchst mir nur zu sagen, wo ich den Gang finde, dann komme ich schon zurecht«, sagte Jasmin.

Die Schatten der matten Fensterscheiben liefen über die Wände. Der Regen hatte über der Stadt eingesetzt. Der Junge nahm einen Stapel Papier von einem Aktenwagen und führte Jasmin in eine große Rotunde. Sie hatte das Gefühl, als befände sie sich auf dem Boden einer gigantischen Tonne. An den gewölbten Wänden erhoben sich fünfzehn Meter hoch Regale mit dünnen Aktenordnern. Es musste sich um Hunderte von Millionen von Fällen handeln, dachte sie. Die Archivare bewegten sich still auf Treppen und Balkonen und suchten anhand von Listen verschiedene Mappen heraus.

Niemand schien von ihrer Anwesenheit Notiz zu nehmen. Der Junge ging quer durch den Saal; Jasmin folgte ihm und versuchte dabei so gelangweilt auszusehen, als hätte sich ihr Fall schon endlose Zeit hingezogen.

Eine Frau mit gut zehn Mappen im Arm schaute die beiden an, sagte etwas, dann ging sie weiter zu einem Mann, der auf sie wartete.

Jasmin folgte Timo in ein schönes Treppenhaus mit Bleiglasfenstern zur Rotunde hin. Die Wendeltreppe war aus Gusseisen und wand sich wie eine Luftschlange. Ihre Schritte hallten auf den Stufen, als sie hinunterliefen.

Gerade als sie das obere Kellergeschoss passierten, kam ihnen ein Mann von unten entgegen. Der Junge wechselte ein paar Worte mit ihm. Ein kleiner Stein fiel herunter und sprang hörbar auf die Stufen unter ihnen. Der Alte hustete unterdrückt, sagte etwas und winkte abwehrend mit der Hand. Als er zur Rotunde hinauf verschwunden war, wandte Timo sich Jasmin zu.

»Er hat gesagt, dass die Polizei da unten nach der Bande der Triade gesucht hat.«

»Hier drinnen?«

»Wir sollten einfach warten, bis sie fertig sind«, schlug der Junge unbekümmert vor und öffnete die Tür zum oberen Kellergeschoss.

»Gibt es keinen anderen Weg?«, fragte Jasmin und folgte ihm in einen Saal mit unzähligen Karteischränken aus Holz.

»Im Augenblick nicht.«

»Aber ich kann nicht warten, ich muss da runter«, betonte sie.

»Muss ist ein lustiges Wort«, sagte Timo wieder mit seinem breiten Lächeln. »Wir müssen nicht, aber wir sollten hier warten, bis sie fertig sind ... oder – komm!« Er hatte eine andere Idee. »Hier hinten gibt es eine eigene Abteilung für *Chongsheng*, für Leute, die mehrmals zurückgekommen sind, das könnte interessant für dich sein.«

»Du weißt, wer ich bin?«, fragte sie.

»Das wissen inzwischen fast alle.«

Jasmin folgte dem Jungen in einen Nebenraum. Sie versuchte dabei die ganze Zeit, die Orientierung in dem Gebäude in Bezug auf den Personaleingang und das Haupttor zu behalten. Timo öffnete eine Tür und betrat einen lang gestreckten Raum. Hier roch es nach Staub und alten Büchern. Petroleumlampen hingen an den Wänden und warfen ein schwaches gelbliches Licht auf die Regale und die Decke. Es war offensichtlich, dass Teile dieses Archivbereichs sehr alt waren.

Timo ging schweigend an den Mappen entlang, die nach dem Vaternamen geordnet waren, transkribiert in Mandarin. Nach einer Weile zog er eine Mappe heraus, blätterte im hinteren Teil und schaute Jasmin an.

»Du bist fünfmal unter dem gleichen Namen im Hafen gewesen«, sagte er.

»Eigentlich nur viermal«, korrigierte sie.

»Ja«, murmelte er.

»Steht da fünfmal?«

»Dein Herz stand bei deiner Geburt still«, erwiderte er und legte den Kopf zur Seite. »Du bist ein *Huang hun*.«

»Steht das auch da?«

»Das hier ist das Gerichtsarchiv, hier steht eine ganze Menge ... Du hast eine laufende Zivilklage vor dem Amtsgericht, du bist Offizier gewesen, hast aber den Militärdienst nach einer Schussverletzung im Kosovo quittiert, wurdest behandelt auf ...«

»Ich hätte niemals dort sein dürfen«, unterbrach sie ihn.

»Krieg ist unnütz und unvernünftig«, sagte Timo und schaute sich den letzten Bogen an.

Jasmin kam ein Gedanke.

»Kannst du eine Person hier für mich suchen?«, fragte sie.

»Alle, die mehrere Male wiedergeboren wurden, sind hier zu finden«, sagte er und schaute sie mit seinen sonderbaren Augen an.

»Er heißt Gabriel Popov.«

Der Junge ging ohne Hast durch den Raum zur gegenüberliegenden Wand, folgte dieser vielleicht zwanzig Meter, bis er stehen blieb, eine Mappe herauszog und in ihr las.

Timos Worte hallten noch in Jasmin nach, während sie sich ihm näherte. Sie sah ihren eigenen Schatten auf dem Steinfußboden. Der wirkte wie aus mehreren transparenten Ebenen geschichtet. Sie wusste, das lag an dem Schein der unterschiedlichen Petroleumlampen an den Wänden, aber sie dachte dabei an ihre fünf Reisen.

Meine Seele besteht aus fünf durchscheinenden Schichten, dachte sie.

Timo kratzte sich am Hinterkopf, während er ans Regal gelehnt las. Über seine dünnen Arme zogen sich Schmutzschlieren. Die Lippen bewegten sich lautlos, dann schaute er auf und ließ die Mappe ein wenig sinken.

»Gabriel Popov hat einen angeborenen Herzfehler, und er war dreimal unter seinem eigenen Namen hier«, sagte Timo.

»Wer ist er?«

»Nach dem ersten Herzstillstand wurde er nach dem Gesetz über psychiatrische Zwangseinweisung im Ersta-Krankenhaus behandelt; er war zweimal verheiratet, hat keine Kinder … Bevor er Psychologe wurde, hat er zwei Jahre lang Jura an der Universität Örebro studiert … und hier im Hafen gehörte er zum Corpus Iuris, er war Teil des Gefolges des erhabenen, gelehrten Richters und war Beisitzer …«

Timo brach jäh ab und schaute zur Tür. Ein Schatten legte sich wie eine venezianische Maske auf sein Gesicht.

»Was ist?«, flüsterte Jasmin.

»Sie sind auf dem Weg nach oben, die Polizisten«, sagte er und ging los.

»Sind die da unten fertig?«

Jasmin folgte ihm durch den großen Seitensaal ins Treppenhaus. Nachdem sie vorsichtig die Tür hinter sich geschlossen hatten, blieben sie reglos stehen und lauschten. Das Schmiedeeisen knackte noch eine Weile am oberen Ende der Wendeltreppe, dann war es still. Jasmin hielt sich an dem kalten Treppenlauf fest und eilte, der Windung folgend, hinter dem Jungen nach unten.

Vor der Tür zum unteren Kellergeschoss war die Decke niedriger, und das Licht vereinzelter Lampen glänzte auf den dunklen Buchrücken. Statt in Mappen waren die alten, handschriftlich protokollierten Fälle des Amtsgerichts in schweren Folianten zusammengefasst.

»Wir hätten nachsehen sollen, ob sich Wu Wang auch unter den Wiedergängern befindet«, sagte Jasmin.

Während Timo sie durch zwei kleinere Räume führte, entschuldigte er sich dafür, dass er nicht bei ihr bleiben könne, sondern zu seiner Arbeit zurückkehren müsse. Er führte sie vorbei an einer riesigen Kartei, zog einen Karton mit Schreibutensilien zur Seite und öffnete eine weiß gestrichene Stahltür, die zu einem dunklen Gang führte.

54

Jasmin näherte sich dem Eingang des Tunnels und bemerkte einen leichten Geruch nach Stein und alten Büchern, der ihr aus der Dunkelheit entgegenströmte.

Ihr Herz begann heftig zu schlagen, als sie sich vorzustellen versuchte, dass Dante sich irgendwo dort in dem Tunnel befand.

Wenn es nur so ist, wenn sie nur zusammenhalten und die Kinder schützen, wenn es nur Wangs Männern nicht gelungen ist, sich einen Weg frei zu schaufeln, dachte sie.

Sie nahm einige Bogen Papier von einem Stapel in dem Karton, faltete sie zu einem Keil und klemmte diesen in die Tür, damit sie ein wenig Licht hatte. An den Wänden des Gangs reihten sich Regale voll mit uralten Fallprotokollen.

Als sie ein paar Meter gegangen war, änderte der Tunnel seine Richtung, und das Licht vom Archivkeller verschwand so gut wie vollständig. Sie konnte fast nichts mehr sehen und war gezwungen, sich langsam vorzutasten.

Eine Hand folgte der Wand mit den schmalen Buchrücken, die andere hatte sie vor sich ins Dunkel ausgestreckt.

Ihr war nur zu bewusst, dass es Fallen geben könnte, die für Wang und seine Männer gedacht waren.

Die Luft erschien jetzt stickiger. Weit hinten in der Finsternis hörte sie ein knarrendes Geräusch und ein Flüstern.

Sie lauschte kurz, dann tastete sie sich weiter vor, wobei sie sich die Hand aufriss.

Aber das war nur eine Schramme.

Vorsichtig bewegte sie sich zur Seite, sie musste vor einer Barrikade angekommen sein. Zerbrochene Bücherregale waren zu spanischen Reitern zusammengebunden worden, spitze Hindernisse, um einen Überraschungsangriff von dieser Seite aufzuhalten.

»Hallo?«, rief sie ins Dunkel hinein.

Es raschelte leise, etwas kratzte, dann brannte ein Streichholz. Jasmin sah die Hand, die es hielt und damit eine Petroleumlampe entzündete. Das gelbe Licht schien auf ein Gesicht. Es war Pedro. Hinter ihm konnte sie Marta und Erica erkennen. Eine zweite Petroleumlampe wurde entzündet, und jetzt sah sie auch Ting, Grossman und Dante.

Jasmin hob die Sperre hoch, zwängte sich vorbei und stellte sie wieder an ihren Platz. Ting kam zu ihr, mit Dante an der Hand. Grossman stand da, mit der Lampe, und schloss die Augen mit einem erleichterten Gesichtsausdruck. Dante starrte sie an, als hätte er vergessen, wer sie war, oder als hätte er schon vor langer Zeit die Hoffnung aufgegeben, sie jemals wiederzusehen. Seine Wangen zeigten Streifen von Schmutz und Tränen.

»Ich bin, so schnell ich konnte, zurückgekommen«, sagte Jasmin und hockte sich hin.

Sie sah, wie er versuchte, nicht zu weinen, zog ihn an sich und nahm ihn in den Arm. Er drückte sie fest an sich und presste das Gesicht an ihre Wange. Sie spürte, wie er in ihr Haar atmete. Er zitterte am ganzen Körper, und die kleinen Hände wollten sie nicht loslassen.

»Können wir jetzt nach Hause fahren?«, fragte er flüsternd.

»Bald«, antwortete Jasmin. »Bald.«

Sie dachte an sein Zimmer mit dem über die Tapete wandernden Regenbogenlicht der sich drehenden Nachttischlampe und dem Plakat vom Piraten Jack Sparrow.

Es war noch ein weiter Weg bis nach Hause.

Sie gab Dante mehrere Küsse auf die Stirn, schaute ihm ins

Gesicht und sagte ihm, dass sie ihn lieb habe, streichelte ihm die Wangen, stand auf und nahm ihn in den Arm, um sich dann den anderen zuzuwenden.

Fünf Personen schauten sie mit blassen, müden Gesichtern an.

Marta hielt ein Messer in der rechten Hand und Ting und Grossman angespitzte Hölzer.

»Hej«, flüsterte Ting.

Bei diesem Anblick musste sie an Odysseus denken, wie dieser ins Totenreich hinabstieg, um mit den Toten zu reden, und dort Achilles begegnete, der ihm sagte, er wolle lieber ein lebendiger Sklave als ein toter König sein.

»Die sind dabei, sich durch den Keller zu graben«, sagte Jasmin.

»Mein Gott«, murmelte Marta.

Jasmin stellte Dante wieder auf den Boden, drückte ihn aber an sich, indem sie ihm die Hand auf den Hinterkopf legte.

»Wenn wir hierbleiben«, sagte Ting und kratzte sich am Bauch, »wenn wir uns dafür entscheiden, hierzubleiben, dann müssen wir uns so gut wie möglich vorbereiten, wir müssen weitere Hindernisse bauen und einen Hinterhalt planen.«

»Aber es soll doch keinen Kampf geben«, erklärte Marta ungeduldig.

»Wenn aber doch … Wenn es dazu kommt, dann haben wir die größte Chance, wenn wir hierbleiben«, erklärte Grossman. »Ich meine, Sunzi und Wei Liaozi sind sich einig darin, dass …«

»Deine Geschichtslektionen sind mir scheißegal«, unterbrach Marta ihn.

»Ich wollte damit nur sagen, dass derjenige, der zuerst an Ort und Stelle ist, immer einen Vorteil hat«, fuhr Grossman fort.

»Was versucht ihr euch eigentlich selbst einzureden?«,

fragte Marta lächelnd. »Wir können nicht kämpfen, das ist einfach nur lächerlich, kommt auf den Boden der Tatsachen und ...«

»Natürlich werden wir Gewalt vermeiden, wenn das möglich ist«, sagte Ting.

Jasmin nickte und ließ ihren Blick durch die Dunkelheit weiter in den Tunnel wandern, entlang der Wände, die von Regalen mit vergilbten Personendokumenten gesäumt waren.

»Pedro und ich wollen uns direkt ergeben«, sagte Marta. »Denn Dong Hongli ist sich ganz sicher, dass der Spielplatz gegen die Grundrechte verstößt.«

»Er ist dageblieben, um es dem Richter zu erklären«, informierte Ting Jasmin.

»Sie haben nicht auf ihn gehört«, sagte sie nur kurz.

»Hongli ist älter als die Ingenieure«, fuhr Marta an Ting gerichtet fort. »Sie sind verpflichtet, ihm zuzuhören.«

»Aber ich war auf dem Playground und ...«

»Ich rede nicht mit dir«, unterbrach Marta Jasmin scharf.

»Okay«, flüsterte diese.

»Was wolltest du sagen?«, fragte Ting sie.

»Sie haben Hongli getötet«, antwortete sie verhalten.

»Ich glaube dir nicht«, rief Marta mit vom Weinen geröteten Augen. »Das ist alles deine Schuld, alles ist nur deine Schuld!«

»Es ist nicht Jasmins Schuld, das weißt du«, widersprach Pedro ihr.

»Ist es etwa meine Schuld?«, entgegnete Marta mit steigender Wut. »Willst du das sagen?«

»Nein, aber ...«

»Wessen Schuld ist es dann?«, fragte sie und rieb sich das Gesicht.

»Liebling, beruhige dich«, versuchte Pedro es.

Er nahm Marta in den Arm, die zu weinen begann.

»Haben wir noch mehr Messer?«, fragte Jasmin Ting.

»Nur meins«, antwortete Pedro.

»Rede nicht mit ihr«, jammerte Marta.

»Habt ihr in der anderen Richtung auch Barrikaden gebaut?«, wollte Jasmin wissen und nickte in Richtung des eingestürzten Eingangs.

»Ja, haben wir«, antwortete Ting.

»In der gleichen Form?«

»Etwas größer.«

»Wir haben uns zwei Speere zusammengebaut, oder wie man die nun nennen soll …«

»Spitze Besenstiele«, ergänzte Grossman.

»Das funktioniert«, sagte Jasmin.

»Du bist doch Sekretärin – oder?«, fragte Marta. »Oder nicht?«

»Eine ziemlich gute Sekretärin«, antwortete Jasmin leise.

55

Ein paar Stunden später hatten sie hinter den spanischen Reitern mehrere Mauern aus dicken Büchern errichtet, die mit Speeren abgestützt waren, und an strategischen Punkten einen Vorrat an Steinen gesammelt, um sich damit zu verteidigen.

Jasmin riss ein schweres Scharnier von einer Seitentür los, um daraus eine Waffe zu bauen, eine Art Dreschflegel, wie man sie früher benutzte, um das Korn zu dreschen. Ihr Plan war, den einen Teil des Scharniers an einem kräftigen Stock zu befestigen, um die Beschleunigung zu nutzen, wenn der bewegliche Teil nach vorn ausschwang.

Sie fragte sich, wie lange es wohl dauern würde, bis Gabriels Mitteilung bezüglich des Trolleybusses zu Wu Wang gelangte.

Marta hatte aufgehört zu weinen und saß jetzt mit erstarrtem Gesicht neben Pedro. Erica und Dante spielten mit großem Ernst miteinander. Grossman trat schnaufend Regale kaputt und verband die geborstenen Bretter zu weiteren spanischen Reitern.

Es klirrte scharf, als Jasmin mit einem Stein auf das Metall schlug. Sie kniete auf dem Boden und spürte die Stöße bis in die Arme, während das Metall warm wurde von den Schlägen. Langsam gelang es ihr, das Scharnier so zu biegen, dass es sich um den Stock schloss, den Ting geschnitzt hatte; sie drehte ihn leicht, damit der Metallrand in die Kerbe rutschte.

Dante lachte, und Jasmin konnte von ihrem Platz aus sehen, wie Erica ihn in die Luft hob.

Ting schnitzte kürzere Spieße für eine Pfahlmauer. Er

benutzte Pedros Messer, arbeitete zügig und konzentriert. Seine Muskeln glänzten in dem weichen Licht. Holzspäne flogen auf. Jasmin riss Stoffstreifen aus ihrem Tuch, machte sie im lehmigen Wasser auf dem Boden nass und wärmte sie über der Petroleumlampe.

»Du bist zurückgekommen«, sagte Ting, ohne den Blick von dem Messer und dem Holz zu heben. »Ich weiß, du hast das nicht meinetwegen getan, aber ich bin trotzdem froh.«

Jasmin setzte sich ihm gegenüber, die erwärmten Stoffstreifen auf dem Knie.

»Es ist nur alles so kompliziert und …«

Sie hatte keine Worte für das, was passiert war, das, was sie wusste, also verstummte sie lieber, drehte den ersten Streifen zu einer Kordel und wickelte ihn dann, so fest sie konnte, um den oberen Teil ihrer Waffe.

»Denkst du ans Theater? Findest du das kompliziert – was wir gemacht haben?«

»Nein, das überhaupt nicht«, antwortete sie und musste lächeln. »Das war … so etwas passiert, ich meine, schließlich sind wir erwachsene Menschen.«

»So etwas passiert?«, wiederholte er fragend.

»Nein, das war schön«, sagte sie und senkte die Stimme. »Ich meine, für mich war das wunderschön, aber …«

Wieder brach sie ab und blickte in den Tunnel, um ihr verlegenes Lächeln zu verbergen.

»Bist du mit jemandem zusammen in Stockholm?«

»Geschieden«, antwortete sie und wickelte den nächsten Stoffstreifen auf.

»Ich hatte eine Beziehung«, sagte er. »Aber ich kann nicht zu ihr zurück …«

»Du musst mir das nicht erzählen.«

»Sie war dabei, als ich eine Überdosis genommen habe.«

»Ist sie auch ein Junkie?«, fragte Jasmin.

»Ja.«

Pedro stand auf, holte die Stöcke, die Ting bereits angespitzt hatte, trug sie hinüber zu Grossman und half ihm, sie wie Reißzähne in einer Reihe zu befestigen.

»Ich will nicht auf Methadon gehen oder so etwas«, sagte Ting, während er weiterschnitzte. »Ich will ganz aufhören und mit allem brechen.«

»Gut«, flüsterte Jasmin.

»Vielleicht verdiene ich es ja nicht, zurückzukehren, aber ich ...«

»Doch, das tust du«, wandte sie ein, »das tust du auf jeden Fall.«

»Jedenfalls will ich das jetzt, mehr als je zuvor«, sagte er und schaute sie an. »Ich weiß auch nicht, aber sobald ich in deiner Nähe bin, fühle ich mich lebendiger.«

Jasmin streckte die Hand aus, berührte die Perle an seinem Ohr, streichelte ihm die Wange und rang mit sich, ja nicht zu weinen.

»Wir müssen reden«, sagte sie und schluckte schwer.

»Jasmin, ich sage ja nicht, dass wir heiraten sollen«, sagte er. »Aber ich habe Dante versprochen, dass er sich mein Haus angucken darf ... und du kannst mitkommen, wenn du willst. Das ist wirklich ziemlich spannend, es war nämlich eigentlich ein altes Bootshaus, und ich habe im Schlafzimmer einen Glasboden über dem Wasser legen lassen.«

»Du bist ja auch Tischler.«

»Dann könnten wir da auf dem Boden sitzen und Pizza essen und sehen, wie die Wellen gegen die Felsen schlagen und der Schaum von unten ans Glas spritzt.«

»Ich wünschte, das wäre möglich«, sagte sie.

»Das ist möglich, wir werden das hier gewinnen.«

Sie nickte und dachte an den Schnee, der in Stockholm fiel, sie dachte an Dantes Herz, Dianas tieftrauriges Gesicht und an das Foto vom Kosovo.

»Es war dein Großvater, der mir vom Playground erzählt

hat«, berichtete sie Ting. »Das war ein chinesischer Mythos von einem General ... Ich kann mich nicht mehr an seinen Namen erinnern, aber er hat es geschafft, zurückzukehren, nur indem er den Playground gefordert hat.«

»Wir werden gewinnen«, sagte er erneut und schaute ihr dabei so tief in die Augen, dass es ihr im Bauch prickelte.

»Ja.«

Ting stand auf, Holzstückchen und Späne stoben um seine Füße. Dante und Erica hatten ihr Spiel beendet. Sie starrten Marta an. Diese hatte ein kleines Päckchen mit Mandelkeksen herausgeholt und öffnete eine Dose Tofu, der aussah wie geschnittene Entenbrust. Grossman wischte sich die Handflächen an der Hose ab und kam langsam näher. Jasmin folgte Ting und sah, wie Marta das goldfarbene Papier von einer Tafel Schokolade abriss.

»Guck mal, Mama«, rief Dante.

»Sie kriegt nichts«, sagte Marta und sah Jasmin an.

»Aber meine Liebe«, wandte sich Pedro ihr zu. »Es nützt doch nichts, wenn ...«

»Das reicht nicht für alle«, entschied Marta.

»Aber doch für Dante?«, fragte Erica.

»Die sollen sich selbst was zu essen suchen«, beschied Marta sie wütend.

»Komm«, sagte Jasmin, ergriff Dantes Hand und zog ihn mit sich.

»Es ist alles ihre Schuld«, fuhr Marta fort. »Sie denkt nur an sich und an Dante, ich wüsste nicht, warum sie dann von meinem Essen etwas abbekommen sollte.«

Dante folgte Jasmin, obwohl er hungrig war. Er wusste, was ungerecht war, das wissen alle Kinder, und er hatte bereits gelernt, dass es nichts nützte, sich zu beschweren.

56

Mit Dante an der Hand ging Jasmin weiter ins Dunkel des Tunnels hinein. Sie hörte, dass Ting ihnen folgte.

»Ich dachte, dass Wu Wang nett ist«, sagte Dante nach einer Weile.

»Das ist nicht deine Schuld – er hat dich reingelegt, er hat alle reingelegt«, erklärte Jasmin.

»Aber dich nicht.«

»Nein.«

Das Echo eines leisen Klopfens war von der Treppe zum Ordnungsamt zu hören. Es wäre gut, jetzt ein wenig zu essen, dachte Jasmin, denn es konnte noch Stunden dauern, bis Wu Wangs Mannschaft sich durchgekämpft hätte.

»Wartet«, hörte sie Ting hinter sich. »Wartet hier, ich rede mit Marta.«

»Nein, lass es«, sagte Jasmin, blieb jedoch stehen.

»Ich habe Hunger«, flüsterte Dante und zog an ihrer Hand.

»Natürlich kann ich verstehen, dass sie wütend auf mich ist, dazu hat sie jedes Recht der Welt, aber dass Dante das ausbaden muss, das ist nicht in Ordnung«, sagte sie und setzte sich auf den Boden, den Rücken gegen ein Regal gelehnt, Dante auf dem Schoß.

»Ich rede mit ihnen, Marta muss sich nur erst ein wenig beruhigen«, erklärte Ting und ließ sich neben den beiden auf den Boden nieder.

Dante saß schwer auf Jasmins Schoß, als könnte er jeden Moment einschlafen, und sie dachte an das Leben und an seinen schläfrigen Körper, wenn sie ihn morgens in ihre warme Küche trug. Sie dachte an Kaffee und getoastetes Brot und an den rosa Sonnenaufgang über den schneebedeckten Hausdächern. An die quietschenden Blätter der Tulpen und an eine Amsel, die an einem Apfel pickte, den sie auf den Balkon gelegt hatte.

»Wie wird das jetzt mit Papa?«, fragte Dante nach einer Weile, und sie sah seine großen Augen glänzen.

»Was meinst du damit?«, wollte sie wissen.

»Na, wenn du Ting heiratest.«

»Dante, dein Papa wird immer dein Papa bleiben, mach dir da keine Sorgen, was auch passiert, du wirst deinen Papa behalten.«

»Okay.«

»Hast du dir darüber Gedanken gemacht?«

»Ja.«

»Es wird alles gut werden.«

»Tings Mama und Papa kommen aus China«, berichtete Dante.

»Tatsächlich?«, fragte sie mit gespielter Verwunderung.

»Die haben da gewohnt, bis Ting sechs Jahre alt war«, erzählte Dante weiter. »Und Tings Papa, der hatte so einen komischen Namen ... der hat ein Floß gebaut, aber Ting durfte auf keinen Fall allein damit fahren.«

»Dazu war er ja noch viel zu klein«, warf Jasmin ein.

»Aber da hat er sich ein schwarzes Schwein geholt, eine Katze und einen Goldfisch in einem Glas.«

»So war ich dann nicht mehr allein«, verteidigte Ting sich.

»Fanden seine Eltern denn, dass das in Ordnung war?«

»Ich glaube nicht«, antwortete Dante mit einem Blick auf Ting.

»Nein, wahrscheinlich nicht«, bestätigte Jasmin und konnte ein Schmunzeln nicht unterdrücken.

»Alles ist ins Wasser gefallen, aber nur der Goldfisch ist verschwunden ... Ting ist danach jeden Tag zum Strand gelaufen und hat ihm Brotkrümel ins Wasser geworfen.«

Das Klirren von Schaufeln war jetzt deutlicher zu hören. Jasmin wusste, dass der Klang weit trug, er war vielleicht schon zu hören, aber sie fand, dass sie sich für den Kampf bereit machen sollten, die letzten Vorbereitungen treffen, die noch fehlenden Stöcke mit den Spitzen aufstellen, ihre Plätze einnehmen und die Lampen löschen.

»Wenn man hier ist, kann man nicht begreifen, wieso das Zentralkomitee so unglaublich große Ressourcen an eine vollkommen sinnlose Bürokratie verschwendet, wenn es gleichzeitig an Polizei mangelt«, sagte Jasmin leise.

»Aber das ist doch überall auf der Welt das Gleiche«, erwiderte Ting. »Nicht einmal Schweden gelingt es, die organisierte Kriminalität aufzuhalten ...«

»Aber hier sollte es möglich sein – hier müsste es so sein«, unterbrach sie ihn.

»Die Bewegung ist einfach zu groß, zu stark ... Soweit ich verstanden habe, hängt die Triade, die hier den Hafen kontrolliert, zusammen mit einer Triade, die 14K heißt ... und die aus Hongkong stammt.«

»Davon habe ich noch nichts gehört.«

»Das ist eine der größten Triaden der Welt, sie hat als antikommunistische Gruppe angefangen, gleich nachdem ...«

»Erica«, rief Dante plötzlich und richtete sich auf.

Das kleine Mädchen kam den Gang entlang zu ihnen und wickelte aus einem Papier etwas Tofu, drei kleine Rippen Schokolade und vier bröcklige Mandelkekse.

»Danke«, sagte Jasmin auf Englisch. »Aber deine Mama wird bestimmt böse, wenn ...«

»Das ist mir egal«, sagte Erica und schaute sie mit festem Blick an. »Ich schäme mich für sie, ich finde, man muss mit allen teilen.«

»Ach, wenn das alle täten«, erwiderte Jasmin.

»Darf ich essen?«, fragte Dante.

»Fang mit dem Tofu an«, sagte Jasmin.

Dante stopfte sich ein Stück in den Mund, kaute und ging dann zu Erica und umarmte sie. Ting aß auch ein Stück, dann kroch er näher zu Jasmin und schob ihr einen Mandelkeks in den Mund. Dante und Erica beobachteten das kichernd, und Ting gab Jasmin schnell einen Kuss auf den Mund und strahlte dann, während er sie ansah.

»Was ist denn nun los?«, fragte sie.

»Nein ehrlich ... darf ich mal wissen, wozu eigentlich all die Punkte da bei dir gut sind?«

»Warum sind deine Augen so schmal?«, fragte Jasmin zurück.

»Sind sie das?« Er lachte laut auf.

»Ja«, bestätigte sie schmunzelnd.

»Mao wollte das so«, sagte Ting und machte seine Augen mit den Fingern noch schmaler.

»Du bist schön«, sagte sie und wurde ernst.

»Wieso?«

»Weil du das bist«, antwortete sie.

»Wusstest du, dass es einen Lookalike-Wettbewerb in ganz China gab?«, fragte er.

»Nein.«

»Alle haben gewonnen.«

»Ehrlich gesagt finde ich es nicht lustig mit ...«

»Weißt du denn, warum es kein Disneyland in China gibt?«

Er verstummte und drehte den Kopf zum Gerichtsarchiv. Ein leichter Windzug kam aus der Richtung. Jasmin ergriff ihre Waffe und stand auf. Erica fütterte Dante mit dem letzten Schokoladenstückchen und zog ihre Finger mit einem Lachen zurück, als hätte sie Angst, gebissen zu werden.

»Sind sie auf dem Weg?«, flüsterte Ting.

»Dante«, sagte Jasmin und wich zurück.

In weiter Ferne rumpelte es wie in einem Schornstein, dann kam wieder ein Windzug. Am Ende des Gangs rasselte es, als würden kleine Steinchen rollen.

57

Grossman hatte es auch gehört. Er schloss sich ihnen an und versuchte etwas in der Dunkelheit zu erkennen. Sogleich stand Pedro hinter ihnen, das Messer in der Hand.

»Was ist los?«, fragte Grossman flüsternd.

»Wir wissen es nicht«, antwortete Ting.

»Das ist Wang«, sagte Marta mit zittriger Stimme und zeigte in Richtung des großen Archivs. »Er kommt aus der gleichen Richtung wie Jasmin, er ist ihr gefolgt.«

»Das glaube ich nicht«, erwiderte Jasmin und nahm einen leichten Rauchgeruch wahr.

»Wir müssen die Fallen auf die andere Seite schaffen«, sagte Marta und versuchte Pedro auf ihre Seite zu ziehen.

»Macht, was ihr wollt, aber ich bin mir ziemlich sicher, dass es unter dem Amt für Ordnungsaufsicht brennt«, entgegnete Jasmin. »Deshalb strömt die Luft hier herein und …«

»Sie weiß gar nichts«, unterbrach Marta sie.

Bis jetzt ist noch keiner aus der anderen Richtung in den Tunnel gekommen, dachte Jasmin und lauschte ins Dunkel. Ihren Gegnern war es lediglich gelungen, vom Keller unter dem Amt für Ordnungsaufsicht her eine schmale Öffnung zu graben, und dann hatten sie Benzin oder Petroleum hineingekippt.

»Die Luft zieht zum Feuer hin, und der Rauch steigt auf«, sagte sie. »Aber solange es Nahrung kriegt, wird das Feuer sich zu uns hinunterarbeiten.«

»Okay, dann fliehen wir ins Archiv«, sagte Ting.

»Oder wir bleiben und löschen das Feuer«, wandte Jasmin ein.

»Löschen? Wir haben nicht einmal Wasser zum Trinken«, sagte Pedro.

»Nein, aber wir können ein Gegenfeuer entzünden«, erklärte Jasmin. »Ein Feuer, das auf das andere stößt – ich habe so etwas schon mal gesehen, die löschen sich dann gegenseitig.«

»Weil sie keine Nahrung mehr haben«, bestätigte Grossman.

»Geht das?«, fragte Pedro skeptisch.

»Ich habe es schon gesehen«, wiederholte Jasmin.

»Wenn das klappt, dann haben wir einen Vorteil«, sagte Ting. »Die werden nicht glauben, dass nach dem Brand noch irgendjemand hier unten ist.«

»Das ist zu gefährlich«, sagte Marta.

»Es ist viel gefährlicher zu fliehen«, wandte Jasmin ein.

»Bist du dir sicher, dass das klappt?«, fragte Ting und sah sie an.

Sein Gesicht war ernst, die Narbe quer über seinem Augenlid sah aus wie mit einem spitzen Stift gezogen.

»Ich weiß nicht, was wir sonst machen könnten«, erwiderte sie.

Sie trugen die Speere und spanischen Reiter an die Treppe zum Archiv, gingen dann ein Stück zurück in den Tunnel und beschlossen, das Feuer an der ersten Barrikade zu entzünden. Alle halfen mit, jegliches brennbare Material auf ihrer Seite zu entfernen und den Gang auf der anderen Seite der Barriere mit Lunten zu versehen, damit das Feuer in diese Richtung brennen konnte.

Jetzt war das große Feuer vom Keller her deutlich zu hören, es polterte und schnaufte. Es knisterte und knallte in dem dunklen Durchgang.

»Wir schaffen es nicht, hier mehr aufzuräumen«, rief Pedro.

»Ich will einen Sicherheitsabstand von fünfzehn Metern haben«, schrie Grossman, die Arme voll mit altem Papier.

»Es ist schon fast zu spät«, erwiderte Jasmin und riss ein Bücherregal zu Boden.

Dante und Erica schleppten zusammen ein langes Brett. Jasmin trat die Regalböden los und verletzte sich dabei am Schienbein. Pedro und Marta warfen Holzteile über die Barrikade und holten Nachschub. Das Feuer wehte sie bereits an, und sie konnten den warmen Duft von Holz und Rauch spüren, bevor der Luftstrom wieder zurückgesogen wurde.

»Soll ich es anzünden?«, fragte Ting mit einer Petroleumlampe in der Hand.

»Ja, tu das«, nickte Jasmin und zog sich mit Dante und Erica zurück.

Er machte ein paar Schritte nach vorn, dann warf er die Lampe vor der Barrikade auf den Boden, sodass das brennende Petroleum die trockenen Lunten erreichte und zum Brennen brachte.

Eine angenehme Wärme war im Gesicht zu spüren, und dann der Wind, der vom Archiv her durch ihr Haar fuhr.

Die Flammen schlugen hoch und färbten die Decke rußschwarz, neigten sich, breiteten sich über die trockenen Lunten aus und eilten dann auf das andere Feuer zu.

Grossman und Ting trugen das Gestell mit den vielen Holzspitzen, um die erste Falle vorzubereiten. Dante wollte das Feuer beobachten, aber Jasmin zog ihn mit sich zum Ausgang hin. Marta und Erica saßen bereits mit blassem Gesicht auf der Treppe. Die Tür zum Archivkeller war fast geschlossen.

»Kannst du die Tür offen halten, damit wir Luft kriegen?«, bat Jasmin.

»Natürlich«, antwortete Marta, ohne sie anzusehen.

Jasmin sortierte die Waffen, die sie hergebracht hatten, und reihte die langen, geraden Speere vor sich auf. Marta öffnete die Tür, und Jasmin sah, dass die Papiere, die sie dazwischengeklemmt hatte, ins Archiv rollten. Fern im Verbindungsgang donnerte es, und Steine fielen von der Decke. Plötzlich bemerkte sie, dass schwerelose Glutteilchen und Funken aus dem Dunkel des Tunnels herangeschwebt kamen.

»Dante, klettere hoch«, sagte sie schnell. »Und nimm Erica mit!«

Schwarzer Rauch waberte an der Decke entlang. Das war zu früh, die Feuer konnten sich noch nicht begegnet sein. Das erste war zu schnell vorangekommen, war zu heiß geworden. Das war nicht gut, das konnte gefährlich werden. Jasmin lief in den Tunnel, um die anderen zu holen. Weitere Funken folgten dem heißen Luftstrom, der ihr entgegenschlug. Das Dröhnen wurde lauter und ging in ein Brüllen über, als das Feuer auf sie zustürmte. Sie fiel auf den Rücken und sah, wie die Flammen an der Decke zurückgesogen wurden. Ein Bücherregal neben ihr begann zu kippen. Jasmin kam wieder auf die Beine und sah Ting geduckt laufen. Hinter ihm kam Pedro, die Hand vor dem Mund.

»Kommt!«, rief sie und rannte zurück.

Es klang wie eine Explosion, als die Feuerwalze wieder nach vorn rollte. Sie lechzte nach Sauerstoff und leckte mit ihren Zungen die Decke entlang. Die Hitze entzündete Pedros Haar. Er schrie, lief aber weiter. Ting hatte Jasmin bald eingeholt. Hustend forderte er sie auf, schneller zu laufen. Sie spürte die Hitze in den Augen. Weiter hinten im Gang war Grossmans schwankende Gestalt zu sehen, eingeschlossen vom Feuer. Ting zog Jasmin mit sich zurück.

Es zischte und knisterte in den Papierlunten, die um sie herum Feuer fingen. Grossman fiel auf alle viere. Brennende Papierstücke tanzten über ihm. Ein Seufzer lief durch den Tunnel, als die Flammen den Sauerstoff schluckten. Pedro lief an Jasmin vorbei, immer noch die Hand vor dem Mund. Jasmin nahm all ihre Kraft zusammen, riss sich von Ting los und kehrte zurück zu Grossman. Er schaute sie an, ohne sich zu bewegen. Brennende Flocken wirbelten herum, und die Hitze drückte sie wie eine Wand zurück, aber sie stemmte sich dagegen.

»Lauf!«, schrie sie Grossman an und zerrte an ihm.

Er schüttelte nur den Kopf, aber sie packte seine Arme und zog ihn auf die Füße.

»Lauf!«, brüllte sie.

Grossman stolperte voran, machte ein paar Schritte, dann fing er an zu laufen. Das Feuer kehrte zurück und wuchs an zu einem Flammensturm. Es war nicht mehr möglich, Luft zu holen. Ting kam Jasmin zu Hilfe, zog sie zum Ausgang, zerrte an ihrem Arm.

Marta hielt mit panischem Blick die Tür auf. Hinter ihr stand Pedro und hustete. Das Donnern war ohrenbetäubend. Jasmin schnappte sich einen Speer und sah, dass ihr Blusenärmel Feuer gefangen hatte. Ting stolperte die Treppe hoch, drehte sich hustend nach ihr um und hielt ihr seine Hand hin. Jasmin ergriff sie und streckte die stumpfe Speerseite Grossman entgegen. Sein ganzer Rücken brannte. Fußboden, Decke und Wände standen in Flammen. Grossman packte den Speer, und Jasmin zog ihn zu sich. Er kippte nach vorn und kroch die Treppe hoch. Ting half ihr, den schweren Mann hochzuziehen, als eine neue Feuerwelle sie überrollte.

Marta schaffte es nicht, die Tür hinter ihnen zu schließen. Der große Holzschrank mit der Kartei brannte bereits. Es zischte von den Wänden, als der Tapetenkleister anfing, Blasen zu werfen. Sie schleppten Grossman an den Kartons vorbei, durch die Kellerräume bis ins Treppenhaus.

»Dante, lauf weiter hoch!«, rief Jasmin.

Sie rissen Grossman die qualmenden Hemdenreste vom Leib. Er hustete und würgte, machte Jasmin aber ein Peace-Zeichen. Das Feuer war nun bis in den Saal vorgedrungen, es lief über ein Bücherregal und erreichte die Decke. Ein Rauchmelder schrillte eindringlich. Auf Grossmans Rücken waren schwarze Stellen entstanden, wie die Fußspur eines Hasen, umgeben von roter, blasiger Haut.

»Kannst du gehen?«, fragte Ting.

»Schade ums Hemd«, sagte er fast ohne Stimme.

Das Feuer breitete sich im Keller aus. Brennende Teile der Decke stürzten in Wolken hochwirbelnder Funken herab. Grossman stöhnte vor Schmerzen, als Ting ihm auf die Beine half. Stufe für Stufe stiegen sie die Wendeltreppe hinauf, während das Feuer die Glasscheiben im Treppenhaus unter ihnen platzen ließ.

Jasmin holte Dante und Erica ein, fasste beide bei der Hand und eilte weiter hinauf, wobei sie ihnen erklärte, dass sie hinauslaufen und das tun mussten, was Jasmin ihnen sagte, ohne irgendwelche Fragen zu stellen.

Als sie in der Rotunde ankamen, sah Jasmin, dass die angrenzenden Säle bereits Feuer gefangen hatten. Die Flammen mussten durch die tragenden Balken gedrungen sein. Ein Mann mit schwarz verschmiertem Gesicht und verbrannten Händen kam aus einem brennenden Büro gestolpert. Ordner, Papiere und Aktentaschen lagen auf dem Steinfußboden.

»Es gibt einen anderen Eingang«, rief Jasmin und versuchte sich daran zu erinnern, wie sie hergekommen war.

Sie wandte sich dem Flur zu und sah gleichzeitig, wie Teile des Fußbodens einstürzten und Funken hochflogen und die Wände und Regale entzündeten. Die Hitze stieß sie zurück. Es war zu spät, um diesen Weg einzuschlagen. Das Feuer hatte den Raum bis zur Decke eingenommen. Suchend wanderte ihr Blick weiter, und sie drehte sich um, ohne die Hände der Kinder loszulassen.

Auf der anderen Seite der Kundentresen entdeckte sie Timo. Er versuchte immer noch seine Arbeit zu tun, schob einen Aktenwagen vor sich her, blieb aber stehen und winkte ihr zu, als er sie entdeckte.

Erica machte sich frei und hustete in beide Hände. Marta eilte zu ihr und zog sie mit sich.

Timo ließ den Aktenwagen stehen, schnappte sich eine Mappe und lief um den Tresen herum.

»Was machst du hier – du musst raus!«, rief Jasmin ihm zu.

»Du hast doch nach Wu Wang gefragt«, erwiderte er und gab Jasmin die Mappe.

»Aber damit habe ich nicht gemeint, dass du auf mich warten sollst«, erklärte sie hustend.

Ein Rauchmelder schrillte, und das Feuer knisterte und donnerte. Schwarzer Rauch füllte die Flure und quoll an den Wänden der Rotunde hoch. Jasmin riss die Blätter aus der Mappe und faltete sie zusammen.

»Vor der Tür stehen jede Menge bewaffnete Männer«, berichtete Timo.

»Gibt es einen anderen Weg?«, fragte Jasmin.

»Nicht mehr, höchstens noch übers Dach ...«

»Oh weh«, jammerte Marta.

Glühende Rußflocken tanzten durch die große Rotunde und wurden vom Feuer wieder geschluckt. Das Gesicht brannte ihnen vor Hitze.

»Du musst jetzt raus hier«, sagte Jasmin zu Timo und stopfte sich die Papierbögen in die Tasche.

»Wenn du meine Hilfe nicht mehr brauchst, um ...«

»Geh nur, beeil dich«, unterbrach sie ihn verzweifelt.

»Der Himmel ist interessiert am Wohlergehen der Menschen«, erwiderte er ruhig, und in seinen Augen war nicht die geringste Angst zu sehen.

Jasmin spuckte schwarzen Schleim auf den Boden und zog Dante mich sich. Eine Petroleumlampe explodierte durch die Hitze im Saal, und die dunklen Flammen fanden neue Nahrung in den Vorhängen.

»Zurück ins Treppenhaus!«, rief Ting.

Geduckt eilten sie zu der verglasten Treppe. Pedro stolperte über einen umgefallenen Stuhl, und Erica schrie laut auf, als sie ihn fallen sah. Ein verschnörkelter Holzfries fiel brennend vor ihnen auf den Boden. Jasmin riss Dante zur Seite, schob ihn um den Holzfries herum und erreichte das Treppenhaus.

Sie liefen die hallenden Treppenstufen hinauf. Pedro war wieder auf die Beine gekommen, aber Erica weinte immer noch vor Angst. Es dröhnte und vibrierte in den Glaswänden des Treppenhauses. Das Feuer in der Rotunde verbreitete fast kein Licht, es wälzte sich nur im eigenen schwarzen Rauch weiter.

»Mama«, bat Dante, »ich muss mal stehen bleiben ...«

Der Feueralarm verstummte, mehrere Lampen explodierten, das ganze Archiv stand jetzt in Flammen, die Wände krümmten sich in der Hitze, der Saal erschien wie ein brennender Brunnen. Es knackte und krachte, als die Scheiben des Treppenhauses durch die Hitze platzten, es knisterte und knallte, dann fiel das gesamte Glas heraus. Sie liefen die nackte Treppe weiter hinauf. Hitze und das Tosen des Feuers umgab sie.

Langsam wurde auch das Metall heiß, die Schuhsohlen liefen Gefahr, kleben zu bleiben, der Treppenkorpus knirschte und ächzte unter ihnen.

Eine zehn Meter hohe Regalkonstruktion stürzte ein und verschwand unten in dem Inferno. Qualmende Teile fielen jetzt auch von der Decke über ihnen herab.

Eine brennende Schicht der Innendecke stürzte ein, schlug ein paar Meter über ihnen auf die Treppe und zerbrach in mehrere Stücke. Die ganze Treppe erbebte, Dante schrie, und flammende Holzsplitter stoben um sie.

58

Der letzte Treppenabschnitt führte sie durch das heiße, raucherfüllte Dachgeschoss, direkt aufs Dach des großen Archivs. Die Luft unter dem dunklen Himmel war herrlich kühl und voller kleiner Regentröpfchen. Hustend und keuchend blieben sie auf einem kleinen Absatz stehen, der um die Dachkuppel herumlief. Zwischen ihnen und dem Abgrund befand sich nur ein niedriges Metallgitter. Jasmin lehnte sich zurück, drückte Dante an sich und sah die Lichter der Stadt unter sich blinken. Bis auf die Gebäude gab es nichts als absolute Dunkelheit.

Wir sind alle tot, dachte sie. Aber wir sind nicht ausradiert, denn es gibt uns, und wir haben Gefühle.

Aus dem Haupteingang stieg eine Rauchsäule voll mit Funken auf, und von der Kuppel her donnerte es dumpf.

Das hier muss doch irgendwann ein Ende haben, sagte sie sich und sah, dass sich fünfzehn Meter unter ihnen Menschen sammelten.

Zum ersten Mal beschlich sie das unangenehme Gefühl, es könnte vielleicht doch nicht so enden, wie sie es wollte. Hinter sich hörte sie, wie Ting Grossman zu erklären versuchte, dass sie auf dem Weg zu einem neuen Versteck waren. Dantes Hand war verschwitzt und lief die ganze Zeit Gefahr, aus Jasmins Griff zu rutschen.

Plötzlich zischte etwas neben ihr. Marta schrie laut auf. Ein schwarzer Pfeil mit weißer Befiederung steckte in ihrem Oberarm. Er stach auf der Rückseite des Muskels heraus, und von seiner Spitze tropfte Blut. Jasmin duckte sich, zog Dante mit hinunter und konnte Wang unten auf der Straße neben einem Bogenschützen erkennen.

»Hier entlang«, rief Ting hustend.

Die Menschen unten zeigten hoch zu ihnen, beobachteten ihre Flucht um die Kuppel herum und folgten ihnen auf der Straße.

Sie haben uns gefunden, dachte Jasmin. Wir sind zurück auf dem Playground.

Ein zweiter Pfeil flog schräg über ihre Köpfe, aber inzwischen befanden sie sich bereits an der Seite des Gebäudes und damit außerhalb der Schusslinie. Ting half Grossman, über eine kleine Leiter hinunter auf ein angrenzendes Dach zu steigen. Es lag nur einen Meter unterhalb desjenigen des Archivs, und Jasmin konnte jenseits davon weitere Dächer in der gleichen Höhe erahnen.

Es gab einen Fluchtweg.

Ting kehrte zur Leiter zurück, um Dante und Erica entgegenzunehmen. Jasmin schärfte ihnen immer wieder ein, dass sie auf dem Dach ruhig sitzen bleiben und abwarten mussten.

Grossman lag halb auf der Seite, mit geschlossenen Augen und offenem Mund.

Marta wimmerte immer noch laut, Blut lief ihren Arm hinunter, aber Jasmin stellte fest, dass der Pfeil nur durch den äußeren Teil des Muskels gedrungen war. Größere Blutgefäße waren nicht getroffen worden. Pedro versuchte mit Marta zu reden, aber sie stand zu sehr unter Schock, um antworten zu können, sie wankte hin und her, und die Pfeilspitze schrammte gegen die Kuppel hinter ihr.

»Soll ich ihn rausziehen?«, fragte Jasmin. »Das ist keine gefährliche Verletzung, aber natürlich tut es weh …«

Marta nickte schwach, befeuchtete sich die Lippen, und noch bevor sie antworten konnte, griff Jasmin nach der Spitze, hielt Martas Arm fest und zog den Pfeil heraus. Sie gab ihn Pedro, wischte das Blut an der Hose ab, riss ein Stück von

Martas Rock ab und wickelte schnell den Stoffstreifen um die Wunde.

Das Feuer war inzwischen die Fassade des Archivs hinaufgeklettert. Dunkle Flammen flatterten wie lose Segel im Wind. Der schwarze Rauch wallte in den ebenso schwarzen Himmel hinauf.

Jasmin half Marta und Pedro, auf das andere Dach hinunterzuklettern, und folgte ihnen. Sie achtete darauf, dem Rand, der zur Straße hin zeigte, nicht zu nahe zu kommen. Die Menschen da unten waren nicht mehr zu hören, aber sie wusste, sie warteten auf sie.

»Wir müssen weiter«, sagte sie. »Bald haben sie es auch hier hochgeschafft.«

Das nächste Dach war mit braunroten Dachziegeln gedeckt. Es fiel ziemlich steil ab, schwang sich an der Traufe aber wieder ein Stück nach oben. Unter dem Gewicht der Füße knirschten die gewölbten Ziegel. Pedro, Marta und Erica eilten zum Dachende, blieben dort aber stehen und wichen sogar ein paar Schritte wieder zurück. Als Jasmin mit Dante bei ihnen ankam, konnte sie sehen, warum sie zögerten. Zwischen diesem und dem nächsten Haus klaffte eine Lücke. Der Wind fuhr Jasmin durchs Haar, und sie musste es sich aus dem Gesicht halten, um richtig sehen zu können. Der Spalt war nicht besonders groß, und es sollte kein Problem sein, auf das andere Dach zu springen.

Ting ging an ihr vorbei, ganz bis an den Rand, und sprang. Er landete weich auf dem anderen Dach und machte ein paar Schritte, blieb dann für einige Sekunden still stehen und drehte sich daraufhin lächelnd zu den anderen um. Grossman waren die Schmerzen anzusehen, als er sich vorsichtig dem Dachrand näherte.

»Schaffst du das?«, fragte Jasmin.

»Ich fühle mich wie eine Piñata«, erklärte er und versuchte dabei zu lächeln.

Ting streckte sich ihm entgegen, konnte seine Hände aber nicht greifen. Grossman ging ein paar Schritte zurück, lief vor und sprang mit einem gequälten Stöhnen. Er landete schief, und Jasmin konnte sehen, wie weh das tun musste. Ein Dachziegel löste sich und rutschte zur Traufe hinunter. Kleine Stückchen platzten ab und segelten in die Tiefe. Pedro bekreuzigte sich und sprang zusammen mit Erica und Marta. Jasmin nahm Dante auf den Arm, trat an die Kante, schaute hinunter in die Gasse und sah, wie sich das Publikum dort drängte.

Die Fensterläden an dem Haus auf der anderen Seite der Geschäftsstraße wurden geöffnet.

Nun fehlten nur noch sie beide.

Jasmin gab Dante einen Kuss auf den Kopf und forderte ihn flüsternd auf, sich gut an ihr festzuhalten. Dann trat sie zurück und nahm Anlauf. Im Moment des Absprungs prickelte es in ihrem Bauch, und als sie sich in der Luft befand, war ihr, als leuchtete ein dunkles Spiegelbild des Abgrunds in ihr auf.

Sie landete auf dem abschüssigen Dach, ein Fuß rutschte weg, und sie schlug aufs Knie, sodass ein Dachziegel brach, ließ Dante aber nicht los.

»Alles gut gegangen?«, fragte Ting.

»Ja«, antwortete sie nur, stand auf und zog Dante weiter.

In ihr blieb das Gefühl des Abgrunds. Es schien, als wäre das Dunkel in ihr in diesem spiegelbildlichen Fragment deutlich geworden.

Sie war sich sehr wohl bewusst, dass ihr Schicksal vollkommen ungewiss geworden war – sie hatte dieses Mal nicht den Weg über die altertümliche Waage genommen.

Die Gruppe setzte die Flucht schweigend fort. Jasmin hob Dante auf das nächste Dach und kletterte hinterher. Als sie sich zum Archiv umdrehte, sah sie, dass die Flammen das gesamte Gebäude umschlossen hatten. Wie eine Haut aus Glas. Das Feuer selbst gab fast kein Licht ab. Der Nachthimmel hing matt und schwarz um sie. Ting half Grossman hochzuklettern, und Jasmin zog seinen schweren Körper hinauf. Er atmete flach und schwitzte, als hätte er Fieber.

Als Jasmin sich nach Marta ausstreckte, entdeckte sie auf dem Dach neben dem Archiv eine Gestalt, einen Mann, der eine Luke hinter sich schloss und sich dann aufrichtete.

»Sie sind hinter uns her«, sagte Jasmin mit lauter Stimme. »Sie sind auf dem Dach.«

Sie liefen zum nächsten Haus, mit einem grünen Kupferdach. Ihre Schritte hallten auf dem Metall wider. Dante hielt Jasmin an der Hand und lief, so schnell er konnte. Jasmin hörte Martas Gejammer hinter sich, dazu Grossmans keuchenden Atem.

Als sie sich dem Ende des Daches näherten, sah sie, dass es auch hier einen Spalt bis zum nächsten Haus gab. Der Abstand war ungefähr der gleiche wie beim letzten Mal, aber das Dach lag tiefer.

»Wir müssen springen«, rief sie Dante im Laufen zu.

Er erwiderte nichts, folgte ihr aber bis zum Rand, sie hielt ihn am Handgelenk fest, und sie sprangen zusammen. In der Luft wusste sie schon, dass sie es schaffen würden. Sie landeten ein ganzes Stück weiter auf dem flachen Betondach. Dante stolperte nach vorn, hielt jedoch das Gleichgewicht.

Die anderen waren direkt hinter ihnen. Ting ermahnte sie, sich zu beeilen. Jasmin lief mit Dante bis zum nächsten Gebäude und blieb dort abrupt stehen.

Vor ihnen lag ein großes Dach aus altem Glas. Die Scheiben waren rombenförmig und mit Kitt in einem diagonalen Gitternetz aus dünnen Holzleisten befestigt. Das ganze zerbrechliche Dach schien auf Trägern zu ruhen.

»Der Basar«, sagte Grossman, als er angekommen war.

»Der alte Gewürzmarkt«, sagte Ting.

Weit unten war ein großer Lichthof mit einem Steinboden im Schachbrettmuster zu sehen. Müll lag zwischen ein paar Cafétischen und einer umgekippten, rostigen Schubkarre.

59

Sie kamen nicht weiter, sie mussten zurück, aber Wangs Soldat war hinter ihnen her. Er lief geduckt über den First des Ziegeldachs, schaute hinunter auf die Straße und machte den Männern dort unten eine Art Zeichen.

»Wir können mit ihm fertigwerden, wenn wir zusammenarbeiten«, sagte Jasmin.

»Aber nicht ohne Waffen, das funktioniert nicht ...«

»Hast du noch dein Messer, Pedro?«, fragte sie. »Du hattest doch ein Messer ...«

»Ich habe alles verloren, es ging zu schnell«, keuchte er.

»Wir müssen hier rüber«, sagte Ting und legte sich auf den Bauch.

Langsam rutschte er auf das Glasdach. Es knackte leicht. Jasmin sah, wie er versuchte, sein Gewicht auf so viele Scheiben wie möglich zu verteilen. Bis zur anderen Seite waren es fast zehn Meter. Alter Kitt löste sich unter ihm und fiel auf den Boden tief unten. Marta versuchte Erica zu beruhigen, und Jasmin hörte Grossman sagen, dass er sich weigere.

»Ich habe keine Angst«, sagte er. »Aber das ist Wahnsinn.«

Als Ting auf der anderen Seite angekommen war und sich ihnen mit schweißnassem Gesicht zuwandte, trat Jasmin zusammen mit Dante an den Dachrand.

»Hast du gesehen, wie Ting es gemacht hat?«

»Ja, so«, nickte er und breitete die Arme aus.

»Versuch so groß und platt zu sein wie möglich, den ganzen Weg über.«

»Okay.«

»Und hab keine Angst, das wird schon klappen.«

Dante schlängelte sich über das Dach, und Jasmin sah durch die Glasscheiben, dass Menschen mit hochgereckten Köpfen unten auf dem Basar zusammenströmten.

Sie zwang sich, Dante nichts zuzurufen.

Das wird klappen, dachte sie, er wiegt ja nicht so viel.

Sie legte sich selbst auf den Bauch und machte sich bereit, ihm zu folgen. Wartete einige Sekunden, dann begann sie sich wie ein Aal zu winden. Das kühle Glas glitt unter ihrer Wange dahin und knackte unter ihrem Gewicht. Sie sah ihren eigenen Schatten wie einen schwarzen Engel mit ausgebreiteten Flügeln auf dem Steinboden, keiner der Zuschauer wagte es, sich dort hinzustellen.

»Beeil dich«, rief Marta.

»Vorsichtig, Dante«, sagte Ting beruhigend. »Gleich bist du drüben.«

Dante wurde ängstlich und versuchte das letzte Stück zu krabbeln. Es knackte, als sein Knie durch eine Scheibe brach, und Jasmin schrie ihm zu, er solle sich nicht bewegen. Glas fiel funkelnd hinunter, und die Menschen unten traten zur Seite. Dante zog das Bein hoch. Seine Augen waren weit aufgerissen vor Angst. Jasmins Herz schlug so heftig, dass es ihr in den Ohren dröhnte. Vorsichtig rutschte sie näher zu ihm. Das dünne Glas knackte bedenklich, und Kittkrümel rieselten hinunter.

Ting lag bereits auf dem Dach und versuchte Dantes Hände von der anderen Seite her zu erreichen.

»Bleib still liegen, ich bin gleich bei dir«, ermahnte er den Jungen. »Ich komme zu dir, halte dich einfach nur fest ...«

Jasmin wartete, bis Ting Dante an den Rand gezogen hatte. Sie blieb einige Sekunden regungslos liegen, spürte den Wind über ihren Rücken streichen und rutschte dann das letzte Stück übers Dach. Die Glasscheiben gaben ein spitzes Klirren von sich, als Ting nach ihrer Hand griff und sie auf das nächste Dach zog. Ihre Beine zitterten, als sie aufstand und sich vom Rand entfernte.

»Gott sei Dank«, keuchte sie und nahm Ting und Dante in den Arm.

Marta war bereits mitten auf dem Glasdach und versuchte Erica mit sich zu locken. Pedro war gestresst und schimpfte mit dem Mädchen, weil sie sich nicht traute, Marta zu folgen. Wu Wangs Soldat war bereits auf dem Kupferdach. Erica sah vollkommen verängstigt aus und weinte, während sie zu ihrer Mutter rutschte. Pedro wurde klar, dass er sich beruhigen musste; er rief ihr zu, wie gut sie das mache, und folgte ihr dann. Grossman war der Letzte, er hielt einen Stein in der Hand und beobachtete den Kämpfer, drehte sich dann zum Glasdach um, legte den Stein hin und rutschte unbeholfen auf dem Bauch aufs Glas.

Jasmin und Ting streckten Marta die Hand entgegen und zogen sie das letzte Stück bis über den Rand. Martas Blick war leer, als sie sich umdrehte und versuchte, Erica Mut zu machen, indem sie ihr eine neue Puppe versprach.

»Mama, ich habe Angst«, weinte Erica und erhob sich plötzlich auf dem Glasdach.

»Leg dich hin«, rief Jasmin, aber es war schon zu spät.

Die Scheibe unter Erica platzte, sie brach durch und blieb mit den Achselhöhlen in den Holzleisten hängen. Die Beine zappelten, und Glas fiel zu allen Seiten hinunter. Das Publikum schrie und zeigte nach oben. Marta dachte nicht nach, sie lief direkt aufs Dach auf ihre Tochter zu und trat sofort eine der Scheiben durch. Ting war blitzschnell zur Stelle und zog sie zurück. Sie riss sich los und schrie, sie müsse zu ihrer Tochter.

Erica hing da und starrte mit weit aufgerissenen Augen hinunter auf den Boden und das erwartungsvolle Publikum. Jasmin legte sich bäuchlings auf das Glas und rutschte vorsichtig wieder zurück. Das Mädchen war nicht weit weg. Pedro rief ihr zu, sie solle ganz ruhig bleiben. Es knackte unter Jasmins Knie, als eine Scheibe von einer Kante bis zur anderen sprang. Jasmin erreichte Ericas Hand, hatte aber nicht die geringste Ahnung, wie sie das Mädchen wieder aufs Dach kriegen sollte. Es gab nichts, an dem sie sich hätte abstützen können. Durch das Glas sah sie, wie das Mädchen mit den Beinen zappelte. Ein Schuh fiel hinunter, und da entdeckte sie Wangs Bogenschützen. Er kniete auf dem Schachbrettboden und zielte auf Grossman.

»Grossman«, rief Jasmin.

Dieser rollte sich auf die Seite und das ganze Dach erzitterte unter seinem Gewicht. Der Pfeil verfehlte ihn und ging direkt durch die Scheibe. Es knackte und knirschte in der Konstruktion. Kitt und Splitter rieselten hinunter. In der nächsten Sekunde brach der Träger unter ihm. Das halbe Dach sank um zehn Zentimeter und blieb auf dem Dachstuhl hängen. Gut zwanzig Scheiben zerbrachen, und die Scherben regneten hinab und zersprangen auf dem Boden; die Holzrahmen verdrehten sich mit lautem Knacken. Weitere Scheiben barsten, und die Glasscherben sprangen heraus.

»Ich lasse dich nicht los«, schrie Jasmin und hielt Ericas Hand fest.

Grossman befand sich auf dem Glasdach direkt über dem Balken. Er lag mucksmäuschenstill da, mit ausgestreckten Armen. Pedro rutschte nach vorn, und Jasmin hörte, wie Ting ihr etwas zurief. Das Dach zitterte und bebte. Sie erkannte, dass es dabei war, sich an ihrer Seite zu lösen. Die dünnen Holzleisten brachen eine nach der anderen, und Kitt platzte in kleinen Staubwolken ab. Es knackte und knirschte, dann gab der tragende Balken nach. Er sackte ein Stück ab, und Marta schrie gellend auf. Glassplitter wirbelten herum, und das halbe Dach hing gefährlich in der Luft. Die Menschen unter ihnen brachten sich voller Panik in Sicherheit. An einer

Ecke hing das Dach noch fest, es ruhte auf dem Mittelbalken und knackte nur leise. Jasmin versuchte zurückzurutschen und gleichzeitig Erica hochzuziehen, als das Dach unter ihr wieder anfing, sich zu bewegen. Knirschend schob es sich zur Seite. Jetzt ging alles ganz schnell. Erica begann mit dem Dach wegzurutschen, die Leisten zwischen den beiden zerbarsten, aber Jasmin ließ das Handgelenk des Mädchens nicht los. Das Dach blieb an einem abgebrochenen Pfeiler hängen, und endlich gelang es Jasmin, Erica hochzuziehen. Sie waren nicht weit vom Rand entfernt. Pedro näherte sich Erica, und gemeinsam zogen sie sie zurück und hoch in Sicherheit. Marta nahm sie in Empfang und umarmte sie weinend. Es knallte zweimal, dann knickte der Rest des Daches zu beiden Seiten des Mittelbalkens ab und stürzte mit einem explosionsartigen Getöse hinunter auf den Basar. Grossman hing über dem Balken, und der Staub wirbelte von unten bis zu ihm hoch.

60

Mühsam kroch Grossman auf dem nackten Dachbalken hoch über dem Basar auf sie zu. Schweiß glänzte auf seinem Gesicht. Ein kühler Wind voll mit Brandqualm zog durch die Stille. Unten war kein Mensch mehr zu sehen. Die Zuschauer hatten alle Schutz in den angrenzenden Räumen gesucht und drängten sich jetzt in den Türöffnungen, um etwas sehen zu können. Grossman schloss die Augen und hielt inne, als hätte er sich in einer Erinnerung verloren, seine Arme zitterten vor Anstrengung, und die ganze Zeit fielen Glasscherben vom Balken hinunter. Nach ein paar Sekunden öffnete er wieder die Augen und kroch weiter.

Ting und Jasmin halfen ihm bei dem letzten Stück. Er hatte sich die Hände an den Glasscherben zerschnitten, lächelte aber dennoch, als Dante ihm einen rostigen Gartenstuhl heranschleppte. Trotz seiner Brandwunden auf dem Rücken ließ er sich schwer auf den Stuhl fallen und sah aus, als wollte er jeden Moment anfangen zu weinen. Seine Lippen zitterten in einem fort, und die Augen waren dunkel und blutunterlaufen.

Wu Wangs Soldat trat langsam bis an den Dachrand heran und beobachtete, wie Pedro Ting festhielt, der am Dach hing und den Balkenträger wegzutreten versuchte. Noch bevor es den Männern gelungen war, den ganzen Balken zur Seite zu kippen, zog sich Wangs Soldat zurück.

Marta saß da mit ihrer Tochter im Schoß, strich ihr übers Haar und redete leise mit ihr, damit sie aufhörte zu weinen. Dante stand ein Stück weiter und wartete, dass Erica ihn ansah.

Ting rief etwas, dann hörte Jasmin, wie der ganze Balken zwischen den Resten des Daches auf dem Basarboden aufschlug.

Pedros Hand blutete, als er zu den anderen zurückkam. Tings Gesicht war schmutzig, er atmete schwer durch den halb geöffneten Mund.

»Seid ihr in der Lage, noch ein Stückchen zu laufen?«, fragte er.

Die gemarterte Gruppe folgte Ting an Reihen von Schornsteinen vorbei, ein spitz zulaufendes Ziegeldach hinauf. Sorgfältig achteten sie darauf, dass sie von der Straße nicht gesehen werden konnten. Sobald es möglich war, liefen sie, sonst versuchten sie schnell auszuschreiten. Sie überquerten noch sieben Dächer, dann führte Ting sie eine Metalltreppe hinunter. Der Rost war mit dem Regen von den Schrauben der Befestigung hinuntergelaufen. Die Treppe zitterte unter ihrem Gewicht, und poröses Mauerwerk löste sich und kullerte die Stufen hinunter. Grossman keuchte gequält, und die ganze Zeit liefen Marta lautlos Tränen über ihre rußigen Wangen. Sie gelangten auf einen schmalen Außenflur auf der Rückseite des Hauses und eilten an einer Reihe verschlossener Türen vorbei, schoben eine alte Matratze aus dem Weg, folgten Ting eine Treppe hinunter zum nächsten Außenflur und weiter hinunter zu dem untersten Gang, wechselten die Richtung, kletterten über drei auf dem Boden liegende Fahrräder, kamen an aufgehängter Wäsche vorbei und bogen um eine Ecke – dann standen sie vor einer abgeblätterten Wohnungstür ohne Namen.

Jasmin stützte Grossman, er war verschwitzt, und sie spürte, dass sein Fieber gestiegen war. Dante hielt Erica an der Hand. Pedro und Marta flüsterten miteinander. Ting fuhr sich mit der Hand durchs Haar, er warf Jasmin einen Blick zu, dann klopfte er an der Tür. Nach einer Weile wurde sie einen Spaltbreit geöffnet, um dann von einer rasselnden Sicherheitskette gestoppt zu werden. Die Tür wurde wieder geschlossen und anschließend ganz geöffnet, von einer Frau mit hohen Wangenknochen und schwarzen, glänzenden Augen.

»Mister Wonderful«, sagte sie ruhig. »Hast du jetzt den Kaffee besorgt?«

Die Frau presste die Lippen aufeinander, als wollte sie ein Lächeln unterdrücken, während sie Ting betrachtete. Sie trug klirrende Armreifen und zerzaustes langes Haar bis über die Schultern wie ein Hippie. Der dunkelrote Seidenmorgenmantel war lässig in der Taille geknotet.

»Wir brauchen Hilfe, Antonia.«

»Hübscher Ohrring«, sagte sie und tippte gegen die Perle in seinem Ohr.

»Das ist ein Geschenk«, erklärte er.

»Habe ich mir gedacht.«

Sie ließ ihre dunklen Augen eine Weile auf ihm ruhen, dann trat sie zurück und ließ die Gruppe herein.

Pedro half Jasmin, Grossman hineinzuführen. Dante, Marta und Erica folgten ihnen. Die Frau mit Namen Antonia machte die Tür zu und verschloss sie, aber Jasmin ging noch einmal zurück, sperrte auch das zweite Schloss ab und legte dann die Kette vor. Sie dachte an den Gesichtsausdruck von Wangs Mann, als er auf der anderen Seite des Daches stand und sie anschaute. Als Leutnant war sie diesem Blick bei Kriegsverbrechern und Kindersoldaten begegnet. Für die war das Individuum ausgelöscht. Alle Menschen waren bereits tot.

»Zieh alle Gardinen vor«, sagte Jasmin mit lauter Stimme, als sie vom Flur zurückkam.

»Die sind schon vorgezogen«, antwortete Antonia ruhig.

»Mama«, flüsterte Dante. »Du bist nicht lieb zu …«

»Gibt es andere Ausgänge?«, fragte Jasmin.

»Nein«, antwortete Ting.

»Wie hoch ist es von der Straße bis zum Fenster?«

»Nicht besonders hoch«, sagte Antonia.

»Drei Meter«, fügte Ting hinzu.

»Dann kann man also springen?«

»Das hier ist ein gutes Versteck«, versicherte Ting.

»Was ist denn los mit euch?«, fragte Antonia mit einem unterdrückten Lächeln. »Was habt ihr getan?«

»Das erkläre ich dir gleich«, antwortete Ting. »Wir brauchen nur …«

»Hast du irgendwelche Waffen?«, fragte Jasmin schroff.

»Nein«, erwiderte Antonia und sah sie ruhig an.

»Messer in der Küche?«

»Das ist doch wohl klar.«

Dante klammerte sich an Jasmins Bein, als sie durch die heruntergekommene Wohnung gingen. Auf dem Bett lag ein nackter Mann und rauchte.

»Das hier ist Jet«, sagte Antonia.

Sie warf ihm eine Hose zu, und er zog sie an, ohne eine Spur von Scham zu zeigen. Seine Arme waren voll mit Tätowierungen, und das blonde Haar hing ihm über die Ohren.

Ting und Dante folgten Jasmin in die Küche. Sie öffnete die Schubladen, sammelte die Messer ein und reihte sie auf dem Tisch auf. Zwei von ihnen hatten stabile Klingen. Das beste war ein japanisches Messer, das andere war ein kürzeres Obstmesser.

»Das muss geschliffen werden«, sagte Jasmin und hob ein langes Messer hoch. »Und das kann funktionieren, wenn man das halbe Blatt abklebt und …«

»Komm erst mal zur Ruhe«, sagte Ting leise.

»Frag nach einem Wetzstein«, forderte Jasmin ihn auf.

»Jasmin, wir müssen erst mal die Wunden verbinden.«

»Dann mach das«, fuhr sie ihn an.

Sie füllte ein Glas unter dem Wasserhahn und gab es Dante. Er trank und wischte sich danach mit dem Handrücken über den Mund. Ting blieb stehen und sah Jasmin an.

»Wir müssen zusehen, dass wir uns ausruhen«, erklärte er vorsichtig. »Momentan gibt es eine Möglichkeit …«

»Ich war beim Militär«, unterbrach Jasmin ihn und holte einen Schrubber mit langem Stiel hinter der Tür hervor.

»Das hätte ich mir fast schon gedacht.«

»Ich habe Dinge getan, die ich nicht hätte tun sollen«, fuhr sie fort, trat den Schrubber ab und begann das eine Ende des Stiels zu einer Spitze zu schnitzen.

»Aber glaubst du nicht, dass es jetzt reicht?«, fragte er und legte ihr eine warme Hand auf den Arm.

Jasmin ließ das Messer sinken, begegnete seinem Blick, schnitzte dann aber weiter, obwohl sie wusste, dass er recht hatte.

Etwas hatte sich in ihr Hirn gefressen, das sie dazu zwang weiterzumachen, sie konnte sich nicht beruhigen, sie dachte an Xins geschändeten Körper auf dem Markt und Hongli mit der Brille in den Händen, als Wang ihn erstach. Sie dachte an die Gesichter der Zuschauer in den Türöffnungen, als sie gleichzeitig hofften und fürchteten, sie könnte durch das Glasdach fallen und sterben.

61

Als Jasmin mit dem Speer fertig war, verließ sie die Küche, blieb aber in der Tür zum nächsten Zimmer stehen, eine Hand auf Dantes Hinterkopf, das japanische Messer in der anderen.

Marta saß in Rock und BH auf dem Bett, während Pedro ihr den Verband vom Oberarm abwickelte. Es hatte aufgehört zu bluten, aber die Wunde glänzte immer noch feucht.

Ting ging zu Grossman, der auf einem Laken auf dem weinroten Teppich lag. Antonia kniete daneben und versuchte die Brandwunden zu säubern. Neben ihr stand ein Eimer mit Wasser. Die schwarze Haut zwischen Grossmans Schulterblättern schien hart geworden zu sein. Der restliche Rücken, der Nacken und der Hinterkopf waren blasig und blutig.

Grossman atmete abgehackt, während Antonia das Tuch ins Wasser tauchte. Tropfen spritzten im Eimer hoch.

Der blonde Mann, den sie Jet genannt hatte, kam mit einem Stapel sauberer Handtücher herein. Grossman hielt vor Schmerz den Atem an, als Antonia wieder anfing, die Brandwunden zu reinigen. Rosa Wasser mit Rußteilchen lief an seinem Körper herunter.

»Ihr habt also eine Gruppe Außerirdischer zum Duell herausgefordert?«, fragte Antonia und wusch dabei den blutigsten Bereich.

Grossman schrie und keuchte dann hilflos, während sie einen frischen Lappen nass machte. Jasmin merkte erst jetzt, dass sie das japanische Messer so fest umklammerte, dass ihr die Finger wehtaten. Sie trat von der Türschwelle ins Zimmer.

»Deinetwegen wären wir in dem Tunnel fast gestorben«, sagte Pedro, als er sie erblickte.

»Ich habe nur gesagt, dass man ein Feuer mit einem Gegenfeuer löschen kann«, erwiderte sie.

»Und findest du, das hat geklappt?«, fragte er und fixierte sie mit seinem Blick.

»Nein«, antwortete Jasmin leise.

»Ist dir zumindest klar, welcher Gefahr du uns alle ausgesetzt hast?«, fragte Marta.

»Marta, ich dachte, es würde funktionieren«, erwiderte Jasmin angespannt. »Aber wir waren zu spät, das andere Feuer war schon zu stark geworden.«

»Das kommt nur davon, weil alle auf dich gehört haben«, sagte Pedro.

»Ich habe nicht darum gebeten.«

»Aber du würdest auch gar nicht darauf hören, was jemand anderes sagt«, beharrte er.

»Ich dachte, ich hätte recht«, sagte sie nur und wandte den Blick zur Seite. »Aber wir hätten sofort fliehen sollen ... auch wenn sie erwartet haben, dass wir genau das tun.«

»Nun gibst du es also zu«, sagte Pedro.

»Ja, aber wir können nicht gewinnen, wenn wir nicht das Unerwartete tun.«

»Jasmin, ich will keinen Streit mehr«, erklärte Marta müde. »Aber ich kann dir nicht vertrauen, denn du kümmerst dich nur um dich selbst und deinen Sohn.«

»Na gut, dann weiß ich, was ...«

»Ach, sei einfach nur still«, unterbrach Marta sie.

»Soll ich das wirklich?«, fragte Jasmin und schaute in die Runde.

»Alles, was du von dir gibst, schadet anderen«, sagte Marta und schaute ihr in die Augen.

»Nein«, flüsterte Jasmin und spürte, wie ihr Gesicht heiß wurde.

»Was hast du gesagt?«, fragte Marta wütend. »Du sollst doch den Mund halten.«

»Versuche mich dran zu hindern«, erwiderte Jasmin leise.

»Ich bringe dich um«, formte Marta mit den Lippen.

»Das kannst du nicht«, erwiderte Jasmin.

Antonia zog die Augenbrauen hoch, strich vorsichtig Salbe auf Grossmans Rücken, dann stand sie auf und zog ihren Morgenmantel enger um sich.

Pedros kräftige Statur war in sich zusammengefallen, und sein Leib schwer vor Erschöpfung. Marta hatte sich auf die Lippe gebissen. Ihr Mund war blass und schmal.

»Jetzt verstehe ich! Ihr seid es, von denen alle da draußen reden«, sagte Jet strahlend. »Ihr habt nicht gerade die Quote auf eurer Seite, ein Dollar auf euch bringt achtzig retour, wenn ihr gewinnt.«

»Wir werden nicht kämpfen«, sagte Marta. »Weil wir nicht gewinnen können.«

»Nein«, bestätigte Jasmin seufzend.

»Ich werde nur so verflucht wütend, wenn ich dich sehe«, sagte Marta, »wie hältst du es nur mit dir selbst aus? Dante und du, ihr solltet einfach rausgehen und euch ergeben.«

»Das können wir nicht«, entgegnete Jasmin.

»Dann zwingen wir euch dazu, wir werfen euch raus und …«

»Nein«, schrie Erica, »du bist einfach dumm, Mama!«

»Sei still«, zischte ihre Mutter.

»Marta, es reicht«, sagte Ting scharf.

»Dann stimmen wir ab, ob wir …«

»Wir werden nicht abstimmen«, unterbrach Ting sie. »Du weißt, was der Richter gesagt hat: Wang muss alle in unserer Mannschaft töten, erst dann ist es entschieden.«

Seine Worte standen wie ein Richterspruch im Raum, und die aufgeheizte Stimmung fiel in sich zusammen. Zurück blieb nur die Angst. Jasmin schaute auf das japanische Messer, das sie in der Hand hielt. Das ganze Zimmer spiegelte sich in der glänzenden Klinge. Die Menschen waren nur dünne Fäden, dicht nebeneinander.

»Also, was für einen Plan habt ihr?«, fragte Antonia in lockerem Ton, während sie Grossman einen Verband um den Oberkörper wickelte.

»Meine Familie wird untertauchen«, sagte Pedro. »Wir glauben, dass wir uns versteckt halten können, bis Wang das Spiel leid ist.«

»Dann reden wir hier von Monaten«, sagte Ting skeptisch.

»Aber irgendwann wird er ein anderes Visum finden, und dann verschwindet er«, erklärte Pedro und breitete die Arme aus.

»Wenn man untertaucht«, sagte Jasmin, »ist man vollkommen abhängig von …«

»Du sei einfach still«, unterbrach Marta sie.

»Ich wollte nur sagen, dass man Hilfe braucht, um …«

»Sei still!«

»Hör jetzt auf damit, Marta«, sagte Ting müde.

»Ist schon gut«, erwiderte Jasmin und verließ zusammen mit Dante den Raum.

62

Im Badezimmer legte Jasmin das Messer auf den Spiegelschrank, neben eine kleine Bürste voll mit schwarzen Haaren. Sie stellte Dante auf den Toilettendeckel und zog ihn aus. Abgesehen von der Schürfwunde an einem Bein und blauen Flecken am ganzen Körper war er nur schmutzig. Der Seifenschaum wurde dunkelgrau, als sie ihn wusch.

»Bist du traurig, Mama?«, fragte Dante, dem auffiel, dass sie nichts sagte.

»Ich sehne mich nach unserem Zuhause«, sagte sie, ohne ihm dabei in die Augen sehen zu können.

»Wir gehen nach Hause, wenn wir den Wettkampf gewonnen haben«, erklärte er entschlossen.

Jasmin spülte ihm die Seife vom Körper und zwang sich zur Ruhe, tat so, als schlüge das Wasser Wellen, die über die Reling des Piratenschiffs schwappten. Der Junge schaute sie mit funkelnden Augen an und lachte, als sie Wasser über ihn kippte, dass es nur so gegen die Wände spritzte.

»Wir müssen das Segel setzen«, sagte sie und nahm ein Handtuch von einem Wandhaken.

Jasmin trocknete ihren Sohn vorsichtig ab und bemerkte, wie er den roten BH musterte, der an dem Haken schaukelte, an dem vorher das Handtuch gehangen hatte.

»Alles in Ordnung?«, fragte sie und fuhr ihm mit den Fingern durchs Haar.

»Sie ist hübsch«, sagte er und kletterte vom Toilettendeckel hinunter.

»Wen meinst du? Antonia?«

»Glaubst du, dass Ting in sie verliebt ist?«, fragte Dante und begann sich anzuziehen.

»Vielleicht.«

»Du hast eine schwarze Nase«, sagte er und verließ das Bad.

»Warte vor der Tür«, sagte sie und schloss ab.

Sie blieb vor ihrem Spiegelbild stehen. Das letzte Mal hatte sie ihr eigenes Gesicht in dem Aufzug im Verteidigungsministerium kurz vor dem Unfall gesehen. Jetzt war sie schmutzig, hatte schwarze Nasenlöcher, weil sie so viel Rauch eingeatmet hatte. Gesicht und Hals waren voller kleiner Wunden und ihre Lippen gerissen. Die Augen starrten sie gerötet und erschöpft an. Die schmutzige Kleidung war zerrissen und blutig. Der eine Blusenärmel war verkohlt, und der Arm schmerzte. Alle Fingernägel waren abgebrochen und die Knöchel blutig.

Sie wusch sich Gesicht und Hals, brachte die Seife zum Schäumen und wusch sich noch einmal, zog die Bluse aus, wusch sich unter den Armen und um die Brust und spürte, wie das Wasser ihr in den Hosenbund lief.

Draußen hing Dante an der Klinke.

Als der Schmutz weg war, konnte sie ihre Sommersprossen wieder sehen. Eine rote Schnittwunde lief vom Schlüsselbein hinunter über die rechte Brust. Ihre Wangenknochen traten deutlicher hervor, und die Augen waren groß und dunkel. Das ließ sie gleichzeitig verwildert und streng aussehen.

Jasmin kramte in Antonias Wäschebeutel zwischen Hosen, Strümpfen und verdrehten Slips und fand ein weißes Unterhemd, das schwach nach Moschus duftete.

»Ich komme gleich«, sagte sie durch die Tür.

»Okay«, antwortete Dante.

Sie zog sich das Unterhemd an. Im Badezimmerschrank stand eine eckige Flasche ohne Etikett, sie schnupperte an der gelblichen durchsichtigen Flüssigkeit, sie erinnerte an Chanel

N° 5, doch das musste eine Fälschung sein. Es brannte, als sie sich ein paar Tropfen auf die Handgelenke und den Hals träufelte. Neben der Flasche lag ein Lippenstift ohne Deckel, und sie zögerte kurz, dann rieb sie sich ein wenig Farbe auf Wangen und Lippen. Vorsichtig schraubte sie den Rasierapparat auseinander und schob sich die dünne Rasierklinge in die Gesäßtasche. Dann schloss sie den Schrank.

Sie feuchtete ihr Haar an, damit es besseren Halt hatte, fuhr sich durch die Locken und band sie im Nacken zusammen. Das war nicht besonders schön, aber doch etwas besser.

Bevor Jasmin das Badezimmer verließ, spülte sie den ärgsten Schmutz aus dem Waschbecken und nahm das japanische Messer vom Schrank, wo sie es abgelegt hatte.

Auf dem Flur standen Marta und Jet und unterhielten sich mit gedämpfter Stimme.

Als Jasmin und Dante wieder ins Zimmer kamen, saß Grossman auf einem Hocker, und Antonia fütterte ihn löffelweise mit einer Flüssigkeit. Antonia schaute auf und starrte Jasmin einen Moment lang an.

»Durfte ich das Hemd ausleihen?«, fragte Jasmin.

»Wie kommt es, dass du so leuchtest?«, fragte Antonia nur.

Jet kam mit einer Pinzette zurück ins Zimmer und versuchte einen Glassplitter aus Grossmans Handfläche herauszuziehen. Blut tropfte auf den Boden. Jet fluchte, drehte den Schirm der Stehlampe zurecht und machte einen neuen Versuch. Grossman bekam noch einen Löffel Medizin und lächelte, als Jet sich aufrichtete und einen langen, rosafarbenen Glassplitter vorzeigte.

Ting kam aus der Küche, er trug eine Kochschürze über seiner schmutzigen Kleidung. Er blieb vor Dante stehen und fuhr ihm durch das feuchte Haar.

»Mister Wonderful«, sagte Antonia, »wie steht es um das Essen?«

»Hast du keinen Wein mehr?«, fragte er.

»Ich habe zwei Flaschen hinter den Kochbüchern versteckt, du solltest sie nicht finden«, antwortete sie fröhlich.

»Dann will ich da mal suchen«, erwiderte er und verließ den Raum.

Antonias Seidenmorgenrock war ein Stück auseinandergerutscht, und Jasmin sah, dass sie ein paar Federn an ihrem Visum befestigt hatte, das zwischen ihren nackten Brüsten baumelte.

»Was soll das hier die ganze Zeit mit Mister Wonderful?«, fragte Jet und machte sich groß. »Ich meine, wer bin ich dann?«

»Mister Okay«, antwortete Antonia in dem gleichen ruhigen Ton wie vorher.

Jet fluchte vor sich hin und lief leicht verärgert durchs Zimmer. Jasmin musste ein Lächeln hinter der Hand verbergen.

»Und warum hast du dich dann mit mir verabredet?«, fragte er.

»Weil du okay bist«, antwortete Antonia ehrlich.

»Sie ist und bleibt ein Hippie«, versuchte Jet es Jasmin zu erklären. »Das ist geradezu zwanghaft bei ihr, sie muss die Macht kritisieren und …«

»Die Macht?« Antonia lachte auf.

»Ich arbeite im Hafen, und der Hafen ist der administrative Teil des Corpus Iuris und …«

Antonia lachte laut, tätschelte ihm dann die Wange und erklärte, dass er trotzdem okay sei. Die Zöpfe in ihrem verfilzten Haar waren mit Perlen geschmückt, die klirrten, als sie sich vorbeugte, um Grossman mehr von der Medizin zu geben.

Grossmans schweres Gesicht hatte rote Bäckchen bekommen, und die Augen glänzten wieder. Er spitzte die Lippen und öffnete den Mund für einen weiteren Löffel.

»Was ist das Leckeres?«, fragte Jasmin.

»Theriak«, antwortete Jet und zog einen weiteren Glassplitter aus Grossmans Hand.

»Mir geht es schon viel besser«, sagte dieser und machte wieder den Mund auf. »Eine fantastische Medizin.«

»Also, ein Teil des Effekts kommt wohl daher, dass Theriak ziemlich viel Opium enthält«, erklärte Antonia trocken.

Erica winkte Dante zu, der fröhlich zu ihr lief. Sie zeigte ihm die Pflaster auf ihren Armen und er ihr die Wunde an seinem Bein. Marta und Pedro kamen aus der Küche herein. Marta sah geknickt aus und schaute zur Seite, als sie zu Jasmin ging.

»Frieden?«, fragte sie.

»Ja«, antwortete Jasmin und streckte ihre Hand vor.

63

In der engen Küche hatten Ting, Pedro und Marta Teller ganz unterschiedlicher Art aufgedeckt, kleine und große Gläser, Tassen, Essstäbchen und Besteck. Dampf stieg von der Vorlegeplatte und aus Töpfen mit Teigtaschen, Nudeln, Bambussprossen und Minimais in roter Currysoße auf, von weißen Bohnen in Tomatensoße, Delikatesswürstchen von Wing Wa und frittierten Blutwurstklößen. Eine Flasche Wein aus Pomerol und fünf Tsingtao standen aufgereiht auf dem Tisch.

»Das ist ja unglaublich großzügig«, bemerkte Jasmin zu Antonia.

»Ich hatte freie Hand«, entschuldigte Ting sich.

»Nur was die Küche betrifft«, betonte Antonia und errötete leicht.

Die Kinder bekamen als Erste etwas, und Jasmin sah, dass Dante Tränen aus den Augen wegblinzelte, als er anfing zu essen. Erica saß ihm gegenüber und kümmerte sich nicht um irgendwelche Tischmanieren.

Als Jasmin ihren Teller bekam und den Duft wahrnahm, wurde ihr bewusst, wie lange sie schon nichts mehr gegessen hatte. Plötzlich war sie so hungrig, dass sie zitterte. Sie schluckte, ohne richtig zu kauen, die kräftige Currysoße brannte im Mund, und erst als sie ihre dritte Teigtasche mit den Fingern nahm, spürte sie, wie ihr Körper sich langsam entspannte. Es tat fast weh, als die Muskeln sich aus der Anspannung lösten.

Pedro trank Bier aus der Flasche, und Ting schenkte sich

Wein in ein großes Wasserglas ein. Dante und Erica teilten sich eine Dose Limonade mit dem Namen Sparletta Crème Soda.

Jasmin kaute das Gemüse aus der Dose und schaute die anderen an, die in der warmen Küche um den Tisch saßen oder standen. Grossmans Gesicht war immer noch rußig, sein Blick benebelt; die Verbände um seinen Rücken und um die Hände saßen etwas stramm. Marta aß mit gesenktem Kopf und aufgrund ihres verletzten Arms mit vorsichtigen Bewegungen, und Pedros Gesicht war zerfurcht vor Sorge.

Das letzte Mal hatten sie vor der Gerichtsverhandlung gegessen. Da waren sie alle voller Hoffnung und richtig aufgekratzt gewesen. Hatten sich fröhlich in die Augen geschaut. Keiner von ihnen hatte sich vorstellen können, dass das Ende so nah sein könnte.

Jasmin schaute ihren Sohn an, der bereits schmerzhaft hatte lernen müssen, seine Gefühle und Wünsche zu beherrschen. Die Bindung zwischen uns, dachte sie, macht es unmöglich, den Tod zu verstehen. Ich weiß nicht, was das ist, aber nach der Geburt entwickeln wir ein Wurzelwerk, das uns fest an unsere Identität bindet, die sich durch das ganze Leben zieht, bis hierher, bis zum Hafen.

Unendlichkeit und Ewigkeit wirken eindeutig unangenehm.

Sollte alles, was ich bin, sollten alle meine Erinnerungen und Wünsche nur ein zitternder Lichtreflex auf einer gemauerten Wand im Dunkel eines Hinterhofs sein?

Und was ist dann Liebe? Wie kann sie so stark sein?

Ting rutschte auf seinem Stuhl nach hinten, aß ein kleines Würstchen mit den Fingern und wischte diese anschließend an der bereits fleckigen Hose ab.

Selbst Marta hatte Farbe auf den Wangen bekommen. Rote Soße von den Nudeln lief ihr übers Kinn.

Pedro seufzte laut und streckte sich nach einer Platte.

»Wie geht es dir?«, fragte Ting und schaute Jasmin in die Augen.

»Ich weiß nicht«, antwortete sie. »Ich fühle mich vollkommen verwirrt, ich versuche herauszufinden, was ich hätte anders machen sollen.«

»Du hast getan, was du tun musstest«, sagte Ting. »Sonst hätte Dante sein Visum verloren und ...«

»Hongli hätte versucht, Revision einzulegen«, sagte Marta mit vollem Mund.

»Aber das spielt überhaupt keine Rolle, Marta. Das Ganze hier ist ungerecht«, sagte Pedro und stellte seine Bierflasche auf den Tisch. »Oder etwa nicht? Ich meine, ich begreife nicht, wie es in unserem Rechtssystem so große Lücken geben kann.«

»Exu dürfte überhaupt keine Macht haben«, sagte Marta, und eine tiefe Falte bildete sich zwischen ihren Augenbrauen. »Das ist noch ein Relikt aus alten Zeiten.«

»Laut Widerstandsbewegung ist es früher gerechter abgelaufen«, wandte Antonia ein.

»Was für eine Widerstandsbewegung?«, fragte Jasmin und schaute sie an.

»Die gibt es nicht mehr, aber sie haben behauptet, das Amtsgericht habe die politische Macht übernommen und das sei ungerecht«, antwortete Antonia.

»Sicher, das ist kein perfektes System, aber ohne die Rechtsordnung würde die Stadt der Triade gehören ... und das sage ich nicht, weil ich zum Corpus Iuris gehöre«, wandte Marta ein. »Die ganze Gerichtsverhandlung ist schiefgelaufen, deshalb sind wir hier ... aber zu behaupten, die Kaiserzeit wäre besser gewesen, das ist doch nur krank.«

»Die Triade ist die große Bedrohung der Rechtsordnung«, sagte Pedro.

»Aber alle meinen, die Lage sei besser geworden, seitdem der Gerichtshof strenger durchgreift«, warf Grossman ein.

Die Stimmung am Tisch war deutlich vorsichtiger geworden. Marta kratzte mit ihrer Gabel über den Teller, und Erica bat leise um noch etwas zu essen.

»Eigentlich kann man ganz gut hier leben«, sagte Pedro und schaute seine Familie an.

»Aber merkwürdig ist es trotzdem, das kann man nicht leugnen«, sagte Antonia. »Allein die Sache mit der Zeit, dass es sie eigentlich gar nicht gibt.«

»Was vermisst man denn hier auf diesem Planeten?«, fragte Grossman. »Ich meine, abgesehen von den Freunden und der Familie?«

»Das Licht ... richtiges Sonnenlicht, wie das draußen auf dem Meer«, sagte Ting und schenkte sich noch einmal ein, ohne dabei Pedro zu bemerken, der ihm nun auch ein Glas hinstreckte, nachdem er sein Bier ausgetrunken hatte.

»Ich vermisse die Musik«, sagte Marta nachdenklich.

»Aber es gibt doch Musik hier«, wandte Jet ein.

»Ja, aber ... das ist nicht das Gleiche«, erwiderte sie. »Das ist nicht schön, man tanzt nicht, sie macht einen nicht glücklich.«

»Mit den Jungs nach Mexiko zu fahren und Bonitos und Yellowtails zu angeln«, sagte Grossman.

»Frisches Essen, Salat, Basilikum«, seufzte Pedro. »Das hier schmeckt, aber verglichen mit einem perfekten Steak vom Grill ...«

»Ich weiß«, sagte Ting, nahm eine Teigtasche mit den Stäbchen und tunkte sie in die Chilisoße.

»Ich bin erst seit einem Tag hier«, sagte Jasmin, »aber ich sehne mich ehrlich gesagt nach Schlaf ... vielleicht liegt es nur daran, dass ich so satt bin, aber wenn man sich vorstellt: richtig schlafen mit ganz vielen Träumen.«

»Ja«, nickte Grossman.

»Ich vermisse den Fußball«, sagte Pedro.

»Zu shoppen«, lachte Antonia.

»Gibt es jemanden, der sein Telefon vermisst?«, fragte Jasmin.

Alle lachten müde oder schüttelten lächelnd den Kopf. Ting trank von seinem Wein und sah ihr tief in die Augen.

»Schwanger zu sein«, sagte Marta ernst. »Hier wird niemand schwanger, und das sagt eigentlich alles.«

»Ich war gerne schwanger«, sagte Jasmin.

»Ich auch«, stimmte Marta ihr zu und schaute auf.

»Ich vermisse meinen Hund Bella«, rief Erica aus.

»Ich weiß«, sagte Marta und legte ihre Hand auf die ihrer Tochter.

»Wovon redet ihr?«, fragte Dante Jasmin.

»Darüber, was wir hier von zu Hause vermissen.«

»Ich vermisse Papa«, sagte er, und die großen Augen begannen zu glänzen. »Weil ... als Papa meinen Geburtstag vergessen hat ... da habe ich am Telefon gesagt, dass ich nie wieder zu ihm will, aber das will ich doch ... ganz oft ... und dann konnte ich nicht zu ihm, weil wir den Unfall hatten.«

»Das weiß er«, sagte Jasmin.

»Ich will nicht, dass Papa traurig ist.«

Sie nahm Dante auf den Schoß, umarmte ihn und flüsterte ihm zu, dass sie alles dafür tun werde, damit sie beide wieder nach Hause kamen.

»Mama«, sagte Dante ernst.

»Ja, was ist?«

»Ich habe meine Meinung geändert, ich will Erica heiraten, wenn ich groß bin«, erklärte er und rutschte von ihrem Schoß auf den Boden.

Pedro beugte sich vor, bekam einen Kuss von Marta und prostete dann Grossman und ihr zu.

»Was hast du gemacht, bevor du hierhergekommen bist?«, fragte Pedro ihn.

»Darf ich raten?«, bat Marta.

Grossman zierte sich.

»Ach, das ist nicht besonders spannend ...«

»Warte ... du kommst aus Kalifornien«, sagte sie. »Ich denke mal, du warst Professor für Kriegsgeschichte in Stanford.«

Grossman schüttelte lachend den Kopf.

»Ich hatte nur einen ganz normalen Job in San Diego, aber ich habe in meiner Freizeit viel gelesen.«

»Okay.«

Dante und Erica kicherten und fütterten sich gegenseitig mit kleinen Keksen. Ting füllte sich noch mehr auf seinen Teller, rülpste und entschuldigte sich dafür.

»Ich habe in einer Kläranlage gearbeitet, wir haben uns um die Abwässer gekümmert, 180 Millionen Gallonen pro Tag«, berichtete Grossman. »Das klingt vielleicht nicht besonders schick, aber es war in Ordnung, und ich hatte die besten Arbeitskollegen der Welt.«

»Wie bist du hierhergekommen?«, fragte Marta, und ihre Stimme wurde düster. »Wenn du das überhaupt erzählen willst.«

Er nickte, trank einen Schluck Bier und strich sich mit der Hand über die verschwitzte Stirn.

»Ich war bei der Arbeit«, sagte er, »wollte früher Schluss machen, weil mein Sohn Eliot gerade eine Rolle in einem Musical gekriegt hatte, und ich hatte geplant, ihn und seinen Freund zu besuchen, die wollten eine Party machen. Aber dann gab es einen Alarm wegen einer Fehlfunktion im Chemikalienlager, und ich wollte nur schnell nachgucken, bevor ich nach Hause fuhr ... Ich weiß nicht genau, was passiert ist, als ich dort runtergeklettert bin, es fing an, in den Fingern zu prickeln, und tat in der Schulter und den Armen weh ... mein Vormann rief mir etwas zu, und dann war da nur noch so ein Druck auf der Brust ... Das waren die Außerirdischen, die mich abgeholt haben.«

Jasmin konnte nicht anders, sie musste zu Ting und Antonia hinüberschauen. Sie sah, wie Ting sich wieder etwas zu essen in den Mund stopfte, dann sagte er ein paar Worte zu Antonia und kaute lächelnd weiter. Zuerst dachte Jasmin, er hätte sich Rotwein auf sein T-Shirt gekippt, doch als das Rot sich über seinen Bauch ausbreitete, wurde ihr klar, dass er blutete.

64

Jasmin stand auf, fasste ihn am Arm und bat ihn, mitzukommen.

»Du blutest«, sagte sie.

»Was?«

Er legte die Hand unter den linken Brustmuskel und schaute anschließend auf seine blutige Hand.

»Ich helfe dir«, sagte sie.

Er stand auf, nahm sein Glas und folgte ihr ins Badezimmer.

»Was ist passiert?«, fragte sie.

»Ist nicht so schlimm«, sagte er und trank einen Schluck Wein.

»Zieh dich aus.«

»Ich bin in einen unserer Speere gelaufen, als es im Tunnel gebrannt hat«, sagte er.

Dann stellte er das Glas auf den Badezimmerschrank und zog das T-Shirt hoch.

»Mein Gott …«

»Das ist nur eine Schramme, ist habe was drübergeklebt«, erklärte er.

Das Pflaster hing lose unter dem Muskel, und Blut sickerte heraus und lief über die Rippen.

»Wir müssen das säubern und richtig verbinden«, sagte Jasmin und zwang sich, ruhig zu klingen.

Ting zog das T-Shirt ganz aus, und sie löste vorsichtig das Pflaster und wusch ihn dann. Er beobachtete sie amüsiert und gab ihr einen Kuss auf den Mund, als sie sich vorbeugte, um die Wunde zu inspizieren.

»Lass mich mal sehen«, sagte sie und drehte den Kopf zur Seite.

»So ernst?«, lachte er.

»Das sieht nicht gefährlich aus«, erklärte sie erleichtert.

»Habe ich doch gesagt«, flüsterte er so dicht an ihrem Ohr, dass sie erbebte.

Jasmin nahm eine saubere Kompresse und drückte sie auf die Wunde, hielt sie mit den Fingerspitzen über den Rundungen des Brustmuskels fest.

»Es ist merkwürdig, aber Antonia hat recht. Du leuchtest wirklich«, sagte er und strich ihr vorsichtig über die Wange. »Wie kann das sein, dass du leuchtest?«

»Das sieht nur so aus, weil es hier überall so dunkel ist.«

»Ich bin mir sicher, dass du in Stockholm genauso leuchtest«, sagte er und ließ seine Hand über ihren Nacken wandern.

»Oh ja, alle drehen sich nach mir um«, scherzte sie.

»Ja«, flüsterte er, langte hinter sie und schloss die Tür ab.

»Du hast verstanden, dass das nur ein Scherz war«, sagte sie und nahm die Kompresse herunter.

»Ich weiß, dass du genauso leuchten wirst, wenn ich dich zu Hause wiedersehe«, flüsterte er und küsste sie auf die Stirn.

»So, jetzt hat es fast aufgehört zu bluten.«

Jasmin nahm eine neue Kompresse mit Kleberand. Er küsste sie auf die Wange, sie schaute nach unten und bekam einen Kuss auf das Kinn, bevor ihre Lippen sich fanden. Jasmin öffnete den Mund für seine Zunge und spürte, wie ihr Puls schneller wurde. In diesem Moment versuchte sie alles zu vergessen, was geschehen war. Er presste sich gegen sie, und die Hitze seines Körpers war fast wie im Fieber.

Sein Atem ging schwerer, als sich seine Hände unter dem Hemd auf ihren Rücken schoben. Jasmin knöpfte seine Jeans auf, und er küsste sie erneut auf den Mund und den Hals.

Als er ihre Lende und ihren Po streichelte, spürte sie die

weißen Papierbogen in ihrer Gesäßtasche und trat einen Schritt zurück. Sie zog die Papiere heraus und zwang sich trotz heftig pochenden Herzens zur Ruhe.

»Was ist das?«, flüsterte er.

»Kannst du mir das übersetzen?«, fragte sie und versuchte ihre Stimme normal klingen zu lassen.

»Worum geht es?«

»Das sind Wu Wangs Unterlagen aus dem Archiv, ich weiß nicht mehr, wie das genau heißt, aber da gibt es eine Abteilung für Menschen, die schon mehr als einmal wieder ins Leben zurückgekehrt sind.«

Ting entfaltete das Papier vor der Lampe über dem Waschbecken, murmelte, das sei in altertümlichem Chinesisch geschrieben, und begann langsam zu lesen.

»Er … geboren in Shanghai und …«

Ting verstummte, las weiter, und seine Wangen wurden blass. Er brach ab, schaute auf das Papier, dann las er erneut weiter.

»Was steht da?«, fragte Jasmin.

»Ich verstehe das nicht … er ist mitten in der Qing-Dynastie geboren, das ist total seltsam.«

Ting las stumm weiter, sein halb geöffneter Mund bewegte sich lautlos.

»Sag mir einfach, was da steht«, bat Jasmin ihn beunruhigt.

»Er ist unter ganz vielen verschiedenen Namen schon unzählige Male im Hafen gewesen«, sagte Ting.

»Wie hieß er beim ersten Mal?«

»Ich bin mir nicht ganz sicher, das ist etwas schwer zu deuten … aber ich glaube, sein Familienname ist Zhou … Und in dem Fall hieß er Zhou Shuguang.«

»Dann steht da also, dass er schon mehrere Male das Visum getauscht und andere Leben gelebt hat – oder?«

»Ja, also … sieht ganz danach aus«, sagte Ting mit besorgter Stimme.

»Wu Wang war an elf Tauschhandlungen vor dem Transportverwaltungsrat beteiligt ... und es geht um ... um sieben Zivilklagen vor dem Amtsgericht, soweit ich das erkennen kann.«

»Das ist ja Wahnsinn, er muss eine Verbindung zur Triade haben – eine andere Erklärung gibt es nicht.«

»Du hast doch gesagt, dass er auch derjenige gewesen ist, der den alten Mann aufgehängt hat ...«

»Das muss er gewesen sein, oder?«

»Ich habe noch nicht alles gelesen, aber auch wenn hier nicht steht, dass er die Visa gestohlen hat, so ist das doch ein Beweis dafür, dass er nicht der ist, für den er sich ausgibt, ein Beweis dafür, dass er vor Gericht gelogen hat.«

»Dann müssen wir das Papier dem Richter zeigen; wie, weiß ich nicht, aber es sollte ausreichen, damit der Kampf gestoppt wird«, sagte Jasmin.

»Es wird schwierig, dorthin zu gelangen.«

Jasmin zog das Schutzpapier ab und legte die Kompresse vorsichtig über die Wunde. Ting fing ihre Hand ein und legte sie sich aufs Herz. Jasmin spürte in der Handfläche die Schläge und dachte an das, was Diana ihr gesagt hatte. Ting war tot. Fast war es ihr gelungen, das zu vergessen.

»Wo sind deine Gedanken?«, fragte er und beugte sich vor, um sie erneut zu küssen.

»Sie sind hier«, sagte sie.

»Wir sollten uns freuen, dass wir das über Wu Wang jetzt wissen«, sagte er mit einem Lächeln. »Wir zeigen es dem Richter, und dann schaffen wir das auch.«

»Ja«, stimmte sie zu, zog sich aber unbewusst dabei zurück.

»Jasmin, ich muss ... Das ist vielleicht nicht der richtige Zeitpunkt, aber ... ich muss wissen, ob das, mit unserem Treffen in meinem Haus und alles ... Das ist nicht ernst gemeint, oder?«

»Ich wünschte, dass ...«

»Das ist nur etwas, was wir uns versprechen, weil wir hier sind«, fuhr er fort, »nicht, weil es stimmt, nicht, weil wir das wirklich meinen.«

Sie schaute ihm in die Augen und wurde überwältigt von einem frischen Gefühl der Trauer. Es gab keine richtige Art, ihm von dem zu erzählen, was passiert war.

»Entschuldige«, sagte Ting mit müder Stimme. »Ich habe es nicht böse gemeint, ich verstehe ja, dass alles anders ist hier, man macht Sachen, die man sonst nicht gemacht hätte ...«

»Macht man das?«

»Es ist mein Fehler, dass ich das alles geglaubt habe ... Du weißt, ich bin ja noch so jung und so weiter, aber ... Ich hätte wissen müssen, dass du dich in deinem richtigen Leben niemals auf einen Junkie einlassen würdest.«

»Lass uns erst das hier hinter uns bringen«, sagte sie leise und spürte, dass ihre Stimme jeden Moment versagen könnte.

»Macht man das so, wenn man erwachsen ist?«

»Hör auf jetzt.«

»Aber ich will nicht aufhören – ich will es wissen.«

Jasmin nickte und senkte den Blick, schaute dann wieder hoch und strich mit dem Daumen einen Weinrest aus seinem Mundwinkel.

»Du hast recht«, sagte sie, so gefasst es nur ging. »Du bist viel zu jung für mich, du bist verantwortungslos und anstrengend und ... man muss es einfach zugeben, wir passen nicht zusammen, aber ich kann nichts daran ändern.«

»Woran?«

»Dass ich mich in dich verliebt habe«, sagte sie und spürte, wie ihre Wangen heiß wurden.

»Dann schaffen wir alles zusammen«, sagte er und strahlte übers ganze Gesicht.

»Ja.«

Jasmin versuchte auch zu lächeln, aber dahinter waren ihre Gedanken zu erkennen, und Ting wurde schnell wieder ernst.

»Was ist los?«

»Nichts«, flüsterte sie.

Sie versuchte ihn zu küssen, aber er wandte sich ab.

»Da ist etwas«, sagte er. »Ich spüre, dass ...«

»Ich will nicht«, unterbrach sie ihn.

»Was willst du nicht?«

»Wenn Dante nicht wäre, dann könnten wir einfach hierbleiben und ...«

»Warum sollten wir hierbleiben?«, fragte er.

»Ich meine, so wie Marta und Pedro ...«

Sie verstummte, ihr wurde klar, dass sie ihm die Wahrheit würde sagen müssen; sie schluckte schwer.

Ting packte sie am Handgelenk, atmete heftig und versuchte die Tränen aus den Augen wegzublinzeln.

»Jasmin! Warum sagst du, wir sollten hierbleiben?«

»Du bist tot«, sagte sie. »Du bist im Krankenhaus gestorben ... es tut mir so schrecklich leid.«

Langsam ließ er sie los und blieb für einen Moment reglos stehen. Mit träumerischer Langsamkeit nahm er den Perlenohrring ab, legte ihn auf den Rand des Waschbeckens und verließ das Bad. Jasmin nahm den Ohrring in die Hand und folgte ihm. Er war auf dem dunklen Flur stehen geblieben und schaute durch den Spion hinaus auf den Hausflur.

»Willst du gehen? Willst du uns allein lassen? Dann geh ruhig«, sagte sie mit unterdrückter Wut. »Du brauchst nur die Tür aufzumachen.«

»Das werde ich auch tun«, erwiderte er und wandte sich zu ihr um.

Seine Augen waren schwarz, die Lippen bebten vor Trauer.

»Es ist nicht meine Schuld, dass du tot bist«, sagte sie etwas zu laut.

»Nein ...«

»Es ist deine eigene Schuld«, sagte Jasmin mit Tränen in den

Augen. »Ich kapier nicht, warum du dein eigenes Leben zerstören musstest ...«

»Du weißt doch gar nichts.«

»Das ist so schrecklich sinnlos.«

»Okay«, sagte er und zuckte mit den Schultern.

»Ich bin so wütend auf dich«, fuhr Jasmin mit zittriger Stimme fort. »Du hast alles kaputt gemacht, für absolut nichts, nur um ...«

»Was hast du damit zu tun?«

»Gib mir Wu Wangs Papiere«, sagte sie.

»Nein, ich will sie dem Richter zeigen.«

»Du kannst nicht dorthin gehen, das ist zu gefährlich, wir brauchen einen Plan.«

»Ich bin doch sowieso tot.«

Sie boxte ihm auf die Brust, dass er gegen die Wohnungstür stolperte. Ein Regenschirm fiel um und schlug scheppernd auf den Boden.

»Du bist nicht tot, es gibt dich hier, es gibt uns, wir existieren.«

Er schloss die Tür auf, blieb jedoch stehen und drehte sich wieder zu ihr um.

»Jasmin? Ich ...«

»Ich will nichts mehr hören«, sagte sie schroff und ging zurück ins Bad.

65

Als Jasmin fertig geweint hatte, wusch sie sich das Gesicht, befestigte den Ohrring an ihrem Ohr und verließ das Badezimmer. Ihre Hände zitterten, und eine schreckliche Unruhe brodelte wieder in ihr.

In der Küche spielten Dante und Erica unter dem Tisch, die Erwachsenen saßen zusammen und unterhielten sich leise.

Jasmin merkte, dass Antonia sie beobachtete, aber sie schaffte es nicht, ihrem Blick zu begegnen, begann lieber, das Geschirr mit unkonzentrierten Bewegungen zusammenzustellen.

»Die einzige Möglichkeit sind Shuiyuan, die Wasserquellen«, hörte sie Grossman sagen.

»Aber wenn es dort keine leeren Räume gibt, in denen wir uns verstecken können?«, wandte Marta ein.

»Die gibt es«, versicherte Antonia. »Der Hafen würde nicht funktionieren, wenn die Ankunftshalle nicht ständig vergrößert würde.«

»Habe ich doch gesagt«, nickte Grossman.

»Wie viele neue Kabinen gibt es inzwischen, Jet?«

»Bevor ich bei der Hafenverwaltung gelandet bin, habe ich in der neuen Halle gearbeitet – wir haben fünf Abteilungen mit insgesamt achtundzwanzigtausend Kabinen fertiggestellt, bis die Baustelle eingestellt wurde«, antwortete er.

»Und diese Abschnitte stehen leer?«, fragte Pedro.

»Sie werden erst in ein paar Jahren gebraucht«, sagte Antonia.

»Wie kommt man da rein?«, fragte Marta.

»Das Sicherste ist, wenn Jet vorgeht und den Ort erst einmal abcheckt«, sagte Grossman.

Pedro nickte, und Jasmin begriff, dass sie planten, sich in den neu gebauten Teilen des Badehauses zu verstecken und sich dort verborgen zu halten, bis Wang aufgab, ganz gleich, wie lange das auch dauern mochte.

Dante und Erica sangen gemeinsam ein Lied und lachten, wenn sie Fehler machten.

Marta, Pedro und Grossman planen also unterzutauchen, dachte Jasmin. Einen Versuch ist es wert, es könnte funktionieren, aber wenn es Ting nicht gelingt, dem Richter die Akte zu zeigen, dann sind dies wahrscheinlich unsere letzten Stunden.

Sie dachte an Tings dunkle Augen, an seinen schnellen Herzschlag und an seinen warmen Mund beim Kuss.

Wie war es, im Totenreich zu sterben?

Jasmin fiel ein, was für ein Gefühl es gewesen war, als die Spritze ihr Herz anhielt. Sie erinnerte sich an die erschrockenen Augen ihrer Schwester, die Dunkelheit, die sich vordrängte, die absolute Panik.

Sie hielt in ihrer Arbeit inne, als sie an den Instinkt dachte, dagegen anzukämpfen.

Und sie erinnerte sich daran, wie es gewesen war, wieder auf dem Krankenhausfußboden aufzuwachen. Die Schmerzen und der Lebenswille des Körpers, der Eifer des Herzens, unbedingt schlagen zu wollen, der Wille, die süße Luft einzuatmen.

Aber eines gewaltsamen Todes hier in der Hafenstadt zu sterben, von Dante weggerissen zu werden, das mochte sie sich nicht ausmalen, das durfte nicht geschehen.

»Dürfen Dante und ich mit euch mitkommen?«, fragte sie, ohne jemanden anzusehen.

»Davon gehen wir doch aus«, antwortete Pedro freundlich.

»Danke«, flüsterte sie und spürte, wie sein warmer Ton bei ihr die Tränen hervorquellen ließ.

Das Licht der Wandlampe flackerte auf und erlosch dann. Die Schatten traten hervor und verblassten, als der Generator wieder ansprang.

»Ich werde mal nachsehen, aber ich fürchte, dass der Hausmeister bezahlt werden will«, sagte Jet und zog sich eine Mütze über das blonde Haar.

»Wie viel?«, fragte Marta.

»Ich weiß nicht, aber ich werde versuchen, mit ihm zu handeln.«

»Ich habe nur fünfzehn Dollar bei mir«, erklärte Marta und zog einen Umschlag aus einer Tüte heraus, die sie unter ihrer Bluse versteckt hatte.

Grossman wühlte in seinen Hosentaschen und holte ein paar zerknitterte Scheine heraus.

»Hier sind noch zehn ... zwölf Dollar mehr.«

»Wir haben kein Geld«, sagte Jasmin.

Antonia holte eine Porzellanschale aus einem der Hängeschränke heraus und stellte sie auf den Tisch.

»Das hier sind über dreihundert«, sagte sie. »Aber ihr werdet auch etwas für Hilfe von außen bezahlen müssen, für jemanden, der euch etwas zu essen kauft und es zu euch hineinschmuggelt.«

»Wie lange schaffen wir es damit?«, fragte Grossman.

»Zu Hause haben wir noch fast tausend Dollar«, sagte Marta leise.

»Was haben wir?«, fragte Pedro verwundert.

»Ich habe Geld gespart«, erklärte sie ausweichend.

»Warum? Warum hast du ...?«

Die beiden wechselten ein paar kurze Worte auf Portugiesisch, aber es war offensichtlich, dass Marta hier und jetzt nicht weiter auf das Thema eingehen wollte.

»Wo ist Ting?«, fragte Grossman plötzlich.

»Ich glaube, er ist rausgegangen, um eine zu rauchen«, erklärte Jasmin ausweichend.

»Das macht er immer, wenn Geld auf den Tisch kommen soll«, lachte Grossman.

66

Dante hatte sich in einem Sessel zusammengerollt, als wenn es möglich wäre, zu schlafen. Jasmin saß gegen die Wand gelehnt da, das Messer in der Hand. Sie sah, wie sein kleiner Fuß ab und zu zuckte. Die Polsterung war an der Unterseite des Sessels kaputt und hing bis auf den Boden. Auf einem niedrigen Schreibtisch stand eine Lampe mit einem schiefen Schirm voller brauner Flecken dort, wo die Glühbirne den Stoff verbrannt hatte.

Jet war jetzt schon ziemlich lange fort.

Grossman hatte in einer Schublade französische Spielkarten gefunden und saß nun in der Küche und spielte mit Pedro. Marta und Erica waren im Badezimmer. Jasmin hörte Wasser aus dem Hahn laufen.

Antonia kam herein und zündete ein Räucherstäbchen an. Der Duft erinnerte Jasmin an Schlafsäcke in ihrer Kindheit. Ein Geruch nach feuchtem, ungelüftetem Stoff und unruhiger Schlaf, der an einem fremden Ort nach einem suchte.

»Darf ich dich etwas fragen?«, sprach sie Antonia leise an, als diese näher kam. »Was meinte diese Widerstandsbewegung damit, dass es früher gerechter zuging?«

»Ach, das ist nur Gerede«, antwortete Antonia.

»Ja, kann ja sein, aber ich würde es trotzdem gern wissen.«

Antonia ließ sich neben ihr nieder, schob ihren Seidenmorgenmantel zurecht und erzählte leise:

»Heute kennt niemand mehr die Widerstandsbewegung.

Sie wurde Hudie genannt, das bedeutet Schmetterling, was darauf hindeutet, wie gewaltsam sie war«, sagte sie und hob die Augenbrauen.

»Aber was wollten sie eigentlich?«

»Alle wissen, dass wir lange vor der Kulturrevolution in China hier im Hafen eine Machtübernahme durch das Volk hatten ... Aber die Widerstandsbewegung ist der Meinung, dass ein neuer, geheimer Staatscoup ein paar Jahre nach dem Demokratisierungsprozess stattgefunden hat.«

»Was bedeutet das?«

»Laut Widerstandsbewegung sind der Richter und seine Verbündeten die wahre Macht im Hafen, nicht das Zentralkomitee ... und erst recht nicht das Volk.«

»Der Richter?«, wiederholte Jasmin und erbebte.

»Ja, es waren ja der Richter und sein Stab, die die neuen Gesetze erlassen haben. Und Stück für Stück machten sie sich daran, ein neues System aufzubauen ... basierend auf jeder Menge Präzedenzfälle und Gesetzen über Gesetzen«, antwortete Antonia. »Das war eine Art lautloser, bürokratischer Staatscoup – es hat Ewigkeiten gedauert, bis überhaupt jemand durchschaut hat, was passiert ist, und da war die Macht bereits in die Justiz verschoben.«

Sie hörten, wie Marta und Erica das Bad verließen und in die Küche gingen.

»Aber wenn das stimmt – was hat das dann in der Praxis für Konsequenzen?«, fragte Jasmin vorsichtig.

»Ich weiß nicht ... dass die Rechtssicherheit nicht mehr geschützt wird von ...«

Im Flur waren Schritte zu hören, Antonia stand schnell auf und tat so, als wollte sie die Räucherstäbchen in der Halterung richten.

»Warum kommt Ting nicht zurück?«, fragte Pedro und schaute Jasmin an.

»Ich weiß es nicht«, antwortete diese.

Dante setzte sich auf und rieb sich mit beiden Händen das Gesicht.

»Du weißt nichts?«

»Du hast doch gesagt, er wollte rauchen«, erinnerte Grossman sie.

»Das dachte ich.«

Jasmin stand auf, nahm Dante auf den Arm und stellte sich ans Fenster. Der Kinderkörper war schwer und warm. Das Messer legte sie vor sich auf die Fensterbank. Ting war in die Stadt hinausgegangen, er sprach die offizielle Sprache und konnte vielleicht bis zum Richter vordringen, ohne aufgehalten zu werden.

Durch einen Spalt in der Jalousie konnte Jasmin auf die regenglänzende Straße sehen. Ein einzelner Mann ging im roten Schein eines Neonschilds vorüber. Er redete mit sich selbst, breitete die Arme aus, als wollte er sich von etwas überzeugen.

»Was hat er gesagt, bevor er gegangen ist?«, fragte Marta, die anscheinend schon vor einer Weile ins Zimmer gekommen war und gehört hatte, was Grossman gesagt hatte.

»Ich habe seine Wunde gesäubert und eine saubere Kompresse angelegt«, erwiderte Jasmin und drehte sich zu den beiden um.

»Du hast die Wunde hinter verschlossener Tür gesäubert«, bemerkte Marta und trat zu ihr.

»Ja«, bestätigte Jasmin und ließ Dante auf den Boden.

»Und du hast das hier wiederbekommen«, fuhr Marta mit gedämpfter Stimme fort und berührte den Perlenohrring.

»Wir haben uns gestritten«, räumte Jasmin widerstrebend ein.

»Was hast du gesagt?«, fragte Marta mit lauter Stimme.

»Wir brauchen Ting«, bemerkte Grossman und setzte sich auf. »Das ist dir doch wohl auch klar, er ist der Einzige, der gut Chinesisch spricht.«

Jasmin drehte sich wieder zum Fenster hin um und nahm das Messer in die rechte Hand. Die Straße lag jetzt menschenleer da. Vereinzelt waren Lichter hinter Jalousien und geschlossenen Fensterläden zu sehen.

»Sieh mich an«, schrie Marta. »Durch dein albernes Liebesgezänk wird unsere Chance zu überleben deutlich kleiner.«

»Beruhige dich«, sagte Pedro.

»Aber was sollen wir denn mit ihr machen? Sie lügt, spaltet die Gruppe und ...«

Marta verstummte jäh, als es an der Tür klopfte. Pedro eilte hin, um zu öffnen. Stimmen waren vom Flur her zu hören, aber es war nicht Ting, der zurückkam, sondern Jet. Seine Kleider waren nass vom Regen, und sein Gesicht lag im Schatten, als er seine Mütze herunterzog und berichtete, dass er einen Schlüssel bekommen habe.

»Der Hausmeister will zehn Dollar pro Tag haben, ich habe für drei Tage bezahlt ... kein zu großer Vorschuss, aber auch nicht zu wenig.«

»Gut überlegt«, sagte Grossman.

»Wir sollten direkt losgehen«, sagte Jet und versuchte ruhiger zu atmen. »Gerade haben Wu Wang und seine Mannschaft einen alten Trolleybus unten am Kai angezündet ...«

»Dann bleibt uns eine Frist«, sagte Pedro und knöpfte Ericas Strickjacke zu.

»Der Playground hat sich zu einem Volksfest entwickelt«, fuhr Jet fort. »Einige folgen Wu Wang, aber die meisten sind auf dem Marktplatz geblieben. Man macht etwas zu essen und trinkt ... und während sie auf die nächste Schlacht warten, wird ein Pokerturnier veranstaltet.«

»Wir müssen uns trotz allem auf einen Kampf vorbereiten«, sagte Jasmin. »Wir brauchen einen Plan, der ...«

»Auf dich hört keiner mehr«, zischte Marta.

»Ich sage doch nur ...«

»Du darfst nicht mitkommen, wenn du ...«

»Ich entscheide das jetzt«, schimpfte Grossman. »Wir gehen alle zusammen, und wir gehen, sobald wir fertig sind.«

»Ich denke, es wäre das Beste, wenn wir sofort losgehen«, sagte Jet.

»Aber was passiert mit Ting?«, fragte Pedro.

»Antonia bleibt hier«, sagte Jet. »Er wird hierher zurückkommen.«

»Nein, das wird er nicht«, widersprach Marta. »Er braucht uns nicht, er ist derjenige, der es am besten allein schaffen kann.«

»Sind alle bereit?«, fragte Grossman und stand mühsam auf.

»Komm«, sagte Pedro und nahm Erica bei der Hand.

Alle folgten Jet auf den Flur und zur Tür hinaus. Schweigend und verkniffen, sie waren sich alle nur zu bewusst, dass das hier vielleicht ihre einzige Chance war.

»Komm jetzt, Dante«, sagte Jasmin und vergewisserte sich, dass sie das Messer im Gürtel trug.

»Viel Glück«, verabschiedete Antonia sie.

Jasmin bedankte sich und schaute ihr in die Augen, dann schloss Antonia die Tür und verriegelte sie. Die anderen waren bereits auf dem Weg den Flur entlang. Dante nahm ihre Hand und zog sie hin zu den anderen.

»Weißt du, warum Ting verschwunden ist?«, fragte Jasmin leise und schaute auf Grossman, der die Treppe hinunterging.

»Nein«, antwortete Dante.

»Weil er versucht uns zu helfen«, erklärte sie. »Wir haben ein Papier gefunden, auf dem steht, dass Wu Wang uns hereingelegt hat ... und das will Ting dem Richter zeigen.«

»Wird der Richter dann böse?«

»Ich glaube, er wird sagen, dass wir nach Hause fahren können«, antwortete sie.

»Oh ja«, strahlte Dante.

Der Regen hatte die Luft abgekühlt. Reste eines langen Papierdrachens lagen noch vom Frühlingsfest auf dem kleinen Hof zwischen den Häusern. Jet führte sie durch eine Baulücke, einen vermüllten Hutong entlang und vorbei an einem roten Tor.

Jasmin sah vor sich, wie sie Ting jegliche Hoffnung geraubt hatte, als sie ihm mitteilte, dass er nicht wieder ins Leben zurückkehren werde.

Ihre Wut und Enttäuschung darüber, was er mit seinem Leben gemacht hatte, waren inzwischen vollkommen verflogen. Sie hatte sich verletzt, enttäuscht und gefangen gleichzeitig gefühlt. Aber das war keine Entschuldigung für ihre Worte. Ich hätte ihn trösten sollen, ihm helfen, dachte sie. Denn sie würden sich ja sowieso viel zu schnell wieder trennen müssen.

Ein leichtes metallisches Ticken war zu hören. Zuerst glaubte Jasmin, es wäre der Regen, der auf eine Feuerleiter traf, doch dann stellte sie fest, dass es von vorn kam.

Sie hatte bereits ihre Hand auf Dantes Schulter gelegt, um ihn zurückzuhalten, als Jet ein Zeichen gab anzuhalten. Sie pressten sich gegen die Wand, und Jasmin zog langsam ihr japanisches Messer hervor.

Ein Stück voraus fuhr eine Fahrradriksha durch eine Querstraße, die Speichen klickten, und die Reifen machten ein schmatzendes Geräusch auf dem nassen Asphalt.

Die Gruppe wartete, bis alles wieder still war, dann ging sie weiter die Straße entlang. In einiger Entfernung leuchteten vereinzelte Schilder. Zwei Personen saßen auf den Treppenstufen vor einer Haustür, die Knie bis unters Kinn hochgezogen. Einer von ihnen hielt eine Marionette in der Hand, die König Markatta vorstellte. Er machte leise, erstickte Geräusche mit dem Mund, wozu der andere in unregelmäßigem Takt trommelte.

67

Sie zwängten sich an einigen von der Feuchtigkeit aufgequollenen Küchenmöbeln von Ikea vorbei, die neben zwei überfüllten Mülltonnen standen. Dante hielt Jasmin fest an der Hand und schaute immer wieder zu ihr auf. Dieser Teil der Stadt lag fast menschenleer da. Türen und Fenster waren geschlossen, die Fassaden dunkel und zugenagelt. Fünf rote Lampions schaukelten im Wind und knarrten an ihren Drähten.

Als sie durch ein spitzbogiges Portal gegangen waren, sah Jasmin das riesige Badehaus. Es erhob sich in der Dunkelheit wie eine Stadtmauer vor dem Berghang. Kilometerweit zogen sich Mauern und Dächer mit geschwungenen Traufen, Türen und Fenster, Terrassen, Treppen und Balkone von den ältesten Teilen bis zu dem Platz hin, an dem sie jetzt standen.

Weit hinten in der nieseligen Dunkelheit konnte sie Neuankömmlinge erkennen, die das Badehaus verließen und sich dem dichten Menschenstrom entlang der Hauptstraßen zum Hafen hinunter anschlossen.

Es war ein gleichbleibender Strom der Toten, der nie versiegte.

Alles krampfte sich in ihr zusammen, als sie an den Kai und das dunkle Wasser dachte, daran, wie ihre Mutter an Bord eines Schiffes gegangen und verschwunden sein musste.

Sie überquerten einen mit Wasser gefüllten Graben, kamen an Warnschildern vorbei, die auf ihren Bildern zeigten, dass Eindringlinge von Wachleuten erschossen wurden, stiegen über eine Girlande von Warnwimpeln zwischen knallgelben

Plastikkegeln und gingen weiter auf das halb fertige Gebäude zu.

Rostiges Armierungseisen und Metallgitter lagen in großen Stapeln auf dem lehmigen Boden. Überall waren feuchte Holzhaufen, Abflussrohre aus Plastik und Planen mit Wasserpfützen darauf.

Sie stiegen eine Rampe hoch, die bekleckert war mit Beton, der von den Schubkarren heruntergetropft war, und fanden sich unter der riesigen Holzkonstruktion des Gebäudes wieder. Tausende von Holzlatten standen auf Fachwerkschwellen, verbunden mit Balken und einer komplizierten Dachstuhlkonstruktion.

Ihr Weg führte über den Betonboden. Marta und Jet gingen voran, Grossman und Pedro folgten ihnen, dahinter Dante und Erica Hand in Hand und Jasmin als Letzte.

»Erica«, sagte Jasmin leise.

»Ja?«

»Weißt du, was das Corpus Iuris ist?«

»Das sind alle, die den geehrten Richter als Chef haben«, antwortete sie.

»Hat deine Mama viel mit ihm zu tun?«

»Nein, sie hat noch nicht einmal mit ihm geredet.«

»Wie heißt er – weißt du das?«

»Zhou Chongxi«, antwortete Erica und half Dante über einen Bretterstapel.

Sie gingen schweigend an Sägeböcken vorbei, die in einem Berg feuchter Sägespäne standen, kletterten über eine Holzkiste mit Nägeln, die in rostbraunem Wasser schwammen.

In der Ferne waren Rufe zu hören, und Jasmin schaute zurück auf die dunkle Stadt. Aber es war kein Mensch zu sehen.

Direkt vor ihnen lagen die fertigen Bereiche, mit Wänden und Türen. Der Wind hatte ein Stück Baufolie losgerissen, die jetzt knatternd und knisternd gegen die Wand flatterte.

Jet schloss eine Tür in der verputzten Wand auf und ließ Pedro und Erica hinein. Jasmin sah im Dunkel einen Fliesenboden mit einem hübschen Muster.

»Einer von uns sollte vorher reingehen und das Gebäude überprüfen«, sagte sie leise.

»Ich war schon drin«, erwiderte Jet ungeduldig.

»Mach dir keine Sorgen«, versuchte Grossman sie zu beruhigen.

»Marta, komm jetzt«, rief Pedro besorgt.

Grossman und Marta traten durch die Tür, gefolgt von Jasmin und Dante. Sie gelangten in eine achteckige Halle mit einem Springbrunnen ohne Wasser. Verstaubte Müllsäcke mit altem Gips und nicht verwendeter Isolierung standen an einer Wand.

Jet führte sie weiter hinein ins Badehaus, Grossman mahnte sie zur Eile, und sie gelangten in einen größeren Raum.

Hier waren die Bodenfliesen auch bereits gelegt, aber einige Wände bestanden noch aus Baufolie zwischen Latten, während andere bereits fertig waren mit verfugten Kacheln und herausstehenden Kabelröhren. Hier war noch kein Wasser hineingeleitet worden. Der Boden und die Rinnen waren trocken und mit Baustaub bedeckt. Auf dem Grund einiger Bassins lagen Paletten mit Estrich- oder Fliesenklebersäcken.

Keiner sagte etwas, alle gingen vorsichtig weiter und schauten sich hin und wieder um. Es war dunkel und still. Grossman trat aus Versehen gegen eine Schachtel Schrauben, die klirrend in eine Rinne fiel. Das Geräusch war sonderbar klar zwischen den gekachelten Wänden.

Jet zeigte mit dem Schlüssel in der Hand nach vorn und führte sie auf einen langen Flur.

Jasmin versuchte in Gedanken alles für sich zusammenzufassen, was sie erfahren hatte.

Wu Wangs Akte bewies, dass er während der Gerichtsverhandlung gelogen hatte. Alles deutete darauf hin, dass er schon seit langer Zeit mit der Triade unter einer Decke steckte.

Sie dachte an Ting, der versuchte, bis zum Richter vorzudringen, um ihm den Beweis gegen Wu Wang vorzulegen.

Denn dieser hatte das Gericht belogen.

Das war so weit klar, aber ein Verbindungsteil fehlte.

Die inzwischen in Vergessenheit geratene Widerstandsbewegung behauptete, das Amtsgericht habe die Macht vom Zentralkomitee übernommen. In diesem Fall gab es niemanden, der die Gesetze im Hafen noch kontrollierte.

Jasmin beschlich das frustrierende Gefühl, dass ihr ein Puzzleteilchen fehlte, um das Ganze sehen zu können.

Reihen von Kabinen waren bereits zu beiden Seiten errichtet worden. Eine abgesenkte Rinne verlief neben ihnen auf der ganzen Länge des Flurs und mündete in ein großes Becken. Zur Rechten konnten sie durch die graue Baufolie, die zwischen den Latten befestigt war, das Licht der Stadt erkennen.

»Seht ihr die große Tür neben den Kabinen auf der anderen Seite des Beckens?«, fragte Jet und zeigte dorthin. »Da müssen wir hin.«

Der Boden führte abwärts zu dem gekachelten Beckenboden. Um zu der Tür zu gelangen, musste man das leere Becken durchqueren und auf der anderen Seite eine Treppe hochgehen.

Jasmin wusste nicht, warum, aber ihr Herz hatte angefangen schneller zu schlagen.

Vielleicht weil alle Offiziere wissen, dass es immer gefährlich ist, Lawinen und Wasserläufe zu durchqueren.

Erica machte neben ihrem Vater Schwimmzüge in der Luft, während sie hinuntergingen.

Jasmin versuchte den Saal zu überblicken. Die obere Etage war fast fertig. Die Plastikfolie über dem Dachstuhl hob sich, von einem Windzug getragen, hoch und blähte sich gegen den schwarzen Himmel. Es klang wie Wellen, die auf einen Sandstrand schlugen.

Dante stolperte über einen aufgerissenen Karton mit Kacheln, und es knackte in seiner knochigen Schulter, als Jasmin ihn packte, damit er nicht hinfiel.

Ein Bündel Sperrholzplatten lag auf dem Boden des Bassins, und weiter hinten vor einem Überlaufgitter stand ein Kachelschneider, umgeben von scharfkantigen Kachelresten.

Etwas klirrte schräg hinter ihnen. Jasmins ungutes Gefühl nahm zu; sie versuchte Anschluss zu halten, zog Dante mit sich auf die Treppe zu, wollte so schnell wie möglich auf die andere Seite kommen.

Ihre Schritte hallten von den Beckenwänden wider.

Während sie vorwärtseilten, schaute Jasmin sich mehrere Male um.

Ihr Blick blieb an einer Palette mit Zementsäcken hängen, die auf einem strategisch günstigen Absatz stand.

Jet blieb mitten im Becken stehen.

Erica kicherte, und Dante versuchte seine Hand aus Jasmins zu winden, um zu ihr zu laufen, aber sie hielt ihn nur noch krampfhafter fest und richtete ihren Blick wieder auf den Absatz.

Da erkannte sie plötzlich den Zusammenhang.

In ihrem Kopf gab es einen Knack von dem Adrenalinschock. Sie waren auf dem Weg in einen Hinterhalt. Jet führte sie in eine Falle, und Marta arbeitete mit den Gegnern zusammen.

Sie alle gehörten zum Corpus Iuris – dem übergriffigen Justizwesen.

Wu Wang war mit dem Richter verwandt, sein erster Nachname war Zhou gewesen, genau wie der des Richters; es war sein richtiger Familienname, bevor er angefangen hatte mit dem Visumstausch.

Mit pochendem Herzen zog Jasmin Dante mit sich zu dem

Stapel aus groben Sperrholzplatten. Noch bevor sie dort angekommen waren, war ihr klar, dass sich jemand hinter den Zementsäcken versteckte – eine Bewegung spiegelte sich an der weißen Kachelwand.

»Das ist eine Falle«, schrie Jasmin. »Das ist eine Falle!«

68

Eine Sehne sang, und ein Pfeil schlug am Beckenrand vor ihnen auf, prallte zur Seite ab und fiel dann auf den Boden.

Jasmin stellte eine der Sperrholzplatten als Schutz gegen die Pfeile hochkant. Marta keuchte und schaute sich panisch um.

»Pedro, hilf mir«, rief Jasmin und richtete die Platte gegen den Schützen aus. »Bring die Kinder ...«

Er stolperte über einen Eimer mit Fugenkreuzen und schrie Marta etwas auf Portugiesisch zu. Dante versteckte sich neben Jasmin. Pedro zog Erica in die falsche Richtung, aber Marta hielt dagegen.

Ein Schrei war zu hören, und Jasmin sah, dass ein Pfeil Pedros Wade durchbohrt hatte. Er kippte nach hinten, und Blut schoss aus der Wunde. Grossman ließ sich am Beckenrand direkt unter dem Schützen zu Boden fallen und presste sich gegen die Kacheln.

Dante atmete keuchend; Jasmin legte einen Arm um ihn und spürte, wie er zitterte, als Pedro erneut schrie.

Das ist nur ein Schütze, schoss es ihr durch den Kopf. Die Zeitspanne zwischen den einzelnen Pfeilen sagte ihr, dass es sich nur um einen einzigen Gegner handelte. Also hatten sie Zeit zu fliehen, während er einen Pfeil aus dem Köcher zog, sie konnten die Tür erreichen.

»Pedro! Du musst zu Grossman laufen«, rief Jasmin.

Marta und Erica waren bei ihr, doch statt sich neben sie zu stellen, versuchte Marta, ihr die Sperrholzplatte aus den Händen zu reißen.

»Ihr schafft das«, schrie Jasmin.

Marta war in Panik geraten, sie atmete stoßweise und zerrte an der Platte. Jasmin war kurz davor, sie zu verlieren, und schnitt sich an den scharfen Kanten in die Finger.

»Komm rum, komm rum!«

Erica zog ihre Mutter mit sich um die Platte herum und hockte sich neben Jasmin und Dante. Ein Pfeil traf nur wenige Zentimeter über ihren Köpfen auf den oberen Rand des Sperrholzes auf, und es krachte, als er abprallte, und Späne stoben hoch.

»Nach dem nächsten Pfeil laufen wir zu der Kabine auf der anderen Seite«, flüsterte Jasmin.

Marta hustete und begann zu hyperventilieren. Erica weinte, und Dante streichelte ihr die Hand.

Das Adrenalin ließ Jasmin glasklar denken. Sie hörte, wie der Pfeil aus dem Köcher gezogen wurde, und sah genau vor sich, wie der Raum aufgeteilt war. Sie wusste, sie würden über einen Zementsack springen müssen, um auf dem kürzesten Weg zur anderen Seite zu rennen.

Es wäre sicherer, sich zurückzuziehen, aber dann würden sie feststecken, könnten nie und nimmer die Tür erreichen – nicht, solange der Bogenschütze noch hier war.

Der singende Ton einer Sehne war zu hören, als der Bogen gespannt wurde. Marta betete zur Jungfrau Maria. Jasmin packte Dante am Handgelenk.

»Bist du bereit?«, flüsterte sie.

Es sauste in der Luft, und ein Pfeil schlug in die Sperrholzplatte ein. Von dem Aufprall wurden sie nach hinten gestoßen, und Erica schrie auf.

»Lauft«, rief Jasmin den anderen zu und zog Dante mit sich.

Sie rannten zur Treppe, während der Bogenschütze einen neuen Pfeil einlegte. Marta schnappte sich Erica und lief in die andere Richtung, zurück zum Flur. Pedro stand nur reglos da, hielt verwirrt die Hände um den Pfeil in seiner Wade.

Dante und Jasmin sprangen gemeinsam über den Zementsack, hasteten die Wand entlang zwischen den Kachelstapeln hindurch, die Treppe zu den Kabinen hoch. Jasmin öffnete die erste Tür und schob Dante hinein.

»Schnell, rein da.«

Sie wollte ihm gerade folgen, als sie jemand an den Haaren zurückhielt, dass ihr Nacken knackte. Sie bekam die Türzarge zu fassen und hielt sich daran fest. Es war Jet. Er zog sie zur Seite, sodass sie den Halt verlor.

»Mama!«

Sie drehte sich um und versuchte Jets Hand zu packen, als ihm ein Pfeil durch den Hals schoss. Jasmin warf ihren Kopf zurück. Die Pfeilspitze hätte fast ihr Gesicht berührt. Jet hielt weiterhin krampfhaft ihr Haar fest. Blut strömte über den Pfeil, auf ihre Brust. Sie bekam seine Hand zu fassen und drehte sie, dass seine Finger knackten; er fiel auf die Knie und riss ihr dabei ein Haarbüschel vom Kopf.

»Mama!«

»Bleib da!«

Sie wich zurück, auf Dante zu, hörte den Ton der Sehne des Bogenschützen und wusste in dem Moment, was passierte. Mit dem Rücken presste sie sich gegen die Tür und sah, wie der Pfeil durch die Luft sauste, direkt auf sie zu – als würde sie träumen. Dem Stoß gegen die Schulter folgte der Schmerz – ein Brennen lief durch ihren Körper und sammelte sich in einem aufblitzenden Punkt. Der Pfeil war geradewegs durch ihre linke Schulter gedrungen und hatte sich tief in die Holztür gebohrt. Ihr wurde schwindlig, als die Tür von dem Treffer nach innen schwang und sie mitzog.

Der Boden in der Kabine war niedriger, sie musste hier auf den Zehen stehen, aber der Bogenschütze konnte sie nicht mehr sehen. Warmes Blut lief ihr den Ellenbogen hinunter, an der Seite entlang bis zur Taille und weiter in den Hosenbund.

Der Schmerz war so durchdringend, dass sie die Sehschärfe

verlor, als sie die rechte Hand hob und dem glatten Pfeil mit den Fingern folgte. Sie zwang sich, rhythmisch zu atmen. Der Pfeil war höher eingedrungen, als sie gedacht hatte, direkt unter dem Schlüsselbein.

Jasmin ließ die Hand wieder sinken, sie jammerte vor Schmerzen, atmete keuchend und sah, dass Jet den Schlüssel auf dem Boden verloren hatte.

Dante versteckte sich unter einer Bank in der Kabine. Jasmin versuchte eine Position zu finden, in der sie auf den Zehen stehen konnte, um sich nicht die Schulter durch das eigene Gewicht aufzureißen. Vorsichtig schob sie sich nach hinten und schloss die Tür noch ein Stück weiter, um sich zu verstecken.

Von fern waren Rufe zu hören, wohl aus der Stadt.

Der Schütze lud erneut, und durch den Türspalt sah Jasmin, dass Grossman sich mit Mühe über den Beckenrand zog und an die Wand direkt unter dem Absatz des Bogenschützen rollte.

»Siehst du den Schlüssel?«, keuchte sie.

»Ja«, antwortete Dante und kroch hervor.

»Noch nicht, warte.«

Dantes helles Gesicht glänzte wie eine Silberscheibe in der schwarzen Kabine. Pedro hinterließ Blutspritzer auf den Kacheln, als er versuchte wegzuhinken. Er war zu langsam. Der nächste Pfeil traf ihn im Rücken zwischen den Schulterblättern. Er blieb stehen, mit den Händen über dem Beckenrand, und keuchte.

»Jetzt hol den Schlüssel«, flüsterte Jasmin.

Dante kroch hinaus, nahm den Schlüssel vom Boden und verschwand wieder unter der Bank.

»Du bist sehr tüchtig«, brachte sie heraus.

Die Tür knackte hinter ihr, und die Schulter tat ihr so weh, dass ihr die Tränen über die Wangen liefen.

Wieder hob sie die rechte Hand, gelangte mit ihr bis zum

Pfeil und schrie vor Schmerzen, als sie versuchte, ihn aus der Tür zu ziehen. Es flimmerte ihr vor den Augen, die Knie wollten nachgeben.

»Mama?!«

»Es ist nicht so schlimm«, keuchte sie. »Bleib du nur da liegen.«

Jasmin ließ den Pfeil los und den Arm nach unten fallen.

Sie konnte ihn nicht allein herausziehen. Sie hatte nicht die Kraft, der Schmerz war zu groß.

Grossman lag still an der Wand. Nicht weit von ihm entfernt stand eine Blechdose. Jasmin sah einen Hammerstiel herausragen. Vielleicht gab es auch ein Messer, aber der Hammer müsste genügen.

»Grossman, du musst den Bogenschützen stoppen«, rief sie. »Nimm den Hammer, der liegt neben dir.«

69

Zuschauer waren auf dem Weg ins Badehaus, Menschen strömten herbei, rissen die Plastikfolie herunter und marschierten herein. Jasmin hörte das aufgeregte Gemurmel, als sie sich näherten, und versuchte noch einmal den Pfeil mit der Hand zu erreichen. Es war unmöglich. Der Schmerz bekam die Oberhand – sie war kurz vor dem Schockzustand. Ihr Herz schlug viel zu schnell. Der linke Arm hing kraftlos herunter, und Blut tropfte von ihren Fingerspitzen. Die Tür knackte in den Scharnieren.

Jasmin war davon ausgegangen, dass Grossman ihren Ruf nicht gehört hatte, aber nun sah sie, wie er sich aufsetzte und in ihre Richtung guckte.

Die Zuschauer waren jetzt da. Jasmin konnte sie deutlich hören. Ihr Versteck war entdeckt worden. Die Schatten bewegten sich flackernd über die Kacheln, dann sah sie die ersten Menschen. Sie steuerten geradewegs auf das Becken zu, zeigten auf Pedro und Grossman und verteilten sich an den Wänden auf der Suche nach einem guten Platz.

Ein weiterer Pfeil traf Pedro im Oberarm, fuhr durch den Muskel und stieß mit der Spitze gegen den Kachelrand des Beckens.

Ein Raunen ging durch das Publikum.

Mit einem Ruck stand Grossman auf, zog den Hammer aus dem Eimer und sprang auf den Absatz. Von Jasmins Winkel aus war es so gut wie unmöglich, etwas zu erkennen, was passierte, aber die Zuschauer schrien auf und drängten nach vorn, um besser sehen zu können.

Grossman kämpfte hinter der Palette mit den Zementsäcken gegen den Bogenschützen. Brüllend schlug er mit dem Hammer zu. Blut spritzte gegen die Wand hinter ihm. Der Köcher rollte zur Seite, und die Pfeile fielen heraus.

Jasmins Hand zitterte unkontrolliert um den Pfeil, als sie einen weiteren Versuch unternahm, ihn herauszuziehen. Sie hörte selbst, wie die Sehnen und der Knorpel in ihrer Schulter knackten. Blut lief über ihren Körper.

Weitere Zuschauer strömten herein, und vereinzelt war Applaus zu hören, als Grossman sich mit blutigem Gesicht erhob. Seine Hand und der Hammer glänzten dunkel. Er war bis zum Oberarm hoch blutig. Sein Mund war schlaff, die Augen leer. Rotz und Tränen liefen ihm über die runden Wangen.

Colette Darleaux kam mit einer Schar an Zuschauern herein. Das Publikum blieb stehen, verteilte sich dann an den Wänden, während die Französin hinunter ins Becken ging. Sie bewegte sich langsam, ein Lächeln auf dem Gesicht, trug eine elegante, ärmellose Bluse und hielt in der rechten Hand eine Axt.

Die Tür, an der Jasmin feststeckte, schwang zurück und schob sie nach vorn, sodass ihre Zehen über den gefliesten Boden glitten.

Colette blieb vor Pedro stehen, der an dem einen Seitenrand des Beckens zusammengesunken war. Drei Pfeile ragten aus seinem Körper heraus. Er blutete stark und atmete schwer. Sein Gesicht war blass und von Schweißperlen bedeckt. Colette zog ihn hoch und sagte etwas auf Französisch. Unsicher stand er vor ihr, das Blut lief ihm an beiden Beinen hinunter.

»Die Rothaarige ist zurück – oder?«, fragte sie und fuhr sich mit der Zunge über die Lippen.

Sie drehte die Axt in der Hand und zielte damit auf seinen Hals, stattdessen gab sie ihm aber eine kräftige Ohrfeige mit der linken Hand. Das Publikum applaudierte. Er kippte zur

Seite, aber sie zog ihn an dem Pfeil, der seinen Arm durchbohrt hatte, wieder zu sich.

»Wie ist das möglich? Wieso kann sie wieder zurück sein?«, fragte sie, und ein scharfer Ton bestimmte die sanfte Stimme.

»Hilf mir«, keuchte Pedro. »Marta, hilf mir.«

Colette schlug ihn erneut, und er kippte wieder zur Seite. Das verletzte Bein knickte ein, und er fiel zu Boden. Der Pfeil in seinem Rücken brach unter ihm ab, und er schrie laut auf.

Jasmin schloss die Augen und betete zu Gott, dass Marta nicht antworten möge. Sie sollte stillhalten und zusammen mit Grossman, Erica und Dante fliehen. Sie müssten tiefer hinein ins Badehaus, dachte sie. Sie mussten ein Versteck finden und untertauchen, bis Wang die Suche leid war.

Ihre Waden zitterten vor Anstrengung, weil sie auf den Zehen stehen musste, aber jedes Mal, wenn sie sich auf die ganzen Füße sinken ließ, durchfuhr sie ein Schmerz, als würde die Schulter zerrissen, und sie musste laut aufstöhnen.

Sie konnte sehen, dass auch Colette schwitzte, ihre Stirn glänzte, und ihre Wangen waren rot geworden. Wieder näherte sie sich Pedro, schaute ihn verträumt an, während sie die Axt in ihrer Hand wog.

»Ich will mit Wu Wang reden«, rief plötzlich Marta aus ihrer Kabine auf der anderen Seite des Beckens.

»Er ist auf dem Weg«, antwortete Colette leise.

Jasmin sah, wie ihr Blick die Gegend absuchte, aus der Martas Stimme gekommen war, und wie sie sich den Schweiß vom Hals wischte.

»Meine Familie hat keinen Konflikt mit ihm auszutragen, ich gehöre dem Corpus Iuris an«, rief Marta.

»Das war nicht meine Entscheidung«, erwiderte Colette. »Aber ich bin auch der Meinung ...«

Plötzlich kam Marta aus ihrer Kabine heraus. Jasmin sah, dass Erica hinter ihr im Dunkeln stand und ihr nachschaute.

Sie wirkte wie unter Schock stehend und schien nicht einmal zu bemerken, dass ihr die Tränen über die Wangen liefen.

»Wu Wang braucht Jasmin und den Jungen«, sagte Marta in einem Versuch, sich zu sammeln.

»Ich höre zu«, erwiderte Colette und schaute ihr in die Augen.

»Ihr kriegt die beiden, wenn meine Familie und ich Amnestie bekommen.«

»Wir kriegen sie?«, fragte Colette und schien nachzudenken. »Den Jungen und auch die Mutter?«

»Ja«, nickte Marta mit traurigem Blick.

Jasmin biss die Zähne zusammen, hielt den Atem an, streckte sich wieder nach dem Pfeil und versuchte ihn herauszuziehen, rutschte dabei aber weg, sodass die Tür wieder nach außen schwang. Das Scharnier quietschte. Ihre Zehenspitzen schlitterten über den Boden. Sie streckte die Füße, bekam eine Fuge zu fassen und versuchte sich vorsichtig wieder nach innen zu ziehen. Warmes Blut lief ihr den Rücken hinunter, in den Hosenbund.

Colette half Pedro aufzustehen, und Marta ging den abschüssigen Boden hinunter.

»Sag Wu Wang, dass ich weiß, wo die beiden sich versteckt haben«, sagte sie. »Ich werde euch hinführen, wenn ihr öffentlich schwört, mich und meine Familie gehen zu lassen.«

»Ich glaube, der Vorschlag wird ihm gefallen«, sagte Colette und streckte die Hand aus, um sie näher an sich heranzulocken.

»Geh und rede direkt mit ihm«, forderte Marta und befeuchtete sich die Lippen.

Pedro lehnte sich mit der Schulter gegen die Wand, versuchte etwas zu sagen, hustete aber nur Blut. Der Pfeil im Rücken hatte offenbar einen Lungenflügel durchstochen. Marta war jetzt fast bei ihnen angekommen.

»Ihr müsst versprechen, dass ihr solange hier bleibt«, sagte

Colette und streckte wieder die Hand vor, als wollte sie Marta helfen.

»Wir bleiben hier und …«

Colette schlug von unten mit der rechten Hand zu. Es war ein schneller, überraschender Schlag. Die flache Seite der Axt traf Marta an der Wange. Ihr Kopf wurde zur Seite gestoßen, sie fiel hin und fing sich mit einer Hand auf.

Das Publikum schrie vor Verwunderung auf. Buhrufe mischten sich mit Lachen und Applaus.

Marta versuchte aufzustehen, aber das gelang ihr nicht, sie blutete an der Schläfe, eine Hand hatte sie an die Wange gepresst.

»Mama«, schrie Erica und stürzte aus der Kabine.

»Mach die Augen zu«, flüsterte Jasmin Dante in scharfem Ton zu.

Erica lief weinend zu ihrer Mutter. Colette drehte den Kopf, schwang die Axt und traf das Mädchen am Brustkorb.

Marta schrie so laut, dass ihre Stimme kippte. Das Publikum war ganz still. Die Axt saß tief in Ericas Körper. Etwas schrillte in Jasmins Ohren.

»Bitte, ich bin doch erst sieben Jahre alt«, keuchte Erica. »Ich heiße Erica, und ich …«

Colette versuchte die Axt herauszuziehen, aber die saß so fest, dass Ericas kleiner Körper mit hochgezogen wurde und zu Boden fiel.

»Wo ist die Rothaarige?«, fragte Colette, ohne Marta anzusehen.

Colette stellte ihren Fuß neben die Axt auf Ericas Brustkorb, wippte mit der Klinge und zog sie heraus. Marta schrie und schrie.

70

Eine Frau aus dem Publikum stand plötzlich vor Jasmin in der Kabine. Ihr ernstes Gesicht war faltig und wehmütig. Sie formte mit beiden Händen einen Schmetterling vor ihrer Brust, sagte etwas auf Chinesisch und zog dann den Pfeil aus der Tür. Jasmin sank auf die Füße, keuchend hörte sie Martas Schreie. Vorsichtig zog die alte Frau ihr den Pfeil aus der Schulter, durch das Austrittsloch, und gab ihn Jasmin, bevor sie wieder verschwand.

»Dante, du musst hierbleiben«, sagte Jasmin zwischen heftigen Atemzügen und zog ihr japanisches Küchenmesser. »Und du darfst jetzt nicht gucken.«

Marta war zu ihrer Tochter gekrochen und hatte sich über sie gelegt, sodass Colette sie nicht wieder treffen konnte. Erica atmete keuchend, und Blut quoll stoßweise aus ihrer Brust.

Pedro war wieder zusammengesunken und lag seitlich auf dem Boden. Die Pfeile in seinem Körper wippten bei jedem Atemzug.

Als Jasmin ihren ersten Schritt machte, wäre sie fast hingefallen; die Schulter pochte, und der linke Arm war so abgestorben, dass sie nicht mehr fühlte, dass sie den blutigen Pfeil in der Hand hielt.

Colette packte Marta bei den Haaren, zerrte sie über den weißen Kachelboden und ließ dann los.

»Ich verhandele nicht«, schrie sie.

Erica stieß hustend Blut aus und rang um Luft. Colette ging zurück und schlug dem Mädchen mit der Rückseite der Axt hart ins Gesicht.

»Das darfst du nicht!«, schrie Marta.

Sie versuchte zu ihrer Tochter zurückzukommen, wurde aber von Colette weggetreten. Das Publikum schrie empört oder erregt – das war unmöglich auszumachen –, und viele unter ihnen klopften gegen die Wände.

»Colette«, rief Jasmin und ging schwankend nach vorn.

Diese hörte sie nicht, das Publikum war zu laut. Jasmin hielt den Pfeil vor sich. Colette schob mit dem Fuß Ericas Arm vom Körper weg und hob die Axt, um ihn abzuhacken.

»Wo ist sie?«, fragte Colette.

»Ich bin hier«, antwortete Jasmin mit fester Stimme.

Das Publikum verstummte, und Colette drehte sich um.

Jasmin näherte sich der französischen Frau. Die Einsicht, dass sie sie töten musste, durchströmte Jasmin wie eine heiße, aggressive Sturzwelle. Sie ging die Treppe hinunter, umklammerte das Messer und drückte es an den Körper.

Grossman war apathisch, er lag in Fötusstellung mit geschlossenen Augen da. Bogen und Pfeile lagen verstreut auf dem Boden neben ihm.

»Grossman«, rief Jasmin mit strenger Stimme. »Nimm den Bogen hoch!«

Colette atmete mit halb geöffnetem Mund, ihre Armmuskeln zuckten. Sie ging einen Schritt auf Jasmin zu. Dickliches Blut klebte an der Klinge der Axt.

»Marta, nimm das Messer vom Boden hoch«, sagte Jasmin scharf.

Colette schaute sie an und trat zur Seite. Jasmin näherte sich ihr mit dem blutigen Pfeil in ihrer schwachen Hand und verbarg gleichzeitig das japanische Messer an ihrem Körper.

Marta hob das Messer mit traumartigen Bewegungen vom Boden auf.

Colette versuchte ihr Gesicht unter Kontrolle zu halten, sie warf den Kopf zurück und schwang die Axt in einer sinnlosen

Pose. Ein paar betrunkene Männer im Publikum grölten und applaudierten.

»Grossman, nimm den Bogen und schieß auf sie«, sagte Jasmin.

Er tat nichts, lag nur zusammengekauert da, aber seine Augen hatte sich ein wenig geöffnet, und sein Blick ruhte auf ihr, abwesend und schwarz. Marta ging mit dem Messer in der Hand auf Colette zu. Sie würde keine Chance haben, das wusste Jasmin, aber das gab ihr selbst die Möglichkeit, zur Seite zu gehen. Colette wusste immer noch nicht, wer von ihnen am gefährlichsten war, sie hatte keine Ahnung davon, dass Jasmin für solche Situationen trainiert war.

Die französische Frau versuchte sich nach Jasmin umzudrehen, ohne Marta aus den Augen zu verlieren.

Endlich hörte Jasmin, wie Grossman den Bogen aufhob und ein Pfeil zu Boden fiel.

Wir haben sie, dachte sie.

Colettes Gesicht war angespannt, der Stoff ihrer Bluse war unter den Armen dunkel vom Schweiß.

Marta hielt das Messer vor sich, als wollte sie sich damit schützen. Colette machte einen unerwarteten Satz nach vorn mit der Axt, es schepperte metallisch, als sie Marta das Messer aus der Hand schlug. Blut spritzte, Marta schrie und fiel hin. Sie presste die verletzte Hand zwischen die Schenkel und jammerte.

Jasmin näherte sich Colette jetzt schnell, erreichte sie aber nicht rechtzeitig. Colette drehte sich um und wich instinktiv zurück. Jasmin folgte ihr und nahm den Duft ihres Parfüms wahr. Ihr verletzter Arm wurde müde, und sie musste Colette bald dazu verleiten, zuzuschlagen. Das Publikum schrie aufgeregt. Keuchend streckte Jasmin den Pfeil vor. Warmes Blut tropfte von ihrem Ellenbogen. Colette machte einen Scheinangriff und dann einen richtigen Ausfall von der Seite her. Der Pfeil wurde Jasmin aus der Hand geschlagen. Während die

Axt noch vom eigenen Gewicht zur Seite schwang, sprang Jasmin schnell vor und trat Colette die Beine unter dem Leib weg.

Die Französin kippte nach hinten, aber Jasmin fing ihren Nacken im Ellenbogen auf, drehte das Messer richtig herum, ließ die Frau nach unten gleiten und zog das Messer gleichzeitig mit einem Ruck hoch, sodass die Klinge tief durch die Halsschlagader und die Sehnen schnitt.

Das hatte sie so oft geübt, dass sie nicht mehr dabei denken musste. In zwei Sekunden würde alles vorüber sein. Ihr Arm war immer noch auf dem Weg nach oben, als sie den Griff ums Messer wechselte. Die Bewegung lief mit der Präzision einer Nähmaschinennadel ab. Colette fiel hart auf den Boden, und Blut schoss aus ihrem Mund.

Sie wollte eine Hand an den Hals heben, als Jasmin ihr die Klinge zwischen den Rippen in die Brust stieß, mitten ins Herz.

Ohne sie anzusehen, zog Jasmin das klebrige Messer heraus. Sie trat zurück, um einen Überblick über das Publikum und das Becken zu bekommen. Marta lag auf der Seite und sah sie an. Colette war tot, aber immer noch floss Blut aus ihrem Hals.

Die Zuschauer beobachteten ganz still, wie Jasmin ihr Messer wieder einsteckte, sich die Hände an der Hose abwischte, vortrat und Erica in den Arm nahm.

»Meine Kleine«, flüsterte sie und hob sie vorsichtig hoch.

Das Mädchen war noch nicht tot, ihre Beine zitterten, und sie schaute Jasmin durch halb geschlossene Augenlider an. Das lange Haar klebte an ihrem blassen Gesicht.

»Kommt«, sagte Jasmin zu den anderen und trug Erica die Treppe hinauf zu Dante.

Sie zwang sich weiterzugehen und spürte, wie das warme Blut des Mädchens ihre Kleider nass machte. Das Publikum schwieg immer noch. Viele nahmen die Mütze ab. Als Jasmin an einer Reihe von Zuschauern vorbeiging, streckten sich Hände vor und berührten Ericas schlaffen Körper.

Dante kam aus der Kabine und folgte ihr zu der Tür, die in den älteren Teil des Badehauses führte. Sein Gesicht war versteinert, und ohne ein Wort schloss er mit Jets Schlüssel auf und ließ sie hinein.

Jasmin lief über den nassen Boden und spürte, wie das warme Wasser in ihre Schuhe eindrang. Das Herz schlug traurig in ihrer Brust. Hinter ihr gingen Marta und Pedro. Ihre Gesichter waren leer, als sie das warme Badehaus betraten. Pedro konnte kaum laufen, er stützte sich auf Marta und stöhnte jedes Mal, wenn er versuchte, das Gewicht auf das Bein mit dem Pfeil zu verlagern.

Es schien, als wäre ein kräftiger Wind geradewegs durch ihre Seelen gefahren und hätte sie hohl und verwüstet zurückgelassen.

Als Grossman die Tür mit Bogen und Köcher passiert hatte, machte Dante sie hinter ihm zu und schloss sie mit dem Schlüssel ab. In der Dunkelheit schimmerten die Wände vom Widerschein des Wassers.

Sie waren zurück in dem Teil des Badehauses, in dem sie einmal zum Tod erwacht waren.

Ericas Atem war kaum noch wahrzunehmen. Schaumiges Blut klebte in ihren Mundwinkeln. Martas Augen waren Abgründe, und ihr Gesicht war zu Stein geworden, als sie ihre Tochter entgegennahm.

»Danke«, flüsterte sie.

71

Erica lag auf einer Bank, und Marta kniete auf dem Boden neben ihr, flüsterte ihr etwas zu und küsste sie auf die Stirn, während Jasmin und Grossman die Pfeile aus Pedros Körper zogen. Er war verwirrt und wehrte sich, wurde schließlich aber ganz teilnahmslos und ließ sich die Wunden verbinden. Die Verletzung am Bein war so schwer, dass sie ausgebrannt werden musste, wenn er es schaffen wollte, aber es gab keine Möglichkeit, das hier zu tun.

Immer noch lief Blut von Jasmins Schulter über ihren Rücken. Es schmerzte, aber solange es sich nicht entzündete, bestand keine Gefahr.

Dante stand ein Stück entfernt ganz still da. Er schaute zu Erica hinüber. Sie atmete immer schwächer, während helles Blut aus ihrer Brust quoll.

Marta strich ihr sanft das Haar aus der Stirn, und Jasmin hörte sie Worte sagen, die davon handelten, dass alles gut werden würde.

»Ihr braucht nicht auf mich zu warten«, flüsterte Erica. »Ich bin jetzt groß, Mama.«

Marta erwiderte etwas, ihr Kinn begann zu zittern, und Tränen liefen ihr über die Wangen.

»Sie braucht Hilfe«, sagte Pedro verwirrt und stand unsicher auf.

Wasser rann an der Wand hinunter und lief plätschernd die Rinnen entlang. Das Licht brach sich auf der gekräuselten Wasseroberfläche. Gefäße knackten, wenn sie sich füllten und dann langsam nach vorn kippten, sodass sich das warme Wasser über den gefliesten Boden ergoss, von wo es den Gang entlangfloss und anschließend wieder in die Rinnen hinein.

Pedro war bei seiner Tochter angekommen und versuchte ihre zerrissene Bluse mit zittrigen Händen aufzuknöpfen.

»Wir müssen die Blutung stoppen, die kann gefährlich sein.«

»Pedro«, sagte Marta sanft.

»Man kann einen Druckverband anlegen«, erklärte er und schaute alle an, als wüsste er nicht mehr, wer sie waren.

Blut strömte aus der großen Wunde in seinem Bein und breitete sich wie eine dunkle Wolke in dem Wasser um ihn herum aus. Vorsichtig nahm er die kleine, schlaffe Hand seiner Tochter und versprach ihr, er wolle sie auf der Schaukel am Apfelbaum schaukeln, wenn es ihr wieder besser gehe.

Er verstummte, sackte zur Seite und stützte sich mit der Schulter an der Holzvertäfelung ab. Grossman eilte herbei und half ihm, sich auf eine Bank zu setzen.

Marta kniete immer noch auf dem nassen Boden vor ihrer Tochter.

»Ich liebe dich über alles, vergiss das nie«, weinte sie.

»Es tut gar nicht mehr weh«, lächelte Erica matt.

Marta presste sich die Hand auf den Mund und versuchte, ihr Schluchzen unter Kontrolle zu bekommen.

»Sei nicht traurig«, flüsterte Erica.

»Das bin ich nicht, wir sind zusammen, wir sind immer zusammen, Papa ist auch hier, wir sind alle zusammen.«

Erica lag mit halb offenen Augen da, ihr Blick war glasig, schläfrig. Dante ging zu Jasmin und verbarg sein Gesicht in ihrem Schoß.

»Ich will nicht«, flüsterte er.

»Ich weiß«, erwiderte sie.

Pedro stand wieder auf, stützte sich an der Wand ab, keuchte den Namen seiner Tochter, dann blieb er einfach nur da stehen.

Marta streichelte Erica die Wange und versuchte ihre Stimme hell und gütig klingen zu lassen.

»So ein tüchtiges Mädchen, so ein liebes Mädchen«, sagte sie. »Die liebste Tochter der Welt ...«

Erica strahlte, und dann war sie tot und lag nur noch still da. Marta sank in sich zusammen, sie hielt den Kopf ihrer Tochter in beiden Händen und weinte heiser.

Pedro ging langsam zu ihr, und Jasmin hörte ihn sagen, dass Erica doch noch atme, dass er sehe, wie sie atme.

»Ihr müsst ihr helfen«, sagte er schwach. »Ihr müsst einen Druckverband anlegen ...«

Er verstummte, wischte sich die Tränen von den Wangen und murmelte wieder, dass sie doch noch atme.

Jasmin schaute zu Erica. Sie lag da, zusammengerollt, in sich verschlossen und blass, im Schoß ihrer Mutter.

Blut war zwischen ihren Lippen hervorgesickert, die Wimpern warfen Schatten auf die Wangen.

Das Wasser verdunkelte sich, und was vorher gefunkelt hatte, wurde matt und grau. Marta wurde vom Weinen geschüttelt. Dante umklammerte Jasmin.

»Sie hat doch nichts getan«, sagte er. »Sie war immer nur lieb.«

Zwei Frauen kamen den Flur entlang. Sie gehörten zu der Zunft, die alle begleiteten, die im Badehaus ankamen. Jasmin hatte gehört, dass sie Hebammen genannt wurden, und sie konnte verstehen, warum.

Die beiden blieben vor Marta stehen und sprachen leise und ruhig mit ihr. Marta hörte zu, während Weinkrämpfe ihren Körper erschütterten, laute Schluchzer.

»Was sagen sie?«, fragte Pedro.

»Ich glaube, sie versprechen uns, sich um unser Mädchen zu kümmern.«

Marta nahm ihre Kette mit dem Goldkruzifix ab, hängte es Erica um den Hals und liebkoste ihre dünne Hand ein letztes Mal.

72

Das Wasser lag wie eine blasse Haut um ihre Füße, schwarze Schatten schaukelten sacht über die Wände. Die Frauen hüllten Ericas Körper in weiße Tücher und nahmen sie mit sich in die Dunkelheit. Als Marta Erica verschwinden sah, bereute sie es, sie versuchte die Frauen aufzuhalten, sie wollte noch einmal das Haar ihrer Tochter kämmen, aber Jasmin hielt sie zurück und flüsterte ihr zu, dass Erica bereits vollkommen sei.

»Aber das Haar lag nicht richtig«, weinte Marta und schaute Jasmin in die Augen.

»Sie war so schön. Du hast sie wirklich schön gemacht.«

»Natürlich war sie schön«, nickte Marta und wischte sich die Tränen von den Wangen.

Zu fünft gingen sie weiter in das Badehaus hinein. Jasmin wusste, dass sie nicht mehr viel Zeit hatten, um einen sicheren Platz zu finden, bevor Wu Wang und seine Männer kommen würden. Dante wollte nicht selbst gehen, und sie trug ihn auf ihrer rechten Hüfte. Er klammerte sich an sie und atmete warm gegen ihren Arm. Sie spürte die Trauer, die von seinem Körper ausging.

Sie liefen einen Flur mit Kabinen entlang, überquerten eine Wasserrinne und gelangten an ein Bassin mit tieferem Wasser.

Pedro keuchte bei jedem Schritt vor Schmerzen. Marta und Grossman stützten ihn auf beiden Seiten. Martas Gesicht erschien nach dem Weinen merkwürdig hilflos. Das Schluchzen, das immer noch wie in Wellen kam, ließ ihren Körper erzittern.

»Wo ist Erica?«, fragte Pedro, blieb abrupt stehen und schaute sich um. »Marta? Hat Erica den Bus genommen?«

Marta antwortete etwas auf Portugiesisch, und er nickte verwundert.

Sie wateten durch das knöcheltiefe Wasser des Bassins, bis ein Geländer sie zwang, auf die Seite zu gehen, eine schmale Treppe hinauf, um in den nächsten Korridor mit Kabinen zu kommen. Jasmin drehte sich um, schaute zurück und blieb dann stehen. Wenn er ihnen folgen wollte, musste Wang dieses Becken durchqueren.

Also mussten sie hinter dem gemauerten Sockel des Geländers warten und gleichzeitig einen Bogenschützen auf der anderen Seite haben.

»Ich glaube, wir finden keinen besseren Platz als den hier«, sagte sie und ließ Dante auf den Boden.

»Was meint ihr? Sollen wir hierbleiben?«, fragte Grossman.

»Ich kann sowieso nicht mehr viel weiter«, antwortete Pedro schwach. »Es ist noch zu früh am Morgen.«

»Wir bleiben«, sagte Marta und streichelte ihm die Wange.

»Danke«, nickte er.

»Weißt du, die Frauen haben versprochen, dafür zu sorgen, dass wir auf dem gleichen Schiff wie Erica landen, wenn wir heute noch sterben«, sagte Marta und lächelte ihn an.

Jasmin trat ein Stück zur Seite, um die beiden in Ruhe zu lassen, und dachte daran, wie groß doch bei allen die Angst vor dem Moment war, in dem sie auf den Schiffen verschwinden würden. Aber fast alle, die hierherkamen, gingen ohne Zögern an Bord.

Es gab nur noch zwei Möglichkeiten für sie selbst. Entweder sie wurde von Wang getötet, oder sie kehrte zusammen mit Dante ins Leben zurück.

Marta setzte sich vor Jasmin auf eine Bank, schaute auf die anderen, beugte sich dann vor und befeuchtete die Lippen.

»Entschuldige, ich habe das nicht so gemeint, was ich vorhin gesagt habe, ich habe einfach Panik gekriegt ... mein Gott, ich habe doch nicht gemeint, dass ...«

Sie verstummte, und ihr Gesichtsausdruck wurde verschlossen.

»Es wäre gut, wenn du die Wahrheit sagst«, sagte Jasmin.

»Lass sie doch in Ruhe«, seufzte Grossman.

»Mir ist schon klar, dass der Plan schiefgegangen ist«, fuhr Jasmin fort. »Aber wie sollte es denn ablaufen?«

»Entschuldige, es tut mir leid, bitte, entschuldige ...«

Marta verbarg ihr Gesicht in den Händen, bis Jasmin weitersprach.

»Du hast dich mit Jet zusammengetan, ihr wolltet versuchen, Dante und mich zu verkaufen, aber Jet hat dich verraten und uns alle zusammen verkauft.«

»Ja«, flüsterte Marta.

»Jetzt verstehe ich gar nichts mehr«, sagte Grossman. »Marta? Was redest du da?«

»Ich habe versucht, ein Visum für Erica zu kaufen«, gab sie mit ernüchtertem Blick zu.

»Von der Triade?«, fragte Grossman erstaunt.

»Es gibt keine Triade«, sagte Marta.

»Aber diese Mafia ist doch dabei, das Ganze hier zu übernehmen ...«

»Das hat nichts mit der Triade zu tun, denn es gibt keine Triade im Hafen, es hat sie nie gegeben«, fuhr Marta fort. »Die Mafia ist angeheuert worden vom Corpus Iuris, die gehört zu uns, zum Richter. Darum dreht sich doch alles hier, sich ein Visum ergaunern zu können, um ins Leben zurückkehren zu dürfen, eine neue Chance zu bekommen.«

»Ich verstehe«, flüsterte Jasmin, und ein Schauer lief ihr über den Rücken.

»Wolltest du ein Visum für Erica kaufen?«, fragte Pedro.

»Ich weiß, das war ein Fehler, ich weiß, das ist schrecklich«, erwiderte Marta. »Aber ich konnte nicht aufhören, daran zu denken, ich wollte doch nur, dass sie ins Leben zurückkehrt, dass sie erwachsen werden darf.«

»Dann ist also die Bande, die die Neuankömmlinge ermordet, vom Gericht angeheuert«, sagte Jasmin langsam.

»Ja«, flüsterte Marta.

»Ich kann es nicht glauben«, sagte Grossman.

»Antonia hatte recht«, berichtete Marta mit tonloser Stimme. »Es war … es hat eine Machtübernahme stattgefunden. Alles wird getarnt von der riesigen, unüberschaubaren Bürokratie, aber letztendlich ist es das Corpus iuris, das über die Hafenstadt herrscht.«

»Und du gehörst zum Corpus Iuris«, sagte Jasmin.

»Ja … ich gehöre dazu … Aber ich habe keine Macht … denn das ist ein riesiges hierarchisch gegliedertes Amt mit dem Richter an der Spitze und unter ihm die zweiundvierzig Beisitzer, die Chefjuristen, die besten Anwälte und so weiter … Die obersten Ebenen nehmen sich selbst die besten Visa … Das ist fast wie so ein Pyramidenspiel … und auch wenn ich nur ganz unten bin, so weiß ich, dass ich privilegiert bin – denn weil ich zum Corpus Iuris gehöre, kann ich dabei sein und mitbieten auf die Visa, die übrig sind.«

Jasmin seufzte, versuchte klar zu denken, konnte aber nicht die Tragweite dessen ermessen, was sie gerade erfahren hatte.

»Aber … das hier ist doch das berühmte Flussufer, an das alle gelangen«, sagte sie.

»Wenn man ein Visum tauschen kann, dann kann man es auch kaufen«, erwiderte Marta und rieb sich fest die Stirn. »Und wenn einige mehr Geld und mehr Macht als andere haben, dann gibt es keine Grenzen mehr.«

»Aber wir reden hier von Kindern, von Kindern, die weiterleben sollen«, sagte Jasmin.

»Marta?«, fragte Pedro dazwischen.

»Du müsstest mich doch eigentlich verstehen«, sagte Marta

und schaute Jasmin offen an. »Schließlich bist du deinem Sohn in den Tod gefolgt, um ihn zurückzuholen.«

»Ich konnte nicht anders.«

»Ich bewundere dich«, sagte sie leise.

Die Gerechtigkeit ist verschwunden, dachte Jasmin. Es gibt nichts mehr außer dem Kampf.

Sie musste für ihre und Dantes Existenz kämpfen.

Sie waren alle Betrüger.

Es war das Gericht, das die Mafia angeheuert hatte, es war das Gericht, das dafür sorgte, dass jeder Tausch über den Transportverwaltungsrat lief und dass alle Zivilklagen ungerechterweise abgewiesen wurden.

Sie redeten den Menschen ein, Angst vor der Triade haben zu müssen, und ließen sie in dem Glauben, das Gericht wäre zu ihrem eigenen Schutz da.

Jasmin senkte den Blick, fuhr mit den Fingern durch Dantes zerzaustes Haar. Bald war das Spiel vorbei, und dann würde sie sich ausruhen können – auf die eine oder andere Weise.

»Was machen wir jetzt?«, fragte Grossman. »Wu Wang wird niemals aufgeben. Er ruht nicht, bevor wir nicht alle tot sind.«

»Jasmin, wir haben gesehen, wie du Colette überwältigt hast«, sagte Marta mit glänzenden Augen. »Du wusstest genau, was du tust, sie hatte keine Chance. Du bist keine gewöhnliche Sekretärin.«

»Bevor ich mein Kind bekam, habe ich ein anderes Leben geführt«, antwortete Jasmin ruhig.

»Du glaubst also, dass du das hier gewinnen kannst?«, fragte Marta.

»Ich muss es«, sagte Jasmin und begegnete ihrem Blick.

»Dann werde ich dir mit all meiner Kraft helfen.«

»Ich auch«, sagte Pedro und wirkte unerwartet klar.

»Zu Befehl, General«, sagte Grossman und stand auf.

»Leutnant«, korrigierte Jasmin ihn.

Marta schaute sie mit großen Augen an, nickte und stand langsam auf. Alle schauten Jasmin an und warteten, dass sie das Kommando übernähme.

»Wir haben ein Messer, einen Bogen mit ... wie viele Pfeile sind noch da?«, fragte sie.

»Acht«, antwortete Grossman.

»Kannst du mit einem Bogen umgehen?«

»Nicht richtig.«

»Aber du weißt, wie man zielt?«

»Ja, aber inzwischen sehe ich nicht mehr so gut.«

»Ich habe mal Langbögen beim sportlichen Auftakt zu einer Konferenz ausprobiert«, sagte Marta.

»Und wie ist das gelaufen?«, fragte Jasmin.

»Ziemlich gut.«

»Könntest du auch auf einen Menschen schießen?«

»Ja«, kam die kurze Antwort.

73

Dante hielt Jasmins Bein umklammert, während sie Marta zu ihrer Position hinter dem Geländer an der Beckenseite begleitete.

»Vielleicht kommen sie in Zweiergruppen, oder sie haben sich in zwei Ligen aufgeteilt«, sagte Jasmin und zeigte dorthin, wo das Wasser tiefer war. »Aber wenn sie alle sieben zugleich kommen, musst du warten, bis sie ins Wasser gewatet sind, und dann schießt du auf den in der Mitte, sodass die Gruppe in zwei Teile gespalten wird.«

»Okay«, sagte Marta und schaute hinunter aufs Wasser.

»Aber du musst nah genug dran sein, du kannst dich hinter dem Geländersockel bewegen … Schieß aus zwei, maximal drei Metern Abstand … und mitten auf den Körper, immer mitten auf den Körper.«

»Ich werde nicht vorbeischießen«, erklärte Marta nur.

Sie schauten ins Wasser. Das schmale Becken unter ihnen lag ganz ruhig da. Die glatte Wasseroberfläche warf große Lichtreflexe gegen die Wände. Es war ein friedlicher Ort, geschaffen, damit die Schlafenden ohne Angst zum Tod erwachen konnten, aber bald würde das Wasser aufgewühlt werden und mit Blut vermischt.

»Versuch ein paarmal mit dem Bogen in der Hand hinter dem Geländer entlangzulaufen und dabei Pfeile herauszuholen«, schlug Jasmin Marta vor.

»Okay.«

»Ich muss noch mit Grossman reden, bevor sie hier sind.«

Als sie Marta verließ, sank diese in sich zusammen und

holte tief Luft, aber nach einer Weile richtete sie sich wieder auf. Ihr Blick war konzentriert und auf ihr Ziel gerichtet.

»Grossman, du und ich, wir werden Messer benutzen«, sagte Jasmin. »Du wartest in einer der Kabinen auf der anderen Seite des Bassins und hältst dich versteckt, bis sie an dir vorbei sind, sie dürfen dich auf keinen Fall entdecken.«

»Ich verstehe«, sagte er.

»Erst wenn einer von ihnen zurücklaufen will, dann kommst du hervor ... aber warte, bis derjenige versucht, aus dem Wasser zu kommen, dann hast du die größten Chancen.«

Grossman schaute sie unsicher an. Sein Bart war verfilzt von getrocknetem Blut, die Stirn voller Spritzer und die Kleider dreckig.

»Soll ich zustechen oder wie ...«

»Wir wissen, dass mehrere von ihnen mit Macheten bewaffnet sind ... deshalb musst du das Messer so halten, um eine längere Reichweite zu haben.« Sie zeigte es ihm.

»So?«, fragte er nach.

»Das nennt man den Hammergriff ... Sieh mir jetzt genau zu«, sagte Jasmin und versuchte den Stress zu unterdrücken, der sich in ihre Stimme schleichen wollte. »Halte die linke Hand vor, verdecke das Messer, weiche zurück, wenn sie sich dem Beckenrand nähern, warte, bis sie die Hände benutzen, um herauszuklettern ... dann machst du einen Schritt vor, zielst auf die Brustseite und stößt mit dem Messer zu.«

»Wei Liaozi hat gesagt, dass man den Feind attackieren soll, als wollte man einen Ertrinkenden retten«, sagte er mit feurigen Augen.

Es schien, als sehnte er sich nach dem Moment, in dem die Angst zu etwas anderem werden sollte, einem Teil des Unvermeidlichen.

Jasmin kannte diesen Blick nur zu gut. Alle, die jemals im Krieg gewesen waren, wussten, dass Recht und Unrecht die Plätze tauschten. Der Krieg radiert die dem Menschen innewohnende Moral und Anständigkeit aus. Alles, woran man geglaubt hat, wird durch eine Logik ohne jede Liebe ersetzt, die von diesem Ort hier stammen könnte, dachte sie.

Sie blieb eine Weile stehen und schaute Grossman zu, der die gezeigten Bewegungen mehrere Male übte. Er war kräftig und hatte eine große Reichweite. Wenn es ihm gelingt, die Situation richtig einzuschätzen, kann es klappen, dachte sie und stoppte ihn.

»Das sieht gut aus. Jetzt musst du Wache halten.«

»Es gibt doch wohl nur eine Tür aus dieser Richtung?«, fragte er.

»Ich weiß es nicht, aber ich denke schon.«

Grossman ging hinüber zu seiner Seite des Wasserbassins und positionierte sich mit Blick auf den dunklen Flur.

Mit ernstem Gesicht zog Marta einen Pfeil heraus, legte ihn an, zog, dass der Bogen knackte, und zielte auf das Becken.

»Worauf warten die?«, fragte sie ungeduldig. »Warum kommen sie nicht?«

»Sie werden früh genug hier sein«, sagte Jasmin ruhig.

Sie nahm Dante an der Hand und zog ihn mit sich durch die Tür zum Flur und weiter zu der Kabine, in der Pedro sich ausruhte. Sein Gesicht war ganz weiß, er sah aus, als würde er jeden Moment in Ohnmacht fallen.

»Was soll ich tun?«, fragte Dante.

»Du musst dich hier zusammen mit Pedro verstecken«, antwortete sie.

»Kann ich nicht bei dir bleiben?«

»Das geht im Augenblick nicht.«

»Okay.«

»Und du musst mucksmäuschenstill sein, bis ich dich hole«, sagte Jasmin. »Du weißt, richtige Piraten können sich ganz toll verstecken und leise sein.«

»Ich bin zu groß, um Pirat zu spielen«, erklärte er.

»Tatsächlich?«, fragte sie und sah ihn an.

»Ja.«

Er schaute sie mit dunklen Augen an.

»Was ist los?«, fragte Pedro schwach.

»Wir sind bald so weit«, antwortete Jasmin. »Du kümmerst dich um Dante.«

»Sollen wir uns einfach nur verstecken und ...«

»Warten«, unterbrach sie ihn, als sie einen Ruf hörte.

»Was ist das?«

Jasmin lauschte und schaute zu Grossman hin. Der stand ruhig da und starrte in den dunklen Gang.

»Vielleicht war das gar nichts«, sagte sie.

»Mama, ab wann soll ich still sein?«

»Bald«, sagte sie und wandte sich wieder Pedro zu.

»Die Tür zum Flur muss offen stehen«, erklärte sie. »Aber sobald Wang das Becken erreicht hat, schließt du sie laut und schiebst den Riegel vor ... Wang soll glauben, dass wir hier entlang geflohen sind, damit er weiter ins Wasser geht.«

»Ich kann nicht gehen«, sagte er mit einem kraftlosen Lächeln. »Ich glaube, ich habe mir den Fuß beim Wettkampf gebrochen.«

»Nein, du brauchst nur hier zu stehen ... und wenn du Wangs Männer dahinten siehst, auf der anderen Seite des Bassins, dann machst du nur so«, sagte sie und zeigte ihm, wie man die Tür schloss. »Du verriegelst die Tür und ziehst dich in die Kabine zurück.«

»Ich verriegle nur ...«

»Ja, wenn du sie siehst«, sagte sie. »Verstehst du, was du tun sollst?«

Pedro nickte und stützte sich mit der Hand auf die Lehne und versuchte von der Bank aufzustehen, aber sein verletztes Bein knickte unter ihm weg, und er fiel zu Boden, schlug mit dem Nacken gegen die Bank und stöhnte vor Schmerz. Jasmin half ihm wieder hoch und sagte, sie sollten sich nicht weiter um die Tür kümmern, das würde auch so gehen. Er zitterte am ganzen Leib, und sie sah, dass die Wunde am Schenkel wieder durch den Verband hindurch blutete.

»Ich versuche es noch einmal«, sagte er.

»Nein, die kann offen bleiben«, entschied sie. »Ihr müsst nur zusehen, dass ihr euch unter der Bank versteckt, sobald sie hier sind.«

»Ich kann die Tür schließen«, sagte Dante.

»Nein, ich will, dass du dich versteckst«, widersprach sie ernst. »Die dürfen dich auf keinen Fall sehen – ist das klar?«

74

Alle hatten ihre Positionen eingenommen. Grossman stand auf der anderen Seite des dunklen Wassers und bewachte den Flur. Jasmin duckte sich auf einem Bein kniend hinter das Geländer, direkt am Becken. Marta hatte sich ein Stück entfernt mit dem Bogen versteckt. Es war vollkommen still.

Plötzlich wurde Jasmin bewusst, in welche Gefahr Ting geriet, sollte er Wu Wangs Akte dem Richter zeigen. Sie gehörten ja zur selben Familie. Der Junge, der sich selbst Timo genannt hatte, hatte bewusst genau dieses Dokument vor dem Feuer gerettet, diese eine Akte unter Milliarden, da sie den großen Betrug im Hafen bewies.

Wu Wangs Akte konnte ihr nicht helfen. Das begriff sie jetzt. Der Richter würde sie niemals als Beweis zulassen. Aber der Inhalt deutete darauf hin, dass die Stadt seit Hunderten von Jahren von der gleichen Familie regiert wurde. Die Macht war gestohlen und vererbt. Das Gericht wurde nicht von den besten und gerechtesten Juristen geleitet, sondern immer wieder von den gleichen Personen, die ein ums andere Mal wiederkamen.

Es war eine Art teuflische Reinkarnation. Wu Wang und seine wachsende Familie hatten sich fast unsterblich gemacht, indem sie diese Machtposition aufrechterhielten.

In aller Stille hatten sie ein Schlupfloch in einem bürokratischen Spinnennetz aus Verordnungen, Praktiken, Gesetzesregeln und Doktrinen geschaffen. Jede Ebene des Corpus Iuris hoffte auf ein Stückchen von dem gestohlenen Kuchen.

Bis auf das leise Gluckern des Wassers war es still. Marta strich sich das Haar aus dem Gesicht, und Grossman wischte sich die Hand an der Hose ab, bevor er das Messer wieder packte.

Wang und seine Männer mussten bald kommen.

Die Wasserspiegelung bewegte sich langsam über die Decke.

Marta schloss die Augen und schüttelte den Kopf.

Die Stille wurde gebrochen, als Grossman in den Flur zeigte, zurückwich, zu Jasmin hinüberschaute und dann in einer der Kabinen verschwand.

Zuerst geschah gar nichts, doch dann wurde der Flur grau, und ein weißes Licht blinkte auf. Flackernde Lichtstrahlen mehrerer Taschenlampen näherten sich.

Ein Gefühl der Panik lief durch Jasmins Körper, die Angst, eingesperrt zu sein, ein kurzer Wunsch, aus dieser Situation fliehen zu können.

Aber sie wusste, dass es keinen anderen Ausweg gab.

Ihr Puls war ruhig und ihre Aufmerksamkeit eisig scharf.

Drei Männer waren auf dem Weg zu ihnen.

Plötzlich sah sie, wie Dante sein Versteck verließ, sein Gesicht war kurz in der Türöffnung zu sehen.

Er sucht nach mir, dachte sie.

Was hat er vor? Er soll doch unter der Bank in der Kabine liegen, er muss sich verstecken.

Sie sah keinen anderen Ausweg, sie musste zu ihm laufen. Doch gerade als sie aufstehen wollte, verschwand sein Gesicht wieder in der Dunkelheit.

Die Männer mit den Taschenlampen traten aus dem Flur heraus. Es waren drei der Ingenieure. Eine geschliffene Machete blitzte auf.

Dante war nicht mehr zu sehen.

Neben dem Becken konnte sie sehen, wie Marta vorsichtig einen Pfeil aus dem Köcher zog.

Einer der Ingenieure leuchtete auf die Türen, hinter denen

Grossman sich versteckt hatte. Sie redeten untereinander, blieben stehen und lauschten. Jetzt sah sie, dass alle drei Macheten trugen. Vorsichtig gingen sie weiter bis zum Beckenrand, dann blieben sie wieder stehen. Sie leuchteten über das tiefere Wasser. Einer von ihnen schlug vor, sie sollten umkehren.

Die Tür von Dante und Pedro schlug zu. Die Ingenieure leuchteten quer über das Wasser, und Jasmin hörte, wie sie alle durcheinanderredeten. Der Riegel fiel hörbar ins Schloss, und die drei kletterten ins Wasser und wateten auf Jasmins Seite zu.

Durch ihre Bewegungen schwappten Wellen gegen den Beckenrand.

Einer von ihnen rief auf Englisch, sie würden Jasmin vergewaltigen, seine Stimme hallte an den Wänden wider.

Marta schloss die Augen, ihre Lippen bewegten sich wie in einem Gebet.

Jasmin tauchte die Schneide ihres japanischen Messers ins Wasser.

Sie wateten zügig weiter und leuchteten direkt auf die verschlossene Tür. Keiner von ihnen hatte Marta bemerkt. Sie war inzwischen aufgestanden und zielte auf den Ingenieur in der Mitte; lautlos schob sie sich am Beckengeländer entlang.

Jasmin hörte, wie die Sehne sang, als der Bogen weiter gespannt wurde, bevor Marta den Pfeil losschickte.

Der Ingenieur war nur zweieinhalb Meter entfernt, und der Pfeil traf ihn im Nacken zwischen zwei Wirbeln. Es klang, als wäre er in einen Lederball eingedrungen. Der Mann machte noch zwei Schritte, dann fiel er vornüber.

Die anderen beiden schrien sich gegenseitig etwas zu, Wasser spritzte um sie herum auf, schwappte und schlug die Treppenstufe neben Jasmin hoch.

Sie konnte erkennen, dass Martas Gesicht starr war, aber ihre Hände zitterten, als sie den nächsten Pfeil einlegte.

Er glitt von der Sehne und verfehlte sein Ziel.

Eine Taschenlampe fiel ins Becken, und das blutige Wasser wurde für ein paar Sekunden erleuchtet, bevor sie erlosch.

Der erste Ingenieur kam geduckt die Treppe herauf. Jasmin zog sich ein wenig zurück und wartete. Er atmete angestrengt, das Wasser spritzte um ihn herum. Ich will nicht noch mehr Tod um mich haben, dachte sie, wusste aber, dass alles in ihr schon bereit war. Ihre freie Hand war auf dem Weg nach oben. Sein Schatten huschte über die nassen Treppenstufen. Jasmin stand lautlos auf, drehte die Schneide nach oben, sah den Schein flackern und trat einen Schritt vor.

Das Licht der Taschenlampe überraschte sie. Es blendete sie wie ein Blitz im Auge, dennoch ging sie weiter vor. Kurz konnte sie die erhobene Machete ausmachen. Sie sah aus wie eine blaue Neonröhre. Er hatte sie gesehen und wollte von oben auf sie einstechen. Ihre linke Hand fuhr weiter hoch, und es brannte in der Schulterwunde. Sie packte die Jacke des Ingenieurs am Ellenbogen, hielt ihn auf Abstand, drehte ihren Oberkörper und rammte ihm das japanische Messer in die Seite, hoch in seine linke Niere. Sein Atem erreichte sie in einem Schwall. Augenblicklich verlor er alle Kraft im Arm, und die Bewegung erstarrte. Jasmin wich zurück und stieß das Messer ein zweites und drittes Mal in dieselbe Stelle. Blut spritzte auf ihre Hand. Sie drehte ihn um, entriss ihm die Machete und trat ihn zurück ins Becken.

Das Wasser spritzte zu beiden Seiten seines Körpers hoch.

Jasmin wich zurück und sah, dass Marta dem dritten Ingenieur in den Rücken geschossen hatte. Er watete zurück zum Beckenrand, die Machete in der Hand. Der Pfeil, der in seinem rechten Schulterblatt steckte, wippte bei jedem Schritt. Grossman zögerte, kam dann aber aus seiner Kabine heraus, das Messer am Körper verborgen. Er blieb stehen und starrte den Ingenieur mit glühenden Augen an. Marta schoss erneut, und das blutige Hemd des Ingenieurs klatschte gegen die Haut, als der Pfeil nur zehn Zentimeter unter dem ersten traf.

Der Mann schwankte und wollte den Rand hochklettern, als Grossman keuchend herbeistürzte und ihm das Messer in die Brust stieß. Als hätte er sich verbrannt, ließ Grossman das Messer los, kippte nach hinten und schlug mit dem Kopf auf den Boden, schaute mit verwirrtem Blick und zerzaustem Haar auf. Der Ingenieur erhob sich brüllend aus dem Wasser. Blut lief ihm über das nasse Hemd den Rücken hinunter. Marta hatte einen weiteren Pfeil eingelegt. Das Wasser tropfte um den Ingenieur herum, und das Blut floss vom Messer in seiner Brust, als er mit der Machete in der Hand aufstand. Grossman war über den gefliesten Boden zurückgerutscht, stützte sich ab und kam wieder auf die Beine. Marta schoss, doch der Pfeil verfehlte sein Ziel und verschwand in der Dunkelheit. Der Ingenieur hustete Blut, als er stöhnend Grossman verfolgte, dann hob er die Machete und hieb fest zu. Grossman warf den Kopf zurück, und die Klinge verfehlte nur um wenige Zentimeter sein Gesicht. Er beugte sich vor, zog das Messer aus dem Brustkorb des Ingenieurs und stach erneut zu. Die beiden Männer fielen zusammen zu Boden. Jasmin sah, wie der eine Pfeil im Rücken des Ingenieurs abbrach und der andere durch seinen Körper hindurch bis neben Grossmans Leib gedrückt wurde.

Jasmin konnte nur kurz denken, dass der Kampf für dieses Mal vorbei war, als sie einen der Holländer im Flur hinter Grossman entdeckte. Die kräftigen Schultern und der rasierte Kopf zeichneten sich an der Wand ab. Er stand ein paar Sekunden lang still, dann machte er einen Schritt nach hinten und wurde wieder von den Schatten geschluckt.

75

Sie waren entdeckt worden und mussten ein neues Versteck finden. Das Wasser war immer noch aufgewühlt vom Kampf, blutiger Schaum schlug gegen die weißen Kacheln an den Wänden. Marta stand mit dem Bogen in der Hand da und starrte auf das Becken. Ihr Blick war abwesend, in Gedanken war sie immer noch beschäftigt mit dem Töten, mit der rohen Energie, die es in ihrer Seele freigesetzt hatte.

Jasmin hob die Machete vom Boden auf, ging zu der verschlossenen Tür, schob die lange Klinge in den Spalt und hob den Riegel an.

»Dante?«

Er kroch hervor, stand auf und kam zu ihr.

»Ich habe die Tür zugemacht«, sagte er.

»Du hättest tun sollen, was ich dir gesagt habe«, erwiderte Jasmin.

»Tut mir leid«, murmelte er und senkte den Blick.

Sie hob ihn hoch, drückte ihn fest an sich und kämpfte gegen den Impuls, ihn zu loben, ihm zu erzählen, dass es sein Verdienst war, dass sie den Kampf gewonnen hatten. Denn solange sie sich auf dem Playground befanden, musste er tun, was sie ihm sagte.

Pedro erhob sich mühsam und setzte sich auf die Bank. Er hustete leise und schaute Jasmin in die Augen.

»Marta lebt«, sagte sie.

Er nickte, lehnte den Kopf gegen die Wand und schloss die Augen. Grossman kam herein, mit der Machete des Ingenieurs in der Hand. Er war außer Atem und strich sich Wasser aus dem Bart. Jasmin versteckte ihr Gesicht in Dantes Nacken und sog seinen Duft und seine Wärme ein.

Mit verschlossener Miene und zusammengekniffenem Mund lief Marta herum und sammelte die Pfeile ein, die nicht zerbrochen waren, spülte das Blut ab, richtete die Befiederung und ließ die Pfeile in den Köcher rutschen.

»Wir müssen weg«, sagte Jasmin.

»Wohin?«, fragte Marta.

»Ich weiß nicht, wohin, aber wir müssen einen neuen Platz finden. Sie werden bald hier sein, da bin ich mir sicher.«

Grossman legte die Machete hin und half Pedro aufzustehen. Marta stützte ihn von der anderen Seite. Pedro wiederholte mit hohler Stimme, dass es ihm gut gehe, dass er sich jetzt schon viel besser fühle.

»Folgt mir«, sagte Jasmin und ging auf den Flur, Dante auf dem Arm.

»Wir haben drei getötet«, berichtete Marta Pedro.

»Es sind nur noch vier übrig«, sagte Grossman.

Jasmin dachte, dass es nun etwas ausgeglichener war. Es war ihnen gelungen, Wu Wangs Männer zu erschrecken. Das war gut, das war nötig, auch wenn es dazu führte, dass sie in Zukunft aufmerksamer auf Hinterhalte achten würden. Diese neue Bereitschaft zwang Jasmin umzudenken, die Strategie zu verändern. Aber der Vorteil an der Vorsicht des Feindes war, dass er dadurch auch langsamer wurde. Was wiederum ihnen zusätzliche Zeit verschaffte.

»Ich kann allein gehen«, sagte Dante.

»Danke«, sagte Jasmin und ließ ihn hinunter.

Ihr war klar, dass sie ihn verletzt hatte. Er lief neben ihr, wollte sie aber nicht bei der Hand halten.

Die Türen zu den Kabinen waren geschlossen. Eine Wasserrinne lief an der linken Wand entlang.

Sie kamen an schmalen Seitenfluren mit dünnen Bretterwänden vorbei. Pedro hustete leise und keuchte vor Anstrengung. Sein Gesicht war blassgelb und schweißbedeckt. Sein Bein musste schrecklich wehtun. Marta sprach ruhig auf Portugiesisch zu ihm.

Ein Donner war tief in der Erde zu hören und auf den mit Wasser gefüllten Behältern bildeten sich Kreise.

Die Spiegelungen des nassen Bodens schaukelten wie ein dunkles Schachbrettmuster an der Decke. Plötzlich weckte etwas Jasmins Wachsamkeit. Sie ging etwas langsamer und horchte in die Gänge hinein. Ein Flüstern war zu hören. Sie blieb stehen und packte Dante an der Schulter.

Eine der Türen direkt vor ihnen schloss sich ein wenig.

Weiter hinten im Flur war eine Bewegung im Dunkel zu erahnen. Da war jemand, ein Mensch, der sich duckte und zurückzog. Jasmin schob Dante hinter sich. Jetzt war ganz in der Nähe ein heiseres Flüstern zu hören. Sie blinzelte, um besser sehen zu können, und zog schweigend das Messer. Die Tür vor ihr schien zu vibrieren. Jasmin zog sich vorsichtig zurück, als die Tür mit einem Knall aufgeschlagen wurde. Dante schrie auf und wäre fast hintenübergefallen.

Jasmin steckte das Messer wieder ein. Marta tastete nach dem Bogen, kam aber schnell wieder zur Ruhe.

Es war eine alte Frau, die vor ihnen stand. Sie war nackt und sah verängstigt und verwirrt aus. Ihre Arme waren ganz dünn, und beide Brüste waren wegoperiert.

»Wo ist Doreen?«, fragte sie leise auf Dänisch.

»Ich weiß nicht«, antwortete Jasmin.

»Sie ist weggegangen, um eine Vase für die Blumen zu holen«, murmelte die Frau. »Und jetzt …«

»Geht weiter«, sagte Jasmin zu den anderen.

»Und jetzt sind meine Kleider weg …«

»Ich helfe Ihnen«, sagte Jasmin und führte die Frau zurück in die Kabine. »Hier liegt Kleidung, und da ist Seife, wenn Sie sich waschen wollen.«

»Ich glaube, ich muss mich erst noch ein bisschen ausruhen«, sagte die Frau mit schwacher Stimme.

Dante wartete auf Jasmin und griff nach ihrer Hand, als sie herauskam. Die anderen waren bereits auf dem Weg weiter ins Badehaus hinein.

Auch wenn Wang und seine Männer sich mit großer Vorsicht vorwärtsbewegten, würden sie Jasmin und ihre Gruppe irgendwann einholen. Und hatten sie erst einmal Witterung aufgenommen, mussten Jasmin und die anderen fliehen, und wären sie dann auf der Flucht, wurde aus dem Kampf gegen den Feind eine Jagd auf sie selbst.

Sie wusste, eigentlich sollten sie stehen bleiben und sich vorbereiten, aber es gab kein geeignetes Terrain, nur Flure mit Kabinen und offene Plätze mit flachen Bassins.

Die beste Alternative wäre, sich hinter dem nächsten Wasserbecken in zwei Kabinen zu verstecken. Normalerweise wäre so etwas ein strategischer Fehler, aber da der Feind vermutlich einen Hinterhalt erwartete, konnte es funktionieren, dachte sie. Wu Wangs Männer würden sehr vorsichtig sein, wenn sie das Becken durchqueren, aber wenn sie auf der anderen Seite angekommen wären, fühlten sie sich vermutlich sicherer.

Sie ging an einer offenen Kabine vorbei, in der ein sehr übergewichtiger Mann stand und, kopfschüttelnd wegen der ganzen Situation, vor sich hin schmunzelte.

Entfernte Rufe waren hinter ihnen zu hören, und Jasmin versuchte ihre Gruppe dazu zu bringen, schneller zu gehen. Es ist noch zu früh, dachte sie. Eigentlich sollten sie uns noch nicht eingeholt haben. Pedros Bein blutete wieder stärker. Der Flur mündete in einen großen Raum mit einem breiten Becken. Ein Stück weiter watete ein nackter Mann durch das Wasser. Er war groß und schlank und bewegte sich mit einer verhaltenen Schläfrigkeit im Körper.

»Wir gehen in der Kabine auf der anderen Seite in Deckung«, sagte Jasmin und stieg hinunter ins Becken.

Alle folgten ihr, und mit großen Schritten wateten sie durch das knietiefe Wasser.

Jasmin hielt Dante dicht neben sich, warf einen Blick zurück und zuckte zusammen. Sie hatte eine flimmernde Bewegung in der Dunkelheit gesehen.

Was nur bedeuten konnte, dass jemand den Flur entlang auf sie zulief.

»Sie kommen«, sagte sie laut und zog Dante mit sich.

»Hinter uns«, rief Grossman.

76

Sie kämpften sich mühsam durch das Wasser. Wellen schwappten zwischen ihnen vor und zurück. Die beiden holländischen Brüder liefen nebeneinander durch das Dunkel. Mit jeder Sekunde kamen sie näher.

Aber warum fürchteten sie sich nicht? Da stimmte etwas nicht, schließlich waren sie an dem blutigen Becken vorbeigelaufen, sie hatten doch gesehen, was mit den Ingenieuren passiert war.

»Marta, du musst mit dem Bogen auf die andere Seite«, rief Jasmin.

»Ich helfe Pedro«, keuchte Grossman neben ihr.

Marta ließ ihren Mann los. Er stöhnte auf, aber Grossman hielt ihn aufrecht. Das Wasser wogte um sie herum. Marta beugte sich vor und lief los.

»Kommt schon«, rief Jasmin und rannte zusammen mit Dante durch die Wellen.

Jemand schrie hinter ihnen. Marta war als Erste auf der anderen Seite und kletterte auf den Rand. Die Wellen schlugen ihnen entgegen. Wangs Männer würden gleich am Bassin angekommen sein. Marta kniete sich hin und zog einen Pfeil heraus. Wasser spritzte Jasmin ins Gesicht. Sie sah, wie Marta sich mit gespanntem Bogen erhob. Jasmin ließ die Machete ins Wasser fallen und hob Dante auf den Beckenrand, als ein ohrenbetäubender Knall zu hören war.

Sie spürte warme Spritzer seitlich am Rücken.

Es wurde still, aber sie sah, dass Marta schrie. Sie schrie, aber Jasmin hörte nur ein schwaches Rauschen, wie das des

Windes, wenn er durch eine Birke fährt. Sie zog sich aus dem Becken hoch und sah, dass Pedro in den Rücken geschossen worden war.

Jetzt ist es vorbei, dachte sie. Es gibt kein Entkommen mehr.

Eine Schrotladung war mitten durch seinen Leib gedrungen. Trotzdem machte er einen Schritt nach vorn. Das Wasser um ihn herum war rot.

Grossman brach gemeinsam mit Pedro zusammen und verschwand unter der Wasseroberfläche. Jasmin zog Dante hinter den niedrigen Beckenrand. Marta bog sich zur Seite und griff nach einem Pfeil. Ein weiterer Schuss wurde abgefeuert und traf die niedrige Mauer vor ihr. Marta fiel nach hinten und verlor den Bogen.

Kachelsplitter und Mörtel regneten auf Jasmin herab. Grossman kam schnaufend aus dem Wasser hoch.

Plötzlich war der Flur voll mit Menschen, die dem Wettkampf folgten. Das Publikum strömte herbei, zeigte und rief. Alle wollten sehen, was geschah. Jasmin schrie Marta zu, sie solle in Deckung gehen, und zog Dante mit sich über den Boden, hin zu der Tür zum nächsten Flur.

Sie war sich ganz sicher, dass es sich bei der abgefeuerten Waffe um eine Benelli M4 gehandelt hatte, eine gasgetriebene Schrotflinte, die Einsatzkräfte überall auf der Welt benutzten.

»Weiter nach vorn!«, brüllte sie und drehte sich um.

Sie wollte nicht, dass Dante ihr Gesicht sah, die Einsicht, dass es zu Ende war, dass sie verloren hatten.

Ein greller Ton begann in ihren Ohren zu klingen.

Die erste Reihe des Publikums folgte dem Niederländer, der mit der Schrotflinte geradewegs in das tiefere Wasser gegangen war. Er zielte auf Jasmin, und als das Mündungsfeuer aufblitzte, warf diese sich zusammen mit Dante zu Boden. Die Schrotkugeln schlugen in die Tür hinter ihnen ein. Zerborstene Bretter und Holzsplitter fielen auf sie herab. Jasmin hörte das Echo zwischen den Wänden und die aufgeregten Rufe des Publikums.

Die Tür löste sich aus dem kaputten Rahmen und fiel zu Boden. Sie zog Dante mit sich, verletzte sich an hervorstehenden Splittern und lief in den Flur.

Das Publikum drängte ins Becken hinein, alle wollten zur gleichen Zeit dorthin. Marta und Grossman waren nur noch durch die Reste der Tür von den Zuschauern getrennt.

Dante hustete und wollte stehen bleiben. Jasmin zog ihn mit sich bis zur nächsten Tür, sah, dass diese auf einen neuen Flur führte, und schaute zurück. Grossman lief zusammen mit Marta, dicht gefolgt von den tobenden Zuschauern.

»Los, schnell!«, rief Jasmin, obwohl sie eigentlich nicht mehr an den Sinn der Flucht glaubte.

Es war eng und chaotisch auf dem Flur. Menschen boxten sich gegenseitig und fielen in der Dunkelheit hin, sie stolperten in die Kabinen hinein oder liefen weiter nach vorn. Der Holländer mit dem Gewehr schrie die Zuschauer an, sie sollten Platz machen. Er kam nicht mehr durch. Der Flur war überfüllt. Jasmin sah in dem Gedränge eine schwedische Flagge. Eine Flasche Baijiu zerbrach auf dem Boden.

Grossman und Marta kamen durch die Tür, und Jasmin schlug sie hinter ihnen zu, schob den kräftigen Riegel vor und lief dann weiter.

Dante hustete und spuckte im Laufen auf den Boden. Marta starrte blicklos vor sich hin.

Das hier konnte nicht mehr lange so weitergehen.

Die anderen hatten Schusswaffen, das war der Grund, warum sie keine Angst hatten.

Der Kampf war zu Ende.

Sie waren chancenlos, sie mussten nach einer Möglichkeit suchen, sich zu ergeben.

»Bist du verletzt?«, fragte Grossman.

Er legte Jasmin eine schwere Hand auf den Arm, aber sie

zog sich von ihm zurück, sie mochte ihn nicht ansehen, Tränen stiegen ihr in die Augen.

»Es ist vorbei«, murmelte sie, während sie weiterging.

»Sag, was wir tun sollen«, forderte er sie auf.

»Ich weiß es nicht, ich weiß gar nichts mehr.«

»Leutnant?«

»Hör auf, ich kann euch nicht helfen«, weinte sie. »Kapiert ihr das nicht? Alle sterben, alle sterben, Erica und ... Gott, ich kann nicht mehr, ich will nicht ...«

Jasmin ließ sich an einer Wand niedersinken, hielt die Hände vors Gesicht und weinte laut. Sie hatte keine Kraft mehr. Es gab nur noch bodenloses Weinen in ihr. Etwas in ihr war zerbrochen, es war wie in der Zeit nach dem Kosovo, als sie zugelassen hatte, dass sie in einem Nebel verschwand, und alle Hoffnung hatte fahren lassen.

Sie spürte Dantes Hände, wie er versuchte, ihren Kopf zu streicheln. Sie dachte, wenn sie jetzt hierbliebe, dann würden sie sie garantiert töten. Vielleicht würde das Wang genügen? Eigentlich wusste sie, dass dem nicht so war, aber es gab keine andere Möglichkeit. Es war an der Zeit, aufzugeben.

»Mama?«

»Wir können es schaffen, wenn wir uns verstecken«, sagte Grossman.

»Dann tut es«, schrie Jasmin. »Versteckt euch! Ich will gar nicht wissen, wo.«

Es hämmerte an die Tür hinter ihnen, und Grossman kniete sich hin und versuchte ihr aufzuhelfen.

»Ich weiß, es gibt keine Regeln«, sagte er und sah ihr in die Augen. »Aber Schusswaffen ... Schusswaffen sind verboten. Das darf nicht sein. Oder? So darf es nicht ablaufen. Was hat der Playground dann noch für einen Sinn?«

»Mama, was machen wir jetzt?«, fragte Dante verzweifelt.

»Geh mit Grossman, ich komme nach«, log sie.

»Ich glaube nicht, dass der Richter noch für Wu Wang eintreten kann, wenn er erfährt, was hier passiert«, sagte Grossman. »Schusswaffen sind in der Hafenstadt nicht zugelassen, sie sind für normale Menschen verboten.«

Wieder hämmerte es an die Tür, und der Riegel knackte unter dem Druck der Volksmenge. Dante zerrte an Jasmins Händen, aber sie war nicht in der Lage aufzustehen.

»Wir können das gegen Wu Wang verwenden«, fuhr Grossman fort. »Wenn wir auf den Marktplatz gehen und dem Volk die Wahrheit berichten.«

»Das wird nicht funktionieren«, stöhnte Jasmin.

»Er wird uns anhören müssen, wenn es ein Publikum gibt.«

»Aber er kann einfach so tun, als glaubte er uns nicht«, sagte sie und hob den Kopf.

»Wir haben Zeugen, er muss eingehen auf das, was wir sagen ... sonst bleiben wir einfach da, dann kann das Publikum es selbst sehen, wenn Wang und seine Männer kommen.«

»Leutnant«, sagte Dante.

»Ja«, erwiderte Jasmin überrascht.

Er zerrte wieder an ihr, und sie konnte nicht anders, sie musste aufstehen und ihm in die Augen sehen.

»Okay«, flüsterte sie.

Sie gingen den Flur weiter entlang, und Jasmin wischte sich die Tränen von den Wangen. Grossman führte Marta mit sich. Verwirrte Gesichter schauten sie aus den dunklen Kabinen an, in denen die soeben Gestorbenen erwachten. Sie huschten wie Schatten vorbei, kletterten über eine Türschwelle und näherten sich einer Tür am Ende des Flurs.

»Wie kommen wir von hier zum Marktplatz?«, fragte Jasmin und nahm Dante auf den Arm. »Gehen wir überhaupt in die richtige Richtung?«

»Wir folgen einfach dem Wasser«, sagte Grossman. »Hast du die Rinnen gesehen, die von den Seiten herkommen?«

»Die gibt es doch überall«, entgegnete sie, eilte aber trotzdem weiter.

»Dieser Ort hier wird ›die Wasserquellen‹ genannt ... aber eigentlich ist es nur eine einzige Quelle, die ein Becken nach dem anderen füllt ...«

Hinter ihnen knallte es, als die Tür zerschossen wurde. Dante schrie in ihrem Arm auf. Jasmin lief mit ihm zur nächsten Tür. Es knallte noch einmal, dann hörten sie die Rufe des Publikums. Grossman war an der Tür angekommen und zerrte an der Klinke, sie hatte sich verkeilt. Menschen stürmten auf den Flur hinter ihnen. Jasmin ließ Dante auf den Boden nieder, rüttelte an der Klinke, ging einen Schritt zurück und trat zu, aber die Tür bewegte sich nicht.

»Mama«, rief Dante. »Sie kommen.«

77

Schreie und betrunkenes Gegröle wurden immer lauter, wie eine sich aufbauende Welle. Grossman zerrte an der Klinke. Das Publikum rannte durch den Flur auf sie zu. Die beiden Holländer waren mitten zwischen den Zuschauern. Grossman packte die Klinke mit beiden Händen und riss sie mit aller Kraft nach oben. Die Klinke löste sich von der Tür, und Grossman fiel nach hinten. Riegel und Schlossteile fielen scheppernd zu Boden. Jasmin schlüpfte mit Dante durch die Tür und bemerkte zugleich, dass Marta mit abwesendem Gesichtsausdruck dastand.

»Marta?«

Sie reagierte nicht. Grossman zog sie mit sich durch die Tür. Sie liefen an Reihen von Kabinen vorbei, sprangen über ein Becken und kamen an einem schmalen Gang vorbei.

»Wartet mal«, sagte Jasmin. »Da ist eine Wasserrinne.«

Sie bogen in den schmalen Seitengang ein. Er wurde ausgefüllt von einer Wasser führenden Rinne, und sie mussten hintereinander in der Dunkelheit weiterlaufen. Grossman und Marta gingen als Erste. Das Wasser spritzte ihnen um die Beine. Dante lief vor Jasmin, fiel dabei hin und schlug aufs Knie. Sie zog ihn auf die Füße, und er lief wieder los.

»Wir kommen nicht weiter«, keuchte Grossman.

Jasmin drängte zu ihm nach vorn. Marta atmete schwer und setzte sich dort hin, wo sie gerade stand. Der Gang führte sie an den Rand eines länglichen Bassins, eine Art Reservoir für hereinströmendes Wasser. Nur ein leises Glucksen war zu hören, wenn das Wasser überlief, in die Abflussrinne.

»Es muss unter der Oberfläche einen Zulauf geben«, sagte Grossman.

»Ich kann tauchen«, sagte Jasmin, »ich checke mal, ob …«

Sie verstummte, als die ersten Zuschauer zwanzig Meter entfernt den Flur entlangliefen, von dem ihrer abzweigte. Immer wieder fielen Schatten in die schmale Öffnung, während die Menschen vorbeieilten.

»Sie werden uns bald finden«, sagte Grossman.

»Wir verstecken uns im Becken«, sagte Jasmin.

Sie hob Dante über den Rand und glitt zusammen mit ihm in das warme Wasser. Grossman half Marta. Apathisch leistete sie schwachen Widerstand, folgte ihnen aber trotzdem. Die schwarze Wasseroberfläche kräuselte sich zu den Rändern hin. Das Reservoir war so tief, dass Jasmin keinen Boden unter den Füßen fand. Dante konnte gut schwimmen, aber jetzt klammerte er sich an sie. Ihre Kleider sogen sich mit Wasser voll. Durch den Überlauf zur Rinne konnte sie den schmalen Gang bis zum Flur hin in voller Länge überschauen. Dort hasteten Zuschauer vorbei, das Echo ihrer Stimmen drang bis zu Jasmin. Jemand rief etwas auf Spanisch. Eine Frau schaute zu ihnen herein, bekam einen Stoß in den Rücken und stolperte in die Wasserrinne. Sie fing sich mit den Händen ab, stand auf und verschwand.

Jasmin spürte die stete treibende Strömung an ihren Beinen. Sie kam von der Innenwand her. Es musste dort einen Zulauf geben, dachte sie.

Die vier hingen am Beckenrand, während die Flut der Zuschauer, die an der Tunnelmündung vorbeirauschte, langsam abebbte. Grossman berichtete mit leiser Stimme, dass die ursprüngliche Quelle aus dem Berg nahe am Marktplatz stamme. Dort waren die ersten Toten angekommen, lange bevor es einen Platz dort gegeben hatte. Und dort hatte man das erste Badehaus gebaut, als die Menschen begannen, in der Hafenstadt zu bleiben und hier zu warten.

Er meinte, es sei möglich, zu den ältesten Teilen am Marktplatz vorzudringen, indem man dem Wasser stromaufwärts folgte.

Das könnte klappen, dachte Jasmin. Es war doch noch nicht vorbei, Grossman hatte vielleicht recht, wenn er meinte, dass es eine Möglichkeit gab, Wang zu stoppen. Es musste ihnen gelingen, zum Richter vorzudringen und vor dem versammelten Publikum von den Schrotflinten zu berichten.

Es waren viele gewesen, die gesehen hatten, wie der Holländer Pedro erschossen hatte. Sie können das zu unserem Vorteil bezeugen, dachte Jasmin, sie können uns unterstützen.

Vielleicht konnte sich das Blatt doch noch wenden?

Die Menschen wollten glauben, dass der Playground gerecht war.

»Ich tauche jetzt«, sagte sie.

»Warte«, flüsterte Grossman. »Lass die erst vorbeigehen.«

Sie folgte seinem Blick durch den Überlauf und nahm eine Bewegung in dem breiten Flur wahr. Es waren Wangs Männer, die an ihrem Seitengang vorbeiliefen. Sie redeten kurz miteinander, dann waren sie verschwunden.

Jasmin machte ein paar vorsichtige Schwimmzüge mit den Beinen, und ganz unerwartet tauchte das Bild von Dante auf Gran Canaria zu Ostern im letzten Jahr auf. Er wartete auf sie vor dem Kinderbecken des Hotels mit einem aufblasbaren Krokodil im Arm.

Die Erinnerung verschwand, als ein Schatten am Ende ihres Gangs auftauchte. Es war der alte Ingenieur, der zurückgekommen war. Er stand vor dem Eingang und schaute hinein. Eigentlich sollte er sie in der Dunkelheit nicht sehen können. Der Holländer rief weiter hinten nach ihm, aber der Alte ging geradewegs in die schmale Rinne hinein. Reglos hingen sie über dem Rand des Wasserreservoirs, nur die Köpfe ragten heraus. In der Tiefe bildeten sich zaghaft Wirbel um ihre Beine. Jasmin zog unter Wasser das Messer aus dem Gürtel und hielt es mit einer Hand fest. Dante klammerte sich an sie und schloss die Augen.

Der alte Ingenieur blieb in der Rinne stehen und schaute in ihre Richtung, drehte sich kurz um, dann ging er weiter auf sie zu.

Jasmin und die anderen zogen sich so lautlos wie möglich an der Beckenkante entlang, bis es nicht mehr weiterging. Der Zufluss zum Reservoir verlief durch ein lockeres Gitter, ungefähr zwei Meter tief. Jasmin konnte die wellenartige Bewegung aus der Öffnung unter Wasser spüren.

Wang und die beiden Niederländer warteten auf den Ingenieur. Einer von ihnen rief ihm erneut etwas zu, doch der Alte antwortete nicht, ging nur ruhig weiter und beugte sich zur Seite, um über den Beckenrand sehen zu können.

Die Strömung ließ Wirbel auf der Wasseroberfläche entstehen. Das Wasser schwappte leicht in der Rinne hin und her. Der Ingenieur richtete sich wieder auf, drehte ihnen den Rücken zu und ging zu den anderen zurück. Es war nicht zu verstehen, was sie sagten, aber es dauerte nur wenige Sekunden, bis der Holländer mit der Schrotflinte in der Hand mit großen Schritten auf sie zukam. Der Ingenieur musste sie in der Dunkelheit erspäht haben. Sie waren entdeckt.

»Wir müssen tauchen«, flüsterte Jasmin. »Dante, bist du bereit? Hol ganz tief Luft. Komm, jetzt tauchen wir ...«

Alle verstanden sofort, was von ihnen erwartet wurde. Wenn sie das Gitter nicht überwinden konnten, war das Spiel aus.

Sie tauchten, so tief sie konnten, und traten mit den Beinen. Jasmin hielt Dante an einer Hand und zog mit der anderen an dem Gitter. Es hatte sich am unteren Rand aus seiner Halterung gelöst, und sie mühte sich ab, es weiter aufzubiegen, damit sie hindurchschlüpfen konnten.

Schmutz und alter Müll wirbelten auf. Sie sah Dantes runde Wangen, die kleinen Luftblasen über seinem Gesicht und das Haar, das über seinem Kopf tanzte.

Grossman zog Marta hinunter zu ihnen.

Von hier aus sah die Wasseroberfläche wie ein silbernes Laken aus.

Ein Schuss wurde abgefeuert, und die Schrotkugeln schlugen ins Wasser ein. Hunderte kleiner Bleikugeln wurden von der elastischen Trägheit des Wassers gebremst. Ein Schwarm, umgeben von weißen Bläschen.

Eine Wolke aus Blut breitete sich um Grossmans Bein aus. Jasmins Kopf begann zu schmerzen. Sie mussten hoch und Luft holen. Es dröhnte in den Ohren. Jetzt zerrte sie mit beiden Händen an dem Gitter. Ihre Lunge kämpfte um Luft. Sie stützte sich mit den Füßen ab, und so gelang es ihr, das Gitter ein wenig aufzubiegen. Dante versuchte ihr zu helfen. Die Anstrengung hatte ihren letzten Sauerstoff aufgebraucht. Jasmin zog noch einmal und spürte, wie das Metall zitterte, als die untere Ecke nachgab.

Ein weiterer Schuss wurde abgefeuert und sie fühlte den Stoß durch die Vibration im Körper. Schnell zog sie Dante mit sich weiter nach unten. Sie musste es schaffen. Nur noch wenige Sekunden blieben ihr. Jasmin hielt ihn um den Leib und schob ihn Stück für Stück durch die Öffnung unter dem Gitter. Dreck wirbelte ihr ins Gesicht. Sie gab ihm einen Schubs, sah, wie er hindurchglitt, und wand sich selbst hindurch. Es war etwas zu eng, und das Messer in ihrem Gürtel verhakte sich am unteren Rand des Gitters. Mit zitternden Händen drückte sie das Gitter weiter hoch. Sie hatte kaum noch Kraft in den Muskeln, sie musste endlich wieder atmen, Blitze tauchten vor ihren Augen auf. Die Beine wollten nach oben, und sie schrammte sich den Bauch auf. Kleine Blutströpfchen zogen sich wie Tusche durch das Wasser. Ihre Lunge krampfte. Jasmin unterdrückte die Panik, versuchte den richtigen Punkt im Gitter zu finden und zog mit aller Kraft. Das Messer löste sich aus ihrem Gürtel und trudelte hinunter in die Dunkelheit, sie glitt hindurch und stieß sich mit den Beinen ab.

78

Mit bis zum Zerreißen gedehnter Lunge machte Jasmin große Schwimmzüge nach vorn und nach oben. Sie sah Dantes zappelnde Beine über sich. Schwarze Perlen wirbelten umher. Jasmin durchbrach die Wasseroberfläche und schnappte nach Luft. Dante war bereits oben und atmete gierig. Jasmin hustete und keuchte. Ihre Kehle pochte vor Schmerz. Grossman kam neben ihr nach oben, er prustete, zog Marta hoch und hielt sie über der Wasseroberfläche. Sie hustete und spuckte Wasser, hustete wieder und atmete dann mit einem leisen Wimmern.

Jasmin zog Dante zu sich, streichelte ihm die Wange und sah ihm in die Augen.

»Ich werde niemals aufgeben«, flüsterte sie.

Er lächelte, und sie musste sich zwingen, nicht wieder anzufangen zu weinen. Sie strich ihm das Wasser aus dem Gesicht. Eine Zeit lang mussten sie noch durchhalten. Zumindest hatte sie ihn noch eine Weile für sich.

Der Gang mit unverputzten Wänden machte eine Biegung. Die schwarze Wasseroberfläche glänzte wie gespannte Seide.

»Wir gehen weiter stromaufwärts«, sagte Jasmin.

Marta spuckte schleimiges Wasser aus und hustete wieder. Jasmin begann mit Dante auf dem Rücken zu schwimmen. Er hielt sich an ihr fest, lag ganz still da.

Nach vielleicht hundert Metern spürte sie, wie ihre Armmuskeln ermüdeten, und konzentrierte sich darauf, die Beine bewusster einzusetzen. Sie hörte Grossman hinter sich, wie er immer wieder Marta bat, doch mitzuhelfen.

Als sie um die Biegung kamen, begann die Wasseroberfläche sich zu kräuseln, und Jasmin schloss daraus, dass es bald flacher werden würde.

Sie schwamm weiter, bekam Boden unter den Füßen und konnte gehen. Das war anstrengend, aber sie kämpfte sich voran und blieb erst stehen, als das Wasser ihr nur noch bis zur Taille reichte.

Sie trug Dante auf der Hüfte und schaute sich um. Das Wasser tropfte an ihr herunter, die Kleider klebten am Körper. Grossman und Marta holten sie ein.

»Glaubst du, das ist die richtige Richtung?«, fragte Jasmin.

»Das gesamte Wasser stammt aus der gleichen Quelle«, keuchte er.

»Du bist am Bein getroffen worden.«

»Das merke ich gar nicht«, erwiderte er und schaute zurück.

»Wie kann Wang an ein Schrotgewehr gekommen sein?«

»Es gibt einen Schwarzmarkt, den gibt es immer, aber die Preise sind schwindelerregend hoch, keiner hat solche Mengen Geld ...«

»Komm«, sagte Jasmin zu Marta und streckte ihr die Hand entgegen.

Sie reagierte nicht, blieb auch weiter reglos stehen, als Grossman ihr das nasse Haar aus dem Gesicht strich.

»Kommst du?«, flüsterte Grossman ihr zu.

»Ich wollte doch nur meiner Tochter helfen«, murmelte sie.

»Das wissen wir«, sagte Jasmin. »Aber die haben dich reingelegt.«

»Ich gehöre zum Corpus Iuris«, sagte sie und schloss die Augen.

»Aber du gehörst nicht zur Familie des Richters und all denen ... hörst du? Anscheinend verschaffen sie sich immer neue Visa.«

Marta öffnete die Augen wieder und schaute auf ihre eigenen Hände.

»Wu Wang sollte es ja kriegen ...«

»Weil er mit dem Richter verwandt ist«, unterbrach Jasmin sie.

»Warum glaubst du das?«, fragte Grossman.

»Die haben den gleichen Familiennamen«, erklärte Jasmin.

»Nein«, widersprach Marta skeptisch.

»Momentan heißt er Wu Wang, er hat sich im Laufe der Jahre schon viele Visa angeeignet, aber anfangs hieß er Zhou ...«

»Hat Antonia das gesagt?«

»Das steht in Wu Wangs Akte im Gerichtsarchiv.«

Marta schüttelte den Kopf, dann nahm sie Jasmins Hand, und gemeinsam gingen sie weiter durch das Wasser. Dante hielt sich an der anderen Hand fest, ließ sich treiben und fing dann wieder an zu schwimmen.

Jasmin dachte an das zerstörte System, an die Triade, diesen erfundenen Feind, mit dem vertuscht werden sollte, dass das Corpus Iuris selbst kriminelle Handlungen vornahm.

Sie schaute zu Dante und musste trotz allem lächeln. Das war ein uralter Mechanismus, dieser sonderbare Stolz auf das eigene Kind. Er war ihnen schon zehn Meter voraus und schwamm einer Kaulquappe gleich, wie er sich da mit den Beinen abstieß, den Kopf unter Wasser vorgestreckt. Sie dachte daran, dass er sie alle gerettet hatte, indem er die Tür zugeschlagen hatte, sodass Wangs Männer ins Wasser gingen.

Vielleicht war es die Angst, ihn bald zu verlieren, weshalb sie ihn so klar vor Augen sah, erfüllt von grenzenloser Liebe, umfangen von Bildern der Erinnerung.

Sie waten gegen die Strömung, folgten den Windungen des Gangs. Das Wasser zerrte an ihrer Kleidung, ließ die Beine schwer werden, bremste sie. Kleinere Gänge zweigten die ganze Zeit zu beiden Seiten ab und führten das Wasser weiter in die verschiedenen Teile des Badehauses. Vor einigen Anschlüssen waren Gitter montiert, an denen sich alte Saftpäckchen, Tampons, Eierschalen, kaputte Schuhe und Plastiktüten gesammelt hatten.

Ein Stück voraus hielt Dante an und schaute um die nächste Biegung. Der Strom war flacher geworden, er reichte ihm nur noch bis zur Hüfte. Als sie ihn eingeholt hatten, sahen sie, was er da betrachtete.

Ihr unverputzter Gang öffnete sich zu einer großen Grotte, die zu einem schönen Badehaus mit gelben Wänden und vergoldeten Schnitzereien ausgebaut worden war. Aus der Ferne kam ein alter Mann heran, dessen blasse Haut mit Leberflecken bedeckt war. Ganz langsam watete er mit fast geschlossenen Augen durch das Wasser.

Sie gingen eingelassene Treppenstufen hoch und gelangten auf einen Boden, der mit kobaltblauen Fliesen bedeckt war. Hier reichte ihnen das Wasser bis zu den Knien. Mehrere Menschen wateten mit halb geschlossenen Augen dahin. Sie bewegten sich langsam und schienen ihre Umgebung gar nicht wahrzunehmen.

Hinter ihnen schien Licht, es wurde gegen die Wände geworfen, an denen sich das Wasser unruhig wie zerfließende Kirchenfenster spiegelte.

Es gluckste, rieselte und tropfte überall.

Die Frauen, die Hebammen genannt wurden, halfen den Neuankömmlingen, führten sie zu Liegen und stellten Wandschirme auf, damit sie in Frieden aufwachen konnten. Ein großer Mann schien nicht zu verstehen, dass ihm geholfen wurde. Er riss sich los und legte sich stattdessen auf den nassen Boden.

Mitten in dem alten Badehaus befand sich ein kleineres Becken in Form einer aufgeblühten Lotusblume.

Marta ließ Jasmins Hand los und ging an Reihen von Bänken vorbei auf die Türen zu. Ihre Bluse klebte am Rücken, die Haut schien hindurch.

Jasmin wusste, dass es gar nicht sein konnte, aber die Müdigkeit und die Wehmut erschufen seltsame Fantasien in ihrem Kopf, dass es bereits vorbei war, dass die Gerechtigkeit gesiegt hatte, dass Ting dem Volk Wu Wangs Akte gezeigt hatte, dass der Richter abgesetzt und der Playground beendet worden war.

Sie gingen durch ein dunkles Vestibül und gelangten zu einer weiteren Tür, vor der sie stehen blieben. Kühle Luft strömte ihnen zwischen den Türflügeln entgegen. Sie waren dort angelangt, wo sie angefangen hatten.

Das Ende näher sich, dachte Jasmin und drehte sich zu Dante, Marta und Grossman um. Die drei sahen sie an. Martas Blick war leer, Grossman nickte und atmete durch den halb geöffneten Mund, und Dante sah nicht mehr verängstigt aus. Jasmin wünschte sich so sehr, Ting wäre bei ihnen.

Der Boden erzitterte unter ihren Füßen, und kleine Steinchen fielen aus dem gemauerten Torbogen. Trillerpfeifen waren von draußen zu hören, jemand lachte und fragte etwas auf Deutsch.

»Wir haben keine Ahnung, wie es jetzt auf dem Marktplatz aussieht«, sagte Jasmin – sie hörte verhaltenen Applaus. »Aber uns bleibt keine Wahl, wir müssen direkt zum Richtertisch gehen und öffentlich berichten, was wir wissen.«

79

Jasmin öffnete die Türflügel, und sie gingen hinaus. Der Platz war voller Leute. Die Menschen erschienen wie eine einzige feste Masse, ein Meer aus Blei. Viele Tausend Zuschauer standen da, aber alle verhielten sich ruhig und warteten darauf, dass der Wettkampf weitergehe.

Es war dunkel wie die Nacht, dennoch traten graue Nuancen aus dem Schwarz hervor. Dünne Rauchfäden stiegen von den Feuern auf. Jasmin konnte das Kabotageterminal mit dem fehlenden Giebel und die Fassade des Transportverwaltungsamts erkennen.

Um den Markt herum waren das Gerichtsgebäude, das Haus der Ordnungsaufsicht und die anderen Behördengebäude zu erahnen, wie in Stein gehauene Kolosse sahen sie aus.

Ohne etwas zu sagen, gingen sie durch die Menge der Zuschauer hindurch. Niemand schien sie bisher bemerkt zu haben. Sie kamen an einer alten Frau vorbei, die einen letzten Zug aus ihrem Zigarettenstummel nahm, den Rauch tief in die Lunge sog und dann durch die Nasenflügel wieder ausströmen ließ.

Ein Buchmacher in Cricketkleidung mit dem Emblem der Rajasthan Royals ging zu einer Gruppe von Menschen und verteilte Papierscheine.

Der Boden rumorte und vibrierte, als würden unter ihnen unterirdische Gänge gesprengt.

Lampen brannten, und die Menschen nahmen einfache Mahlzeiten zu sich in Erwartung, dass das Spiel bald fortgesetzt werde. Drei betrunkene Männer ließen eine große Plastikflasche mit klarer Flüssigkeit zwischen sich kreisen.

Die Zeit hatte hier keine Bedeutung. Alle warteten auf den Finalkampf. Sie würden ja sowieso nicht schlafen, dann konnten sie ebenso gut hier auf dem Marktplatz stehen, bis jemand die Monotonie des Wartens unterbrach.

Wieder grummelte es dumpf im Boden unter ihnen.

Ein mageres Mädchen mit Kleidung, aus der sie herausgewachsen war, geflochtenen Zöpfen und kräftigen Augenbrauen lief herum und verkaufte Streichhölzer. Sie hatte irgendwo einen Karton mit Tausenden von Schachteln mit der Reklame für ein Anwaltsbüro in New York in die Hände bekommen. Als Jasmin und Dante an ihr vorbeigingen, blieb sie stehen und winkte vorsichtig.

Sie machten einen Bogen um eine Gruppe lärmender junger Männer.

Ein alter Mann aß einen Reiskuchen und hielt sich dabei die Hand schützend unters Kinn.

Aufgestellte Wachen verjagten Menschen aus dem Bereich vor dem langen Richtertisch und um den Eisenpfahl herum. Sie entdeckten Jasmin und winkten sie heran.

Eine dicke Frau hatte eine Gruppe von Spielern um sich geschart und warf drei Spielkarten auf einen mit einem Samttuch verkleideten Tisch. Ein junger Mann lachte bei jeder Karte, die sie warf. Neben seinem abgenutzten Visum blitzte ein kleiner Silberschmetterling an einer dünnen Kette.

Jasmins Herz begann heftiger zu schlagen, als sie den Richter entdeckte. Zuerst erahnte sie ihn nur zwischen all den Zuschauern, doch als sie näher kamen, sah sie, dass er immer noch auf dem gleichen Platz wie zuvor saß.

Eine Frau hatte sie entdeckt und sagte etwas mit schriller Stimme, zeigte auf die kleine Gruppe und zupfte einen Mann am Ärmel.

Der Richter befand sich in der Mitte des langen Tisches mit

einundzwanzig Beisitzern zu jeder Seite. Er aß gebratenes Hähnchen und Nudeln von einem Pappteller.

Die Reaktion des Publikums pflanzte sich wie eine Schockwelle über den Markt fort, als die Wächter sie auf die offene Fläche ließen.

Jasmin ging an einem geblümten Sessel vorbei und danach geradewegs über das Kopfsteinpflaster auf den Richter zu, Dante an ihrer Seite. Ihnen folgten Grossman und Marta. Der Richter legte die Essstäbchen hin und schaute Jasmin an. Sie war nass und schmutzig, die Muskeln in ihren Armen traten hervor, und das rote Haar hing strähnig herab.

»Hat die schöne Hong ein Bad genommen?«, fragte er, als sie vor ihm stehen blieb.

»Sie müssen dem ein Ende setzen«, sagte Jasmin. »Wu Wang benutzt Schusswaffen, die haben eine Schrotflinte, eine halb automatische Benelli.«

»Das habe ich nicht gewusst«, erwiderte er.

»Das stimmt«, stöhnte Grossman und stellte sich neben sie. »Wir haben es gesehen, und es gibt Zeugen.«

»Sie haben Pedro Cristiano dos Santos in den Rücken geschossen«, sagte Jasmin.

Die Beisitzer begannen untereinander zu reden, das Publikum war in Bewegung, die Wächter hielten die Vordersten zurück, das Gedränge nahm zu, und eine fiebrige Erregung begann sich unter den Zuschauern auszubreiten. Leute standen auf und versuchten etwas zu sehen, einige stießen die vor ihnen Stehenden, um näher ans Geschehen zu kommen.

»Ihr wisst, dass es keine Regeln gibt«, sagte der Richter und nahm die Essstäbchen wieder in die Hand.

»Das schon, aber Schusswaffen sind für alle bis auf die Wachleute verboten«, erwiderte Jasmin und versuchte entschlossen zu klingen.

»Ja«, antwortete er, führte Nudeln zum Mund und sog sie mit den Lippen ein.

Das Publikum applaudierte irgendwo hinten am Terminal. Jemand begann zu rufen und im Takt zu klatschen.

»Wie sollen wir uns gegen eine Schrotflinte verteidigen?«, fragte Jasmin und hoffte, dass er nicht hörte, wie die Verzweiflung sich ihrer Stimme bemächtigte.

»Ja, das ist wohl nicht so einfach«, antwortete er kauend.

»Komm, wir gehen«, sagte Grossman und versuchte sie mit sich zu ziehen.

»Aber man darf doch keine Schusswaffen besitzen«, fuhr sie fort und achtete nicht mehr darauf, wie sie klang. »Das ist verboten, Sie müssen Wu Wang festnehmen, er hat Sie und die Beisitzer angelogen und …«

Ein lauter Knall war hinter ihr zu hören. Die Zuschauer schrien auf. Die Augen des Richters wurden ganz groß. Jasmin drehte sich um und schob Dante hinter sich. Es klang wie ein Regen, der herbeigeweht wurde, als das Publikum sich aneinanderpresste.

Marta stand zehn Meter entfernt, die Hand am Hals. Blut pulsierte zwischen ihren Fingern. Sie war schräg von hinten angeschossen und an der Seite des Halses getroffen worden. Es schoss so viel Blut heraus, dass Jasmin begriff, dass die Halsschlagader getroffen worden sein musste.

Der Holländer mit der Schrotflinte lief auf Marta zu. Zuschauer, die in der Schusslinie standen, stoben panisch zur Seite.

»Nein«, rief Jasmin.

Marta sah ihn und versuchte zu entkommen. Das Publikum drängte sich in einem sonderbaren Wellenmuster weg vom Platz. Wu Wang und der andere Holländer bekamen von den Wächtern freie Bahn. Marta wich schwankend zurück. Blut spritzte über die nasse Bluse. Ihre Augen waren vor Panik aufgerissen. Der Holländer folgte ihr mit großen Schritten. Er drückte die Mündung des Gewehrs direkt gegen ihren Hinterkopf und schoss. Ihr Schädel wurde nach vorn geworfen und ihr Gesicht verschwand in einer Blutkaskade. Der Körper fiel vornüber, geradewegs auf den Boden, und blieb still liegen.

»Tu etwas«, schrie Jasmin dem Richter zu.

Der antwortete nicht, stand nur auf, um besser sehen zu können. Dabei kippte eine Flasche um, und Bier lief über die Tischplatte. Der zögerliche Applaus erstarb. Jasmin sah sich nach irgendeiner Waffe auf dem Boden um, während sie gleichzeitig zurückwich. Der Pulvergeruch erreichte sie mit dem leichten Wind.

Wu Wang setzte sich ohne Hast in den geblümten Sessel. Dantes glänzendes Visum hing um seinen Hals über dem zerknitterten Schlips. Der andere Holländer stand neben ihm, er hielt eine schwere Machete in der Hand, und eine Zigarette wippte zwischen den Lippen.

Grossman versuchte sich unter die Zuschauer zu mischen. Er fluchte und schrie sie an, aber sie stießen ihn zurück.

Wangs Lider hingen schwer über dem weichen Blick, er lockerte ein wenig seine Krawatte und machte dann eine verhaltene Geste in Grossmans Richtung.

»Bitte, wartet«, rief Jasmin. »Tut das nicht, es ist nicht nötig, wir ergeben uns.«

Wang schaute sie an, blinzelte mit seinen feuchten Augen und vollendete dann die Geste zu Grossman hin.

»Wir ergeben uns«, wiederholte sie und zog vorsichtig die Rasierklinge, die sie bei Antonia mitgenommen hatte, aus der Gesäßtasche.

Der Holländer richtete sein Gewehr auf Grossman und schoss ihm in die Brust. Blut spritzte zwischen den Schulterblättern hervor. Grossman wankte nach hinten, und der Holländer schoss noch einmal. Der Rückstoß schlug gegen seine kräftige Schulter. Grossman stürzte schwer zu Boden, und wieder empörte sich das Publikum. Er lag still auf dem Rücken, seine Beine zuckten in Krämpfen. Eine schwarze Blutpfütze breitete sich unter ihm aus.

»Dante«, sagte Jasmin. »Stell dich vor den Richter.«

Wangs Gesicht war verschwitzt, er öffnete den letzten Knopf seines braunen Sakkos. Jasmin ging auf ihn zu, die Rasierklinge in der Hand versteckt. Der andere Holländer sah sie an und warf seine Zigarette auf den Boden.

»Bleib stehen«, sagte Wang.

»Hast du Angst vor einer unbewaffneten Frau?«, rief sie und ging weiter.

Er schüttelte den Kopf, aber ein paar Zuschauer lachten bereits, und sie hörte, wie ihre Worte in verschiedenen Sprachen wiederholt wurden und das Hohngelächter sich ausbreitete.

»Das solltest du aber«, sagte sie leise, ohne stehen zu bleiben.

Der Holländer mit der Flinte trat zur Seite, sodass er auf sie schießen konnte, ohne Wang zu treffen. Menschen brachten sich eilig in Sicherheit. Der Schütze näherte sich schnell, zielte tief, und sie wusste, dass er sein Ziel nicht verfehlen würde.

Er legte den Finger auf den Abzug. Sie blieb stehen und hielt eine beruhigende Hand hoch. Sie war nur noch drei Meter von Wang entfernt. Ihr Herz schlug zu schnell. Wang sagte etwas auf Chinesisch, und das Publikum hinter ihr begann laut zu rufen.

»Ich habe ihm gesagt, er soll schießen, wenn du nicht stehen bleibst«, sagte Wang.

»Aber darf ich dir nicht etwas zeigen?«, fragte sie und ging weiter.

Er zeigte auf sie, aber sie blieb nicht stehen, eine verrückte Stimme in ihrem Kopf sagte, dass sie es nicht wagen würden zu schießen. Genau da explodierte es. Ein lauter Knall schlug gegen ihr Trommelfell. Ihr Körper zitterte, und sie drehte sich um und schnappte nach Luft.

Der Holländer machte einen merkwürdigen Schritt zur Seite und ließ das Gewehr fallen. Es fiel scheppernd auf die Pflastersteine und zerbrach in mehrere Teile.

Der Lauf sah ganz krumm aus, der Gaskolben rollte zur Seite.

Der Holländer griff sich an den Hals, dann an die Brust, und bekam Blut an die Finger. Sein Bruder rief seinen Namen und wollte herbeieilen, aber Wang stoppte ihn.

Jasmin drehte den Kopf. Ting stand hinter ihr zwischen den Zuschauern. Er kam kaum durch das Gedränge voran. Menschen schrien. Ein Schlag traf ihn auf den Mund, aber er drängte sich weiter, wurde von den Wachen durchgelassen und stolperte auf sie zu. Jetzt sah sie, dass er eine silbergraue Pistole in der Hand hielt. Eine alte Armeepistole.

»Willst du die haben?«, fragte Ting atemlos und gab ihr die Waffe.

80

Sie ließ die Rasierklinge fallen und nahm die Pistole entgegen. Der Lauf war immer noch heiß von dem Schuss, den Ting abgefeuert hatte. Schnell sprang sie zur Seite und sah, dass der verletzte Holländer auf die Knie fiel. Er beugte sich vor und stützte sich mit beiden Händen ab. Ein Blutstrahl ergoss sich von dem Einschussloch auf den Boden. Sein Bruder machte sich von Wang los und eilte zu ihm, mit der Machete in der Hand.

»Es sind nur noch zwei Schuss drin«, rief Ting.

»Ich brauche nur zwei«, antwortete Jasmin und hob die Pistole.

Der Holländer näherte sich schnell, er öffnete den Mund und wollte etwas sagen, als sie zielte und den Abzug durchdrückte. Es knallte laut, sie spürte Pulver an der Hand, den Rückstoß in der Schulter und sah hinter seinem Kopf eine Wolke aus Blut. Die Kugel war direkt über dem linken Auge in den Kopf gedrungen. Das Gesicht wurde nach oben gerissen, und die Beine gaben unter seinem Körper nach.

Das Publikum schrie laut auf und drückte die Wachen nach vorn.

Wu Wang saß immer noch auf dem geblümten Sessel, und Jasmin dachte daran, dass sie jetzt nur noch einen Schuss übrig hatte.

Sie schaute auf die Waffe in ihrer Hand, und ihr wurde bewusst, wie teuer sie gewesen sein musste. Etwas in ihr wurde kalt wie Eis, als ihr klar wurde, wie Ting an diese Pistole gekommen war.

Um seinen Hals hing keine Plakette mehr.

Die Einsicht traf sie so hart, dass sie wankte. So musste es gewesen sein, sie brauchte nicht noch einmal hinzuschauen, um sich davon zu überzeugen. Ting hatte sein Visum gegen eine alte Armeepistole eingetauscht, um ihnen eine Chance zum Überleben zu geben.

Wang wandte sich dem Publikum zu, zeigte auf eine Gruppe von Männern, die ganz vorne stand, und rief ihnen etwas zu. Jasmin schaute zu Ting, sah, dass er Dante auf den Arm genommen hatte. Der Richter saß immer noch auf seinem Platz, aber alle Beisitzer waren aufgestanden.

»Was sagt er?«, rief Jasmin.

»Er bietet demjenigen hunderttausend Dollar, der dich aufhält«, antwortete Ting. »Demjenigen, der dich fängt und ...«

Tings Stimme verschwand in den Schreien des Publikums, und Jasmin ging auf Wang zu. Sie achtete darauf, einen gewissen Abstand zu den Zuschauern einzuhalten, und schaute immer wieder, dass keiner sich in ihren Rücken schlich. Wang rief erneut etwas, wandte sich an die andere Seite des Publikums, aber niemand rührte sich.

Jasmin blieb fünf Meter vor Wang stehen, hob die Pistole und wollte ihm gerade zurufen, er solle seine Lügen dem Richter und dem Publikum gegenüber zugeben, als sie Dante schreien hörte.

Sie drehte sich um und sah den alten Ingenieur mit einem Messer in der Hand. Ting hatte Dante immer noch auf dem Arm, aber sein Gesicht war sonderbar verschlossen, fast wie geschwollen. Er hatte einen Messerstich in den Rücken bekommen, in die linke Niere.

Einer der Wächter stolperte und fiel hintenüber, Zuschauer stürzten nach vorn, eine Frau wurde von dem Druck der Menge hinter ihr nach vorn gestoßen, ein Mann fiel hin, und mehrere stiegen über ihn.

Ting ließ Dante auf den Boden, schaute zu Jasmin, fiel auf das Pflaster und blieb auf der Seite liegen.

Das pigmentgefleckte Gesicht des Ingenieurs war angespannt, als er Dante an den Haaren packte und ihn nach hinten riss.

Jasmin zielte mit der Pistole auf ihn, direkt auf sein Herz, doch dann trat eine Frau aus dem Publikum ins Schussfeld.

Jasmin nahm den Finger vom Abzug. Der Puls hämmerte in ihren Ohren. Menschen warfen sich zur Seite. Sie konnte das Gesicht des Ingenieurs zwischen zwei Männern entdecken.

Er duckte sich und verschwand aus der Schusslinie, Jasmin lief hinterher und sah, dass Dante versuchte sich loszureißen.

Eine junge Frau mit weinrotem Kopftuch stand im Weg. Jasmin lief weiter und zielte auf ihr Gesicht. Sie legte den Finger auf den Abzug. Die Frau sah sie unverwandt an. Ein Wachmann lief seitlich fort. Die Waffe war schwer, und Jasmins Schultermuskeln begannen zu zittern.

Rußflocken segelten durch die Luft.

Eine ältere Frau zog die junge beiseite, und jetzt konnte Jasmin das Gesicht des Ingenieurs vor dem zitternden Korn sehen. Sie blieb stehen und stützte den Arm mit der anderen Hand ab. Das Gesicht glitt zur Seite, sie folgte ihm, das Korn sank in die Kimme, ein bärtiger Mann fiel rückwärts in die Schusslinie, aber sie drückte dennoch ab, der Rückschlag versetzte ihr einen heftigen Stoß, und die Kugel drang in die Stirn des Ingenieurs. Blut spritzte aus seinem Hinterkopf. Der bärtige Mann fiel vor ihr zu Boden und rollte zur Seite.

Dante riss sich los, drängte sich nach vorn und lief zu ihr.

Wu Wang war aus dem Sessel aufgestanden und hatte die Machete vom Boden aufgehoben. Jetzt gab es nur noch ihn und Jasmin.

»Kümmre dich um Ting«, sagte Jasmin zu Dante.

Die Menschen traten zur Seite, als Wang auf sie zuging. Er

lächelte leicht, aber seine feuchten Augen zeigten plötzlich Spuren von Resignation. Jasmin ging ihm entgegen, hob die Pistole und hoffte, dass Ting nicht die Patrone in der Schusskammer mitgezählt hatte, als er sagte, dass sie nur noch zwei Schuss hatte.

Wang blieb stehen und knöpfte den obersten Sakkoknopf seines verknitterten Anzugs zu.

»Gib zu, dass der Wettstreit entschieden ist«, forderte sie.

»Die Pistole ist leer«, sagte er. »Das kann ich an deinen Augen erkennen.«

Jasmin zielte auf seine Stirn, auf die Nasenwurzel, und umklammerte den Abzug. Es rasselte, als der Bolzen nach vorn sprang, aber der Schlagstift traf nichts.

Es gab keine Munition mehr.

Jasmin sprang zur Seite, Wang folgte ihr. Dantes Visum baumelte um seinen Hals.

»Ich habe deinen Sohn von der ersten Sekunde an geliebt«, erklärte er träumerisch.

Das Publikum schrie jetzt wild durcheinander, und die Buchmacher liefen eilig herum, um noch alle Wetten aufzunehmen.

Dante kniete neben Ting und hielt seine Hand.

Jasmin trat hinter den Eisenpfahl, der die genaue Mitte des Platzes markierte.

»Wenn du vor allen hier auf dem Marktplatz zugibst, dass du viele Visa gestohlen hast«, rief Jasmin, »wenn du sagst, dass du bereit bist, deine Strafe auf dich zu nehmen, dann werde ich dich verschonen.«

»Du – mich verschonen!« Er spielte mit der Machete.

»Sonst schlage ich dir den Kopf ab – das verspreche ich dir.«

»Versuch es nur.«

»Du wirst von schräg unten nach oben zustechen, und ich werde nach hinten ausweichen, du wirst wieder zustechen, aber du bist zu langsam, und ich werde deinen Kehlkopf mit der Pistole zerschmettern und ...«

Er machte einen schnellen Schritt nach vorn und hob die Machete, um zuzustechen, doch sie sprang auf die andere Seite des Pfahls.

»Ich werde deinen Arm an der Schulter brechen und ...«

»Halt's Maul!«

Er war jetzt am Pfahl angekommen, und sie war gezwungen, dessen Schutz zu verlassen. Schweiß lief ihm die Wangen hinunter, die grauen Bartstoppeln entlang.

»Ich habe dich gewarnt«, flüsterte sie.

Jasmin sah, wie er zustieß, konnte ausweichen und sprang zurück. Das silbrige Visum um seinen Hals schaukelte hin und her. Das intensive, vertraute Gefühl eines Nahkampfs durchströmte sie – als würde sie Ammoniak einatmen –, als sie einen Schritt vortrat.

Die Machete wechselte zu schnell die Richtung, und Jasmin warf den Kopf zurück, als sie an ihrem Gesicht vorbeisauste.

Fast wäre sie hingefallen, ruderte einen Moment mit den Armen und fand das Gleichgewicht wieder.

Wang näherte sich mit unerwarteter Schnelligkeit, und das Publikum schrie auf. Er machte mehrere Male einen Scheinangriff, und ein Schweißtropfen fiel glitzernd von seiner Nasenspitze.

Jasmin sprang geschmeidig nach links, in der Hoffnung, dass er ihr folgte, sie musste seine Reaktionen und seine Bewegungsmuster erst noch eine Weile studieren.

Wang war voller Adrenalin und bewegte sich auf eine unberechenbare Art. Er warf den Kopf zur Seite, um das Haar aus dem Gesicht zu bekommen, machte einen kurzen Ausfallschritt, ohne zuzustechen, stieß dann aber doch noch zu.

Die Messerspitze traf sie am linken Unterarm; er wurde nur gestreift, aber sie hörte Dante mit ängstlicher Stimme aufschreien.

Jasmin wich zurück, stolperte über irgendetwas, fand aber die Balance wieder, wurde dadurch jedoch langsamer.

Wang führte die gleiche Finte noch einmal aus, aber statt auszuweichen, ging Jasmin jetzt direkt auf ihn zu und schlug ihm mit der Pistole auf den Hals. Das war kein sauberer Treffer, aber er war hart genug gewesen. Wang kippte zur Seite, während er gleichzeitig zustieß. Jasmin parierte den Arm und schlug ihrem Gegner mit dem Kolben direkt auf die Nase. Er ging auf ein Knie nieder und versuchte, den Arm zurückzuziehen, aber sie drehte ihn, sodass er kurz vor der Schulter brach. Die Machete fiel zu Boden. Sie schlug Wang mit dem Kolben ins blutige Gesicht, und er fiel auf die Hüfte, das eine Bein unter sich.

Jasmin warf die Pistole fort, packte ihn an den Haaren und hob die Machete auf. Schleimiges Blut hing aus seinem Mund, tropfte zu Boden.

»Er gibt zu, dass er versucht hat, das Visum deines Sohnes zu stehlen«, rief der Richter. »Er wird vor Gericht gestellt werden und ...«

Jasmin hörte die Worte, stieß Wang aber dennoch die Machete in den Nacken, zog sie zwischen den Wirbeln zur Seite. Der Körper sank zu Boden, saß aber an Sehnen und Halsmuskeln noch fest. Sie hielt ihn an den Haaren und zerschnitt das Gewebe mit der scharfen Klinge, bis der Kopf sich löste.

Ohne zu zögern, beugte sie sich vor, löste Dantes Visum von dem Körper und hielt dann Wangs Kopf vor der Menschenmenge in die Höhe.

Er hing schwer gegen ihren Unterarm, Blut spritzte heraus.

Der ganze Platz war still, alle standen reglos da.

Langsam ging sie zu dem Richter und legte Wangs Kopf vor ihm auf den Tisch.

»Vergiss nicht: Ich komme zurück«, sagte Jasmin und dachte nur, dass das Spiel endlich vorbei war.

81

Jasmin half Ting in eine halb sitzende Stellung, während eine Frau mit Spuren einer Hennatätowierung auf den Händen die Stichwunde verband. Ihre schmalen Finger glitten vorsichtig über seine Haut, der Blick war konzentriert. Dante saß neben ihnen auf dem Boden und kratzte in den Fugen zwischen den Pflastersteinen.

»Frag sie, wie ernst es ist«, sagte Jasmin.

Ting holte ein paarmal Luft, bevor er sich der Frau zuwandte. Er sagte etwas auf Chinesisch. Sie errötete und antwortete mit einem strahlenden Lächeln.

»Was hat sie gesagt?«

»Dass es nur ein Kratzer ist«, antwortete er und versuchte, dabei möglichst locker zu klingen.

»Ich weiß, dass du etwas ganz anderes gefragt hast«, sagte Jasmin.

Er lächelte, kämpfte darum, ein Stöhnen zu unterdrücken, als sie versuchten, ihn wieder hinzulegen. Er atmete schwer und schloss die Augen.

»Kannst du dein Visum zurückbekommen?«, fragte Jasmin und streichelte ihm die Wange.

»Ich habe Wu Wangs Papier versteckt … tut mir leid, aber ich konnte es nicht dem Richter zeigen.«

»Ich weiß.«

»Die gehören zur gleichen Familie«, flüsterte er und fing ihre Hand ein.

»Ja, das weiß ich.«

»Entschuldige.«

»Du hast uns gerettet ... ohne dich hätten wir nie ...«

Sie verstummte, als sie sah, wie sein Blick zur Seite rutschte und immer verschwommener wurde.

»Kannst du dein Visum zurückbekommen?«, fragte sie noch einmal.

»Jasmin«, sagte er und versuchte seinen Blick auf ihr Gesicht zu richten. »Das war doch nichts mehr wert, das weißt du selbst. Ich habe einen guten Preis dafür gekriegt, weil es noch so neu war ...«

»Ich will aber, dass du versuchst, es zurückzuholen«, beharrte sie.

»Geh jetzt«, flüsterte er. »Geht ihr beide zum Terminal ...«

»Das werden wir.«

»Es ist nicht gerade eine Erholung, dein Dolmetscher zu sein, aber ...«

»Hör mir zu«, unterbrach sie ihn.

»Aber ich bin froh, dass ich dir helfen konnte.«

»Ich will, dass du dein Visum zurückkaufst.«

Er schmunzelte über ihre Hartnäckigkeit.

»Warum?«

»Ich weiß es nicht«, flüsterte sie, legte ihre Stirn gegen seine heiße Stirn und zwang sich, nicht zu weinen. »Vielleicht braucht man es auf den Schiffen ... Oder dort, wohin man mit den Schiffen kommt.«

Er hustete, schloss für einen Moment die Augen und schaute sie dann mit glänzendem Blick an.

»Ihr solltet euch doch mein Haus ansehen«, sagte er. »Ich wollte Pasta für euch kochen ... und ihr hättet im Gästezimmer schlafen können.«

»Ich will nicht im Gästezimmer schlafen, ich will bei dir schlafen«, erwiderte Jasmin.

»Willst du mich verführen?«

»Ja, auf dem Glasfußboden mit dem Meer darunter«, sagte sie.

»Nein, das war mein Plan«, sagte er, und sein Blick war sehr müde.

»Das habe ich mir fast gedacht.«

Schwach hob er die Hand und strich ihr übers Haar.

»Du leuchtest«, flüsterte er.

Jasmin öffnete den Mund, um ihm zu sagen, dass sie ihn liebte, sah aber, wie eine Krankenbahre über den Platz gerollt wurde. Die Menschen wichen zur Seite aus, um die Hüter des Badehauses durchzulassen. Sie löste ihren Perlenohrring und legte ihn ihm in die verschwitzte Hand, beugte sich vor und küsste seine Lippen.

»Ich komme zurück«, sagte sie. »Du weißt, dass ich das tun werde.«

»Komm zur Werft«, flüsterte er ihr ins Ohr. »Ich werde auf dich warten.«

»Ich komme zurück zu dir«, sagte sie noch einmal.

Sie hoben ihn auf die Trage. Der Verband war durchgeblutet. Sein junger Körper sah so verletzlich aus. Die Augenlider glänzten vom Schweiß. Dante kam zu ihnen, nahm seine Hand und streichelte sie.

»Mach's gut, Ting.«

»Leb ein langes Leben«, erwiderte dieser.

Eine Windböe trug kleine Rußflocken von dem heruntergebrannten Archiv über den Marktplatz. Langsam fielen sie aus dem schwarzen Himmel zu Boden.

Ting wurde auf der quietschenden Trage weggerollt. Jasmin stand mit Dante an der Hand da und schaute ihm nach, sie konnte sich nicht von dem Anblick lösen, folgte ihm mit dem Blick, bis er verschwand. Sie dachte an Marta und Pedro, an Erica und Grossman, sie dachte an Hongli und seine Ehefrau.

Asche von den verbrannten Archivbüchern fiel auf den Marktplatz, auf dem die Zuschauer immer noch still herumstanden, um dem letzten Akt dieses Schauspiels beizuwohnen.

Jasmin drückte Dantes Hand und begegnete seinem Blick. In ihm konnte sie sehen, dass er wusste, dass es jetzt vorbei war.

»Jetzt gehen wir nach Hause«, sagte sie zu ihm.

Sie gingen auf das Terminal zu, die Menschen bildeten eine Gasse für sie, einige streckten die Arme aus und berührten ihr Haar, ein kleiner Mann sah sie mit ernster Miene an, krümmte die Daumen und formte mit beiden Händen einen Schmetterling vor seinem Herzen.

Dante lief still neben Jasmin; das Einzige, was zu hören war, war das zischende Geräusch der Menschenmenge auf dem Platz, die sich wie ein Meer vor ihnen teilte.

82

Es war vollkommen still, aber ein Wetterleuchten blinkte wie eine weit entfernte Laterne an dem schwarzen Himmel. Etwas öffnete sich in ihrer Brust. Es war ein Gefühl, als bekäme sie einen harten Stoß in den Rücken, dann knallte es in ihrem Brustkorb, und das Herz begann erschreckend heftig zu schlagen.

Jasmin sog eisige Luft in die Lunge ein und spürte, wie es in einem Bein zuckte.

In der Ferne rief jemand, dass sie Puls hatten. Es klang wie eine Stimme, die in ein Einweckglas mit Schmetterlingen gesperrt war.

»Wir haben Puls«, war leise zu hören.

Jasmin zitterte am ganzen Körper, schnappte nach Luft, es dröhnte in den Ohren, das Herz krampfte, und sie registrierte, dass sie in einem Bett lag.

Ihr Atem ging keuchend, sie öffnete die Augen, versuchte etwas zu erkennen, aber das Licht blendete sie, und alles zerlief in zackige Muster.

»Sie atmet, das sieht gut aus, das Herz sieht gut aus ...«

Durch die Tränen hindurch konnte sie Dianas und Marks Gesicht erkennen. Warmes Blut pulsierte in ihrem kalten Körper.

»Jasmin, kannst du mich hören?«, fragte Diana und drückte ihr eine Kompresse in die Armbeuge.

Sie war noch nicht ganz wach, es zuckte in einem Muskel im Oberschenkel, aber es war ihr nicht möglich, sich zu bewegen oder zu antworten.

Diana kontrollierte die Herzfrequenz, den Blutdruck und die Atmung.

Jasmin dachte an die Hafenstadt und den Playground, ihren schrecklichen Sieg und wie sie mit Dante Hand in Hand über den Marktplatz gegangen war. Sie waren die Helden der Stunde gewesen. Menschen hatten sie zum Terminal begleitet, hatten sie berühren wollen und jeden ihrer Schritte bis zum Abschied bewacht.

Alles regelte sich, die Verwaltung stellte keine Fragen, sie saß mit Dante auf dem Schoß im Terminal und versuchte ihm vom Leben zu erzählen.

Die Wandzeitung mit Dantes Namen wurde als Erstes aufgehängt, aber sie bekam die Erlaubnis, ihn den ganzen Weg bis zu dem Mädchen und der Frau zu begleiten. Sie erklärte ihrem Sohn, was passieren würde, während er ausgezogen und gewaschen wurde. Er wurde müder und immer müder, seine Augenlider wurden schwer, und schließlich fragte er sie nichts mehr. Sie konnte die Tränen nicht unterdrücken, als er durch die dünne Schiebetür verschwand.

Diana leuchtete ihr mit einer kleinen Lampe in die Augen, Jasmin drehte den Kopf fort, und plötzlich konnte sie sehen. Ein roter Plastikdübel war in einem alten Bohrloch in der Wand zu erkennen. Jasmin lag auf der Liege im Beobachtungsraum. Ihre Zehen und Finger prickelten, das Herz hämmerte immer noch heftig nach der Injektion von Adrenalin und Kalziumglukonat.

»Dieses Mal hast du uns aber wirklich Angst gemacht«, flüsterte Diana.

»Dein Herz stand fünf Minuten lang still«, berichtete Mark.

Kleine Staubflöckchen schwebten in der Luft um das Gesicht ihrer Schwester herum. Dianas Züge waren straff vor Sorge, und der Stress hatte einen großen Ernst zurückgelassen.

Jasmin setzte sich auf, und ihr Gesichtsfeld zog sich zu einem Tunnel zusammen, um sich dann aber langsam wieder auszuweiten.

»Vorsichtig«, sagte Diana.

Jasmin hatte ein Gefühl, als stünde jemand mit beiden Füßen auf ihrem Brustkorb, sie hustete und sog gierig die köstliche Luft tief in die Lunge ein.

»Dante?«, flüsterte sie.

Sie musste wieder für einen Moment die Augen schließen und hörte nicht, was die anderen sagten. Es hämmerte in ihren Ohren, und ein heftiger Kopfschmerz ließ Übelkeit in ihr aufsteigen. Mark half ihr auf, und sie sah, dass sein Gesicht tränennass war. Er hielt sie fest um die Taille und stützte sie, während sie zum Fenster wankte und die Stirn gegen das kühle Glas drückte.

Der Operationssaal bot ein unverändertes Bild, das Team bewegte sich ruhig in dem hellen Licht, und niemand schien es eilig zu haben. Zwischen Ärzten und Schwestern konnte sie Dantes leblosen Körper unter dem grünen Stoff erahnen. Offenbar war es in dem Raum vollkommen still.

Der Chirurg hatte eine scharfe Falte auf der Stirn, sein Gesicht sah traurig und müde aus. Kleine Lichtreflexe von den glänzenden Instrumenten tanzten zitternd an der Decke. Jasmin wäre fast umgefallen, als die Geräusche wie ein schweres Ausatmen zurück in den Raum kamen.

»Sieh ihn dir an«, hörte sie Mark mit gebrochener Stimme sagen.

Eine Krankenschwester mit blutbespritzter Brust nahm eine Pinzette von dem Chirurgen entgegen. Seine Finger waren glänzend rot. Jasmins schwerer Atem legte sich auf die Fensterscheibe, und diese beschlug.

»Ich sehe nichts«, keuchte sie und wischte den Dunst mit der Hand weg.

Eine Schwester, die sich um eine Drainage kümmerte, trat

ein wenig zur Seite. Zwischen ihrem Körper und einem großen Apparat kam der Operationstisch zum Vorschein.

In der blutigen Öffnung in dem aufgespreizten Brustkorb sah Jasmin Dantes Herz. Es lag wieder an seinem Platz, und es schlug. Gleichmäßig zog es sich zusammen, und auf dem Bildschirm rechts war die perfekte Sinuskurve des Kardiogramms zu sehen.

»Lebt er?«, fragte sie und schluckte schwer.

»Es ist gut gegangen«, antwortete Diana und wischte sich die Tränen von den Wangen. »Alles sieht richtig gut aus.«

»Er lebt ...«

»Sieh ihn dir an«, wiederholte Mark. »Sieh ihn dir an.«

Dantes Herz schlug vollkommen regelmäßig. Eine rote Linie pulsierte auf dem Monitor, der Rhythmus, den jedes Lebewesen zeigte.

»Habe ich dir nicht gesagt, du kannst dich auf die Ärzte verlassen?«, sagte Diana. »Ich habe dir gesagt, dass es gut gehen wird, dass du ihn nicht retten musst, dass auch so alles gut geht.«

Jasmin schaute wieder durch die Scheibe und sah das kleine Herz schlagen, der Muskel zog sich zusammen und entspannte sich, er zählte die Zeit bis zur Ewigkeit.

»Sein Herz schlägt«, sagte sie nur.

»Ja«, bestätigte Mark lachend und wischte sich über die Augen.

»Jasmin, du verstehst, dass ich dir keine weiteren Spritzen geben kann – ja?«, fragte Diana. »Sieh ihn dir an. Es besteht keine Gefahr – begreifst du das jetzt?«

Ihre Stimme brach, sie stand einfach nur da, mit gesenkten Augenlidern und zusammengepressten Lippen. Eine rote Haarlocke klebte ihr auf der verschwitzten Stirn.

»Und wenn du jetzt für nichts gestorben wärst ...«, flüsterte sie, als sie ihre Stimme wieder unter Kontrolle hatte.

»Ja ...«

»Du hast uns Angst gemacht, als du nicht wieder aufgewacht bist«, sagte Mark und strich sich über den zitternden Mund.

»Tut mir leid.«

Marks Augen waren rot, er hatte sich nicht rasiert, und das jungenhafte Gesicht war nur noch ein trauriger Schatten, er selbst ein erschöpfter Mann mittleren Alters. Zum ersten Mal seit Jahren sah Jasmin ihn direkt an, sah ihn, wie er war. Er war älter geworden, und das war schön. Die Jahre hatten ihre Spuren auf seinem Gesicht hinterlassen.

»Ich habe doch gesagt, dass alles gut gehen wird«, wiederholte Diana und nahm ihre Schwester in den Arm.

83

Die Luft war klar, und der Wintertag funkelte von Eiskristallen, als Jasmin aus Stockholm hinausfuhr, um Dante abzuholen.

Dante und sie hatten das Karolinska-Krankenhaus drei Tage vor Weihnachten verlassen dürfen. Jetzt waren sie schon im neuen Jahr, und Jasmin plante, im Februar an ihren Arbeitsplatz im Verteidigungsministerium zurückzukehren.

Aus den Lautsprechern des Autos war Eric Saties *Gymnopédies* zu hören. Das schneehelle Licht blendete. Die Bäume am Straßenrand formten einen zuckerweißen Tunnel.

Als Jasmin erkannte, dass sie sich der Unfallstelle näherte, krampfte sich ihr vor Angst der Magen zusammen.

Sie ging mit der Geschwindigkeit runter und ermahnte sich selbst zur Ruhe, versuchte sich immer wieder zu sagen, dass sie lebte. Manchmal war es notwendig, sich an alles zu erinnern, was passiert war. Es hatte eine ganze Weile gedauert, bis sie wirklich begriffen hatte, dass sie zusammen mit Dante ins Leben zurückgekehrt war.

Sie würde niemals wieder über den Hafen sprechen, auch wenn sie das einsam machte. Offenbar hatte Dante keine Erinnerungen daran mitgebracht. Er war beschäftigt mit seinen Freunden, dem Fernsehprogramm und Spielen. Es schien ihm gut zu gehen, und eigentlich wollte sie gar nicht, dass er sich daran erinnerte, wen sie gezwungenermaßen auf dem Playground zurückgelassen hatten.

Die schneebedeckte Straße vor ihr erinnerte sie an den Unfall und an die Beerdigung ihrer Mutter. Dante hatte sie während der ganzen Zeremonie an der Hand gehalten. Der Pfarrer sprach von der friedlichen Ruhe des Grabs und dass man am Jüngsten Tag wieder geweckt werde.

Jasmin hatte sich auf die Lippen gebissen und zu Boden geschaut.

Die Tage vor Heiligabend waren die kürzesten und die Nächte und die Kälte am schwersten zu ertragen. Die Dunkelheit auf dem Friedhof hatte sie an die Hafenstadt erinnert. Doch dann teilten sich die Wolken, und die Sonne zeigte sich an einem klarblauen Himmel.

Wie sehr sie doch ihre Mutter vermisste! Jeden Tag dachte sie mehrere Male, sie müsste sie gleich einmal anrufen und mit ihr reden, bis ihr die bittere Wahrheit wieder einfiel.

Ein Lastwagen überholte sie und spritzte Schneematsch hoch, als er den Schneestrang zwischen den Spuren querte. Jasmin trat mit klopfendem Herzen auf die Bremse. Vom Dach des Lastwagens wehte Schnee herunter und schlug gegen ihre Windschutzscheibe.

Mark lebte inzwischen wieder allein, und Dante hatte das ganze Wochenende bei ihm verbracht. Jasmin war auf dem Weg dorthin, um den folgenden Tag zu besprechen und ihren Sohn abzuholen.

Durch den Streit um das Sorgerecht hatten Mark und sie einen Prozess in Gang gesetzt, den keiner von ihnen mehr steuern oder aufhalten konnte. Er hatte ihre psychische Instabilität ins Spiel gebracht, um selbst das Sorgerecht zu erhalten, und Jasmins Anwalt hatte Marks Verurteilung wegen Cannabisanzucht und Verstoß gegen das Waffengesetz angeführt. Vieles deutete darauf hin, dass das Sozialamt beide als unzuverlässige Personen einstufen könnte, was das Sorgerecht betraf. In diesem Fall würde Dante in eine Pflegefamilie gegeben, und es würde schwer werden, jemals das Sorgerecht wiederzubekommen.

Auch wenn Mark die Schuld nicht von sich wies, war es

offensichtlich, dass Mia diejenige gewesen war, die das alleinige Sorgerecht hatte haben wollen. Jasmin hatte mit Panik reagiert und viel Geld darauf verwendet, üble Geschichten auszugraben und in der Schlammschlacht zurückzuschlagen.

Sie waren beide zu weit gegangen.

Jetzt waren sie sich einig, in jeder Hinsicht zusammenzuarbeiten, um Dante bei sich zu behalten.

Jasmin und Mark waren beide für den kommenden Montag vom Gericht vorgeladen worden.

Das Sozialamt hatte dem Gericht vor zwei Wochen einen Vorschlag unterbreitet. Er basierte auf einer relativ neuen Gesetzesänderung, die besagte, dass der Wunsch des Kindes nicht immer auch zum Besten des Kindes war, da er oft von kindlicher Loyalität und einem Gefühl der Gerechtigkeit gelenkt wurde.

Das Sozialamt hatte eine Untersuchung ihrer Person vorgenommen, ausgehend von der Beurteilung diverser Risikofaktoren. Aber erst als sie auf die Fragen des Sozialarbeiters antworten sollte, wurde ihr klar, was der Psychologe Gabriel Popov getan hatte.

Jasmin war nach dem Zusammenbruch in der Vorschule für gesund erklärt worden. Sie war gesund, doch Gabriel hatte seine Schweigepflicht gebrochen, um sie zurück in die geschlossene Anstalt zu bringen.

Gabriel behauptete, es wäre ihr gelungen, das Verwaltungsgericht auszutricksen, sie wäre immer noch psychotisch und auf ein chinesisches Totenreich fixiert. Was sie leugnete, aber ihr war klar, dass ihr Wort nur wenig gegen seines zählte.

Hinter der nächsten Kurve war der Unfallort. Das Rumpeln der Reifen auf dem festen Schnee wurde leiser. Die weißen Zweige der Nadelbäume verdeckten die Sicht. Jasmin konnte sich nur noch fragmentarisch an den Unfall erinnern. Scheinwerferlicht, die Perle in ihrer krampfhaft geschlossenen Hand, der kräftige Schlag und Blut im Schnee.

Ein Fernlaster näherte sich von hinten, und sie gab wieder Gas. Die Straße machte eine sanfte Biegung, Bäume verdeckten die Sonne, und da sah sie die Kreuzung, auf der es passiert war. Den Schlagbaum, den Graben und die niedrigen Büsche. Alles war mit Schnee bedeckt. Ein Hase hoppelte davon. Es gab hier nichts, was noch an den Unfall erinnerte.

Jasmin schaute im Rückspiegel auf den Graben, in dem sie gelegen hatte, als ihr Herz aufgehört hatte zu schlagen, aber dieser Ort war aus ihrem Gedächtnis gestrichen.

Es mochte so aussehen, als wäre ihr Leben voller Tod, aber so erschien es Jasmin nicht. Das hier war das Leben, hier lebten sie, die Menschen. Ihr kleiner Lichtfunken, der durch die unendliche Dunkelheit tanzte.

Irgendwann mussten sie auf den Schiffen verschwinden, aber bis dahin hatten sie einander, und das war größer, viel größer.

In der Hafenstadt stand die Zeit fast still, doch es gab immer noch einen Schatten von Leben in allen, die dort waren, sie waren nicht ausgelöscht, waren noch kein Teil des Alls und der Ewigkeit geworden.

Jasmin war fünfmal auf der anderen Seite gewesen, und jetzt verstand sie den großen Unterschied. Das Leben lebte man in der Flüchtigkeit des Augenblicks, im Altern.

Die Zeit und das Leben waren untrennbar. Ohne Zeit gab es kein Leben.

84

Jasmin fuhr langsam durch die Toreinfahrt auf das Grundstück und sah, dass Mark und Dante dabei waren, einen vollkommen überdimensionierten Schneemann zu bauen. Bei dem Anblick musste sie lachen. Das war typisch Mark, er musste immer bei allem übertreiben. Dante war ordentlich angezogen mit seinem Schneeanzug, und seine Wangen leuchteten rot von der Kälte. Mark hatte Ohrenwärmer auf, und sein graues Haar stand in alle Richtungen ab.

Beide sahen glücklich und zufrieden aus.

Der Wagen rollte knirschend über den Schnee auf das Haus zu, sie hielt an und zog die Handbremse.

Sie vergaß jedes Mal, wie sehr Mark gealtert war, aber wieder fand sie, dass ihm das stand, es ließ ihn zumindest äußerlich reifer aussehen.

Wir sollten keine Angst davor haben, dass die Zeit vergeht, dachte sie, wir sollten sie lieben, sie nutzen. Es ist der Lauf der Zeit, der bestätigt, dass es Leben in uns gibt. Solange wir älter werden, leben wir.

Die Zeit brachte sie nicht dem Tod näher – die Zeit hielt sie von ihm fort.

Warum hatten die Menschen das vergessen?

Wir sehen doch nur zu gern zu, wie die Kinder wachsen, sich verändern und immer etwas Neues lernen. Die Jahreszeiten wechseln, und es ist wunderbar, dass die Sonne ihren Kreislauf hat.

Sie stieg aus dem Wagen und ging auf die beiden zu. Der

untere Teil des Schneemanns war fast zwei Meter hoch, und der mittlere, den sie vor sich herrollten, reichte Mark bereits bis zur Brust.

»Wie wollt ihr denn den Kopf obendrauf kriegen?«, fragte sie lachend.

»Hej«, winkte Mark.

»Mit einem Bagger«, antwortete Dante. »Papa muss einen Bagger mieten!«

»Ich habe seine Sachen gepackt, aber die Jeans ist in der Wäsche«, sagte Mark und klopfte sich den Schnee von den Handschuhen.

»Schaffen wir es nicht mehr, den Nachtisch zu essen?«, fragte Dante und schaute Jasmin besorgt an.

»Nur, wenn ich auch probieren darf«, antwortete sie.

»Das ist bloß ein Apfelstrudel, den ich noch warm machen muss«, entschuldigte Mark sich.

»Dafür reicht die Zeit«, sagte Jasmin.

»Hebst du die inzwischen obendrauf?«, bat Mark sie und klopfte auf die neben ihm liegende kleinere Kugel.

Sie folgten ihm ins Haus, trampelten den Schnee auf der Treppe ab und gingen hinein. Jasmin war nicht mehr drinnen gewesen, seit sie ihn verlassen hatte.

Sie hatte dieses Haus vom ersten Augenblick an geliebt. Es sah aus wie das Haus aus dem Märchen von Goldlöckchen und den drei Bären, wie sie immer behauptete. Ein schöner Holzfußboden, ein offener Kaminofen in jedem Zimmer und eine lackierte Holztreppe, die sich durch drei Stockwerke zog.

Die Katze kam schnurrend herbei und strich ihr um die Beine. Die kleine Glocke, die sie um den Hals trug, um Singvögel zu warnen, klingelte leise.

Jasmin schaute auf die Uhr, aber es war noch viel zu früh, um Diana anzurufen.

Während der Apfelstrudel warm wurde, lief Dante hoch in

sein Zimmer im ersten Stock, um eine Raumstation aus Legosteinen fertig zu bauen.

»Wir müssen uns absprechen, wie wir das morgen machen wollen«, sagte Jasmin.

»Wenn Dante in eine Pflegefamilie kommt, müssen wir darum kämpfen, ihn besuchen zu dürfen, wir dürfen uns niemals damit zufriedengeben, dass ...«

»Er muss bei uns leben«, unterbrach sie Mark.

»Du weißt, ich tue, was ich kann, damit wir den Prozess gewinnen«, sagte er mit belegter Stimme. »Alles – was auch immer ...«

»Erzähle ihnen vom Kosovo«, sagte sie. »Erzähle ihnen, dass ich ein Kriegstrauma hatte, dass ich Sachen miteinander vermischt habe und davon geredet habe, wie wir das chinesische Neujahrsfest gefeiert haben ... aber mach deutlich, dass du mich danach nie wieder davon hast reden hören.«

»Alles, was du willst, Leutnant.«

»Ich glaube, dass es gut gehen wird ... Alle Beurteilungen des Sozialamts beruhen nur auf den Beobachtungen von Gabriel Popov ... er behauptet, ich wäre immer noch psychotisch.«

»Ich habe nie so ganz verstanden, was eigentlich passiert ist.«

Sie setzte sich auf der warmen Glasveranda an den Tisch und schaute auf den zugefrorenen See. Die Katze sprang auf ihren Schoß, legte sich zurecht und begann zu schnurren.

»Das war nach dem Autounfall ... eigentlich hätte ich gesund sein sollen, aber ich habe von der Hafenstadt geredet ... Ich hatte etwas zur Beruhigung bekommen, Mama war tot, ich war ganz allein, ich brauchte jemanden, mit dem ich reden konnte ... und er sagte, er stünde unter Schweigepflicht.«

»Was wirst du tun?«

»Ich denke, ich werde mich morgen hinstellen und alles leugnen«, sagte sie ruhig und schaute wieder auf die Uhr.

»Dann steht dein Wort gegen seins.«

»Es sei denn, ich kann Gabriel dazu bringen, seine Aussage zu ändern«, erwiderte sie.

»Warum sollte er?«

Als die Eieruhr klingelte, kam Dante herunter und deckte Teller und Löffel auf. Mark brachte den Apfelstrudel, und Dante holte die Vanillesoße, sie war in der Schüssel, in der sie zubereitet worden war. Er stellte sie dicht an seinen Platz.

»Also, ich habe den Strudel nicht selbst gebacken«, sagte Mark.

»Aber er hat ihn im Ofen warm gemacht«, erklärte Dante.

»Das hat er gut gemacht«, sagte Jasmin.

»Ja, nicht wahr?« Mark musste so lachen, dass die tiefen Falten um seine Augen zu Lachfältchen wurden.

Mark half Dante, ein Stück zu nehmen, und schob dann Jasmin die Aluminiumform zu. Ein säuerlicher Duft von Äpfeln, Zucker und Zimt stieg ihr in die Nase.

»Mein Herz ist so groß«, sagte Dante und zeigte seine geballte Faust.

»Erinnerst du dich an irgendwas von der Operation?«, fragte Jasmin.

»Nur, dass ich keine Luft gekriegt habe und dass sie Blut rausholen wollten«, antwortete er.

Jasmin nickte und betrachtete sein entspanntes Gesicht, die kleinen Sommersprossen um die Nase und den Glanz in den hellwachen Augen, und plötzlich musste sie ihn doch fragen:

»Du weißt, dass sie dich haben einschlafen lassen, als es nicht aufgehört hat zu bluten ... Hast du da etwas geträumt?«

»Ich glaube nicht«, antwortete er und goss Vanillesoße auf seinen Teller.

»Ich habe nämlich jede Menge komische Sachen geträumt, die es gar nicht gibt«, sagte Jasmin.

»Und was?«, fragte Dante lachend und führte den Löffel zum Mund.

Die dünnen Fensterscheiben der Glasveranda waren beschlagen, feine Schneekristalle wurden vom Dach heruntergeblasen.

»Ich habe geträumt, dass ich gekämpft habe, um dich zu retten«, berichtete Jasmin. »Und ich habe von einem Mann geträumt, den ich richtig, richtig gern mochte ... er hieß Ting.«

»Ting«, wiederholte Dante lachend und aß weiter.

Manchmal besuchte sie Ting im Danderyds Krankenhaus. Es war ihnen nicht gelungen, nach der Überdosis das Herz wieder zum Schlagen zu bringen. Das Blut wurde außerhalb des Körpers mit Sauerstoff versorgt und von Kohlendioxid gereinigt. Es gab keine Rückkehr, aber der Beschluss, die Maschine abzuschalten, hing in bürokratischen Formalitäten fest. Seine Mutter musste zustimmen, doch sie weigerte sich, überhaupt über ihn zu sprechen.

Ting sah genauso aus, wie er im Hafen ausgesehen hatte, ebenso schön, trotz der schlaffen Muskeln und der Schläuche in Mund und Nase.

»Dante, hilfst du mir, abzudecken?«, fragte Mark und stand vom Tisch auf.

»Okay.«

»Danke, das war ein richtig leckerer Strudel«, sagte Jasmin.

Über die alten Obstbäume auf dem Grundstück fiel die Winterdämmerung, die alles blau färbte, den See, den Himmel und die schneebedeckten Felder.

Während Dante und Mark aufräumten, ging Jasmin in Dantes Zimmer, um seine Tasche zu holen. Es klingelte leise, als die Katze ihr die Treppe hinauf folgte. Jasmin setzte sich auf den Rand von Dantes Bett und schloss für einen Moment die Augen. Dann holte sie ihr Handy heraus, sie spürte die Unruhe im Bauch, wie eine leichte Übelkeit, zögerte noch einige Sekunden, dann rief sie Diana an.

Das Freizeichen war zu hören, es fiel wie ein schweres Lot

in eine Dunkelheit, bis es knackte und sie die Stimme ihrer Schwester hörte.

»Ich bin gerade auf dem Rückweg«, berichtete Diana.

»Okay«, erwiderte Jasmin vorsichtig.

Das Brummen von Dianas Wagen drang bis in Dantes Zimmer. Durch das Fenster sah Jasmin die drei Teile des Schneemanns in der einsetzenden Dunkelheit. Die schneeschweren Äste der Birken verloren langsam ihren blauen Schimmer.

»Jasmin, ich dachte immer, dass du krank gewesen bist«, fuhr Diana mit zitternder Stimme fort. »Und das ist kein Wunder, wenn man bedenkt, was du durchgemacht hast ...«

Das Geräusch von Dianas Wagen wurde lauter, und für einen Moment war die Verbindung weg. Als Diana wieder zu hören war, war ihre Stimme von einem immer wiederkehrenden Knacken begleitet.

»Zuerst konnte ich mir nicht erklären, woher du wusstest, dass Gabriel Popov Patient im Ersta-Krankenhaus gewesen ist ... Aber das spielt auch keine Rolle, es stimmt, er ist dort wegen Schizophrenie behandelt worden.«

»Steht da ... steht da etwas über die Psychose selbst?«, fragte Jasmin und versuchte den Kloß in ihrem Hals zu schlucken.

»Ich habe mir eine Kopie des Krankenberichts gemacht, allerdings konnte ich bisher nur einen Teil lesen, aber da steht alles drin ... Ich musste eine Stesolid nehmen, um mich überhaupt ins Auto setzen zu können.«

Jetzt war es fast schwarz vor dem Fenster, aber als Jasmin näher an die Scheibe trat, konnte sie noch den Kopf des Schneemanns auf dem Boden erkennen.

»Er wurde behandelt, lange bevor du im Kosovo verletzt worden bist«, fuhr Diana fort, und es klang, als koste es sie enorme Kraft, überhaupt die Worte hervorzubringen. »Nach ... nach einer Herzoperation wurde er gemäß dem Gesetz über

Zwangseinweisung in der Psychiatrie behandelt und bekam sowohl Psychopharmaka als auch EKT...«

Diana murmelte etwas, es knarzte in der Leitung, und dann verstummte das Brummen des Autos.

»Was machst du?«, fragte Jasmin.

»Nichts, aber ich musste an den Rand fahren und anhalten, meine Hände zittern zu sehr«, erklärte Diana und holte bebend Luft. »In der akuten Psychose, bevor die Medikamente ihre Wirkung entfalteten ... da hat Gabriel davon geredet, dass das Totenreich eine chinesische Hafenstadt sei ... Er behauptete, er stehe bei einer mächtigen Familie, die dort lebt, in der Schuld ... Es gibt davon jede Menge Beschreibungen, Abschriften von Bandaufnahmen ... Er hat von Reihen von Schiffen geredet, von Gassen mit roten Papierlampions, Brettspiel, einem Handel mit Visa ...«

»Gut«, flüsterte Jasmin.

»Ich ... ich kann das kaum fassen, das ist alles so verrückt«, sagte Diana mit tränenbelegter Stimme. »Aber so langsam beginne ich zu ahnen, was du wirklich für Dante getan hast.«

Jasmin saß nur still da und hörte das angestrengte Atmen ihrer Schwester. Es war für sie eine riesige Erleichterung, dass Diana ihr glaubte, aber am allerwichtigsten war, dass Gabriel nicht länger behaupten konnte, sie wäre psychotisch, wenn sie von einer chinesischen Hafenstadt sprach. Sie war sich sicher, er würde seine Aussage zurückziehen, sobald sie ihm die Krankenakte zeigte. Sie würde ihn dazu zwingen, auf irgendeine Art und Weise dem Verwaltungsgericht zu erklären, dass alles nur ein großes Missverständnis war und sie das Sorgerecht für Dante behalten musste.

»Aber du darfst die Akte nur benutzen, um Gabriel zu stoppen«, sagte Diana und versuchte dabei etwas entspannter zu klingen. »Danach darfst du nicht weiter von dem Hafen reden ...«

»Ich will nie wieder daran denken … bis zu dem Tag, an dem es Zeit ist, wieder zu sterben«, versicherte Jasmin.

Nachdem sie das Gespräch mit Diana beendet hatte, ließ sie die Hand mit dem Handy langsam sinken. Auf dem Display spiegelte sich das Licht der Deckenlampe, und ein Reflex huschte über den Boden. Das Glöckchen klingelte, als die Katze versuchte, ihn zu fangen.

Jasmin stand auf und schaute ins Dunkel hinaus. Der Schneemann war nicht mehr zu sehen. Nur noch ihr eigenes Gesicht konnte sie auf der Glasscheibe erkennen.

Und dennoch gab es eine Welt da draußen.

Die kleine Katzenglocke war wieder zu hören, und in ihrer Fantasie sah Jasmin den indischen Gott Shiva vor sich, der den Untergang der Welt herbeitanzt mit Glöckchen an einer Schmuckkette um den Knöchel.

Was, wenn das Internet anfängt, selbst zu denken?

Fredrik T. Olsson
Das Netz
Thriller

Aus dem Schwedischen von Kerstin Schöps und Annika Ernst
Piper Taschenbuch, 672 Seiten
€ 11,00 [D], € 11,40 [A]*
ISBN 978-3-492-31111-3

Eine ganze Nacht steht das öffentliche Leben still. Niemand kennt den Täter, niemand das Motiv. Der Cyber-Experte William Sandberg gerät in den Fokus der Ermittlungen – und ahnt nicht, dass er tatsächlich mit dem Anschlag auf sehr persönliche Weise in Verbindung steht. Um seine Unschuld zu beweisen, muss er den Absender einer kryptischen Mail finden, bevor seine Gegner ihn aufspüren.

Leseproben, E-Books und mehr unter **www.piper.de**